Knaur

Von Christopher Ross ist außerdem erschienen:

Hinter dem weißen Horizont

Über den Autor:

Christopher Ross ist das Pseudonym eines erfolgreichen Schriftstellers, dessen romantische Abenteuerromane in mehr als fünfzehn Sprachen übersetzt sind. Er gilt als ausgezeichneter Kenner der amerikanischen Geschichte und ist viele Wochen im Jahr unterwegs, um für seine Romane zu recherchieren.

Christopher Ross

Wohin die Sonne geht

Roman

Knaur

Besuchen Sie uns im Internet:
www.droemer-knaur.de

Vollständige Taschenbuchausgabe 2004
Knaur Taschenbuch
Ein Unternehmen der Droemerschen Verlagsanstalt
Th. Knaur Nachf. GmbH & Co. KG, München

Ein Unternehmen der Verlagsgruppe Droemer Weltbild

Umschlaggestaltung: ZERO Werbeagentur, München
Umschlagabbildung: Artothek
Satz: Ventura Publisher im Verlag
Druck und Bindung: Clausen & Bosse, Leck
Printed in Germany
ISBN 3-426-62590-3

2 4 5 3 1

»Und du hörst immer diese leise Stimme,
die dich weiterlockt und ruft und ruft …«

Ida Meecham Strobridge

1

Rose O'Malley war vierzehn, als sie ihren Eltern davonlief. Ihr Vater war viel zu betrunken, um das zu tun, was er immer getan hatte, und ihre Mutter war im Schaukelstuhl auf der Veranda eingeschlafen, das zerfledderte Märchenbuch auf dem Schoß. Sie lebte seit vielen Jahren in einer Traumwelt und merkte gar nicht, dass es mit der Farm bergab ging. Rose musste kochen, waschen und bügeln, und wenn ihr Vater zur Flasche griff, musste sie sich hinter den Pflug stellen und das Feld bestellen. »Irgendwann hau ich ab«, hatte sie schon vor drei Jahren geschworen, als ihr Vater zum ersten Mal zudringlich geworden war. Sie schlüpfte in ihren Overall, griff nach dem Bündel mit den Lebensmitteln, die sie aus der Vorratskammer genommen hatte, und stieg aus dem Fenster. Der Ackergaul schnaubte unwillig, als sie ihn aus dem Stall holte. Niemand merkte, wie sie auf den knochigen Rücken des Pferdes stieg und nach Westen ritt. Ihre Augen waren auf den fernen Horizont gerichtet.

Später würde sie sich noch oft an diese Nacht erinnern. Der Mond stand voll über den Hügeln und schwamm in den Wasserlachen, die seit dem letzten Regen auf den Wegen standen. Ein kalter Wind strich über die kargen Felder und fegte loses Gestrüpp von den Hängen herab. Die schweren Hufe des Ackergauls trotteten über die Holzbrücke, die die Farm vom

Regierungsland jenseits des schmalen Flusses trennte. Das Haus blieb im Halbdunkel der Vollmondnacht zurück, und nicht einmal der Hund, der neben dem Schaukelstuhl ihrer Mutter auf der Veranda döste, hinderte sie an der Flucht. Sie blickte sich nicht um, während sie den Ackergaul über den Feldweg trieb, und war froh, als sie über den nächsten Hügel ritt und das Farmhaus der Nachbarn im Tal liegen sah.

Unter der großen Eiche, die auf einer Anhöhe oberhalb des Farmhauses ihre knorrigen Äste ausbreitete, zügelte sie den Ackergaul. »He, Joey, bist du da?«, rief sie leise. Der Junge meldete sich nicht. Sie blickte zum Farmhaus hinunter und ließ enttäuscht die Schultern hängen. Joey hatte fest versprochen, mit ihr nach St. Louis zu gehen und sie zu heiraten, sobald sie erwachsen waren. Er hatte ein Gewehr zum Geburtstag bekommen, und sie hatte sich darauf verlassen, dass er unterwegs einige Kaninchen oder Wachteln schießen würde. Ihre Vorräte reichten höchstens bis zur Biegung des großen Flusses, und die war ein ganzes Stück entfernt. »Joey! Wo steckst du denn?«

Sie wartete eine halbe Stunde, ohne abzusteigen, blieb geduldig sitzen und blickte zur Farm hinunter. Der Mond zauberte helle Flecken auf die Hauswände. Außer einem Hund, der über den Hof trottete und im Stall verschwand, war niemand zu sehen. Die Fenster blieben dunkel. Die Farm wirkte wie ausgestorben, und nur das Grunzen einiger Schweine, die in einer Koppel hinter dem Haus schliefen, drang an ihre Ohren. Joey hatte kalte Füße bekommen. Er hatte sich in seinem Bett verkrochen und ließ sie im Stich. Er war nicht einmal gekommen, um sich von ihr zu verabschieden. »Wenigstens das Gewehr hätte er mir geben können«, schimpfte Rose leise.

Sie schüttelte ärgerlich den Kopf und ritt auf den Weg zurück. »Der kommt nicht mehr«, sagte sie zu dem Ackergaul, der unwillig schnaubte und mit gesenktem Kopf nach Westen stapfte. Sie dachte nicht daran, zur Farm zu reiten und an sein Fenster zu klopfen, das wäre viel zu gefährlich gewesen. Wenn er die Absicht gehabt hätte, mit ihr zu fliehen, wäre er gekommen. Anscheinend zog er es vor, bei seinen Eltern zu bleiben. »Willst du ewig in Illinois bleiben? Willst du auf einer blöden Farm versauern und ewig hinter Kühen und Schweinen herlaufen? Hast du keine Lust, nach St. Louis zu gehen und die großen Dampfer auf dem Fluss zu sehen? Willst du nicht wissen, wie es im Westen aussieht?« Wenn sie es recht überlegte, hatte er wenig begeistert ausgesehen, als sie davon geschwärmt hatte, von zu Hause wegzulaufen. Seine Eltern waren in Ordnung. Seine Mutter sagte kaum was, und sein Vater schlug ihn manchmal, wenn er etwas falsch machte, aber sonst war nichts gegen sie einzuwenden. Er hatte nie weggewollt, gestand sie sich ein, er hatte nur vom Heiraten gesprochen, damit sie sich nicht wehrte, wenn er seine Lippen auf ihren Mund drückte. Einmal hatte er es getan, und sie hatte nichts dabei empfunden. Er hatte nach Rindfleisch und Bohnen geschmeckt. »Soll dich doch der Teufel holen«, verwünschte sie ihn, »ich komme auch ohne dich zurecht!«

Sie blieb auf dem Feldweg, der zwischen den Maisfeldern ihrer Nachbarn zur breiten Kutschenstraße führte. Beinahe trotzig trieb sie den Ackergaul nach Westen.

Sie würde es auch ohne den Jungen schaffen! St. Louis war eine große Stadt, das wusste sie von einem Nachbarn, der auf einem Scheunenfest davon erzählt hatte, dort würde man sie bestimmt nicht entdecken. Wenn ihre Eltern überhaupt nach ihr suchten! Sie bezweifelte es. Ihr Vater würde bis zur Kutschenstraße laufen und mit einigen Nachbarn sprechen, aber sobald der Ackergaul zurückkam, würde er die Suche aufgeben. Rose hatte einen Brief auf den Tisch gelegt: »Ich gehe fort! Macht euch keine Sorgen! Eure Rose.« Kein freundlicher Brief, aber mehr war ihr nicht eingefallen. Ihr Vater hatte sie ausgenutzt und gequält, und ihre Mutter lebte sowieso in einer anderen Welt. Nein, sie würden ihr nicht nachweinen. »Sei froh, dass wir sie endlich los sind!«, würde ihr Vater sagen.

Rose wusste genau, was sie wollte. Jahrelang hatte sie darüber nachgedacht, wie ihre Zukunft aussehen könnte. Bereits vor drei Jahren, als ihr Vater zum ersten Mal zu ihr gekommen und sie berührt hatte, war ihr klar gewesen, dass sie ihren Eltern davonlaufen würde. Mit ihrer Mutter hatte sie nie darüber gesprochen. Seit jener regnerischen Nacht, als der Arzt in seinem Zweispänner verunglückt und niemals bei ihnen aufgetaucht war, hatte die viel zu schnell gealterte Frau kaum noch lichte Momente. Sie hatte einen toten Jungen geboren und sich in eine geheimnisvolle Welt zurückgezogen, die anderen Menschen verschlossen blieb. Sie las immer im selben Märchenbuch und schlief meist auf der Veranda, selbst wenn es regnete. Rose hatte mehrmals versucht, in die Gedanken ihrer kranken Mutter vorzudringen, und immer war sie gescheitert. Ihr Vater kaufte billigen Fusel und lebte sein eigenes Leben. Sie musste dafür büßen, dass er in seinem Suff nicht mehr arbeitete, und ihm das geben, was ihre Mutter ihm nicht mehr geben konnte. Jetzt fragte sie sich, wie sie die letzten Monate überstanden hatte. Jeden Abend hatte sie am Fenster gestanden und in die untergehende Sonne geblickt. Sie hatte den Tag herbei-

gesehnt, an dem sie ihr nach Westen folgen würde, in ein neues Leben und in eine bessere Zukunft.
Mit Joey wäre vieles einfacher gewesen. Er war zwei Jahre älter als sie und hätte sie beschützen können. Mit ihren rotblonden Locken fiel sie überall auf, und ihr Vater war der lebende Beweis dafür, dass es Männer gab, die keine Rücksicht auf junge Mädchen nahmen. Allein war sie immer in Gefahr. Nicht einmal für eine erwachsene Frau schickte es sich, allein zu reisen. Wenn sie anderen Menschen begegnete, würde sie viele Fragen beantworten müssen. Aber der Junge war nicht gekommen, und es half nichts, wenn sie ihm nachweinte. Es führte kein Weg zurück. Sie musste allein zurechtkommen und sich dem neuen Leben stellen. St. Louis war eine große Stadt, dort würde sie Arbeit finden und genug Geld verdienen, um sich einem Wagenzug nach Westen anschließen zu können. Im fernen Westen lag das gelobte Land, das Paradies, auch das wusste sie von einem Nachbarn, der eine Zeitung aus dem Osten mitgebracht hatte. »Geh nach Westen, junger Mann!«, hatte auf der Titelseite gestanden. Die Zukunft der jungen Männer lag im Westen, und wo sie glücklich werden konnten, wurden auch starke Frauen gebraucht.
Sie erreichte den Kutschenweg und blinzelte in die aufgehende Sonne. Ihre Strahlen verdrängten die Dunkelheit und warfen goldene Streifen auf den reifen Mais, der an den hoch gewachsenen Stauden hing. Sie aß etwas von dem Maisbrot, das sie eingepackt hatte, und trank frisches Wasser aus ihrer Flasche. In einer Pappel zwitscherten Vögel. Der Himmel war nur von wenigen Wolken bedeckt und kündigte einen heißen Spätsommertag an. Sie zog ihren ledernen Schlapphut in die Stirn und ritt weiter. Wenn sie sich beeilte, konnte sie am

frühen Abend an der Biegung des Mississippi sein. Er war die Grenze zwischen dem zivilisierten Osten und dem wilden Westen, so hatte es in der Zeitung gestanden. Sie war einige Jahre zur Schule gegangen und konnte besser lesen als ihr Vater, der die Schule immer als überflüssigen Quatsch abgetan hatte, besonders für ein Mädchen, das sowieso einmal heiraten würde. »Was willst du mit Büchern?«, hatte er noch vor einigen Wochen gesagt. »Als Farmersfrau musst du kochen und pflügen können, sonst heiratet dich kein Mann!«
Es hatte keinen Zweck, ihm zu sagen, dass sie keinen Farmer heiraten wollte. Sein Horizont reichte nur bis zum Rand seiner Felder, und er wusste nicht, dass es im Westen ein gelobtes Land gab. Der Alkohol hatte seine Sinne vernebelt. Er war nur noch ein Schatten des Mannes, der vor vielen Jahren aus Irland gekommen war und in New York genug Geld verdient hatte, um in Illinois eine Farm zu kaufen. Sie konnte sich nicht an diesen Mann erinnern, aber ihre Mutter hatte oft von ihm erzählt, als sie noch bei Sinnen gewesen war. Sie hatten Irland verlassen, als die Kartoffelernte ausgeblieben war. Ihre Eltern waren bankrott gegangen und hatten sich mit ihrem ersparten Geld auf einem Segler nach New York eingeschifft. Zwanzig Passagiere waren während der Überfahrt an verdorbenem Wasser gestorben, aber sie hatten es geschafft und waren in New York von Bord gegangen. Ihr Vater hatte in einem Lagerhaus gearbeitet, und ihre Mutter hatte für die reichen Herrschaften genäht, bis das Geld für die Weiterfahrt gereicht hatte. In einem grünen Tal, das sie an die alte Heimat erinnerte, hatten sie die Farm aufgebaut. Dann war die Fehlgeburt gekommen, ihre Mutter hatte den Verstand verloren, und ihr Vater war in den Alkohol geflüchtet. Er hatte die Farm

vernachlässigt, ihre Mutter sich selbst überlassen und seinen Zorn an seiner Tochter ausgelassen. Aus dem starken Mann, der sich gegen das Schicksal aufgelehnt hatte, war ein schwacher Taugenichts geworden, der nicht mehr mit dem Leben zurechtkam und seine eigene Tochter berührte. Es war höchste Zeit gewesen, ihn zu verlassen und einen eigenen Weg zu gehen, auch wenn es das Ende für ihre Eltern und die Farm bedeuten konnte.

Noch hatte sie es nicht geschafft. Es war immerhin möglich, dass ihr Vater aus lauter Wut nach ihr suchte. Sie würde sich erst sicher fühlen, wenn sie den Fluss überquert hatte und in St. Louis untergetaucht war. Sie hatte keine Angst vor der großen Stadt, sie hatte überhaupt keine Angst. Sie freute sich darauf, die fremde Welt zu erobern und neue Menschen kennen zu lernen. Sie hatte die unsittlichen Berührungen ihres Vaters überstanden und war gefestigt genug, sich jeder Herausforderung zu stellen. Was die jungen Männer schafften, die nach Westen gingen, würde auch sie fertig bringen. Sie war stärker als die meisten Jungen der Nachbarschaft, sogar Joey konnte ihr nicht das Wasser reichen. Aber sein neues Gewehr hätte sie gern gehabt.

Die Kutschenstraße führte zu einer Pferdewechselstation, die zwischen den Maisfeldern in einer Senke lag. Neben dem Haus, eher eine Bruchbude aus zusammengezimmerten Brettern, lagen eine Koppel und ein Stall. Ein junger Mann stand vor dem Eingang und blickte ihr misstrauisch entgegen. Er trug braune Wollhosen und ein kariertes Hemd unter den Hosenträgern. Sein Schlapphut war fleckig. Er kaute missgelaunt auf einem Strohhalm und rief: »Ohne Geld brauchst du gar nicht erst abzusteigen!«

Anscheinend hatte er nicht gemerkt, dass er es mit einem Mädchen zu tun hatte, obwohl sie bezweifelte, dass er seinen Hut abgenommen hätte. »Keine Bange«, erwiderte sie betont forsch. Sie wusste, dass sie nicht besonders hübsch aussah. Ihr Overall war löchrig und steckte in schmutzigen Stiefeln, und ihre rotblonden Locken waren unter dem speckigen Hut versteckt. Ihre dunkelgrünen Augen lagen im Schatten der breiten Krempe. Sie deutete auf die Tränke. »Darf ich meinen Gaul saufen lassen?«

»Meinetwegen«, antwortete er, »aber beeil dich! Gleich kommt die Kutsche!« Anscheinend hielt er sie für einen Satteltramp, einen dieser arbeitslosen Männer, die ziellos durch das Land zogen und sich ihr Essen zusammenbettelten. Auch auf ihrer Farm waren solche Männer aufgetaucht, und wenn ihr Vater nicht zu Hause gewesen war, hatte sie ihnen immer etwas gegeben. Der Junge deutete auf den Ackergaul. »Woher hast du den Klepper?«

»Ich hab ihn nicht gestohlen«, sagte sie, »der gehört meinen Eltern. Wir haben eine Farm, dort drüben, hinter den Bergen.« Sie zeigte nach Süden, zu den sonnenbeschienenen Hügeln. »Ich hol ein neues Pferd, das wir von meinem Onkel gekauft haben.«

Die Lüge klang so gut wie jede andere, und er hörte auch gar nicht mehr zu. »Tränk deinen Gaul, und dann reite weiter!«, sagte er grimmig. Er stieß die Tür auf und rief: »Pa! Die Kutsche kommt!«

Rose stieg von ihrem Ackergaul und führte ihn zur Tränke. Vom vielen Reiten taten ihr alle Knochen weh. Sie war müde und hätte nichts dagegen gehabt, mit den Passagieren der Kutsche in die Station zu gehen und sich von den Strapazen des langen Rittes zu erholen. Es roch nach Kaffee und gebratenem Speck. Ein solches Frühstück war besser als kaltes Wasser und Maisbrot und hätte sie für den langen Ritt nach St. Louis gestärkt, aber der junge Mann hatte etwas gegen sie, und sein Vater sah auch nicht besonders freundlich aus. Der bärtige Mann bedachte sie mit einem misstrauischen Blick, als er der Kutsche entgegenging.

Sie ließ den Ackergaul saufen und spritzte sich Wasser ins Gesicht. Der junge Mann blieb mit offenem Mund stehen, als sie den Schlapphut abnahm und ihre Lockenpracht entblößte. »Noch nie ein Mädchen gesehen?«, fragte sie patzig. Sie setzte den Hut wieder auf und schwang sich auf den Rücken des Tieres. Sie hätte gern einen Sattel gehabt, aber den hatte ihr Vater verkauft.

Rose wartete, bis die Kutsche in den Hof gerollt war, und ritt langsam davon. Sie legte grüßend eine Hand an die Hutkrempe, als die Passagiere ausstiegen. Ein vornehmer Mann in einem dreiteiligen Anzug und schwarzen Schuhen, die selbst in der aufwallenden Staubwolke noch glänzten. Seine dunklen Augen wurden von buschigen Brauen beschattet, und sein pechschwarzes Haar, das in der Mitte gescheitelt und nach hinten gekämmt war, bildete einen scharfen Kontrast zu seiner blassen Haut. Die Frau, die mit ihm ausgestiegen war, trug ein braunes Reisekostüm, das am Hals von einer Brosche zusammengehalten wurde, und einen fliederfarbenen Hut mit Rüschen. Ihr Gesicht wirkte sehr streng, als sie zwei Schritte vor ihrem Mann zum Haus ging.

So vornehme Leute hatte Rose noch nie gesehen. Sie zügelte ihren Ackergaul und blickte neidisch zurück. In fünf oder sechs Jahren würde sie auch wie diese Frau aussehen, da war sie ganz sicher. Sie würde ins gelobte Land fahren und viel Geld verdienen, und dann würde sie sich ein noch schöneres Kleid kaufen. Sie beobachtete, wie die Frau ihre Röcke raffte und zum Haus hinaufstieg, und erschrak, als der junge Mann von den Pferden kam und scheinbar unabsichtlich gegen den vornehmen Herrn stieß. »Passen Sie doch auf!«, schimpfte der Gentleman.

Der junge Mann entschuldigte sich, und Rose sah, wie er die Brieftasche des Gentleman in seiner Tasche verschwinden ließ. Sie war fassungslos. »He«, rief sie, ohne darüber nachzudenken, was ihre Einmischung für Folgen haben konnte, »gib das zurück!«

Sie lenkte ihren Ackergaul auf den Hof zurück und riss ihren Hut vom Kopf. »Sir! Warten Sie! Er hat Ihre Brieftasche gestohlen!«

Der vornehme Herr und seine Frau blieben stehen und blickten sie überrascht an. Die Frau verzog geringschätzig den Mund, als wäre es unter ihrer Würde, sich mit einem schmutzigen Mädchen einzulassen. »Worauf warten wir noch, John? Ich habe Hunger!«

»Was hast du gesagt?«, ließ der vornehme Herr sich nicht aus der Ruhe bringen. Seine Stimme klang warm und freundlich, obwohl Rose einen harten Akzent heraushörte. Er klang wie der deutsche Farmer, der sich in den Hügeln niedergelassen hatte.

Der junge Mann, der die Brieftasche genommen hatte, winkte schnell ab. »Hören Sie nicht auf sie, Sir! Das ist ’ne herumziehende Bettlerin, die lügt doch, wenn sie den Mund aufmacht!«

»Er hat Ihre Brieftasche gestohlen!«, sagte Rose. Sie deutete

anklagend auf den jungen Mann. »In seiner rechten Hosentasche!«
Der vornehme Herr griff in seine Jackentasche, stellte fest, dass die Brieftasche fehlte, und ging auf den jungen Mann zu. »Das werden wir gleich haben«, sagte er, und bevor der Dieb etwas dagegen einwenden konnte, hatte er die Brieftasche aus seiner Hose gezogen. Er steckte sie mit einem kalten Lächeln zurück.
»Das wirst du mir büßen, du Schlampe!«, schimpfte der Dieb.
»Noch ein Wort, und ich lasse die Polizei holen!«, brachte ihn der vornehme Herr zum Schweigen. Er zog eine Münze hervor und reichte sie dem Mädchen. »Wie heißt du, Kleine?«, fragte er.
»Rose O'Malley«, antwortete sie.
»Aus Irland, nicht wahr?«
»Ich bin hier geboren, Sir.«
»Ich bin John Schultz«, stellte er sich vor, »vielen Dank! Das war sehr aufmerksam von dir! Wenn du mal nach St. Louis kommst und Ärger hast, lass nach mir rufen!« Er reichte ihr seine Visitenkarte, ohne auf den missbilligenden Blick seiner Frau zu achten, und lächelte sie freundlich an. »Viel Glück, Rose O'Malley!«
»Herzlichen Dank, Mister Schultz.« Sie verbeugte sich tiefer als gewohnt und betrachtete die geschwungene Schrift auf der Visitenkarte, als sie vom Hof auf die breite Kutschenstraße ritt.

2

Die Straße wand sich zwischen wogenden Maisfeldern nach Westen, führte an einem schmalen Fluss entlang, der bewegungslos in der schwachen Sonne zu verharren schien. Im dunklen Wasser spiegelten sich die Wolken, die am zweiten Tag ihrer Flucht aufgezogen waren. Rose schlief am anderen Ufer, weit genug von der Kutschenstraße entfernt, um nicht von vorbeiziehenden Händlern entdeckt zu werden. Ein Mädchen, das allein unterwegs war und die Nacht im Freien verbrachte, erregte immer Misstrauen. Tagsüber kümmerte sich kaum jemand um sie. Die Männer auf den schweren Fuhrwerken grüßten freundlich und hielten sie wohl für die Tochter eines Farmers, die zur Maisernte ritt. Ein Arzt, der in seinem Zweispänner von einer schwangeren Frau zurückkehrte, wechselte ein paar Worte mit ihr, und sie erzählte von einer Tante, die sie nach langer Zeit besuchen wollte. Ihre einzige Tante war vor zwei Jahren gestorben.

Am Abend des dritten Tages erreichte sie die Biegung des großen Flusses. Sie war noch nie am Mississippi gewesen, kannte den Fluss nur aus Erzählungen und stand staunend am schilfbewachsenen Ufer. Das Wasser war schmutzig, beinahe dunkelbraun, und ihr wurde klar, warum man den Mississippi auch »Big Muddy« nannte. Der Lehm, der flussaufwärts von den Ufern gebrochen war, trieb mit der Strömung zum Meer. Das andere Ufer lag irgendwo in der untergehenden Sonne, es schien meilenweit entfernt. Von der Sonne gebleichtes Treibholz schaukelte in den Wellen. Der Fluss schwappte gurgelnd durch das Schilf, und sie trat unwillkürlich einen Schritt zurück, aus Angst, von der gierigen Strömung erfasst und mitgerissen zu werden.

Sie suchte sich einen Platz in respektvoller Entfernung vom Ufer und legte sich unter einen Baum, dessen Äste bis auf den Boden reichten. Sie hatte keine Decke mitgenommen, und der frische Wind, der über den Fluss trieb, ließ sie frösteln. Sobald sie Arbeit gefunden hatte, würde sie wieder unter einem festen Dach schlafen, auf einer voll gestopften Matratze mit einem Kopfkissen und warmen Decken. Wenn die Münze, die sie von dem vornehmen Herrn bekommen hatte, nicht reichte, würde sie sich einen Vorschuss geben lassen und in eine Pension ziehen. So hatte ihr Nachbar die preiswerten Herbergen genannt, die es überall in der Stadt geben sollte. Sie würde bestimmt eine Anstellung finden. St. Louis war eine riesige Stadt, beinahe so groß wie die Städte an der Ostküste, und es gab viele Möglichkeiten, seinen Lebensunterhalt zu verdienen. Vielleicht konnte sie in einem Laden aushelfen. Sie würde dem Besitzer erzählen, dass sie ihre Eltern verloren hatte und bei einer armen Tante wohnte.

Das Rauschen des Flusses sang sie in den Schlaf. In ihrem Traum trug sie das braune Reisekostüm, das die Frau des vornehmen Herrn bei der Pferdewechselstation getragen hatte, und einen fliederfarbenen Hut mit Blumen aus kostbarer Seide. Sie hatte die Taschen voller Geld und wohnte in einem Haus, das dreimal so groß wie ihr Farmhaus war. Ein Diener in einer fantasievollen Uniform half ihr aus der goldenen

Kutsche. »Willkommen zu Hause, Mrs. O'Malley«, sagte er mit einer tiefen Verbeugung, und sie raffte ihre Röcke und stieg die Treppe zu der herrschaftlichen Villa empor. Die geschliffenen Steine eines großen Kristallleuchters funkelten im hereinfallenden Sonnenlicht, als sie den Flur betrat und vor der breiten Treppe wartete.

Ein lang gezogenes Tuten beendete ihren Traum. Sie schreckte hoch und sah die Lichter eines Dampfers, der mit großen Schaufelrädern durch das Wasser pflügte. Wie ein verlorenes Echo hing das Signal der Dampfpfeife über dem Fluss. Die Umrisse des mächtigen Schiffes zeichneten sich schwarz gegen den vollen Mond ab, und die Lichter auf dem Kesseldeck tanzten über das schwarze Wasser. Das Klimpern eines verstimmten Klaviers wurde vom Wind herübergetragen. Die stampfenden Maschinen trieben schwarzen Rauch durch die beiden Schlote und bestimmten den Rhythmus der beiden Schaufelräder, die unermüdlich nach dem Wasser griffen. Auf dem Hurricane Deck schaukelten einige Laternen an der Reling.

Rose merkte gar nicht, dass sie mit den Stiefeln im Uferschlamm stand, und blickte mit großen Augen dem Dampfer nach. Wie ein Ungetüm aus einer anderen Zeit verschwand er hinter der Biegung des Mississippi, und nur das schäumende Wasser, das weiß im Mondlicht glänzte, erinnerte daran, dass er über den Fluss gefahren war. »He, hast du das gesehen?«, rief Rose ihrem Ackergaul zu. Sie kehrte unter den Baum zurück und legte sich ins Gras, merkte aber bald, dass sie vor Aufregung nicht mehr schlafen konnte, und stand auf. »Ich glaube, wir können genauso gut weiterreiten«, ermunterte sie den Ackergaul, nahm ihren Vorratsbeutel und stieg auf den Rücken des Tieres.

Sie blieb auf der Kutschenstraße, die am Ufer des Flusses entlangführte, und ritt in den Morgen hinein. Die Sonne stieg über den Feldern empor und wurde von den Wolken verdrängt, die bedrohlich über den Fluss zogen. Es war kälter geworden, und die Luft roch nach Regen. Die bemalte Kutsche eines reichen Mannes überholte sie, ohne dass der Kutscher sie eines Blickes würdigte, und verschwand hinter einem Hügel. Das Lachen einer jungen Frau hing im kühlen Wind. Der Fluss bewegte sich wie ein mächtiges Meer neben ihr, wirkte kühl und abweisend im schmutzigen Licht und drängte mit klatschenden Wellen gegen das Ufer. Zwei Männer auf einem Flachboot ließen sich von der Strömung nach Süden treiben und winkten ihr fröhlich zu.

Das Lachen der Männer, die ihr etwas in einer fremden Sprache zuriefen, gab ihr neuen Mut. Sie trieb den Ackergaul an und blieb erst stehen, als die Kutschenstraße aus einem Wäldchen führte und sie die Stadt auf der anderen Seite des Flusses liegen sah. Sie stieg ab, kletterte auf die Uferböschung und blieb mit offenem Mund stehen. Der Anblick der riesigen Stadt mit ihren mehrstöckigen Häusern und den rauchenden Schornsteinen verschlug ihr die Sprache. Ihr Nachbar hatte in den höchsten Tönen von St. Louis geschwärmt, aber ein solches Bild war nicht einmal in ihren Träumen aufgetaucht. Drei oder vier Meilen zogen sich die Häuser am Fluss entlang. Über fünfzig Schaufelraddampfer lagen vor der Stadt, schwimmende Paläste mit weißen Aufbauten und goldenen Verzierungen. Die langen Schlote bildeten einen schwarzen Zaun und schienen die Lagerhallen und Warenhäuser am Ufer vor der starken Strömung zu beschützen.

Der Mississippi war an dieser Stelle besonders breit, und sie hörte das Lärmen der Hafenarbeiter nur als dumpfes Murmeln. Eine Glocke läutete, und sie sah winkende Passagiere, in Mäntel und Jacken gehüllt, auf dem Kesseldeck eines Dampfers stehen. Er stieß rückwärts aus der langen Reihe der vertäuten Schiffe hervor, dann tönte das Echo eines lauten Befehls über das Wasser, und die Schaufelräder drehten sich in die andere Richtung. Unter den Klängen einer Kapelle, die am Ufer angetreten war und ein altes Volkslied spielte, fuhr der Dampfer nach Süden. Die Rauchfahnen über seinen Schloten wurden vom Wind erfasst und über die Häuser der riesigen Stadt getrieben.

Rose entdeckte eine Fähre, die keine hundert Meter von ihr entfernt anlegte, und verabschiedete sich von ihrem Ackergaul. »Ich hoffe, du findest zurück«, sagte sie, nachdem sie ihren Beutel mit den restlichen Vorräten losgebunden hatte. Sie gab dem schnaubenden Pferd einen kräftigen Klaps auf das schwere Hinterteil und beobachtete zufrieden, wie es kehrtmachte und über die Kutschenstraße davontrabte. Ihr war es egal, ob ein Fremder den Ackergaul stahl, auf einer anderen Farm hatte er es bestimmt besser. Ihr Vater gab ihm nur selten etwas zu fressen. Sie dachte an ihre Mutter, die bis zu ihrem Tod auf der Veranda sitzen und in dem alten Märchenbuch lesen würde, und spürte Mitleid, aber der Gedanke an ihren Vater, der mit einer Alkoholfahne vor ihrem Bett auftauchte, tötete alle Gefühle. Sie lief entschlossen weiter und kletterte zu der kleinen Fähre hinunter.

Der alte Mann auf dem Boot beobachtete sie misstrauisch und fragte: »Hast du Geld?« Als sie ihre einzige Münze hervorkramte, steckte er sie ein und dachte gar nicht daran, ihr Wechselgeld herauszugeben. Rose blieb nichts anderes übrig, als den Wucherpreis zu akzeptieren. Wenn sie über den Fluss wollte, musste sie bezahlen, und es konnte Stunden oder sogar Tage dauern, bis sie einen Fährmann fand, der weniger verlangte. Sie ging missmutig an dem bärtigen Kerl vorbei und hielt sich an der Reling fest. Das Boot schaukelte heftig, besonders in der Mitte des Flusses, wo die Strömung am stärksten war, und im Kielwasser eines Schaufelrraddampfers, der aus der Nähe noch mächtiger aussah. Ihr Fährmann sagte kein Wort, beobachtete sie aber misstrauisch und brummte etwas, als sie im Hafen an Land ging.

Erst jetzt merkte sie, wie hektisch der Betrieb am Wasser war. Dunkelhäutige Arbeiter schleppten Kisten und schafften Baumwollballen mit eisernen Haken an Bord der wartenden Schiffe. Die Fracht wurde auf dem Hauptdeck gestapelt, gleich neben dem Maschinenraum und den Kesseln. Weiße Aufseher trieben die Arbeiter an, stießen Flüche aus, die sie noch nie gehört hatte. Schwere Fuhrwerke mit unruhigen Pferden bahnten sich einen Weg durch die Männer, brachten neue Fracht und das Gepäck der Passagiere in den Hafen. Die Dampfpfeifen begleiteten das unruhige Treiben mit einem lautstarken Konzert. Zwei Hunde stritten sich um einen Knochen und rannten bellend davon.

»Geh doch aus dem Weg!«, herrschte ein Arbeiter das Mädchen an. Sie sprang ängstlich zur Seite und beeilte sich, zu den Lagerhäusern oberhalb des Hafens zu kommen. Es bereitete ihr große Mühe, mit ihren nassen Stiefeln über die gepflasterten Straßen zu laufen. Sie stellte sich in einen Hauseingang, um sich an die hektische Betriebsamkeit zu gewöhnen, und holte tief Luft, bevor sie in die Washington Avenue bog. Das Straßenschild hing neben einer Laterne, an der Backsteinwand eines Lagerhauses. Obwohl es noch früh am Morgen war, wimmelte es auf der breiten Straße von Fuhrwerken und Menschen. Die anfeuernden Rufe der Kutscher wurden von den Ziegelwänden zurückgeworfen. Drei, vier Stockwerke ragten die Häuser empor. Auf dem steinernen Pflaster klang das Rattern der Räder wesentlich lauter als auf der Kutschenstraße jenseits des Flusses. Die Menschen schienen es eilig zu haben, hasteten mit angespannten Gesichtern an ihr vorbei, beachteten sie aber kaum.

Rose aß das letzte Maisbrot und stopfte den leeren Proviantbeutel in die Tasche ihres Overalls. Kauend überquerte sie die Main Street, auf der es beinahe so hektisch zuging wie auf der Front Street am Fluss. Sie wich einem Fuhrwerk aus, ließ die Flüche des wütenden Kutschers über sich ergehen und ging weiter nach Westen. Zu beiden Seiten der Straße gab es Bürgersteige für die Passanten. Auf der Second Street blieb sie staunend vor dem Barnum's Hotel stehen, einem eindrucksvollen Ziegelbau, der erst vor zwei Jahren fertig geworden war und sechs Stockwerke hoch in den Himmel ragte. Später erfuhr sie, dass es zu den höchsten Gebäuden der Stadt gehörte. Sie erreichte die Fourth Street und bestaunte die vornehmen Bekleidungsgeschäfte mit ihren kostbaren Auslagen. Hinter den Fenstern waren die blassen Gesichter von vornehmen Damen zu sehen, die missbilligend die Lippen verzogen, wenn sie das Mädchen in seinem schmutzigen Overall entdeckten. Sie ging nach Süden, am Kuppelbau des Gerichtsgebäudes vorbei, und blieb vor einem großen Laden stehen. »Murphey's Drugstore« stand in verschnörkelten Lettern über dem Eingang. Über den ausgestellten Waren in den Schaufenstern hingen zwei amerikanische Fähnchen.

Sie fasste sich ein Herz und betrat den Laden. Eine helle Glocke läutete, als sie die Tür öffnete. Auch in der kleinen Stadt, die zehn Meilen von ihrer Farm an einem kleinen See lag, hatte es einen Drugstore gegeben, aber dieser hier war zehnmal größer, und die lange Theke mit den bunten Bonbongläsern hätte nicht mal in den Gemischtwarenladen gepasst, obwohl sich der deutsche Besitzer immer gerühmt hatte, das größte Kaufhaus zwischen New York und St. Louis zu führen. Sie blieb vor den gefüllten Regalen stehen und betrachtete die bunten Kanister und Pakete, bestaunte einen farbenprächtigen Vogel in einem silbernen Käfig. Es roch nach Arzneimitteln und Putzmitteln und Limonade. Sie hätte sonst was für ein Glas frische Zitronenlimonade gegeben.

»Womit kann ich Ihnen dienen?«, meldete sich eine dunkle Stimme. Ein stämmiger Mann tauchte zwischen den Regalen auf, den Ansatz eines Bauches unter einer weißen Schürze verborgen, und blieb mit gerunzelter Stirn stehen, als er das Mädchen in dem abgerissenen Overall sah. Er stützte sich auf den Tresen und musterte sie ungerührt. »Was willst du denn hier?«

Rose nahm rasch ihren Schlapphut ab und deutete eine ungelenke Verbeugung an. Ihre rotblonden Locken fielen auf die Schultern. »Guten Morgen, Mister Murphey«, sagte sie. Die Augen des Ladenbesitzers waren kalt und abweisend, und sie bereute schon, den Drugstore betreten zu haben. Dieser Mann stellte bestimmt kein junges Mädchen ein, und er würde ihr auch keine Limonade spendieren. »Ich bin Rose O'Malley, ich suche Arbeit.«

»Rose O'Malley? Bist du Irin?«

»Ich bin Amerikanerin«, antwortete sie verwirrt.

»Aber deine Eltern kommen aus Irland.«

»Ja, aber …«

»Ich hab keine Arbeit!«

Das Mädchen hatte nicht erwartet, im ersten Laden eine Stellung zu finden, aber sie hatte auch nicht damit gerechnet, wie eine unerwünschte Schwarze abgekanzelt zu werden. Mochte der Mann keine Iren? Die Farmer in ihrer Gegend waren aus Irland und Deutschland gekommen, und es hatte selten Reibereien wegen der Herkunft gegeben, auch nicht mit den Männern, die schon seit einigen Generationen in Amerika lebten. Vielleicht war das in St. Louis anders. Sie dachte an die amerikanischen Fähnchen im Schaufenster und wich dem Blick des Ladenbesitzers aus, der missbilligend ihren schmutzigen Overall musterte.

»Mach, dass du rauskommst!«, fuhr der Mann sie an. »In deinem Aufzug vergraulst du mir nur die Kunden! Sieh dich in der Seventh Street um, bei den Kartoffelfressern in den Saloons! Sag ihnen, sie sollen endlich aus der Stadt verschwinden und dich gleich mitnehmen! Auf der Fourth Street können wir keine Iren brauchen! Schlimm genug, dass ihr euch in den Fabriken breit macht!« Er drehte sich und verschwand in einem Nebenzimmer.

»Joshua!«, hörte Rose die Stimme einer älteren Frau. »Sei doch nicht so hässlich zu dem Mädchen! Sie kann doch nichts dafür!«

»Sie hat knallrote Haare und einen irischen Namen! Vielleicht wollten sie den Balg als Spionin einschleusen! Diesen Kartoffelfressern traue ich alles zu, besonders jetzt, nachdem sie die Wahl verloren haben! Wenn die ihren Bürgermeister durchgebracht hätten, würden wir jetzt von Ausländern regiert! Stell dir das vor, Mutter! Dies ist eine amerikanische Stadt, und solange ich bei den Native Americans bin, wird es auch so bleiben!«

Rose hörte, wie er mit der Faust auf den Tisch schlug, und rannte schnell nach draußen. Die Türglocke verfolgte sie bis auf den Bürgersteig. Sie rannte zwei Straßen weiter, blieb erst in der Sixth Street stehen, wo es etwas ruhiger war, und kein ausländerfeindlicher Ladenbesitzer auf Iren schimpfte. Sie war viel zu überrascht, um sich darüber zu ärgern. Sie hatte nie ein Hehl daraus gemacht, dass ihre Eltern aus Irland gekommen waren, aber es hatte deswegen nie Streit gegeben. Sie hatte von ihrer Mutter gelernt, dass alle Amerikaner gleich waren. Deshalb waren die Menschen in dieses Land gekommen, weil sie von allen Zwängen loskommen wollten. So stand es in dem Buch, das sie in der Schule gelesen hatte. War in dieser Stadt alles anders?

Sie fand erst zwei Stunden später wieder den Mut, einen Laden zu betreten. Einen Eisenwarenladen in der Sixth Street. Diesmal erschien eine ältere Dame in einem dunklen Kleid, das Gesicht gepudert und die grauen Haare kunstvoll hochgesteckt. Auch sie verzog missbilligend das Gesicht, als sie den schmutzigen Overall bemerkte, wurde aber gleich wieder freundlich. »Was kann ich für dich tun?«, fragte sie besorgt. »Dein Overall ist schmutzig!«

Ihr war längst aufgefallen, dass die Menschen in der Stadt viel sauberer gekleidet waren. »Ich komme von außerhalb«, sagte sie beinahe entschuldigend, »meine Eltern sind beide tot, und ich wollte zu einer Tante gehen, aber die wohnt nicht mehr hier, und jetzt suche ich Arbeit, damit ich mir ein Zimmer mieten kann …«

»Wie alt bist du, mein Kind?«

»Sechzehn«, log sie. »Ich könnte beim Verkaufen helfen …« Die Frau legte einen Arm um ihre Schultern. »Du hast doch sicher Hunger. Komm, ich hab einen Eintopf auf dem Herd stehen, und im Krug ist noch etwas Limonade. Dann sehen wir mal, was ich für dich tun kann.« Sie führte das Mädchen in die Küche und forderte es auf, sich an den Tisch zu setzen. »Hier hast du schon mal die Limonade, ich bin gleich zurück, ja?« Sie ging nach draußen, und Rose beobachtete, wie sie mit einer jüngeren Frau sprach. Nach einer Weile verschwand die junge Frau.

Rose wurde misstrauisch, aber der Hunger war stärker, und sie machte sich dankbar über den Gemüseeintopf her. Erst jetzt merkte sie, dass sie seit drei Tagen keine warme Mahlzeit mehr gegessen hatte. Die Limonade schmeckte erfrischend.

Nach einer Weile, sie war gerade beim Schokoladenpudding angelangt, kehrte die junge Frau mit einem großen Mann zurück. Der Mann trug einen Stern und fragte: »Wo steckt die Kleine?«

3

Rose hatte sich die Polizisten von St. Louis viel eindrucksvoller vorgestellt. Mit einer bunten Uniform, so wie manche Soldaten, und einer mehrschüssigen Feuerwaffe. Der Polizist, der vor ihr stehen blieb und eine Hand auf ihre Schultern legte, trug einen schlichten Anzug und einen schmalkrempigen Hut, und lediglich der silberne Stern wies ihn als Gesetzeshüter aus. »Officer Spencer«, stellte er sich vor, »du brauchst keine Angst zu haben!«

»Er bringt dich zu den freundlichen Schwestern auf die Farm«, sagte die Ladenbesitzerin, »dort leben viele Mädchen, die keine Eltern mehr haben. Du bist doch viel zu jung, um in einem Laden zu arbeiten. Auf der Farm bekommst du alles, was du zum Leben brauchst, und tagsüber darfst du zur Schule gehen.« Sie wandte sich an den Polizisten. »Ich unterstütze die Sisters of Charity schon seit einigen Jahren, müssen Sie wissen, sie haben sich um diese Stadt verdient gemacht, ja, das haben sie.«

»Ein Waisenhaus?«, erschrak das Mädchen.

»Nein«, widersprach die ältere Frau gönnerhaft, »eine Farm, ein Bauernhof, draußen vor der Stadt. Dort lebst du mit anderen Jungen und Mädchen zusammen, die ein ähnliches Schicksal erlitten haben. Wie sind deine Eltern gestorben, mein Kleines?«

»Meine Mutter hatte eine Fehlgeburt«, antwortete sie, das war nicht mal gelogen, »und mein Vater kam bei einem Gewitter um.«

»Wie traurig«, erschrak die Frau. »Ist das schon lange her?«

»Ein paar Wochen«, log sie.

»Und es hat sich niemand um dich gekümmert?«

»Ich bin weggelaufen und hab nach meiner Tante gesucht«, berichtete sie weiter, »sie soll in der … in der Washington Avenue wohnen, aber dort lebt sie nicht mehr.« Sie schüttelte die Hand des Polizisten ab. »Hören Sie, Ma'am, ich bin älter, als Sie denken, ich bin schon sechzehn, und die Schule hab ich längst hinter mir. Ich will nicht auf diese Farm! Ich möchte irgendwo arbeiten und mir mein Geld selber verdienen! Ich bin groß genug!«

»Sie hat Recht«, meinte der Polizist, »sie ist wirklich schon sehr groß. Meine Nichte ist fünfzehn und sieht wesentlich jünger aus. Warum sollen wir die Sisters of Charity mit ihr belasten? Die Poor Farm platzt aus allen Nähten, und die Schwestern sind bestimmt nicht begeistert, wenn wir das Mädchen dort hinbringen.«

Die besorgte Ladenbesitzerin rang die Hände. »Was glauben Sie, warum ich die Schwestern unterstütze? Ich möchte nicht, dass halbwüchsige Mädchen im Hafenviertel rumirren! Wir haben doch gesehen, was aus den bedauernswerten Geschöpfen wird. Nein, auf der Poor Farm ist sie am besten aufgehoben.«

»Ich will aber nicht!«, wehrte sie sich. Sie sprang auf und wollte weglaufen, aber der Polizist hielt sie fest und sagte: »Halt! Hier geblieben! Du tust ja gerade so, als wollte ich dich verhaften!«

Für Rose war es noch schlimmer. Sie schlug weinend um sich,

als der Polizist sie nach draußen auf einen Wagen zerrte, und empfand die tröstenden Worte der älteren Frau als Hohn. Widerwillig ergab sie sich in ihr Schicksal. Wie eine Verbrecherin saß sie neben dem Polizisten, der sie mit eisernem Griff festhielt. Die Ladenbesitzerin meinte es sicher gut und wollte nur vermeiden, dass sie in falsche Kreise geriet, aber ihre übertriebene Fürsorge brachte das Mädchen ausgerechnet dorthin, wo sie am wenigsten sein wollte: auf eine Farm außerhalb der Stadt. Sie fragte sich, was passiert wäre, wenn sie die Wahrheit gesagt hätte, und war froh, dass sie gelogen hatte. Der Polizist hätte bestimmt dafür gesorgt, dass man sie zu ihren Eltern zurückbrachte.

Die Poor Farm lag unweit der Eisenbahnlinie, am Rande eines Wäldchens, das unterhalb eines lang gestreckten Hügels begann. Es gab keine Mauern und keine Wachttürme, und doch kam ihr das Anwesen wie ein Gefängnis vor. Später erfuhr sie, dass vor allem Arme und Behinderte auf die Farm abgeschoben wurden, auch Erwachsene, die Waisenkinder waren in der Minderheit und schliefen in einem schmucklosen Holzhaus, das den Hof im Süden begrenzte. Das Hauptgebäude war aus festen Ziegeln gebaut und erinnerte sie an die Fabrikgebäude in der Stadt. Sie hielten vor dem kleinen Giebelhaus im Norden, in dem die Zimmer der Schwestern und die Büros untergebracht waren. Leichter Regen trommelte auf die Dächer und trug zu der tristen Stimmung bei, die sich in ihrer Seele breit gemacht hatte.

Rose fügte sich in ihr Schicksal und ließ die Begrüßungsrede von Schwester Agnes geduldig über sich ergehen. Sie trug eine hellblaue Uniform und hatte ihre Haare zu einem strengen Knoten gebunden. Ihre Stimme klang sanft und mitleidvoll.

»Du hast großes Glück gehabt, dass sich Mrs. Meriwether deiner angenommen hat«, sagte sie. So hieß die Ladenbesitzerin. »Sie ist eine wohlhabende Frau und unterstützt uns regelmäßig. Sie möchte, dass du unter gleichaltrigen Mädchen bist und den Tod deiner Eltern so schnell wie möglich vergisst.« Sie lächelte sanft. »Mit Gottes Hilfe wirst du es schaffen, mein Kind! Wir werden dafür sorgen, dass du einen guten Start ins Leben bekommst. Aber du musst uns ein bisschen helfen! Wenn so viele Menschen auf einer kleinen Farm wie dieser leben, müssen gewisse Regeln eingehalten werden, sonst kann es keine Ordnung geben. Ich möchte, dass du dich an die Regeln hältst. Wirst du das tun?«

»Natürlich, Schwester«, antwortete sie. Sie hatte längst erkannt, dass sie weiterkam, wenn sie das gehorsame Mädchen spielte, obwohl sie längst wusste, dass sie nicht lange auf der Farm bleiben würde. Bei der ersten Gelegenheit würde sie fliehen. Irgendwo in der Stadt musste es einen Menschen geben, der Arbeit für sie hatte. Beim nächsten Mal würde sie besser aufpassen. Sie würde den Ladenbesitzer durch das Schaufenster beobachten, bevor sie sich bei ihm vorstellte. Es gab nettere Männer als Joshua Murphey und Frauen, die nicht so fürsorgend wie Mrs. Meriwether waren. Wenn sie Geduld hatte und besser aufpasste, würde es auch in St. Louis einen Platz für sie geben.

Das Leben auf der Poor Farm war besser, als sie befürchtet hatte. Die Arbeit auf den Feldern war leichter als zu Hause, und sie bekam regelmäßig zu essen und zu trinken. Manchmal, so erzählten die anderen, gab es sogar Kuchen. Die meisten Mädchen waren jünger und ließen sie allein, als sie merkten, dass sie in Ruhe gelassen werden wollte. Sie schliefen in einem

großen Raum mit einfachen Stockbetten, die sie jeden Monat neu überziehen durften, und vor dem Einschlafen las eine Schwester aus der Bibel vor. Die behinderten Erwachsenen bekamen sie kaum zu Gesicht. Sie durften ihre Quartiere nur selten verlassen und wurden wie Gefangene bewacht. Es ging das Gerücht um, dass sie nachts an ihre Betten gekettet wurden, damit sie nicht wegliefen. Im Erdgeschoss des Hauptgebäudes wohnten allein stehende Frauen mit Kindern, die ihren Mann verloren hatten.
Die Jungen schliefen im zweiten Stock des Holzhauses und begegneten ihnen nur während der Mittagspause, wenn sie abseits der Felder saßen und ihre Suppe löffelten. Die Schwestern achteten streng darauf, dass Jungen und Mädchen nicht miteinander sprachen, aber es gab Blickkontakte, und sie beobachtete manchmal, wie ältere Mädchen in das nahe Wäldchen schlichen und sich dort mit ihren Freunden trafen. Rose interessierte sich nicht mehr für Jungen, das glaubte sie jedenfalls, nachdem Joey sie so schmählich hatte sitzen lassen, aber am dritten Tag bemerkte sie, dass ein Junge sie unverwandt anstarrte. Er war ein paar Jahre jünger als sie und trug kurze Hosen. Seine Augen bedeuteten ihr, sich hinter ein nahes Gebüsch zu schleichen.
»Ich bin Jesse James«, sagte er mit seiner erstaunlich dunklen Stimme, »hast du die kleinen Kinder gesehen, die im Haupthaus wohnen? Ihre Väter haben sie sitzen lassen! Sind mit einer Jüngeren abgehauen oder haben sich mit ihrem Hab und Gut nach Westen verzogen! Aber in ein paar Jahren zeige ich es diesen Pfeffersäcken! Meine Mutter haben sie auch ausgenommen, und es wird höchste Zeit, dass ihnen jemand die Flügel stutzt!« Er sprach wie ein erwachsener Mann, und sein Atem

verriet ihr, dass er rauchte. »Warum bist du hier? Hast du deine Eltern umgelegt?«

Und als sie ihn erschrocken anstarrte: »Ob du's glaubst oder nicht, die Blonde mit den Pickeln im Gesicht hat ihre Mutter erschlagen!« Er deutete auf ein zehnjähriges Mädchen, das friedlich seine Suppe aß. »Mit der Axt! Weil sie ihr nicht erlaubt hat, mit den Jungen am Fluss zu spielen! Ihr Vater hat sie hergebracht.«

Rose glaubte ihm nicht. »Meine Eltern sind gestorben.« Sie wiederholte die Lüge, die sie der Ladenbesitzerin aufgetischt hatte, und erzählte ihm, wie sie auf die Farm gekommen war. »Und warum bist du hier? Ich denke, deine Mutter lebt noch?«

»Sie haben mich beim Klauen erwischt«, antwortete er grinsend. »Ins Gefängnis stecken konnten sie mich nicht, dazu bin ich zu jung, also bin ich auf der Poor Farm gelandet.« Er kicherte leise. »Du willst abhauen, was?« Sie erschrak. »Hab ich mir gedacht. So sieht sich nur eine um, die von hier wegwill!« Er blickte sich nach den beiden Schwestern um, die sich am Waldrand unterhielten. »Wie wär's, wenn wir zusammen abhauen?«

»Und wie willst du das anstellen?«, fragte sie neugierig.

»Ganz einfach«, erklärte er. »Hast du den Planwagen gesehen, der alle paar Tage im Hof hält? Der bringt neue Vorräte aus St. Louis. Der alte Mann auf dem Bock ist schon über siebzig und merkt bestimmt nicht, wenn wir auf die Ladefläche klettern. Morgen früh kommt der Wagen wieder. Um sechs Uhr auf dem Hof!«

Jesse verschwand, bevor sie etwas sagen konnte, und sie kehrte zu den anderen Mädchen zurück. Die Blonde, die angeblich ihre Mutter umgebracht hatte, lächelte ihr verschwörerisch zu.

Sie hatte selbst einen Freund und würde sie nicht verraten. Rose erwiderte das Lächeln und erschauderte bei dem Gedanken, dass die Blonde ihre Mutter mit einer Axt erschlagen hatte. Manchmal hatte Rose daran gedacht, ihren Vater mit Joeys Gewehr zu erschießen, und es war eine schreckliche Vorstellung, dass es Menschen gab, die solche Pläne in die Tat umsetzten.

Früh am nächsten Morgen schlüpfte Rose in ihren Overall. Sie hatte das graue Kleid, das sie von den Schwestern bekommen hatte, sowieso nie leiden können. Sie griff nach ihrem Schlapphut und schlich die Treppe hinunter. Jesse wartete neben der Tür. Sie hatte nie daran gezweifelt, dass der Junge es ernst meinte. Aus einem unerfindlichen Grund vertraute sie ihm. Er strahlte eine unerschütterliche Ruhe aus und hatte sein Leben fest verplant. Er würde das tun, was er sich vorgenommen hatte.

Er legte eine Hand an seine Schiebermütze und sagte: »Wir müssen uns beeilen!« Lautlos öffnete er die Tür und spähte vorsichtig nach draußen. Der Planwagen stand vor dem Giebelhaus, von dem alten Mann und den Schwestern war nichts zu sehen. »Jetzt«, flüsterte er ihr zu. Sie rannten los, kletterten auf den Wagen und versteckten sich unter den Wolldecken, mit denen der Händler seine Waren abgedeckt hatte. Es roch nach Gemüse.

»Bis übermorgen«, hörten sie die Stimme des Mannes, dann war Schwester Agnes zu hören, die versprach, beim nächsten Gottesdienst eine Kerze für seine todkranke Frau anzuzünden. »Ich werde für Ihre Frau beten, lieber Freund, leben Sie wohl!« Der Wagen ratterte mit den Kindern aus dem Hof, und sie warteten geduldig, bis sie die Stadt erreicht hatten. Hinter der

Seventh Avenue sprangen sie von der Ladefläche und rannten davon. In einem Hauseingang grinsten sie einander an. »Hab ich dir doch gesagt«, triumphierte der Junge, »es ist ganz einfach!«

Jesse führte das Mädchen in eine Nebenstraße und bedeutete ihr, auf ihn zu warten. »Ich bin gleich wieder da!« Ein paar Minuten später kam er mit zwei frischen Äpfeln zurück. Er reichte ihr einen, und sie bissen herzhaft hinein. Sie fragte nicht, woher er die Äpfel hatte, aber sie vermutete, dass er nicht dafür bezahlt hatte.

»Haben die Leute was gegen Iren?«, fragte sie unvermittelt.

»Manche schon«, antwortete er, »warum?«

Sie berichtete von dem unfreundlichen Mann, der alle Ausländer beschimpft und sie aus dem Laden geworfen hatte. »Ich glaube, er heißt Joshua Murphey. Der Besitzer des Drugstores in der Fourth Avenue. Ein widerlicher Kerl! Seine Augen waren richtig gemein! Dabei bin ich hier geboren! Ich bin Amerikanerin!«

»Das ist diesen Typen egal, die sind gegen alles, was nicht aus St. Louis kommt!« Er biss in seinen Apfel. »Joshua Murphey? Ein stämmiger Kerl mit dicken Augenbrauen?« Und als sie nickte: »Von dem hab ich gehört. Der ist 'ne große Nummer bei den Native Americans. Das ist die Partei, die hier das Wort führt. Bei der Bürgermeisterwahl letzten Monat haben sie sich mit den Iren und den Deutschen geprügelt! Gegen Katholiken sind sie auch!«

»Und warum unternimmt niemand was gegen sie?«

Jesse warf lachend seinen Apfelrest in einen Hauseingang. »Die sind viel zu stark! Und die Polizei haben sie auch auf ihrer Seite! Gegen die können die Iren und die Deutschen nicht mal was unternehmen, wenn sie zusammenhalten! Vor ein paar Tagen gab es Stunk, weil der neue Bürgermeister befohlen hat, alle Saloons am Sonntag zu schließen. Sie haben sich auf der Seventh Avenue geprügelt, vor den Saloons. Ich war mittendrin!«

»Du hast dich mit den Männern geschlagen?«

»Mir blieb gar nichts anderes übrig«, antwortete er, »ich hatte in einem der Saloons gepennt.« Er lachte wieder. »Ich bin sofort weggerannt, und dann haben sie mich beim Klauen erwischt.«

»Warum bist du überhaupt hier?«, fragte sie nach einer Weile. »Warum bleibst du nicht zu Hause bei deiner Mutter? Da brauchst du nicht zu klauen! Oder hat sie dich rausgeworfen?«

Jesse schüttelte grinsend den Kopf. »Ich wollte nur mal sehen, ob ich auch allein zurechtkomme. Willst du noch 'nen Apfel?«

»Lieber nicht.«

Sie gingen aus der Gasse und schlenderten über den Bürgersteig zur nächsten Kreuzung. Dort tauchten zwei Polizisten vor ihnen auf. »He, das ist doch die Kleine, die ich zur Poor Farm gefahren habe«, sagte einer. »Und den Jungen kenn ich auch!«

Die Kinder rannten davon. Quer über die Fourth Street hetzten sie zum Fluss hinunter. Sie sahen nicht, wie Joshua Murphey aus seinem Drugstore stürmte, sie hörten ihn nur laut schimpfen: »Das ist die kleine Irenhexe! Sie rennt zum Hafen runter! Haltet sie fest, verdammt!« Die Trillerpfeife eines Polizisten schrillte, aber niemand wollte sich einmischen, und Jesse und Rose erreichten ungehindert die Front Street. Sie rannten in die nächste Lagerhalle und versteckten sich hinter einigen Baumwollballen.

»Das war Murphey!«, flüsterte Rose atemlos. »Hast du gehört?«
»Sie schmieren die Polizei«, erwiderte Jesse.
Von draußen näherten sich Schritte, und die Kinder duckten sich hinter ihrer Deckung. Sie wagten kaum zu atmen, als sie die Polizisten hörten. »Ich hab gesehen, dass sie hier rein sind«, sagte einer, und der andere schimpfte: »Diese blöden Lagerhallen sehen alle gleich aus!« Schritte scharrten über den hölzernen Boden, verstummten plötzlich, und der eine Polizist fragte: »He, wo ist Murphey geblieben? Der Kerl wird langsam alt.«
»Ich bin hier«, kam die schnippische Antwort, »mit zwei Grünschnäbeln wie euch nehm ich es jederzeit auf. Wo ist die Hexe? Sagt bloß, ihr habt sie verloren! Das darf doch nicht wahr sein!«
»Ist nur ein Mädchen«, winkte ein Polizist ab.
»Eine irische Hexe ist sie!«, ereiferte sich der Ladenbesitzer. »Sie wollte sich als Spionin bei mir einschleichen! Diese Kartoffelfresser arbeiten mit allen Mitteln! Die schrecken vor nichts zurück! Ihr müsst sie unbedingt finden, Männer. Sie muss uns sagen, wer sie beauftragt hat. Was steht ihr noch rum, verdammt?«
Die Polizisten hatten großen Respekt vor dem wohlhabenden Ladenbesitzer, der noch zwei andere Drugstores besaß und mit dem Polizeichef befreundet war. Es wurde gemunkelt, dass er eine vierstellige Summe in die Polizeikasse gespendet hatte. Sie suchten weiter, kamen dem Versteck der Kinder immer näher.
In diesem Augenblick tauchte einer der irischen Aufseher in der Lagerhalle auf. Er sah den verhassten Ladenbesitzer und rief grinsend: »He, Leute! Ratet mal, wer hier ist! Murphey!

Die miese Ratte, die uns am liebsten alle in den Fluss werfen würde! Höchste Zeit, dass wir ihm eine ordentliche Abreibung verpassen!«

Die Kinder duckten sich noch tiefer und verfolgten gespannt, wie irische, deutsche und schwarze Dockarbeiter in der Lagerhalle auftauchten und sich bedrohlich vor Murphey aufbauten. Sie erhoben die eisernen Baumwollhaken und grinsten siegessicher. »Lasst den Unsinn!«, rief einer der beiden Polizisten. Der andere blies in die Trillerpfeife, und hinter den Arbeitern tauchten Anhänger der Native Americans auf. Sie hatten gesehen, wie die Ausländer unter wilden Flüchen in die Lagerhalle gegangen waren. Die Polizisten griffen nicht ein, als die beiden Parteien aufeinander losgingen und ein wildes Handgemenge entstand. Die Männer schlugen mit den Baumwollhaken aufeinander ein, verteilten Fausthiebe und schrien wild durcheinander. Rose hielt beide Hände vor die Augen, als neben ihr ein Mann zu Boden fiel, das Gesicht blutig und einen Baumwollhaken im Oberarm.

Die Trillerpfeifen der Polizisten übertönten den Lärm, und Rose und Jesse nutzten die Verwirrung und rannten aus ihrem Versteck. Sie stürmten an dem verdutzten Joshua Murphey vorbei, der ebenfalls die Flucht ergriffen hatte, und erreichten den Ausgang. Den Baumwollhaken, der wie ein Wurfgeschoss durch die Lagerhalle wirbelte, konnten sie nicht sehen. Die Waffe bohrte sich in die Schulter des Jungen und warf ihn zu Boden.

»Jesse!«, rief Rose erschrocken. Sie kniete neben dem verletzten Jungen und blickte sich Hilfe suchend nach den kämpfenden Männern um. »Jesse ist verletzt! Helft mir! Er stirbt! Helft mir doch endlich!«

Ein irischer Arbeiter kam aus dem Halbdunkel und hob den Jungen auf. Er blutete an der linken Schulter. »Schnell weg hier!«, sagte er zu dem Mädchen. »Beeil dich! Sie suchen nach euch!«
Rose hatte keine Wahl. Sie folgte dem Iren durch die dunklen Straßen und betete zu Gott, dass er den Jungen am Leben ließ.

4

Das Mullanphy Hospital lag in einer dunklen Seitenstraße, nur ein paar hundert Meter von den irischen Saloons in der Seventh Avenue entfernt. Ein zweistöckiges Haus aus roten Ziegeln, das irischen Einwanderern offen stand, die sich die teuren Krankenhäuser der Amerikaner nicht leisten konnten und dort auch nicht gern gesehen waren. Die Irish Crowd, eine Interessenvertretung aller Iren in St. Louis, finanzierte die Behandlung der bedürftigen Bürger aus den Spenden ihrer reichen Mitglieder. »Kümmern Sie sich um den Jungen!«, rief der irische Arbeiter aufgeregt, als er mit dem verletzten Jesse die Treppe hinaufstürmte und eine Krankenschwester im Flur traf, »die Natives haben ihn erwischt!«

Rose war dabei, als sie den Jungen auf eine Bahre legten und in den Behandlungsraum rollten, und sie wartete allein im Flur, bis die Operation vorüber war. Der irische Arbeiter war zum Hafen zurückgelaufen. Sie rannte dem Arzt entgegen, und der Mann im weißen Kittel beruhigte sie und sagte: »Keine Bange! Dein Freund ist bald wieder auf dem Damm! Wir behalten ihn zwei, drei Tage hier, dann darf er gehen.« Er blieb vor der Tür zum Schwesternzimmer stehen. »Er sieht gar nicht wie ein Ire aus!«

»Er hat einer Irin geholfen«, sagte sie stolz. Sie blickte auf den schlafenden Jungen. »Ich glaube, er wird mal ein großer Held!«

»Und du?«, fragte er neugierig. Seine Augen musterten den zerschlissenen Overall und die schmutzigen Stiefel. »Was hast du jetzt vor? Hast du dich auch mit den Männern geprügelt? Der Hafen ist gefährlich, besonders für ein Mädchen!« Er schmunzelte leicht. »Auch wenn sie aus Irland kommt! Wenn dich die Polizei in der Battle Row aufgreift, kriegst du eine Menge Ärger!«

»Ich weiß«, erwiderte sie entschlossen, »deshalb will ich viel Geld verdienen, damit ich nach Westen gehen kann! Meine Eltern sind vor ein paar Monaten gestorben. Ich möchte ein eigenes Geschäft aufmachen.« Sie blickte einer Schwester nach, die mit einer Medizinflasche in einem Zimmer verschwand, und fragte mutig: »Ich suche Arbeit. Brauchen Sie keine Schwester?«

»Reich wirst du bei uns nicht«, antwortete er.

»Ich leere auch die Nachttöpfe«, versprach sie.

»Das musst du auch«, sagte der Arzt. Die selbstbewusste Art des Mädchens gefiel ihm, und er wollte ihr helfen, obwohl sie noch viel zu jung war, um in einem Krankenhaus zu arbeiten. »Die Arbeit ist nicht einfach. Sogar Erwachsene tun sich bei uns schwer.« Er blickte sie an. »Hast du so was schon mal gemacht?«

»Ich hab meine kranke Mutter gepflegt.«

»Hm«, meinte er amüsiert.

Rose fing noch am selben Tag im Mullanphy Hospital an, nicht als Schwester, sondern als einfache Pflegerin, und bekam sogar ein sauberes Kleid und Unterwäsche geschenkt. Es machte ihr nichts aus, dass die Kleidung einem Mädchen gehört hatte, das an einer schweren Lungenentzündung gestorben war. Als Pflegerin wurde sie schlecht bezahlt, aber sie bekam regelmäßig zu essen und durfte in einer Abstellkammer unter dem Dach schlafen. Den Overall behielt sie. Sie wusch ihn über einem Kübel in der Waschküche und flickte in ihrer Freizeit die Löcher. Als sie die Taschen umdrehte, fand sie die Visitenkarte des Mannes, den sie bei der Pferdewechselstation getroffen hatte. »John Friedrich Schultz, Schiffsbauer« stand dort in kunstvollen Lettern. Einer der wohlhabenden Männer, die Jesse James bekämpfen wollte, obwohl er sehr nett gewesen war. Er hatte nicht wie einer der »Pfeffersäcke« ausgesehen, die arme Familien ausbeuteten.

Sie nahm an, dass sie den vornehmen Herrn mit dem seltsamen Namen niemals treffen würde. Man würde sie nicht mal einlassen, wenn sie an seiner Tür klopfte. Dennoch steckte sie die Karte in die Tasche zurück. Sie betrachtete sich in dem Spiegel, der neben ihrem Bett an der Wand lehnte. Es gab kein Fenster in ihrer Abstellkammer, und die tropfende Kerze verbreitete nur trübes Licht. Sie trug ein dunkelblaues Kleid, das bis über ihre Knie reichte, und eine saubere Schürze, die sie von einer älteren Schwester bekommen hatte. Ihre rotblonden Locken waren frisch gewaschen und flossen unter einer strengen Haube hervor. Die Sommersprossen um ihre leichte Stupsnase waren im Kerzenlicht kaum zu erkennen. Ihre Haut wirkte heller als sonst, und ihre dunkelgrünen Augen leuchteten entschlossen. »Ich werde es schaffen!«, sagte sie zu ihrem Spiegelbild. Sie hatte das erste Hindernis auf dem Weg nach Westen überwunden.

Jesse verschwand am nächsten Morgen, ohne sich von ihr zu verabschieden. Kaum jemand beachtete ihn, als er aus dem Krankenhaus rannte und auf dem Planwagen eines Händlers nach Süden fuhr. »Wenn du Rose bist, soll ich dir was ausrichten«, sagte einer der verletzten Arbeiter, die nach dem Kampf eingeliefert worden waren und im selben Zimmer gelegen hatten. »Du sollst gut auf dich aufpassen und seinen Namen in der Zeitung suchen, weil er es den verdammten Pfeffersäcken irgendwann heimzahlen will. Die ganze Welt wird von Jesse James hören, hat er gesagt. Sobald er groß genug ist, soll es losgehen. Dann hat er sich angezogen und ist gegangen. Einfach so, dabei wollte ihn der Doktor noch einen Tag hier behalten.«

Rose lächelte, als sie an den Jungen dachte. Er war ein Schlitzohr und würde seinen Weg machen. Gegen Joey wirkte er wie ein erwachsener Mann, obwohl er ein paar Jahre jünger war. Sie war fest davon überzeugt, dass er sich niemals würde unterkriegen lassen. Er hatte es auf die mächtigen Männer abgesehen, die arme Farmer und Arbeiter ausbeuteten, und würde mit allen Mitteln gegen sie kämpfen. So entschlossen wie die irischen Arbeiter, die immer wieder gegen die Native Americans vorgingen und sich gegen den Ausländerhass in St. Louis zur Wehr setzten. Die Deutschen kämpften an ihrer Seite, hatten sogar eine Zeitung gegründet, den »Anzeiger des Westens«, dessen Reporter gegen die Hetzartikel des »Missouri Republican« anschrieben.

Nicht alle Amerikaner waren gegen die irischen und deutschen Einwanderer. Manche waren sogar froh, dass sie kamen und die anstrengende Arbeit in den Fabriken übernahmen. Viele Iren arbeiteten im Süden der Stadt, wo Kessel für die Dampfschiffe und die neuen Lokomotiven hergestellt wurden. Zehntausend Iren gab es in St. Louis, das inzwischen beinahe hunderttausend Einwohner hatte. Über zwanzigtausend kamen aus Deutschland, wo vor acht Jahren eine blutige Revolution gescheitert war. Das erfuhr Rose von der Oberschwester, einer kräftigen Frau mit dunklen Locken, die beinahe wie eine Mutter zu ihr war. Ihr Mann war während einer Kesselexplosion auf einem Schaufelraddampfer umgekommen, und ihr einziger Sohn war zu den Goldfeldern nach Kalifornien gezogen. Auch sie wohnte im Krankenhaus, in einem kleinen Zimmer im zweiten Stock, und sie trafen sich alle paar Tage auf einen heißen Tee und unterhielten sich über alles, was in St. Louis geschah. »Irgendwann müssen die Schlägereien aufhören«, sagte sie, »sonst gibt es nie Frieden.«

Im Krankenhaus waren die Ausmaße der Gewalt am deutlichsten zu spüren. Besonders am Wochenende wurden Männer mit Schuss- und Stichverletzungen eingeliefert. Die meisten Schlägereien fanden auf der »Battle Row« statt, dem Vergnügungsviertel nördlich der Anlegestellen, in den Saloons an der Seventh Street und in den Bordellen an der Ecke Third und Almond Street. Rose hielt sich von diesen Gegenden fern, wenn sie in der Stadt unterwegs war. Sie verbrachte die meiste Zeit im Krankenhaus, hielt auch die langen Nachtschichten durch und wurde nach einigen Monaten zur Krankenschwester befördert. Jetzt durfte sie den Ärzten bei ihrer Arbeit helfen und Medikamente verteilen, und die Nachttöpfe musste ein Mädchen leeren, dessen Vater in New York von einem Dieb erschossen worden war. Die Mutter arbeitete als Kellnerin in Shannon's Coffee House, einer üblen Spelunke an der Battle Row. Rose zog mit der Oberschwester in ein größeres Zimmer, in dem es sogar einen Eisenofen gab. Durch ein winziges Fenster konnten sie auf die Straße hinabblicken.

Die Arbeit war anstrengend, besonders am Wochenende, wenn die Verletzten eingeliefert wurden. Im August 1857 stand eine neue Bürgermeisterwahl bevor, und es gab schon jetzt, einige Wochen vor dem entscheidenden Tag, blutige Auseinandersetzungen. An einem Sommerabend versammelten sich die Schlägertrupps der Native Americans vor dem Anzeiger des Westens an der Market Street, und der Bürgermeister musste die freiwillige Miliz schicken, weil die Polizei nicht stark genug war, um die randalierenden Männer zu vertreiben. Rose beobachtete die Soldaten von ihrem Zimmer aus: die Continental Rangers und die National Guards in ihren farbenprächtigen Uniformen.

Wenn die Verletzten eingeliefert wurden, wartete sie an der Eingangstür und half den blutenden Männern in den überfüllten Behandlungsraum. Nach einer blutigen Schlägerei im Juli lagen über zwanzig irische Hafenarbeiter auf den Pritschen, drei Männer starben, weil es nicht genügend Ärzte gab und die Schwestern keine Operationen durchführen konnten. Den schweren Fällen, wie die Oberschwester sie nannte, den Männern, die sich schreiend auf der Pritsche wälzten, flößten sie Laudanum ein. Rose säuberte blutige Wunden mit Alkohol, hielt verletzte Männer fest, wenn die Ärzte eiserne Baumwollhaken und andere Stichwaffen aus ihren Körpern zogen, und legte feste Verbände an. Sie half, die Toten aus dem Behandlungsraum zu schieben, und fluchte schamlos, wenn sie vor lauter Arbeit nicht nachkam. Von manchen Hafenarbeitern hatte sie Ausdrücke gelernt, die ihr außerhalb der Dienstzeit die Schamröte ins Gesicht getrieben hätten.

Wenige Tage vor der Wahl, als sie zum Fluss hinunterging, um einem der großen Schiffe bei der Abfahrt zuzuwinken, begegnete sie Joshua Murphey. Sie hatte den Besitzer des Drugstores beinahe vergessen. Er war im letzten Jahr zu einem bedeutenden Anführer der Native Americans aufgestiegen und wollte bei der nächsten Wahl zum Bürgermeister kandidieren. Sein Name wurde genannt, wenn von den großen Auseinandersetzungen zwischen den Native Americans und den anderen Parteien gesprochen wurde, und an einem der letzten Sonntage hatte er sogar eine Rede gehalten, auf dem freien Platz vor dem alten Gerichtsgebäude. Deutsche Fabrikarbeiter hatten die Versammlung gestört, und es war zu einer Schlägerei gekommen. Nicht so blutig wie der Kampf, in den Rose geraten war, aber schlimm genug. Ein Arbeiter, der in ihrem Krankenhaus unterkam, hatte so viel Blut verloren, dass er beinahe gestorben wäre.

Rose hatte den Namen des dunkelhaarigen Ladenbesitzers verdrängt und wurde erst auf ihn aufmerksam, als sie die Plakette mit der Aufschrift »Think American – Native Americans« an seinem Kragen sah. Er stand bei den vornehmen Herrschaften, die ihren Verwandten und Bekannten auf dem Kesseldeck eines besonders prächtigen Schaufelraddampfers zuwinkten. Der Name des Schiffes stand in goldenen Buchstaben auf der weißen Verkleidung der Kabinen. Zwischen den schwarzen Schloten flatterten bunte Fähnchen. Der Captain stand vor dem Lotsenhaus und blickte teilnahmslos auf die Schaulustigen herab.

Die Abfahrt eines prächtigen Dampfers war immer noch ein Ereignis, und viele hundert Menschen waren zur Anlegestelle gekommen. Die Kandidaten für die Bürgermeisterwahl ehrten die Passagiere mit einem Ständchen und flammenden Reden, und mächtige Politiker wie Joshua Murphey ließen sich mit schönen Frauen und kleinen Kindern sehen. Die Reporter der großen Zeitungen schwirrten aufgeregt herum und sammelten

Meinungen und Eindrücke für die nächste Ausgabe. Eine Blaskapelle spielte, als der Dampfer abdrehte und auf den Fluss hinausfuhr.

»Sieh an, da ist ja die kleine Hexe«, lästerte Joshua Murphey, als er Rose in der Menge entdeckte. Sie trug eine neue Schwesternuniform und war leicht auszumachen. »Und ich dachte, sie hätten dich längst nach Irland zurückgeschickt!« Er litt immer noch unter der Niederlage, die sie ihm beigebracht hatte, ausgerechnet diese kleine Hexe hatte ihn den irischen Schlägern zum Fraß vorgeworfen und vor der Polizei lächerlich gemacht. Sogar seine eigenen Männer hatten ihn verspottet, als sie gehört hatten, wie er von den Arbeitern davongelaufen war. Er musterte ihre schlanke Figur, die im letzten Jahr gereift war und die ersten Rundungen zeigte. Seine Augenbrauen zuckten verräterisch, als er sie betrachtete. »Du arbeitest im Mullanphy Hospital, was?«

Sie antwortete nicht, er hätte ihre Worte bei der lauten Musik sowieso nicht verstanden. Der Mann hatte sie beschimpft, nur weil sie aus Irland kam, und sie verachtete ihn aus tiefstem Herzen. Sie hatte nie etwas gegen Zuwanderer gehabt, nicht mal gegen die Schwarzen, die auf den großen Plantagen als Sklaven arbeiteten. Sie hatte immer gedacht, dass alle Menschen nach Amerika kamen, weil sie frei sein wollten. Aber vielleicht gab es diese Freiheit nur im Westen, im gelobten Land.

»Du meinst wohl, du wärst was Besseres!«, schimpfte Murphey. Auch er wusste, dass man ihn nicht hören konnte, sonst hätte er sich niemals zu einer solchen Bemerkung hinreißen lassen, nicht in der Öffentlichkeit. »Warte nur, dich erwische ich noch!«

Rose spürte die Abneigung des Mannes und rannte davon. Sie hatte keine Lust mehr, dem Schauspiel zuzusehen, das sich den Menschen im Hafen bot. Sie hastete über die Front Street und blieb atemlos vor einem Hauseingang in der Washington Avenue stehen. Einige Tränen kullerten über ihre blassen Wangen. Das Tuten des Dampfers, das Jubeln der Menschen und die Musik der Blaskapelle drangen wie aus weiter Ferne zu ihr. Sie rieb mit beiden Händen über ihr Gesicht und lief langsam weiter.

»Ma'am! Warten Sie einen Augenblick!«

Sie war noch nie mit »Ma'am« angesprochen worden und verstand erst beim zweiten Anruf, dass der junge Mann in dem grauen Anzug sie meinte. Er schien nur aus Haut und Knochen zu bestehen, und sein Gesicht war so blass, dass sie ihn am liebsten ins Krankenhaus mitgenommen hätte. Erst sein freundliches Lächeln zeigte ihr, dass er gesund war. »Mein Name ist Lester Bidwell, ich bin Reporter des ›Missouri Democrat‹«, stellte er sich vor. »Ich habe zufällig mitbekommen, wie Joshua Murphey über Sie geschimpft hat! Darf ich Ihnen ein paar Fragen stellen?«

Sie blickte ihn zweifelnd an. Der »Missouri Democrat« stand auf der Seite der irischen Einwanderer, aber wer sagte ihr, dass der junge Mann sie nicht reinlegen wollte? Vielleicht hatte der Ladenbesitzer ihn geschickt, um ihr einen Denkzettel zu verpassen.

Lester Bidwell zerstreute ihre Bedenken, indem er noch freundlicher lächelte und ihr eine Visitenkarte zeigte. Außerdem hatte er sie »Ma'am« genannt, das hatte noch kein anderer Mann getan.

»Ich weiß nicht, Mister Bidwell«, zögerte sie, »die Musik war sehr laut, und ich habe keine Ahnung, ob Joshua Murphey mich beschimpft hat! Ich gebe zu, er hat mich nicht gerade freundlich behandelt, als ich in St. Louis ankam und nach Arbeit suchte, aber das ist ein Jahr her, und ich habe die Sache längst vergessen.«

»Er nicht«, antwortete Lester Bidwell, während er sich eifrig Notizen machte. »Ich stand einen Meter neben ihm und habe genau gehört, was er gesagt hat. Er hat Sie beschimpft, Ma'am! Er dachte wohl, dass ihn niemand hört«, lächelte der Reporter überlegen. »Ich arbeite erst seit zwei Wochen für den Democrat, wissen Sie? Ich komme aus Chicago, das ist eine kleine Stadt im Nordosten, und mein Chefredakteur dachte, es sei vielleicht hilfreich, wenn mich die Politiker nicht kennen. Wenn sie sich unbeobachtet fühlen, sagen sie oft etwas, das sie später bereuen.«

Rose fand den jungen Reporter sympathisch, obwohl sie niemals mit ihm ausgegangen wäre, und hatte nichts dagegen, dass er sie zum Krankenhaus begleitete. Sie erzählte von ihrer ersten Begegnung mit Joshua Murphey und schimpfte auf die Native Americans, die alle Ausländer aus der Stadt jagen wollten. »In Amerika sind alle Ausländer«, sagte sie, »auch die Vorfahren von Joshua Murphey sind aus Europa gekommen. Wenn es nach den Native Americans ginge, dürften nur die Indianer bleiben. Ich finde es ungerecht, was diese Männer mit uns machen!«

Sie dachte nicht an die schlimmen Folgen, die ihre Aussagen für sie haben konnten, und Lester Bidwell war viel zu begeistert von seinem Exklusivbericht, um Rücksicht darauf zu nehmen. Als Rose am nächsten Morgen den »Missouri Democrat« in die Hände bekam, musste sie sich setzen, als sie die

Schlagzeile las: »In Amerika sind alle Ausländer« stand in großen Lettern auf der Titelseite, und darunter hatte Lester Bidwell geschrieben: »Joshua Murphey, der zukünftige Kandidat für das Amt des Bürgermeisters, beleidigt irische Krankenschwester – Er nennt sie eine ›irische Hexe‹ – Rose O'Malley rennt weinend davon.« Dann folgte das Interview, und daneben stand ein bissiger Kommentar des Chefredakteurs, der die Bürger von St. Louis aufforderte, gemeinsam mit allen Einwanderern an einer besseren Zukunft zu arbeiten. »Wir brauchen die Arbeitskraft der Iren und Deutschen«, schrieb er.

Die neue Ausgabe des »Missouri Democrat« wurde von einem Zimmer zum anderen gereicht, und die Patienten, meist Iren oder Deutsche, waren begeistert vom Mut der jungen Krankenschwester. Rose O'Malley hatte gesagt, was viele von ihnen dachten und nicht auszudrücken vermochten. Sie hatte den Mut gefunden, dem verhassten Joshua Murphey die Meinung zu sagen. Sie war eine Heldin. Den ganzen Tag musste sie die Hände ihrer Patienten schütteln, und einige Männer wollten sogar ein Autogramm von ihr. »Es lebe Irland! Es lebe Rose O'Malley!«, rief ein Arbeiter, und sie fühlte sich plötzlich wie eine Freiheitskämpferin, obwohl sie bis vor einem Jahr noch gar nicht gewusst hatte, wie wichtig es war, aus welchem Teil der Erde man kam.

Nur die Oberschwester war besorgt. »Hoffentlich geht das gut«, seufzte sie sorgenvoll, als sie sich in der Mittagspause trafen.

5

Zwei Wochen vor der Bürgermeisterwahl demonstrierten aufgebrachte Natives vor dem Mullanphy Hospital. Rose und die Oberschwester beobachteten von ihrem Fenster aus, wie die wütenden Männer ausländerfeindliche Parolen brüllten und mit Steinen warfen. Im Erdgeschoss klirrten Fensterscheiben. Zwei Schwestern wurden ins Haus zurückgedrängt, als sie versuchten, einen verletzten Iren vom Boden aufzuheben, und ein stämmiger Bursche schlug mit einem Knüppel auf den Mann ein.

Erst der schrille Klang einer Trillerpfeife machte dem Spuk ein Ende. Die Parolen verstummten, und die gewalttätigen Männer flüchteten vor den grauen Uniformen der freiwilligen Miliz zum Fluss.

Der »Missouri Democrat« berichtete auf der ersten Seite über die Ausschreitungen, bedauerte den armen Iren, der zur falschen Zeit vor dem Krankenhaus aufgetaucht war und knapp dem Tode entgangen war. Er lag mit einem dicken Verband im zweiten Stock und wurde von der Oberschwester gepflegt. Neben seinem Bett standen die bunten Feldblumen, die irische Schulmädchen ins Krankenhaus gebracht hatten. Auch der »Anzeiger des Westens« verurteilte die »ausufernde Gewalt unter den irregeleiteten Bürgern von St. Louis«, und im Leitartikel wurde ein Loblied auf »die irischen und deutschen Arbeiter« gesungen, »die für den Aufschwung unserer Stadt verantwortlich sind«.

Wenige Minuten nachdem die freiwillige Miliz den Aufstand zerschlagen hatte, erschien Lester Bidwell im Mullanphy Hospital. Der Reporter des »Missouri Democrat« wollte Rose interviewen und ihre Meinungen zu der neuen Auseinandersetzung abdrucken, aber sie lehnte ab und verkroch sich in ihrem Zimmer. Sie wollte keine Volksheldin sein. Sie gab sich die Schuld an der Schlägerei – nur ihretwegen hatten sich die gewalttätigen Natives vor dem Krankenhaus versammelt – und dachte darüber nach, warum Amerikaner, Iren und Deutsche sich nicht vertrugen. St. Louis war eine riesengroße Stadt, und es gab viel Platz, auch für die neuen Einwanderer, die aus dem Osten kamen. Mit diesen Gedanken schlief sie ein. Sie träumte von Joshua Murphey, der sie mit einem Prügel angriff, und schreckte erst aus dem Schlaf, als die Oberschwester sie zum Nachtdienst weckte.

Sie stürzte sich in die Arbeit und verdrängte den Ladenbesitzer aus ihren Gedanken. Aufopferungsvoll kümmerte sie sich um den Iren, der von den Natives verprügelt worden war. Er litt unter großen Schmerzen und zuckte jedes Mal heftig zusammen, wenn sie die blutigen Striemen an seinem Körper mit einer übel riechenden Salbe einschmierte. Zum Glück hatten die Schläger seinen Kopf nicht getroffen. Rose wollte dem Mann Laudanum gegen die Schmerzen geben, aber der Arzt winkte ab und erinnerte sie daran, das starke Mittel nur in schweren Fällen zu verabreichen. »Laudanum macht süchtig«, warnte er. »Es soll Leute geben, die sich umbringen, wenn sie kein Laudanum mehr bekommen! Nur in schweren Fällen, vergiss das nicht!«

Sie gehorchte dem Arzt und versuchte, den stöhnenden Mann mit interessanten Geschichten abzulenken. Sie las ihm alle Artikel aus dem »Missouri Democrat« vor, die nichts mit der Schlägerei zu tun hatten, und erzählte ihm sogar ein Märchen, nachdem sie mit der Zeitung fertig war. Die Indianerprinzessin, die in einen englischen Soldaten verliebt war und ihn vor dem Tod am Marterpfahl rettete, kannte sie aus dem Märchenbuch ihrer Mutter. Der verletzte Ire schlief noch vor dem Happy End ein, das Lächeln des englischen Soldaten auf dem Gesicht, als dieser die indianische Prinzessin in die Arme nahm und küsste. Rose wischte ihm den Schweiß von der Stirn und verließ leise das Zimmer.

Früh am nächsten Morgen kehrte sie in ihr Zimmer zurück. »Alles in Ordnung, der arme Mann schläft«, sagte sie zur Oberschwester. Sie legte sich angezogen auf ihr schmales Bett, die Hände hinter dem Kopf verschränkt, und starrte auf die hellen Streifen, die zum Fenster hereinfielen. Unten auf der Straße trieb ein Kutscher mit heiseren Schreien sein Fuhrwerk an. Vom Fluss drang das Tuten der Schaufelraddampfer herauf. Ein schwüler Tag kündigte sich an. Rose vermisste die frische Luft, die sie auf ihrer Farm geatmet hatte, und dachte nach langer Zeit wieder an ihre Eltern. Sie sah ihre Mutter auf der Veranda sitzen, das Märchenbuch über den Knien, und sie schreckte vor dem drohenden Schatten ihres Vaters zurück, der sich an der Decke abzeichnete.

»Ich gehe nach Westen«, sagte sie leise, »sobald ich genug Geld gespart habe, gehe ich nach Westen in das gelobte Land, von dem alle Leute reden. Wo es noch weite und offene Ebenen und fruchtbare Täler gibt und wo der Himmel so weit ist, dass man nicht einmal den Horizont sehen kann! Ich gehe mit der

Sonne nach Westen und beginne ein neues Leben!« Ihre schmalen Hände waren zu Fäusten geballt, als sie endlich einschlief, und ihr Blick war noch entschlossener geworden, als sie am frühen Nachmittag aus dem Bett kroch, sich vor der Waschschüssel auf der Anrichte wusch und eine frische Uniform anzog. »Ich glaube, du wirst langsam erwachsen«, staunte die Oberschwester lächelnd, als Rose ins Schwesternzimmer kam.

Die nächsten Tage blieb es ruhig. Es gab keine Ausschreitungen mehr, bis auf die üblichen Schlägereien in der Battle Row, und sogar die Bürgermeisterwahl verlief friedlich. Auch ein Verdienst des »Missouri Republican«, der eingesehen hatte, dass die Mehrzahl der Bürger keine Gewalt wollte, und eine neue Politik verfolgte. Sogar der Chefredakteur, der zusammen mit Joshua Murphey nach St. Louis gekommen war und der Tochter des Ladenbesitzers den Hof machte, schlug leisere Töne an. »Es ist an der Zeit, den alten Streit zu vergessen und an die Zukunft unserer Stadt zu denken«, schrieb er in seinem Leitartikel, »nur wenn alle Bürger unserer Metropole an einem Strang ziehen, werden die Lichter unseres neuen Gerichtsgebäudes den Weg in eine glorreiche Zukunft weisen! Mit vereinter Kraft widerstehen wir dem wirtschaftlichen Druck, der St. Louis in die Knie zwingen will, und dem falschen Ränkespiel der Politiker in Washington!«

Einige Spötter behaupteten, dass der knappe Wahlsieg der Demokraten diesem Leitartikel zu verdanken war. Mit einem hauchdünnen Vorsprung gewann ihr Kandidat das Rennen. Überall in der Stadt wurde gefeiert, vor allem in den Kneipen der Iren und Deutschen, und lediglich Lester Bidwell, der junge Reporter des »Missouri Democrat« erinnerte sich daran, dass auch die junge Rose O'Malley ihren Anteil daran hatte. »Nicht zuletzt dem aufopferungsvollen Mut dieser jungen Lady ist es zu verdanken, dass unsere demokratische Partei die Bürgermeisterwahl gewonnen hat«, schrieb er begeistert, »sie trat Mr. Joshua Murphey, einem selbstgerechten Führer der Native American Party, entgegen und stellte ihn als feigen Ränkeschmied bloß!«

Vielleicht brachten diese Zeilen das Fass zum Überlaufen, obwohl es zwei Monate dauerte, bis Joshua Murphey darauf reagierte. Rose hatte den Ladenbesitzer beinahe vergessen. Mit der neuen Regierung war Ruhe in St. Louis eingekehrt, und die Bürger waren hauptsächlich damit beschäftigt, die wirtschaftliche Stellung ihrer Stadt zu festigen und gegen den wachsenden Druck aus dem Nordosten zu verteidigen. St. Louis war das Tor zum Westen, lag an der unsichtbaren Grenze zwischen dem dicht besiedelten Osten und den weiten Ebenen im Westen und profitierte vom Geschäftssinn der Händler, die die Stadt zum strategischen Zentrum ihrer Unternehmungen gemacht hatten. Der Drang nach Westen war groß, aber wer im Westen sein Glück machen wollte, musste durch diese Stadt und wurde kräftig ausgenommen, bevor er in die unbesiedelten Gebiete vorstieß. Der Mississippi verband St. Louis mit den ehemals französischen Gebieten im Süden, und die Flussdampfer schaufelten ein Vermögen in die Taschen der risikofreudigen Unternehmer.

Rose spürte die Aufbruchsstimmung, die seit der Wahl noch stärker geworden war und vom Tuten der mächtigen Schaufelraddampfer begleitet wurde. Sie hörte von den langen Wagentrecks, die über die endlose Prärie nach Oregon rollten und sogar den gefährlichen Wilden trotzten, die immer noch im Westen leben sollten. Im »Missouri Democrat« waren Zeichnungen von blutrünstigen Kriegern abgedruckt, die mit erhobenen Tomahawks von ihren Pferden sprangen, und Rose schüttelte sich, wenn sie daran dachte, von einer solchen Bestie angegriffen zu werden, aber dann entdeckte sie eine Zeichnung im »Anzeiger des Westens«, die einen anderen Wilden zeigte: einen stolzen Häuptling mit einer gewaltigen Federhaube und einer Friedenspfeife, die er mit beiden Händen seinem Besucher reichte.

»Ich möchte wissen, wie diese Indianer wirklich sind«, sagte Rose, als sie an einem sonnigen Oktobersonntag mit der Oberschwester spazieren ging. Im Krankenhaus war wenig zu tun, und sie hatten sich einen Tag freigenommen, um die neue »October Mississippi Valley Fair« auf der Grand Avenue zu besuchen. Auf der Messe, die zum zweiten Mal veranstaltet wurde, waren neue Maschinen ausgestellt, auf einer großen Wiese weideten Zuchtrinder, und jeden Nachmittag fand ein Pferderennen statt.

»Indianer?«, fragte die Oberschwester verwundert. »In der Battle Row treiben sich ein paar herum, üble Gestalten, die sich voll laufen lassen und in den Hauseingängen ihren Rausch ausschlafen! Dagegen sollte der neue Bürgermeister etwas tun!«

»Ich meine doch die richtigen Indianer«, widersprach Rose. Sie trug einen Sonnenschirm zu ihrem einfachen Baumwollkleid und fühlte sich wie eine Dame. »Die Wilden auf der Prärie!« Sie erwähnte die Zeichnungen, die sie in der Zeitung gesehen hatte.

»Das sind gefährliche Bestien«, erklärte die Oberschwester voller Abscheu. Sie stammte aus New York und hatte dort in einem großen Krankenhaus gearbeitet, bevor sie nach St. Louis gekommen war. Sie hatte immer in einer Großstadt gelebt und sich niemals nach dem Westen gesehnt; vor allem hatte sie Angst vor unbekannten Gefahren, und manchmal träumte sie davon, dass ihr Sohn von wilden Indianern oder einem dieser Wirbelstürme umgebracht wurde. Er war während des Goldrausches nach Kalifornien gezogen. »Die töten sogar Frauen und Kinder!«

»Der Indianer im ›Anzeiger‹ sah gar nicht gefährlich aus!«

»Und was ist mit den Auswanderern, die im letzten Sommer von den Wilden niedergemacht wurden? Sogar die Babys haben sie erschlagen! Es wird Zeit, dass die Armee etwas unternimmt!«

»Ich möchte mal einen wirklichen Wilden sehen.«

Die Oberschwester blieb stehen und schüttelte lächelnd den Kopf. »Du bist verrückt, Rose, das hab ich schon immer gewusst!«

Sie schlenderten an der Rinderherde vorbei, bestaunten einen mächtigen Zuchtbullen mit langen Hörnern und hörten sich die flammende Rede eines Wanderpredigers an, der auf einem hölzernen Podest stand und den Untergang der Welt voraussagte, falls die Indianer nicht ausgerottet würden. »Diese rote Brut hat uns der Teufel geschickt«, wetterte er mit zitternder Stimme, »spenden Sie, damit ich Luzifer wirkungsvoll bekämpfen kann!«

»Da hast du's«, meinte die Oberschwester spöttisch.

Am Rand der Viehweide führten einige Reiterinnen einen neuen Sattel vor, der speziell für Frauen entwickelt worden war und im Osten von den Damen der oberen Gesellschaftsschichten benutzt wurde. Ein Gentleman, der wie ein englischer Herrenreiter gekleidet war, kündigte den Seitensattel als »neueste Errungenschaft der aristokratischen Kreise« an und gab seiner Abneigung gegenüber dem »derben Westernstil« deutlich Ausdruck. Die Reiterinnen saßen seitlich auf den Pferden und lächelten verlegen, als sie an den verwunderten Zuschauern vorbeiritten.

»Wollen wir uns einen Imbiss leisten?«, fragte die Oberschwester vor einem Stand mit heißen Würstchen. »Ich hab noch ein paar Cents von meinem Lohn übrig! Das reicht für uns beide!«

Rose sparte jeden Cent, den sie nicht unbedingt brauchte, für ihre Reise in den fernen Westen, die sie für das nächste oder übernächste Jahr geplant hatte, wollte ihre mütterliche Freundin aber nicht ausnehmen. »Einverstanden, aber dann bezahle ich den Nachtisch!« Sie deutete auf die kandierten Äpfel nebenan.

Sie gingen lachend zum Würstchenstand und waren so in ihre Unterhaltung vertieft, dass sie den stämmigen Mann übersahen, der unbemerkt an Rose herantrat und unbemerkt etwas Glitzerndes in ihrer Handtasche verschwinden ließ. Das Mädchen fuhr herum und wurde blass, als sie den verhassten Ladenbesitzer erkannte. »Mr. Murphey!«, rief sie. »Was wollen Sie von mir?«

Ein Blick in seine Augen zeigte ihr, dass er nichts Gutes im Schilde führte. Sie sahen kalt und berechnend aus und zeigten die ganze Abscheu, die er gegenüber Ausländern empfand. Er war gekommen, um sich für die Schmach zu rächen, die sie ihm vor einigen Wochen zugefügt hatte. Er hatte nicht vergessen! Nicht einmal sein Freund, der Chefredakteur des »Missouri Republican«, hatte ihn von seinem Vorhaben abbringen können. Das Mädchen hatte ihm die politische Karriere zerstört. Sie hatte ihm den letzten Traum genommen, den er noch gehabt hatte: Sein kleines Imperium warf ein Vermögen ab, seine Frau hatte nichts dagegen, dass er sich heimlich mit jungen Huren vergnügte, und er hatte sich nur noch danach gesehnt, als Bürgermeister zu den Bürgern von St. Louis zu sprechen. »Die kleine Hexe hat alles kaputtgemacht«, schimpfte er vor dem Chefredakteur des »Missouri Republican«, dem einzigen Mann, dem er vertraute, »du hättest nicht so zimperlich mit ihr umgehen sollen!«

»Die Zeiten haben sich geändert, Joshua«, erwiderte der Zeitungsmann, »ich mag die verdammten Ausländer genauso wenig wie du, aber wir brauchen sie, wenn wir überleben wollen, und ich kann nicht gegen die öffentliche Meinung anschreiben.«

»Das wird mir diese irische Hexe büßen!«, sagte Murphey.

»Lass sie in Ruhe, das bringt doch nichts«, wollte der Zeitungsmann ihn zurückhalten, aber Joshua Murphey ließ sich nicht beirren. Er hatte den Zorn auf das irische Mädchen wochenlang in sich hineingefressen und würde ihr eine Lektion erteilen, die sie niemals vergessen sollte. Er würde ihr schon zeigen, was es hieß, einen anständigen Amerikaner zu demütigen. Mit einem einfachen Trick aus seiner Jugendzeit würde er sie hereinlegen.

Rose erkannte sofort, dass sie dem Ladenbesitzer in die Falle gegangen war, und auch die Oberschwester hatte in die Augen des Mannes gesehen. »Komm«, forderte sie ihre Freundin auf. Sie griff nach ihrer Hand und wollte gehen.

Joshua Murphey hielt das Mädchen am Kragen fest. »Polizei! Polizei!«, rief er aufgebracht. Er fuchtelte mit seinem Spazier-

stock in der Luft herum. »Polizei! Das Mädchen hat mich bestohlen!«
Zwei Polizisten, die eine neue Mähmaschine bestaunt hatten, kamen eilig herbei. Ihre Abzeichen leuchteten in der Sonne. Sie bahnten sich einen Weg durch die Menschenmenge, die sich um Joshua Murphey, die Oberschwester und das Mädchen gebildet hatte, und blieben erstaunt stehen. »Mister Murphey«, rief einer der beiden Männer verwundert, »was ist denn passiert?«
Der Ladenbesitzer deutete mit hochrotem Gesicht auf das Mädchen. Seine Wut war echt, sie richtete sich gegen die Schmach, die ihm die junge Irin zugefügt hatte. »Sie hat mich bestohlen!«, stieß er in einer gekonnten Mischung aus Wut und Abscheu hervor. Er war ein guter Schauspieler, sonst wäre er kein Politiker geworden. »Sie ist eine Diebin! Sie hat meine Uhr genommen!«
»Das ist nicht wahr!«, wehrte Rose sich entrüstet, und die Oberschwester pflichtete ihr bei: »Das ist eine Unverschämtheit, Officer! Ich hätte doch gemerkt, wenn sie etwas gestohlen hätte!«
»Und was ist das hier?«, fragte Murphey wütend. Er riss dem Mädchen die Tasche aus der Hand und zog seine goldene Taschenuhr hervor. »Das ist meine Uhr! Auf der Rückseite ist mein Name eingraviert!« Er zeigte sie den Polizisten. »Ein Geschenk meiner Mutter! Gott hab sie selig!« Er senkte ergriffen die Augen und sagte streng: »Ich möchte, dass die Diebin verhaftet wird.«
»Selbstverständlich, Mister Murphey«, antwortete der ältere Polizist pflichtbewusst. Er betrachtete die kostbare Uhr und wandte sich mit strengem Gesicht an das Mädchen. »Sie sind

verhaftet, meine Dame. Ich muss Sie auf das nächste Revier mitnehmen.«

»Aber ich habe die Uhr nicht gestohlen, Officer!«, wehrte Rose sich entsetzt. »So etwas würde ich nie tun! Mister Murphey ist doch nur wütend, weil er von den Iren verprügelt wurde! Und weil ich das Interview gegeben habe!« Ihr Entsetzen verwandelte sich in Wut, und sie stampfte entschlossen mit einem Fuß auf. »Dabei habe ich nur die Wahrheit gesagt! Er ist ein Verbrecher! Er hat was gegen Ausländer, dabei ist er selber einer!« Sie wandte sich an den Ladenbesitzer und funkelte ihn mit ihren dunkelgrünen Augen an. »Oder sind Ihre Vorfahren etwa nicht eingewandert?«

Sie hätte dem verhassten Mann am liebsten gegen das Schienbein getreten, so wie in der Schule, als sie es den vorlauten Jungen gezeigt hatte, aber die Oberschwester hielt sie zurück. »Rose!«, sagte sie streng. »So machst du alles nur noch schlimmer!«

Joshua Murphey grinste zufrieden. »Da haben Sie es, Officer! Jetzt hat sie mich auch noch verleumdet!« Er wusste, dass der größte Teil der Polizei immer noch auf seiner Seite war, und war sicher, dass sein Plan aufgegangen war. Es war kein großer Sieg, und der Chefredakteur des »Missouri Republican« würde sein Vorgehen wahrscheinlich albern nennen, aber die irische Schlampe, wie er sie insgeheim nannte, würde wochen- oder sogar monatelang in einer Zelle verschwinden. Keine Ausländerin durfte es sich ungestraft erlauben, einen ehrbaren Amerikaner zu beleidigen, auch wenn viele Bürger jetzt anders dachten.

Rose fügte sich widerwillig in ihr Schicksal und ließ sich von den Polizisten abführen.

Sie spürte den mitleidigen Blick ihrer Freundin im Rücken und hörte das aufgeregte Murmeln der Zuschauer. Das Grinsen des Ladenbesitzers sah sie nicht, aber sie konnte sich vorstellen, wie zufrieden er war, und heulte vor Wut, als sie in die bereitstehende Kutsche geschoben wurde.

6

Rose wurde von einem schnauzbärtigen Polizisten verhört. Er war älter als die beiden Männer, die sie zur Polizeiwache gebracht hatten, und sein dunkler Anzug war teurer und feiner geschnitten. Sogar sein Abzeichen funkelte heller. Er saß hinter einem einfachen Holztisch am Fenster, einen Federhalter in der Hand, und blickte sie mit ausdruckslosen Augen an. »Name?«

»Rose O'Malley«, antwortete sie.

»Sprich lauter!«

»Rose O'Malley«, wiederholte sie. Sie war wütend, weil sie wie eine Diebin behandelt wurde, und ließ sich ihren Ärger deutlich anmerken. »Ich habe die Uhr nicht gestohlen, Officer!«, fügte sie mürrisch hinzu. »Mister Murphey hat sie mir zugesteckt! Er kann mich nicht leiden, weil ich mit dem Reporter gesprochen habe!«

Der Polizist blickte nicht einmal von seinen Papieren auf. »Darüber muss der Richter entscheiden«, erwiderte er kühl, »ich tue nur meine Pflicht.« Er tauchte die Feder ins Tintenfass. »Adresse?«

»Mullanphy Hospital.«

»Du arbeitest dort?«

»Ja, als Krankenschwester.«

»Alter?«

»Ich bin fünfzehn.«
Der Polizist hielt inne und musterte ihr Gesicht und das dunkelblaue Sonntagskleid. »Ich hätte dich älter geschätzt!« Seine Augen wurden schmal. »Du lügst mich doch nicht an, oder?«
»Nein, Officer.«
»Du siehst wie siebzehn oder achtzehn aus!«
»Ich bin fünfzehn«, wiederholte sie. Der Polizist machte sie wütend, und sie wäre am liebsten aufgesprungen und hätte ihn zum Teufel gewünscht. Aber das hätte alles nur noch schlimmer gemacht. Sie blickte ihn trotzig an. »Wenn Sie mir nicht glauben, fragen Sie doch im Krankenhaus nach!«
Der Polizist überhörte den Spott. Er arbeitete seit vielen Jahren für das Gesetz und ließ sich nicht provozieren. »Deine Eltern?«
»Die sind beide tot«, wiederholte sie die Lüge, die sie schon auf der Poor Farm erzählt hatte. »Meine Mutter hatte eine Fehlgeburt, und mein Vater ist bei einem Gewitter umgekommen.«
Während sie antwortete, fiel ihr ein, dass die Polizei und die Sisters of Charity noch Aufzeichnungen über ihre Zeit auf der Farm haben mussten. Was geschah, wenn die Polizei in den Papieren nachsah oder die Schwestern sich an sie erinnerten? Wenn sie herausfanden, dass ihre Eltern noch lebten? Unsinn, beruhigte sie sich. Als mein Name in der Zeitung stand, ist auch nichts passiert.
»Andere Verwandte?«
»Nein«, antwortete Rose.
»Niemand, der sich um dich kümmert?«
»Ich kann allein auf mich aufpassen!«
Auch diesmal ließ sich der Polizist durch ihre patzige Antwort nicht aus der Ruhe bringen. »Ich tue nur meine Pflicht«,

wiederholte er. Er legte den Federhalter hin und rief nach seinem Gehilfen, der im Nebenraum saß. »Bring sie in die Zelle, Mike. Wir behalten sie hier, bis der Richter kommt.«
Der junge Polizist zögerte. »Aber sie ist eine Lady, Chef! Sie könnte doch bei meinen Eltern warten! Sie hätten bestimmt nichts dagegen, dass sie …«
»Sperr sie ein, Mike!« Selbst jetzt veränderte sich die Tonlage seines Vorgesetzten nicht, seine Stimme wurde lediglich lauter. »Sie hat gestohlen und muss hinter Gitter! So will es das Gesetz!«
»Ich bin unschuldig!«, platzte Rose der Kragen. »Murphey hat mir die Uhr zugesteckt! Er will sich nur rächen, weil ich schlecht über ihn geredet habe!« Sie sprang so heftig auf, dass ihr Stuhl polternd zu Boden fiel. »Er ist ein mieser Verbrecher! Er hetzt Schläger auf die Ausländer!« Sie wollte nach dem Tintenfass greifen, aber der ältere Polizist griff rasch über den Tisch und umklammerte ihre Handgelenke. »Sperr sie ein, Mike«, sagte er ruhig.
Rose wand sich unter dem festen Griff des Polizisten. Erst als er drohte, sie mit Handschellen zu fesseln, gab sie auf. Sie heulte vor Wut, als der junge Polizist sie in eine Zelle sperrte, und trat wütend gegen die Gitterstäbe. »Ich hab nichts gestohlen!«, rief sie verzweifelt. »Murphey hat mich reingelegt!« Sie setzte sich auf die hölzerne Pritsche und schlug beide Hände vors Gesicht. Zum Teufel mit Joshua Murphey! Nur weil dieser Ladenbesitzer einen Haufen Geld in die Polizeikasse gespendet hatte, wurde sie wie eine Verbrecherin eingesperrt! Sie heulte wieder und merkte gar nicht, dass der Polizist sie alleine ließ.
Es dauerte eine Weile, bis sie sich beruhigt hatte und wieder

klar denken konnte. Missmutig wischte sie die Tränen von ihrem Gesicht. Ihre Zelle lag in einem langen Gang, der durch eine schwere Holztür vom Büro getrennt war. Sie war angelehnt. Durch das Fenster über der Pritsche fiel ein heller Lichtstreifen auf den Boden. Man hörte die wütenden Flüche der Kutscher, die immer schwerer durch den dichten Verkehr in der Innenstadt kamen. Am meisten schimpften sie auf die neuen Omnibusse, hölzerne Passagierwagen, die von Pferden gezogen wurden.

Sie stieg auf die Pritsche und hielt sich an dem vergitterten Fenster fest. Sie konnte zum Fluss hinuntersehen und erkannte die schwarzen Schornsteine der Schaufelraddampfer. Wie ein verbrannter Wald erhoben sie sich aus den weißen Aufbauten. Der vielstimmige Klang einer Dampfpfeife übertönte den Straßenlärm und lief als vielfaches Echo durch die Stadt. Einige Kinder trieben einen Reifen über die Straße und wurden beinahe von einem Fuhrwerk überfahren. Der Kutscher konnte in letzter Sekunde ausweichen und bog fluchend in eine Seitenstraße ab.

Sie presste ihr Gesicht gegen die kalten Gitterstäbe. Über dem Mississippi wanderte die Sonne nach Westen, um irgendwann am fernen Horizont zu versinken. Wie oft hatte sie die Sonne dabei beobachtet! Wenn sie hinter dem Pflug gegangen war, hatte sie dem Ackergaul in die Zügel gegriffen, und wenn sie in der Küche gestanden hatte, war sie ans offene Fenster getreten. Sie hatte sehnsüchtig in die sinkende Sonne geblickt und sich geschworen, ihren Strahlen nach Westen zu folgen. Die Hoffnung, ihr Elternhaus zu verlassen und irgendwo im gelobten Land ein neues Leben zu beginnen, gab ihr die Kraft, die Berührungen ihres Vaters zu erdulden. Sie hob eine Faust.

»Ich komme hier raus«, rief sie, »und wenn ich genug Geld gespart habe, ziehe ich nach Westen und werde eine reiche Frau! Das schwöre ich!«

»Halt den Mund!«, drang die Stimme des Polizisten, der sie verhört hatte, durch die angelehnte Tür. »Dich hört sowieso keiner!«

Rose stieg von der Pritsche herab und blickte wütend den Gang hinab. Am liebsten hätte sie den Männern gesagt, dass niemand sie auf ihrem Weg nach Westen aufhalten konnte, nicht einmal die Polizei, aber sie verkniff sich diese Bemerkung. Entweder hätte der Polizist gleichgültig reagiert, oder es hätte Ärger gegeben. Sie ging ein paar Schritte und lehnte sich gegen die Zellenwand. Der Saum ihres Kleides schleifte über den Boden. Sie blickte nach unten und kam sich albern vor, weil sie in ihrem dunkelblauen Sonntagskleid im Gefängnis saß. Als sie an den rüschenbesetzten Sonnenschirm dachte, den ihr der Polizist abgenommen und in eine Ecke gestellt hatte, kicherte sie sogar.

Rose setzte sich auf die Pritsche und hörte, wie die Polizisten miteinander sprachen. Der Officer, der sie verhört hatte, erklärte dem jungen Mann, wie er sich zu verhalten hatte. »Schalte dein Gefühl aus«, sagte er, »das hat in unserem Beruf keinen Platz! Behandele alle Gefangenen gleich! Ob dir jemand sympathisch ist oder ob du ihn nicht leiden kannst, spielt keine Rolle! Wir haben unsere Vorschriften, und nur nach denen müssen wir uns richten! Hör einfach weg, wenn dir ein Gefangener was vorjammert! Sie beteuern alle ihre Unschuld! Lass dich nicht von einem hübschen Gesicht blenden! Wer weiß, wie viele Uhren die Kleine da hinten schon geklaut hat? Kümmere dich einfach nicht um sie! Wir sind dazu da, für

Ordnung zu sorgen und Verdächtige festzunehmen, den Rest erledigen die Richter. Verstanden?«

»Ja, Sir«, antwortete der junge Polizist kleinlaut. »Ich dachte nur … Ich meine nur, sie sieht so jung und hilflos aus, und …«

»Ob du mich verstanden hast?«

»Ja, Sir! Natürlich!«

Rose ließ den Kopf hängen. Von den Polizisten konnte sie keine Hilfe erwarten, sie schoben alle Verantwortung von sich. Es kam alles auf den Richter an, der über ihren Fall entscheiden würde. Sie stellte sich vor, wie Joshua Murphey in den Zeugenstand trat und gegen sie aussagte, und hörte in Gedanken, wie man sie schuldig sprach. Sie sah ihren Vater, der sie wütend nach Hause holte und mit seinem Gürtel auf sie einschlug, und sie sah, wie die Schwestern auf der Poor Farm sie zu den verrückten Erwachsenen sperrten. Freisprechen würde man sie auf keinen Fall, dafür war der Ladenbesitzer zu mächtig. Ihr musste schon etwas anderes einfallen, wenn sie einer ungerechten Strafe entgehen wollte. Aber was? Die Oberschwester würde sich bestimmt für sie einsetzen, aber auch sie hatte nicht gesehen, wie Joshua Murphey die Uhr in ihre Tasche gesteckt hatte. Nur ein Mann, der noch mächtiger und einflussreicher als der Ladenbesitzer war, konnte sie aus ihrer misslichen Lage befreien.

Sie legte sich auf die Pritsche und verschränkte die Hände hinter dem Kopf. Ihre Wut war verraucht, und sie hatte nur noch Angst. Am liebsten hätte sie laut losgeheult. Sollte ihre Flucht umsonst gewesen sein? Sie erinnerte sich daran, wie sie über die Felder geritten war, und musste beinahe lachen, als sie an den Vorfall auf der Pferdewechselstation dachte. Dort hatte sie einen Dieb überführt! Der Kerl hatte die Brieftasche eines

Gentleman gestohlen! Der vornehme Herr hatte ihn nicht angezeigt, und der miese Kerl war mit einer Ermahnung davongekommen.

»John Friedrich Schultz«, flüsterte sie den Namen des vornehmen Herrn. »Wenn du mal Ärger hast, lass nach mir rufen!« Das hatte er gesagt, an diesen Satz konnte sie sich genau erinnern, und jetzt war es so weit. Sie saß in der Klemme und konnte die Hilfe eines einflussreichen Mannes gut gebrauchen. Sie setzte sich auf den Pritschenrand. Neue Hoffnung erfüllte sie und ließ ihre Augen leuchten. Der Mann musste ihr helfen! Immerhin hatte sie ihn vor einem großen Verlust bewahrt! Den Gedanken, dass er sie vielleicht schon vergessen hatte und verwundert die Augenbrauen hob, wenn ihr Name genannt wurde, ließ sie nicht zu. Er war ihre einzige Chance! Sie sprang auf und trat an die Gitterstäbe. »Officer! Officer! Ich muss Sie sprechen!«, rief sie aufgeregt.

Die Unterhaltung der Männer verstummte, und der ältere Polizist rief: »Du sollst den Mund halten! Morgen früh kommt der Richter, dem kannst du alles erzählen! Essen gibt's nachher!«

»Ich hab keinen Hunger, Officer! Lassen Sie John Friedrich Schultz holen, der sagt Ihnen, warum ich unschuldig bin! John Friedrich Schultz«, sie betonte jede Silbe, »der Schiffsbauer!«

»Ich weiß, wer John Friedrich Schultz ist«, kam die höhnische Antwort, »der ist noch reicher als unser Bürgermeister und hat bestimmt keine Zeit, sich um eine kleine Diebin zu kümmern!«

»Rufen Sie ihn, Officer!«

»Halt den Mund«, erwiderte der Polizist barsch.

Rose erkannte, dass ihr der Polizist nicht glaubte, und kehrte zur Pritsche zurück. Ihre Euphorie verflog und wich tiefer Niedergeschlagenheit. Nicht einmal der Richter würde ihr glauben, wenn sie erklärte, den vornehmen Schiffsbauer zu kennen. Man würde sie verurteilen, ohne dass sie eine Möglichkeit bekam, John Friedrich Schultz um Hilfe zu bitten. Sie seufzte unterdrückt und dachte, wenn ich Papier und Feder hätte, könnte ich einen Brief schreiben und ihn aus dem Fenster werfen. Vielleicht würde ihn ein Spaziergänger aufheben und zu dem Schiffsbauer bringen.

Sie hörte, wie es klopfte und die Bürotür geöffnet wurde. Die vertraute Stimme der Oberschwester erklang. »Ich bin Elizabeth Gurley«, erklärte sie den Polizisten, »ich habe gehört, dass Sie Rose O'Malley festhalten! Sie ist unschuldig! Ich weiß genau, dass sie die Uhr nicht gestohlen hat! Sie ist keine Diebin! Sie ist eine verantwortungsvolle Krankenschwester, und ich bezeuge gerne, dass sie sich immer tadellos verhalten hat! Lassen Sie das Mädchen frei, Officer, sie hat kein Verbrechen begangen …«

Rose hörte den vollen Namen ihrer Freundin zum ersten Mal. Elizabeth Gurley, das klang so vornehm, dachte sie amüsiert. Auf ihrem Namensschild stand »Betty Gurley«, und selbst Rose hatte immer »Betty« oder »Oberschwester« gesagt, weil sich die Bezeichnung während der langen Dienstzeit eingebürgert hatte. »Oberschwester!«, rief sie auch jetzt wieder. »Ich bin hier hinten!«

»Rose!«, erwiderte ihre Freundin. Und zu den Polizisten: »Haben Sie das Mädchen etwa in eine Zelle gesperrt? Sie ist noch ein Kind, Officer, und sie hat nichts verbrochen, dafür lege ich meine Hand ins Feuer! Lassen Sie die Kleine frei, aber sofort!«

Rose hatte nicht gewusst, dass ihre Freundin so energisch sein konnte.

»Ich habe meine Vorschriften«, sagte der schnauzbärtige Polizist, »ich kann sie nicht freilassen. Wenn sie wirklich unschuldig ist, wird sich das vor Gericht herausstellen. Dort können Sie Ihre Aussage machen. Tut mir Leid, aber so sind die Vorschriften!«

»Vorschriften! Vorschriften! Wenn ich das schon höre! Joshua Murphey wollte ihr eins auswischen, das weiß doch jeder! Der Kerl wollte sich an ihr rächen! Darf ich sie wenigstens sehen?«

»Fünf Minuten«, antwortete der Polizist. »Und Mike geht mit!«

Die Tür zum Zellengang wurde nach innen geschoben, und die Oberschwester erschien, den jungen Polizisten im Schlepptau. »Rose!«, rief sie entsetzt, als sie das Mädchen hinter Gittern sah. »Was haben sie mit dir gemacht?« Sie streckte ihre Hände durch die Gitterstäbe und drückte das Mädchen an sich. Einige Tränen kullerten über ihre Wangen. »Rose! Wie konnte das passieren?«

»Murphey hat mich reingelegt«, erwiderte Rose gefasst, »er muss mir die Uhr zugesteckt haben! Ich hab sie nicht gestohlen ...«

»Das weiß ich doch! Ich war schon bei ihm ...«

»Du warst bei Murphey?«

Die Oberschwester löste sich von den Gitterstäben und nickte trotzig. »Ich hab ihm ordentlich die Meinung gesagt, aber er hat mich nur ausgelacht und aus dem Laden geworfen. Wenn Sie nicht gehen, lasse ich die Polizei holen, hat er gesagt!« Sie rang verzweifelt die Hände. »Wenn ich doch nur etwas tun könnte!«

»Ich weiß was«, sagte Rose hoffnungsvoll, »geh zu John Friedrich Schultz und sag ihm, dass ich dringend seine Hilfe brauche!«

»John Friedrich Schultz? Der reiche Schiffsbauer?«

»Der Name auf der Karte!«

Die Augen der Oberschwester begannen zu leuchten. »John Friedrich Schultz«, wiederholte sie den Namen genüsslich. »Der vornehme Herr, dem du geholfen hast.« Sie erinnerte sich an die Geschichte, die Rose vor einigen Monaten erzählt hatte. »Die Karte in deinem Overall.« Ihre Miene wurde ernst. »Und wenn er sich nicht mehr an dich erinnert? Wenn er dir nicht helfen will?«

»Er muss mir helfen«, sagte Rose eindringlich.

»Ich will's versuchen«, versprach die Oberschwester.

Der schnauzbärtige Polizist erschien in der Tür und sagte: »Die fünf Minuten sind um, Ma'am! Tut mir Leid, aber wir haben …«

»… unsere Vorschriften, ich weiß«, ergänzte die Oberschwester, ohne ihn anzublicken. »Bis später, Rose! Ich verspreche dir, dass ich alles versuchen werde! Irgendwie kriegen wir dich hier raus!«

Zwei Stunden später klopfte es erneut, und John Friedrich Schultz erschien im Büro. Sie konnte ihn durch den Türspalt sehen. Er trug einen langen Umhang und einen Zylinder, und sein Gesicht war unnatürlich gerötet. Sein Schnurrbart zitterte, als er sagte: »Guten Abend, Officer! Ich bin John Friedrich Schultz! Mir kam zu Ohren, dass sie ein junges Mädchen festhalten …«

»John … Mister Schultz!«, stammelte der Polizist. Rose hörte nur seine Stimme, aber sie konnte sich sein ungläubiges Gesicht gut vorstellen. Zum ersten Mal, seitdem sie auf der Polizeistation war, verlor er die Fassung. »Ich hatte ja keine Ahnung, dass Sie …«

»Schon gut«, fuhr John Friedrich Schultz dem verdutzten Polizisten über den Mund. Er deutete mit seinem Spazierstock nach hinten und sagte: »Dieser Gentleman hat Ihnen was zu sagen!«

Rose presste ihr Gesicht gegen die Gitterstäbe und erkannte, wie Joshua Murphey neben dem Schiffsbauer auftauchte. Sie hielt den Atem an. Der Ladenbesitzer wirkte wie ein Schuljunge, den man bei einer Dummheit erwischt hatte. Seine Augen flackerten nervös, und er bemühte sich verzweifelt, seine unruhigen Hände unter Kontrolle zu bringen. Von dem arroganten Mistkerl, der sie auf der Valley Fair bloßgestellt hatte, war nichts mehr übrig. Murphey räusperte sich verlegen und suchte nach Worten.

»Nun sagen Sie's schon«, drängte Schultz.

»Das Mädchen ist unschuldig«, brachte der Ladenbesitzer mühsam hervor. »Ich habe mich geirrt. Da hat sich wohl jemand einen schlechten Scherz erlaubt! Er muss meine Uhr gestohlen und dem Mädchen in die Tasche geschmuggelt haben! Als ich gegen sie stieß, dachte ich …« Er senkte den Kopf. »Tut mir Leid, Officer, aber sie ist unschuldig. Ich ziehe meine Anzeige zurück.«

Rose konnte sich vorstellen, wie es in dem Ladenbesitzer kochte. Es musste ihn unwahrscheinliche Überwindung gekostet haben, sie freizusprechen. Aus einem glorreichen Sieg wurde eine bittere Niederlage. Was hatte der Schiffsbauer getan, dass Murphey sich auf diese Weise erniedrigte? Sie lauschte angestrengt und hörte, wie der ältere Polizist seinen Stuhl

zurückschob. »Wenn das so ist«, meinte er verwundert, »muss ich sie wohl freilassen! Sind Sie sicher, dass sie die Uhr nicht gestohlen hat?«
Murphey wechselte einen Blick mit dem Schiffsbauer und nickte rasch. »Sie ist unschuldig, Officer! Ich habe mich geirrt!«
»Rose O'Malley ist es zu verdanken, dass ich meine Brieftasche noch habe«, sagte Schultz, »sie hat den Dieb entlarvt, der meine Wertsachen stehlen wollte! Meinen Sie, so ein Mädchen stiehlt eine Uhr?« Er schüttelte den Kopf. »Nein, sie hat es nicht getan!«
»Na, gut«, meinte der Polizist, nun wieder in seinem gewohnten Tonfall. Er hatte sich von seinem Schrecken erholt und warf seinem Gehilfen die Schlüssel zu. »Lass sie raus, Mike!«
Rose verkniff sich ein schadenfrohes Grinsen, als sie dem Polizisten und Murphey gegenübertrat. Sie deutete einen Knicks vor dem Schiffsbauer an und sagte: »Vielen Dank, Mister Schultz!«
Sie nahm ihren Schirm und folgte ihrem Retter ohne ein weiteres Wort nach draußen. Im Zweispänner des Schiffsbauers lehnte sie sich erleichtert zurück. »Jetzt sind wir quitt«, meinte sie.
»Jetzt sind wir quitt«, bestätigte er amüsiert.

7

Zwei Tage später wurde ein Brief im Krankenhaus abgegeben. »Miss Rose O'Malley« stand auf dem Umschlag. »… dürfen wir uns erlauben, das gnädige Fräulein zu einem privaten Dinner in unser Haus einzuladen«, las Rose erstaunt. »Wir würden uns freuen, Sie am 14. Oktober 1857 in unserem Haus am Lucas Place begrüßen zu dürfen …« Der Kutscher würde um kurz vor achtzehn Uhr vor dem Krankenhaus auf sie warten und sie nach dem Dinner zurückbringen. Unter der Unterschrift des Schiffsbauers stand: »Um Antwort wird gebeten.«

Betty Gurley freute sich riesig, als Rose den Brief vorlas. »Meine Rose speist mit einem der reichsten Männer der Stadt«, rief sie fröhlich, »das ist eine große Ehre, weißt du das?« Sie nahm den Brief in beide Hände und studierte ihn ausgiebig, seufzte entzückt und gab ihn nur widerwillig wieder her. »Mein Gott, Rose! Weißt du, was das bedeutet? Joshua Murphey kann dir nie mehr etwas anhaben! Du gehörst jetzt zur besseren Gesellschaft!«

»Du tust ja gerade so, als hätte ich einen Heiratsantrag bekommen«, erwiderte Rose lachend. »Seine Frau ist auch dabei!«

»Wer weiß, was noch alles auf dich zukommt?«, meinte die Oberschwester verschmitzt. »Im Süden soll es Mädchen geben, die mit zwölf oder dreizehn heiraten, und du bist schon fünfzehn! In den besseren Kreisen gibt es hübsche Burschen, die viel Geld geerbt haben und nie mehr zu arbeiten brauchen! Stell dir vor, du ziehst in eines dieser mächtigen Herrenhäuser ein! Rose O'Malley, die Herrin der Plantage. Ihr würdet jeden Tag eine Gesellschaft geben, und ich dürfte euch besuchen und an der großen Tafel speisen!« Sie zwinkerte dem Mädchen zu. »Und dann würde ich einen dieser alten Brummbären kennen lernen, die nie eine Frau abbekommen, und mit ihm nach New Orleans ziehen!«

Rose hatte Schreibzeug und Papier aus dem Sekretär ihrer Freundin geholt und setzte sich lachend an den runden Tisch. »Du bist verrückt, Betty«, sagte sie, »er lädt mich doch nur aus Höflichkeit ein. Nach dem Essen höre ich nie mehr von ihm.«

»Unsinn! Er mag dich! Sonst hätte er dich nicht aus dem Gefängnis geholt. Du hättest sehen sollen, wie er aus dem Haus stürmte, als ich deinen Namen nannte. Er hat sich sofort an dich erinnert. ›Rose O'Malley, eine Diebin?‹, rief er. ›Das soll wohl ein Scherz sein!‹ Er bot mir nicht mal an, mich zum Krankenhaus zu fahren, als der Schwarze mit der Kutsche vorfuhr. Er wollte so schnell wie möglich zu Murphey, um die Sache zu regeln.« Sie ließ die Hand mit dem Schreiben sinken. »Schade, dass ich das Gesicht des Kerls nicht sehen durfte! Er hat sich geärgert, was?«

»Und wie!«, stillte Rose die Neugier ihrer Freundin. »Es fehlte nicht viel, und er wäre in Ohnmacht gefallen!« Sie saß mit gezücktem Federhalter vor dem weißen Briefbogen. »Was soll ich schreiben, Betty? Ich habe noch nie einen Brief geschrieben.« Außer dem Zettel, den ich meinen Eltern hinterlassen habe, dachte sie. »›Sehr geehrter Mister Schultz …‹ Ist es so richtig?«

»Hm«, meinte Betty Gurley, »ich würde ›Mein hochverehrter Mister Schultz‹ schreiben, das klingt besser!« Sie überlegte eine Weile. »Wie wär's mit: ›Vielen Dank für Ihren freundlichen Brief und die Einladung, die ich gern annehme‹? Oder so ähnlich …«

»Das klingt gut«, gab Rose zu, nachdem sie den Satz geschrieben und noch einmal gelesen hatte. »Ich freue mich auf unser gemeinsames Dinner und verbleibe hochachtungsvoll, Rose O'Malley«, vollendete sie den Brief.

Und mit einem Blick auf den Gruß, den Schultz an ihre Freundin geschickt hatte, fügte sie hinzu: »Grüßen Sie bitte Ihre freundliche Gattin!« Sie ließ die Tinte trocknen und sagte: »Sehr freundlich war sie eigentlich nicht!«

»Seine Frau?« Betty verdrehte abfällig die Augen. »Das sind die Frauen von diesen reichen Gentlemen selten! Ich glaube, die langweilen sich und wollen ordentlich Dampf ablassen! Aber grüßen würde ich sie trotzdem. Sonst fühlt sie sich übergangen!«

Sie gaben den Brief einem Patienten mit, der gerade entlassen wurde und sich bereit erklärte, den Umschlag im Schultz House am Lucas Place abzugeben. »Noch sieben Tage«, zählte Rose.

»Dann wird es höchste Zeit, dass wir was Passendes zum Anziehen für dich finden«, erwiderte ihre Freundin eifrig. Sie legte eine Begeisterung an den Tag, als wäre sie selbst eingeladen, und verbrachte ihren ganzen freien Nachmittag damit, nach einem passenden Stoff für ein Kleid zu suchen. Rose hatte Dienst und wusste nichts davon. Sie fiel beinahe in Ohnmacht, als sie den dunkelgrünen Samtstoff und die weiße Spitze auf dem Bett liegen sah. »Ich hab einen Spottpreis dafür bezahlt«, sagte die

Oberschwester, obwohl sie einen ganzen Wochenlohn dafür ausgegeben hatte. »Das ist dein Weihnachtsgeschenk!«

»Das kann ich nicht annehmen«, wehrte Rose ab.

»Natürlich kannst du das«, erwiderte ihre Freundin. »Hol lieber Nadel und Faden, damit wir mit dem Nähen anfangen können!«

Sie schneiderten ein hinreißendes Kleid, das noch schöner als die vornehmen Ballkleider in den Läden an der Verandah Row aussah. Der Samt fiel weich und faltenlos bis auf den Boden und spannte sich verführerisch über den Formen ihres erwachenden Körpers. Die kostbare Spitze schmückte ihren schlanken Hals. Das leuchtende Rot ihrer Locken bildete einen starken Kontrast zu dem Stoff, der dieselbe Farbe wie ihre Augen hatte.

Die Oberschwester lächelte zufrieden, als das Mädchen sieben Tage später ihr gemeinsames Zimmer verließ. »Du siehst wundervoll aus!«, lobte sie überschwänglich. Nur für neue Schuhe hatte es nicht gereicht. Aber die Sonntagsschuhe des Mädchens glänzten noch und schauten kaum unter dem langen Rock hervor. Alle Schwestern blickten ihr neugierig nach. Ein Pfleger drehte sich verwirrt um und lief beinahe gegen die Wand.

Vor dem Haus verbeugte sich ein schwarzer Diener. Er grüßte sie höflich und half ihr in die Kutsche. Sie fühlte sich wie eine Prinzessin, als sie über die Fourth Street fuhr, vorbei an den teuren Modegeschäften, die selbst Zylinder aus Biberpelz verkauften. Sie stellte sich vor, dass viele hundert Menschen auf den Gehsteigen standen und ihr zujubelten, während sie huldvoll aus der Kutsche winkte. Nach einigen Häuserblocks bogen sie auf den Lucas Place ab, eine der teuersten Wohngegenden in St. Louis.

Die Villa des Schiffsbauers stand in einem weitläufigen Garten, ein massives Haus aus dunkelroten Ziegelsteinen mit zahlreichen Türmchen und Erkern. Eine Kiesauffahrt führte zu der weißen Eingangstür, die von einem steinernen Portal überdacht wurde. Ein Diener in einer Fantasieuniform, diesmal ein Weißer, führte sie in die Eingangshalle und sagte: »Einen Augenblick, meine Dame, ich glaube, die Herrschaften erwarten Sie schon.«

John Friedrich Schultz öffnete die Tür. »Rose! Ich darf doch Rose sagen?«, begrüßte er das Mädchen überschwänglich. »Ich freue mich, dass du gekommen bist!« Er deutete einen Handkuss an, eine Sitte, die er aus Europa mitgebracht hatte, und bewunderte ihr Kleid. »Du siehst hinreißend aus, Rose! Wie eine Lady!«

»Vielen Dank, Sir!«, erwiderte sie artig. Sie war die übertriebenen Umgangsformen der besseren Kreise nicht gewohnt und fühlte sich etwas unwohl. Staunend blickte sie die steile Treppe hinauf, auf die kostbaren Teppiche und die wertvollen Gemälde an den tapezierten Wänden. Auf den kunstvoll geschnitzten Leuchtern flackerten Gaslichter und verbreiteten ein warmes Licht. Links von der Treppe stand die Skulptur eines Flötenspielers.

»Den hab ich von einer Reise nach Italien mitgebracht«, erklärte er stolz, »nachher zeige ich dir die Bibliothek und den großen Ballsaal!« Er öffnete eine Holztür und führte sie in das festlich geschmückte Esszimmer. Überall standen frische Blumen, auf dem ovalen Esstisch aus Mahagoni, der lang gestreckten Kommode und dem Schrank neben dem Fenster, obwohl es längst Herbst war und in der Umgebung von St. Louis nichts mehr blühte. »Die Pflanzen kommen aus unserem Ge-

wächshaus«, sagte er, als er den erstaunten Blick des Mädchens sah.
Katharina Schultz saß wie eine Königin an dem festlich gedeckten Esstisch. Ihr Kleid war etwas zu eng und spannte sich über ihren üppigen Formen. Es war dunkelbraun und wurde am Kragen von einer Elfenbeinbrosche zusammengehalten. Der teure Stoff knisterte, als sie dem Mädchen die Hand reichte. »Meine Frau«, sagte er. Sie nickte höflich, aber es war kaum Freundlichkeit in ihrem gepuderten Gesicht. Sie fühlte sich durch die jugendliche Frische der Besucherin an ihr fortgeschrittenes Alter gemahnt und empfand es unter ihrer Ehre, mit einem jungen Mädchen ungewisser Herkunft an einem Tisch zu sitzen.
John Friedrich Schultz übersah die Reserviertheit seiner Frau und gab sich alle Mühe, für eine entspannte Atmosphäre zu sorgen. Er hatte mehr Humor, als Rose vermutet hatte, scherzte mit der Haushälterin, die das Essen auftrug, und erklärte dem Mädchen lächelnd, dass sich die reichen Leute große Mühe gaben, komplizierte Tischsitten zu erfinden. »Ich komme aus einer einfachen Familie in Bremerhaven«, berichtete er, »das ist eine kleine Stadt am Meer. Ich habe dort in einer Werft gearbeitet. Während unserer Revolution war ich bei den Aufständischen, die sich von der Regierung nicht mehr alles vorschreiben lassen wollten, deshalb bin ich nach Amerika ausgewandert.« Er blickte seine Frau an. »Hier sind wir wesentlich freier, nicht wahr, Katharina?«
»Ich wäre gern in Deutschland geblieben«, erwiderte sie. Ihr Akzent war hart und ließ ihre Stimme wenig gefühlvoll klingen. »Die Amerikaner sind so … so unzivilisiert.« Sie rümpfte die Nase und nippte an ihrem Weinglas. Anscheinend stamm-

te sie aus einer vornehmen Familie. Rose hätte gern gewusst, warum sie mit einem Mann verheiratet war, der in einer Werft gearbeitet hatte.

Der Schiffsbauer lachte. »Ich war auch ein unzivilisierter Bursche, vergiss das nicht!« Er wischte sich den Mund mit der Serviette trocken und trank einen Schluck. »Weißt du noch, wie deine Eltern mich angesehen haben, als ich zum ersten Mal bei euch zum Essen war? Am liebsten hätten sie mich rausgeworfen!«

»Ich war genauso entsetzt«, räumte sie ein.

»Aber du hast mich geheiratet«, erwiderte er fröhlich. »Weil du geahnt hast, dass aus mir ein erfolgreicher Schiffsbauer wird!«

Genauso wird es gewesen sein, dachte Rose, ohne sich ihre Gedanken anmerken zu lassen. Es geht ihr nur darum, eine gewisse Stellung in der Gesellschaft zu erreichen. Sie erweckte jedenfalls diesen Eindruck. Am liebsten würde sie nur mit ihresgleichen verkehren, schon der Blick auf die Straße war ihr zuwider, weil dort das gemeine Volk herumlief. Rose konnte sich gut vorstellen, wie sie mit ihrem Mann gestritten hatte, als er auf die Idee gekommen war, das »kleine Bauernmädchen« einzuladen.

»Du arbeitest im Krankenhaus, nicht wahr?«, erkundigte sich der Schiffsbauer, als sie mit der Gemüsesuppe fertig waren und der Hauptgang aufgetragen wurde, ein deftiger Rinderbraten mit viel Soße, wie es in Deutschland üblich war.

»Seit ein paar Monaten schon«, antwortete sie.

»Bist du nicht zu jung dafür?«

»Im Krankenhaus haben sie nie nach meinem Alter gefragt«, erwiderte sie schmunzelnd. »Ich bin froh, dass ich die Stelle habe. Die Arbeit macht großen Spaß. Vor der Bürgermeisterwahl war es anstrengend, da haben sie immer Verletzte eingeliefert, aber jetzt geht es wieder.« Sie aß von dem saftigen Braten und trank von der Limonade, die man ihr eingeschenkt hatte. »Der Braten schmeckt gut«, lobte sie. Zu spät fiel ihr ein, was sie im Krankenhaus gehört hatte – dass man nicht mit vollem Mund redete und sich die Lippen mit der Serviette abwischte, bevor man trank. Sie fuhr mit dem Zeigefinger über den Glasrand und vermied es, die Frau des Schiffsbauers anzublicken. Sie wäre jede Wette eingegangen, dass Katharina Schultz sich schon als kleines Mädchen perfekt benommen hatte. Eine anspruchsvolle Prinzessin, die von ihren Eltern verwöhnt wurde und glaubte, etwas Besseres zu sein.

John Schultz hob das Weinglas und prostete dem Mädchen zu. »Schön, dass du gekommen bist«, sagte er, »ich habe schon in der Kutschenstation gesagt, dass du ein ganz besonderes Mädchen bist! Wenn dir das Leben übel mitspielt, nimmst du dein Schicksal selber in die Hand, nicht wahr? Du gehst geradewegs auf dein Ziel los! Aus dir wird einmal eine erfolgreiche Frau, Rose!«

Rose war solches Lob nicht gewohnt, schon gar nicht aus dem Mund eines erfolgreichen Mannes, und spürte, wie ihr das Blut ins Gesicht schoss. Sie wusste nicht, was sie sagen sollte, und drehte nervös ihr Limonadenglas. Aus den Augenwinkeln beobachtete sie, wie Katharina Schultz spöttisch die Lippen verzog. »Vielen Dank, dass Sie mir geholfen haben«, brachte sie hervor.

»Ich konnte doch meine Retterin nicht im Gefängnis schmoren lassen«, meinte er mit einem fröhlichen Grinsen. Er blickte seine Frau an und schien gar nicht zu merken, dass sie seine gute Laune nicht teilte. »Uns haben auch freundliche Menschen geholfen, als wir nach Amerika kamen, sonst hätten wir es nicht geschafft!« Er trank einen Schluck und ließ den Wein auf der Zunge zergehen. »Was willst du werden, Rose? Willst du in St. Louis bleiben?«

Das zwanglose Verhalten des Schiffsbauers machte das Mädchen selbstsicherer. Sie antwortete so offen, als würde sie sich mit der Oberschwester unterhalten. »Sobald ich genug Geld gespart habe, gehe ich nach Westen. In das gelobte Land, von dem alle reden! Nach Kalifornien oder Oregon! Ich möchte ein Geschäft aufbauen und so erfolgreich werden wie … wie Sie!«

John Schultz gefiel die lockere Art des Mädchens. Sie war ihm sehr ähnlich und ließ sich durch nichts von ihrem Weg abbringen. So eine Tochter hatte er sich immer gewünscht. »Glaub ja nicht, dass du damit alle Sorgen los wärst«, erwiderte er amüsiert, »mit dem vielen Geld handelst du dir auch eine Menge Ärger ein!«

»Damit komme ich schon zurecht«, meinte sie selbstsicher.

»Und wie willst du das anstellen?«, fragte Katharina Schultz neugierig. Sie fand die Worte des Mädchens eher anmaßend und hätte ihr am liebsten klar gemacht, dass eine einfache Krankenschwester kaum eine Chance hatte, reich zu werden. Nicht einmal in Kalifornien oder Oregon. Sie hatte im »Anzeiger des Westens« über diese fernen Länder gelesen und erfahren, dass es auch dort Rangunterschiede gab. Das Mädchen eines Farmers würde keinen Rancher und die Tochter eines Captains keinen Sergeant heiraten. »Willst du nach Gold oder Silber suchen?«

Rose überhörte den spöttischen Tonfall. »Warum nicht?«,

erwiderte sie ungeniert. »Irgendwie komme ich zu Geld. Ich bin zur Schule gegangen und habe jeden Nachmittag auf dem Acker gearbeitet. Und im Krankenhaus sind sie auch zufrieden mit mir! Vielleicht mache ich einen Laden auf, oder ich eröffne ein großes Hotel wie das Planter's House, oder ich führe ein Lokal …«
Katharina Schultz schüttelte ungläubig den Kopf. »Du hast einen seltsamen Humor, mein Kind! Oder meinst du das im Ernst? Frauen eröffnen keine Hotels und auch keine Lokale …«
»Warum eigentlich nicht?«, widersprach ihr Mann. Er zwinkerte dem Mädchen zu. »Rose schafft das schon! Vielleicht ist ihr Hotel ein bisschen kleiner als das Planter's House, und vielleicht ist ihr Lokal nicht so üppig eingerichtet wie die Restaurants, die wir in New York gesehen haben, aber wie ich sie kenne, lässt sie sich durch keinen Mann einschüchtern! Stimmt's, Rose?« Er blickte das Mädchen an und lächelte zufrieden, als er ihren entschlossenen Blick bemerkte. »Sie hat einen größeren Dickkopf als ich, damit kommt sie auch im Westen zurecht! Sie ist stark genug!«
»Sie ist ein Mädchen«, sagte Katharina Schultz, »und ich habe gelesen, dass allein stehende Frauen nicht mal auf einem Wagenzug mitfahren dürfen. Sie muss einen Mann dabei haben oder zu einer Familie gehören, sonst ist die Reise viel zu gefährlich.«
»Ich schaffe das schon«, behauptete Rose fest.
»Da hörst du es«, meinte John Friedrich Schultz.
Zum Nachtisch gab es selbst gebackenen Kuchen und starken Kaffee, den Rose mit viel Milch verdünnte. Katharina Schultz erzählte von den vielen Gefahren, die auf dem Trail nach

Westen auf die Siedler warteten, als machte es ihr Spaß, das Mädchen zu verängstigen, und berichtete von dunkelhäutigen Wilden, die Frauen verschleppten und kleine Kinder töteten. »Im ›Anzeiger‹ war das Tagebuch einer Prinzessin abgedruckt, die nach drei Wochen wieder umkehrte, weil sie die Gefahren und den Schmutz nicht mehr ertrug. Der Westen ist nichts für Frauen.«

»Das haben sie von Amerika auch gesagt, weißt du noch?«, erinnerte der Schiffsbauer seine Frau. Er nippte an dem heißen Kaffee. »Sogar deine Eltern haben uns abgeraten, nach Amerika zu gehen. Man muss ein Risiko eingehen, wenn man es zu etwas bringen will! Stell dir vor, wir wären in Bremerhaven geblieben?«

»Dann hättest du das Geschäft meines Vaters übernommen.«

»Und so haben wir etwas eigenes auf die Beine gestellt!«

Nachdem die Haushälterin das Geschirr abgeräumt hatte, verbeugte sich das Mädchen, wie sie es vor einigen Tagen mit der Oberschwester geübt hatte. »Vielen Dank für die Einladung«, sagte sie höflich, »es war mir ein großes Vergnügen!« Es klang etwas gestelzt, aber nicht einmal Katharina Schultz lachte, und ihr Mann küsste sogar ihre Hand. Er brachte das Mädchen zur Tür.

»Auch uns war es ein großes Vergnügen«, erwiderte er, »und ich würde mich freuen, wenn du öfter kommen könntest!« Er wechselte einen schnellen Blick mit seiner Frau und lächelte das Mädchen aufmunternd an. »Da fällt mir ein, morgen kommt der neue Schaufelraddampfer aus der Werft in Pittsburgh. Hättest du vielleicht Lust, dir das Schiff anzusehen? Wenn du willst, holen wir dich morgen Nachmittag im Krankenhaus ab. Du hast doch nichts dagegen, Katharina?« Er wartete die Antwort seiner Frau gar nicht ab und fügte hinzu: »Morgen Nachmittag um vier?«

»Ich weiß nicht. Ich habe Frühdienst, aber …«

»Die ›Columbus‹ ist eines meiner größten Schiffe!«, meinte John Friedrich Schultz begeistert. »Du darfst dabei sein, wenn ich es dem Kapitän übergebe! Morgen um vier, einverstanden?«

»Einverstanden«, erwiderte das Mädchen dankbar. Sie machte einen höflichen Knicks und folgte dem Kutscher nach draußen.

8

Die »Columbus« traf am späten Nachmittag in St. Louis ein. Ihre Aufbauten erstrahlten im rotgoldenen Licht der untergehenden Sonne, und aus den beiden Schloten quoll dunkler Rauch. Nur die Gaslampen im Lotsenhaus und auf dem unteren Deck brannten. Das dunkelrote Schaufelrad drehte sich hinter dem Heck und wirbelte das schlammige Wasser des Flusses auf. Die schräge Melodie einer Dampforgel hallte weit über den Fluss.

Am Ufer drängten sich die Menschen. Die »Columbus« gehörte zu den größten Schiffen, die während der letzten Monate in St. Louis angelegt hatten, und jeder wollte einen Blick auf den neuen Schaufelraddampfer erhaschen. Rose stand neben dem Besitzer auf einem hölzernen Podest und genoss die neidischen Blicke vieler Zuschauer, die dicht gedrängt am Ufer standen. Sie trug einen selbst geschneiderten Umhang über ihrer Schwesternuniform, und ihre Locken flatterten unter der weißen Haube.

John Friedrich Schultz gab dem Dirigenten der bereitstehenden Musikgruppe ein Zeichen, und die bunt gekleideten Männer stimmten ein deutsches Volkslied an, das Rose vor einigen Jahren auf einem Scheunenfest gehört hatte. Auf den goldenen Posaunen und Trompeten spiegelte sich das letzte Sonnenlicht. Am Ufer brannten bereits die Gaslaternen, und

auf der anderen Seite des Flusses wurde ein Feuerwerk gezündet, das die Menschen an den amerikanischen Unabhängigkeitstag am 4. Juli erinnerte. »Dies ist ein besonderes Schiff«, sagte John Friedrich Schultz.
Die »Columbus« war für seine eigene Schifffahrtslinie bestimmt, die zwischen St. Louis und New Orleans verkehrte. Alle anderen Schiffe verkaufte er an die Konkurrenz. Es gab sehr viele kleine Firmen, die ein oder zwei Schiffe auf dem Mississippi laufen hatten. John Friedrich Schultz gehörte zu den wenigen Unternehmern, die selbst Schiffe bauten, und sogar seine Konkurrenten nickten anerkennend, wenn von der Qualität seiner Schiffe die Rede war. Es wurde sogar behauptet, dass er selbst nach Pittsburgh fuhr und den Werftarbeitern half. »Das stimmt«, verriet er dem Mädchen, »wenn wir in Pittsburgh sind, verkleide ich mich manchmal als Arbeiter!« Er zwinkerte ihr verschwörerisch zu. »Aber kein Wort zu meiner Frau! Sie glaubt, dass ich nach Washington fahre und mit irgendwelchen Senatoren spreche!«
Rose gehörte zu den auserwählten Gästen, die nach der Ankunft der »Columbus« auf einen Rundgang mitkommen durften. Auch der neue Bürgermeister und die Reporter der ansässigen Zeitungen waren dabei. Lester Bidwell nickte ihr respektvoll zu. Seit er das Mädchen interviewt hatte und gegen Joshua Murphey vorgegangen war, gehörte er zu den wichtigsten Männern beim »Missouri Democrat«. John Friedrich Schultz hielt eine Ansprache auf dem Texasdeck und überreichte dem Kapitän eine Urkunde, und auch der Bürgermeister sagte ein paar Worte und sprach von der »wachsenden Bedeutung der Dampfschifffahrt für unsere glorreiche Stadt!« Die Dampforgel mischte sich mit einer fröhlichen Melodie in den

Applaus. Sie war so laut, dass sich die meisten Leute die Ohren zuhielten und froh waren, als der letzte Ton verklungen war. Nach der Feier blieben John Friedrich Schultz und das Mädchen an der Reling stehen. Sie blickten über den dunklen Fluss und atmeten die würzige Luft, die über dem Wasser lag. Ein Ruderboot schaukelte auf den Wellen und machte deutlich, wie groß die »Columbus« war. Viel wichtiger, so erfuhr Rose von dem Schiffsbauer, war aber ihre Schnelligkeit. Alle Aufbauten bestanden aus leichtem Pappel- und Kiefernholz und hielten den Tiefgang besonders gering. »Das ist wichtig auf dem Mississippi«, verriet er, »weil es hier viele Sandbänke und viel Treibholz gibt.«

»Ist das Schaufelrad deshalb am Heck?«, fragte das Mädchen. »Damit sich das Treibholz nicht in den Radkästen verfängt?«

»Sehr gut beobachtet«, erwiderte der Schiffsbauer, »ich halte nicht viel davon, zwei Schaufelräder seitlich anzubringen, auch wenn das Schiff dann leichter manövrieren kann und manchmal sogar schneller ist. Aber was nützt mir das schnellste Schiff, wenn die Schaufelräder alle paar Meter brechen?« Er blickte das Mädchen an und zwirbelte nachdenklich seinen Bart. »Hör zu, Rose«, fuhr er fort, »du bist ein kluges Mädchen. Mit der richtigen Schulbildung könntest du es noch weiter bringen, als du denkst. Wie wäre es, wenn du noch mal zur Schule gehst? Nein, nein, keine richtige Schule! Ich würde einen Privatlehrer engagieren, der dir alles beibringt, was eine erfolgreiche Geschäftsfrau wissen muss! Mathematik, Geschichte, wie man einen Brief schreibt, sogar Deutsch, wenn du willst. Und das Geld, das du für die Reise nach Westen brauchst, könntest du in meinem Laden verdienen! Ich ver-

kaufe alles, was ein Flussschiffer braucht. Was hältst du davon?« Er berührte sie an den Schultern. »Deine Arbeit als Krankenschwester müsstest du natürlich aufgeben, aber so hast du eine echte Chance, deinen Traum zu verwirklichen!«
Sie blickte ihn erstaunt an. Mit so einem Angebot hatte sie nicht einmal in ihren kühnsten Träumen gerechnet. »Aber so eine Ausbildung kostet viel Geld, das kann ich mir nicht leisten, Sir!«
Der Schiffsbauer lächelte. »Die Kosten übernehme ich. Wir haben keine Kinder, verstehst du, und obwohl ich dich kaum kenne, bist du wie eine Tochter für mich. Ich würde gern dazu beitragen, dass du eine anständige Ausbildung erhältst und es zu etwas bringst. Du bist klug und stehst mit beiden Beinen im Leben … so wie ich mir eine Tochter gewünscht hätte! Na, was ist?«
Rose wusste nicht, was sie sagen sollte. So ein Angebot bekam man nicht alle Tage, und die meisten Mädchen hätten sofort zugegriffen, aber sie wollte die Patienten im Mullanphy Hospital nicht im Stich lassen und hatte Angst, die Oberschwester als Freundin zu verlieren. »Ich würde gerne für Sie arbeiten, Sir …«
»… aber du willst deine Patienten nicht im Stich lassen«, ergänzte der Schiffsbauer, »das verstehe ich ja. Überlege dir mein Angebot in aller Ruhe. Vielleicht kannst du den Unterricht in deiner Freizeit nehmen und arbeitest erst im Laden, wenn du im Krankenhaus nicht mehr gebraucht wirst. Ist das ein Angebot?«
»Ja, Sir! Natürlich, Sir!« Rose bedankte sich überschwänglich und versprach, in zwei Tagen bei John Friedrich Schultz in seinem Laden vorzusprechen. Im Krankenhaus erzählte sie

der Oberschwester von dem Angebot. »Was soll ich bloß tun, Betty?«
»Was du tun sollst?«, fragte die Oberschwester erstaunt. »So ein Angebot bekommst du nur einmal im Leben! Einen Privatlehrer, mein Gott, der kostet ein Vermögen, und in dem Laden verdienst du bestimmt doppelt so viel wie im Krankenhaus! Du bist eine gemachte Frau, Rose! Lern was, verdien was, und mach was aus deinem Leben! Oder heirate einen von diesen reichen Männern, die auf den Bällen im Schultz House auftauchen! Oder geh nach Westen, und kauf dir eine Goldmine! Überleg nicht lange!«
Rose schüttelte den Kopf. »Nein, Betty, ich brauche noch etwas Zeit.« Sie zögerte, die vertraute Welt des Mullanphy Hospital zu verlassen, und sie dachte an Katharina Schultz, die bestimmt nicht erfreut von dem Angebot war. Vielleicht war sie sogar eifersüchtig. »Ich gehe zu dem Privatlehrer, aber die Arbeit im Krankenhaus gebe ich erst auf, wenn ihr mich nicht mehr braucht.«
In den folgenden Wochen pendelte Rose zwischen dem Mullanphy Hospital und dem Schultz House. Dreimal in der Woche wurde sie von einem deutschen Lehrer unterrichtet, der mit John Friedrich Schultz und seiner Frau über den Ozean gekommen war. Er hatte einen Namen, den sie nicht aussprechen konnte, aber er war sehr nett und zeigte viel Geduld, wenn sie eine Rechenaufgabe nicht verstand oder zu viele Fehler in einem Diktat machte. »Ich glaube, das versuchen wir noch einmal«, war sein Lieblingssatz. Wenn sie aus einem Buch vorlesen musste, ging er im Studierzimmer auf und ab, die Arme hinter dem Rücken verschränkt, und schüttelte nur den Kopf, wenn sie einen Fehler machte. Er war über sechzig

Jahre alt, und sein Haar und der dichte Schnurrbart waren schlohweiß, aber er hatte viel Humor und war dafür, dass die Frauen mehr Rechte bekamen. »Mag sein, dass mich manche Leute für einen vergreisten Schulmeister halten«, sagte er einmal, »aber ich bin fortschrittlicher als die jungen Holzköpfe, die in Deutschland zurückgeblieben sind!« Sein Akzent klang lustig, und sein Schnurrbart zitterte beim Reden.

Von der Frau des Schiffsbauers sah Rose wenig. Katharina Schultz hielt sich meist in ihren Gemächern auf und grüßte nur knapp, wenn sie einander zufällig begegneten. Sie war eine nüchterne Frau mit einem maskenhaften Gesicht, das kaum Wärme ausstrahlte, und hielt es anscheinend für unter ihrer Würde, im Studierzimmer aufzutauchen und nach dem Befinden eines einfachen Mädchens zu fragen. Auch der Privatlehrer bekam sie kaum zu Gesicht. »Katharina Schultz ist eine vornehme Frau«, sagte er lediglich, als die Sprache auf sie kam. Eigentlich passte sie gar nicht zu ihrem fröhlichen Mann, und Rose fragte sich manchmal, warum die beiden geheiratet hatten. Sie waren so verschieden.

»Wie kommt sie voran?«, fragte John Schultz, wenn er den Lehrer und das Mädchen im Studierzimmer begrüßte. »Ist die junge Dame schon so weit, dass sie mir Konkurrenz machen kann?«

Der Lehrer war mehr als zufrieden. »Sie hat in zwei Monaten mehr gelernt als manche Schüler in einem Jahr«, sagte er strahlend, »wenn sie so weitermacht, ist sie bald klüger als die meisten Männer! In Mathematik kennt sie sich besonders gut aus!«

»Etwas anderes habe ich nicht erwartet«, meinte John Friedrich Schultz stolz. Er wandte sich an das Mädchen. »Hast du

…on mal darüber nachgedacht, ob du in meiner Firma mitar-…en willst?«

»Ja, Sir«, antwortete Rose, die sich ein wenig schäbig vorkam, weil sie den Schiffsbauer so lange hinhielt, »aber wir haben immer noch viele Patienten, und ich kann jetzt unmöglich weg …«

»Lass dir Zeit«, erwiderte er geduldig.

»Vielen Dank, Sir!«

Es dauerte bis zum Frühjahr, bis Rose mit einem alten Lederkoffer vor dem Schultz House auftauchte. Sie hatte den ungewöhnlich strengen Winter im Krankenhaus verbracht, hatte sogar an Weihnachten gearbeitet und später mit der Oberschwester und den anderen Kolleginnen im Schwesternzimmer gefeiert. Vor den Patienten hatten sie einige Weihnachtslieder gesungen. Von Betty Gurley hatte sie neues Schreibzeug bekommen, und sie hatte ihrer Freundin eine weiße Kerze geschenkt. Es hatte geschneit, und sie hatte darüber nachgedacht, wo sie wohl das nächste Weihnachten feiern würde. Wieder im Krankenhaus? Im Schultz House? Auf dem Trail nach Westen?

Am Neujahrstag war sie bei John Friedrich Schultz und seiner Frau zum Essen eingeladen. Es gab gebratenen Truthahn mit Kartoffeln, und diesmal bekam sie auch ein Glas Wein und erhob es auf das Wohl ihrer Gastgeber. »Ich bin sehr dankbar für alles, was Sie für mich getan haben«, sagte sie höflich, »ich wünsche Ihnen ein erfolgreiches und glückliches Jahr!«

»Du bist für uns wie eine Tochter«, sagte der Schiffsbauer feierlich und überreichte dem Mädchen ein kostbares Weihnachtsgeschenk, das sie zuerst gar nicht annehmen wollte. »Ein

Mantel aus Biberfell!«, freute sie sich. »Und Handschuhe und ein Schal! Aber die Sachen sind viel zu kostbar für mich!« Natürlich zog sie den Mantel an, und als sie ihr Spiegelbild im dunklen Fenster betrachtete, brauchte John Schultz sie nicht lange zu überreden, das Geschenk doch anzunehmen. »Vielen Dank, Sir!«, sagte sie.

Der Winter war sehr streng, und der warme Mantel kam wie gerufen. Wenn sie am Ufer des Mississippi entlangging und über die aufgetürmten Eisschollen kletterte, wurde sie von den meisten anderen jungen Frauen beneidet. In dem kostbaren Biberfell wirkte sie sehr erwachsen, und wäre sie nicht übermütig von einer Scholle zur anderen gesprungen, hätte sie jeder für eine junge Lady gehalten. Nur wer sie aus der Nähe betrachtete, sah das mädchenhafte Glitzern in ihren Augen. Sie war zur Frau gereift, und selbst der dicke Mantel konnte das nicht verbergen. Erwachsene Männer drehten sich nun nach ihr um, wenn sie über die Fourth Street schlenderte oder mit der Oberschwester vor einem Schaufenster stehen blieb.

An einem der ersten Frühjahrstage, sie hatte gerade die Frühschicht hinter sich, empfing die Oberschwester sie mit dem gepackten Lederkoffer. Auf ihrem Bett lag das blaue Sonntagskleid, das sie zusammen genäht hatten. »Ich glaube, ich muss dich zu deinem Glück zwingen«, sagte Betty Gurley. Sie lächelte wehmütig. »Ich habe einen Pfleger zum Schultz House geschickt. Die Kutsche wird gleich kommen! Ab morgen wohnst du dort!«

Rose war so überrascht, dass sie zu keiner Antwort fähig war. Unschlüssig blieb sie mitten im Zimmer stehen. »Aber ich kann jetzt nicht gehen«, erwiderte sie nach einer Weile, »die Patienten von Zimmer 10 brauchen mich, und der junge

Mann, den sie heute morgen eingeliefert haben, hat schon nach mir gerufen ...«

»Um die kümmere ich mich schon«, sagte die Oberschwester mit Tränen in den Augen, »die Ärzte wissen Bescheid. Du musst jetzt gehen, Rose! Denk daran, was du alles erreichen willst!«

Das Mädchen war froh, dass jemand ihr die Entscheidung abgenommen hatte. Sie lächelte schüchtern und griff nach den Händen ihrer mütterlichen Freundin. »Wenn ich dich nicht hätte! Wir treffen uns doch noch, oder? Wir können zusammen spazieren gehen, und vielleicht darf ich dich mal zum Essen einladen ...«

»Geh jetzt, Rose! Bitte!«

Rose zog ihr Sonntagskleid an und faltete die Schwesternuniform sorgfältig zusammen. Der Abschied schmerzte sie mehr als ihre Flucht aus dem Elternhaus. Auch sie weinte, als sie nach dem Koffer griff und sich noch einmal von der Oberschwester verabschiedete. »Ich komme dich besuchen«, versprach sie.

John Friedrich Schultz war außer sich vor Freude, als Rose in sein Haus zog. Er hatte nie Kinder gehabt und war dankbar, dass ihn der liebe Gott auf diese Weise entschädigt hatte. Das Mädchen war die Tochter, die er sich immer gewünscht hatte, und selbst die offensichtliche Zurückhaltung seiner Frau konnte ihn nicht davon abhalten, das Mädchen mit offenen Armen zu empfangen. »Du wirst deinen Entschluss nicht bereuen«, meinte er.

Rose bekam ein Zimmer im ersten Stock, von dem sie auf die breite Allee hinabblicken konnte, und wurde wie eine leibliche Tochter behandelt. Sie wurde in einem der besten

Modehäuser der Verandah Row eingekleidet, durfte die Kutsche benutzen und am Tisch der Herrschaften essen, obwohl sie darauf bestanden hatte, für ihren Lebensunterhalt selbst aufzukommen. »Die Zeit kommt noch früh genug«, erwiderte der Schiffsbauer lachend, »wenn du genug gelernt hast, wirst du meinen Laden führen!«

Sie brauchte einige Wochen, um sich bei dem Ehepaar einzuleben. Ihr Lebensrhythmus änderte sich, und sie brauchte sich nicht mehr frühmorgens oder spätnachts aus dem Bett zu quälen, um ihre Schicht anzutreten. Aus dem Bauernmädchen war eine junge Lady geworden, die ihre alten Freunde nicht vergaß und immer wieder im Krankenhaus auftauchte, um mit Betty Gurley spazieren zu gehen oder einen heißen Tee zu trinken. Manchmal hörte sie einen Patienten tuscheln: »Was hat denn die vornehme Lady hier zu suchen?« oder »He, die sieht aber gut aus!« Dann lächelte sie und sagte: »Mir gehört der verdammte Laden hier!«

Die Flüche der irischen Arbeiter, die sie im Krankenhaus gepflegt hatte, würde sie nie vergessen, und es machte ihr großen Spaß, manche Leute damit zu schocken. Von einer jungen Dame, die selbst am Werktag im Sonntagskleid spazieren ging, erwartete man, dass sie angewidert die Augenbrauen hochzog, wenn sie einem Arbeiter aus der Seventh Street begegnete, aber Rose wollte die erste Zeit, die sie in St. Louis verbracht hatte, nicht vergessen. Sie war ein Teil ihres Lebens. Sie wollte nicht wie Katharina Schultz werden, die sich in ihrem Haus und in ihrer Kutsche gegen alle anderen Menschen abschottete.

An einem warmen Sommerabend ging Rose besonders früh zu Bett. Sie öffnete die Balkontür und trat im Morgenmantel auf die kleine Veranda hinaus. Auf dem Lucas Place waren einige Spaziergänger zu sehen, und es schickte sich nicht für eine junge Dame, sich kaum bekleidet der Öffentlichkeit zu zeigen, aber sie scherte sich nicht darum, und es nahm ohnehin niemand Notiz von ihr. Sie genoss den lauen Wind und blickte zum Mond und den vielen Sternen empor. In St. Louis regnete es oft, selbst im Sommer, und es tat gut, einen wolkenlosen Himmel zu sehen.

Auch das Fenster im Erdgeschoss stand offen, und sie vernahm die Stimmen von John Friedrich Schultz und seiner Frau, die sich lauter als sonst unterhielten. »Und ich verstehe einfach nicht, welchen Narren du an dem Mädchen gefressen hast!«, schimpfte Katharina Schultz. »Fast könnte man meinen, du hättest dich in sie verliebt!« Und der Schiffsbauer antwortete: »Das ist doch Unsinn, Katharina! Ich liebe dich, das weißt du doch, auch wenn zwischen uns manches nicht mehr wie früher ist! Ich mag die Kleine, das stimmt, aber so, wie ein Vater seine Tochter mag! Sie hat das Zeug, sich in einer Männerwelt durchzusetzen, und ich möchte ihr dabei helfen! Ohne uns hätte sie keine Chance!«

»Aber du übertreibst«, war die aufgebrachte Stimme der Frau zu hören, »am Ende vererbst du ihr noch unser Vermögen! Das lasse ich nicht zu, John! Wir wissen doch nicht mal, woher sie kommt! Ob es Krankheiten in ihrer Familie gegeben hat! Sie ist ein Bauernmädchen, und der Himmel weiß, was sie sich auf den Feldern alles eingefangen hat!« Ihr Mann wollte etwas erwidern, aber sie fuhr ihm über den Mund. »Ich habe mich bisher zurückgehalten, John. Ich habe geduldet, dass du ihr den Unterricht bezahlst, und ich habe sogar zugelassen, dass sie bei uns wohnt! Ich wusste ja nicht, dass du sie wie eine

Tochter verwöhnst! Einige meiner Freundinnen können das gar nicht verstehen! Ich dachte, du lässt sie als Verkäuferin in unserem Laden arbeiten …«

»Rose ist ein anständiges Mädchen«, widersprach John Friedrich Schultz, »und hat es bestimmt nicht auf unser Erbe abgesehen. Sie will nach Westen und etwas aufbauen, und ich möchte die Voraussetzungen dafür schaffen. Ich lasse mich nicht …«

Rose hatte genug gehört und kehrte in ihr Zimmer zurück. Nachdenklich ließ sie sich auf ihr weiches Bett sinken. Sie hatte nicht gewusst, dass Katharina Schultz ihrem Mann so böse war. Bisher hatte sie den Eindruck gehabt, von ihr wenigstens geduldet zu werden. Aber es war schwer, in ihrem maskenhaften Gesicht eine Gefühlsregung zu erkennen. Vielleicht war es doch ein Fehler gewesen, im Schultz House einzuziehen, dachte Rose betrübt. Sie grübelte lange darüber nach und beschloss, den Schiffsbauer und seine Frau am nächsten Morgen zu verlassen.

9

Zum Frühstück erschien Rose in ihrem Reisekleid. Sie hatte kaum geschlafen, war immer wieder aufgewacht und hatte darüber nachgedacht, was Katharina Schultz gesagt hatte. Die Frau konnte sie nicht leiden. Sie war eifersüchtig und konnte es nicht ertragen, dass ein Bauernmädchen unter ihrem Dach wohnte. Das Mädchen beschloss, sie kaum eines Blickes zu würdigen, wenn sie sich verabschiedete. Aber als sie den Speiseraum betrat, saß die Frau des Schiffsbauers nicht an ihrem Platz. »Mrs. Schultz fühlt sich nicht wohl«, sagte John Friedrich Schultz, nachdem er dem Mädchen einen guten Morgen gewünscht hatte.

Rose setzte sich und nickte dankbar, als der schwarze Diener etwas Rührei mit Schinken auf ihren Teller gab. Sie trank von dem französischen Kaffee, der von einem Händler aus New Orleans geliefert wurde, und beschloss, mit der Wahrheit herauszurücken, bevor der Schiffsbauer ein Gespräch anfing.

»Ich weiß nicht, wie ich es sagen soll«, begann sie widerwillig und wagte nicht einmal, ihn anzublicken, »und eigentlich möchte ich es auch gar nicht sagen, aber ich … ich muss Sie leider verlassen!«

»Du willst gehen?«, fragte der Schiffsbauer erstaunt. Auch er hatte wenig geschlafen, und selbst der dicke Puder konnte die

dunklen Ringe unter seinen Augen nicht verdecken. »Warum denn?«
Rose blickte in ihren Kaffee und suchte lange nach den richtigen Worten. »Ich habe zufällig gehört, was Mrs. Schultz über mich gesagt hat. Das Fenster stand offen, und sie hat … sie hat sehr laut gesprochen. Ich habe es nicht auf ihr Erbe abgesehen, Sir! Sie leben noch viele Jahre, und ich brauche nur so viel Geld, um mit einem Wagentreck nach Westen zu ziehen. Ich will keine Geschenke! Ich bin dankbar für alles, was Sie für mich getan haben, und ich hätte gern in Ihrem Laden gearbeitet, aber ich möchte Ihnen nicht zur Last fallen, Sir, und Ihrer Frau auch nicht!«
»Das ist doch Unsinn, Rose!«, widersprach der Schiffsbauer. »Ich weiß, dass du mich nicht ausnehmen willst, sonst wärst du doch viel früher gekommen. Meine Frau meint das nicht so. Sie war gestern etwas abgespannt und nervös, und ich gebe zu, dass sie ein bisschen eifersüchtig ist, weil sie mir nie Kinder schenken konnte, aber sie mag dich, auch wenn sie es nicht zeigen kann.«
»Sie will mich loswerden, Sir!«, erwiderte Rose traurig. »Sie kann mich nicht leiden, weil ich aus einer einfachen Familie komme …«
»Das bildest du dir ein!«, schnitt John Friedrich Schultz ihr das Wort ab. Sein Schnurrbart zitterte stärker als sonst, und in seinen Augen war ein nervöses Flackern. Rose war wie eine Tochter für ihn, und er wollte sie nicht verlieren. »Ich mache dir einen Vorschlag«, sagte er deshalb, »du arbeitest ab heute im Laden und zeigst Mrs. Schultz, wie viel du bei dem Privatlehrer gelernt hast!«
»Ich weiß nicht, Sir …«

»Du wirst sehen, es renkt sich alles ein! Mrs. Schultz hatte gestern furchtbare Kopfschmerzen, da sagt man schon mal Dinge, die einem später Leid tun. Sie braucht viel Ruhe. In ein, zwei Tagen ist sie wieder gesund, dann freut sie sich, wieder mit dir zusammen zu sein. Tu mir den Gefallen und bleibe! Bitte, Rose!«

Rose willigte ein und lächelte sogar, als der Schiffsbauer ihr mit der Kaffeetasse zuprostete. Er war ein netter Mann, gar nicht so steif und vornehm, wie man auf den ersten Blick vermutete, und sie wusste, wie viel sie ihm bedeutete. Nicht so, wie Mrs. Schultz dachte! Sie war seine kleine Tochter, und er würde alles tun, um ihr den Weg in eine erfolgreiche Zukunft zu ebnen. Sie durfte ihn nicht enttäuschen! Wenn sie im Laden arbeitete, sah sie seine Frau nur noch zum Frühstück und zum Abendessen.

Nachdem der Arzt bei Mrs. Schultz gewesen war und ihr viel Ruhe verschrieben hatte, fuhr Rose mit dem Schiffsbauer zum Laden. Er lag nur zwei Straßen entfernt. »John Friedrich Schultz, Schiffsbauer« stand in deutscher Sprache über der breiten Fensterfront, aber auch die Amerikaner und die Iren und sogar die Franzosen wussten, dass er alles verkaufte, was man für die Ausstattung von Schiffen jeder Größe brauchte. Sogar die riesigen Heizkessel bezog er aus der nahen Fabrik. In dem Laden bediente ein Deutscher, der erst vor sechs Monaten aus Bremerhaven gekommen war. Er hatte in derselben Werft wie John Friedrich Schultz gearbeitet und kannte sich in seinem Gewerbe aus. »Hans-Joachim Schiller«, stellte er sich vor, »aber das kann kein Amerikaner aussprechen. Nenn mich einfach Johnny!«

Rose kam gut mit dem Mann aus. Er war vierzig Jahre alt und

schwärmte den ganzen Tag von den großen Segelschiffen, die in Bremerhaven vor Anker lagen. »Ich wäre gern Seemann geworden«, berichtete er, »aber irgendwie ist immer was dazwischengekommen.« Er lächelte. »Um wenigstens einmal auf einem Segelschiff zu sein, bin ich nach Amerika ausgewandert.«

Von dem verhinderten Seemann lernte Rose alles, was sie über Schiffe wissen musste. Sie brauchte nur seinen Erzählungen zuzuhören. Sogar in der kurzen Mittagspause erzählte er von spannenden Abenteuern auf hoher See. In Bremerhaven hatte er fast jede freie Minute in einer Seemannskneipe verbracht und dem Seemannsgarn der Matrosen gelauscht. Wenn Johnny besonders guter Laune war, brachte er dem Mädchen schwierige Seemannsknoten bei, oder er erklärte ihr, wie Dampfpfeifen und Dampfmaschinen funktionierten. Die meisten Kunden staunten, wenn Rose ihr fachkundiges Wissen unter Beweis stellte.

Einen Grund zum Feiern gab es an einem regnerischen Tag im Spätsommer, als ein besonders mürrischer Kunde im Laden erschien. Johnny war unterwegs, um wegen eines neuen Heizkessels zu verhandeln, und sie stand allein hinter dem Tresen und beschäftigte sich mit der Buchhaltung. Sie hatte ihre Ausbildung bei dem Privatlehrer abgeschlossen und kannte sich besonders gut in Mathematik aus. »Ja, bitte?«, fragte sie freundlich.

Ein verknitterter Mann mit weißen Haaren tauchte im Lichtschein der Öllampe auf und fragte nach einer Messingglocke, die Rose bereitwillig aus dem Lager holte. Während sie die Glocke auspackte, erzählte sie die haarsträubende Geschichte eines Geisterschiffes, das in der Karibik die letzten Piraten erschreckte und selbst den stärksten Hurrikan überlebte. Auch diese Story hatte sie von Johnny, und sie verfehlte auch bei dem mürrischen Kunden ihre Wirkung nicht. Er lachte lauthals und sagte: »Ich will Ihnen was sagen, junge Dame, bisher hat es noch keiner geschafft, mich an einem solchen Tag aufzuheitern. Ich bin für meine schlechte Laune bekannt. Du bist ein Brummbär, sagt meine Frau. Finden Sie, dass ich ein Brummbär bin?«

»Ich hab nichts gegen Brummbären«, erwiderte Rose mit einem verschmitzten Lächeln. »George Washington war auch ein Brummbär, deshalb hatten die Engländer solche Angst vor ihm. Aber zu Hause war er brav. Das steht in einem Brief seiner Frau.«

Wie sich herausstellte, war der weißhaarige Mann ein reicher Sammler, der aus Boston nach St. Louis gekommen war und in seinem neuen Haus an den Hafen seiner Heimatstadt erinnert werden wollte. Weil Rose ihm so gut gefiel, kaufte er den halben Laden auf und ließ einen Wagen kommen, der die Schiffsglocken, Messinggeländer und Anker zu seinem Haus fahren sollte.

»Er hat mit echten Goldstücken bezahlt«, schwärmte Rose.

Weniger erfreulich war ein Vorfall im Herbst, der Johnny beinahe das Leben kostete. Er stand auf einer Leiter und putzte die Ankerketten über dem Fenster, als die große Scheibe zersplitterte, und eine brennende Öllampe in den Laden flog. Sie zerschellte auf dem Boden und blieb in einer brennenden Öllache liegen. Die Flammen breiteten sich mit rasender Geschwindigkeit aus, erfassten die dunkelblaue Schürze des Mannes und leckten an seinem Körper empor. Er stürzte schreiend zu Boden.

Rose reagierte blitzschnell, zog eine Decke unter dem Tresen hervor und warf sie auf den brennenden Mann. Ächzend zog sie ihn vom Feuer weg. Sie erstickte die Flammen auf seinem Körper und half ihm, nach draußen zu laufen. Er sank auf die Holzbank neben dem Eingang. »Feuer!«, rief sie in panischer Angst.

Mit Hilfe der Feuerwehr, die mit läutenden Glocken über den Broadway heranbrauste, gelang es, den Brand zu löschen. Der Schaden war beträchtlich, stürzte John Friedrich Schultz aber nicht in den Ruin. Johnny wurde notdürftig von Rose versorgt und ins nächste Krankenhaus gebracht. Die Verbrennungen waren nicht so schlimm, wie sie aussahen, und er konnte schon nach wenigen Tagen entlassen werden. Rose besuchte ihn zu Hause und rieb ihn mit einer übel riechenden Salbe ein, die sie vom Arzt bekommen hatte.

Die Suche nach dem Brandstifter verlief schon deshalb fieberhaft, weil auch der Schiffsbauer eine große Summe in die Polizeikasse gespendet hatte, und den Detektiven sehr daran gelegen war, den Fall aufzuklären. Die Belohnung, die John Schultz für alle Hinweise versprochen hatte, die zur Festnahme des Täters führten, lockte zwielichtige Gestalten aus der Clabber Alley an, die den Mann mit der Öllampe gesehen hatten. Er wurde am nächsten Tag gefasst, ein ehemaliger Trapper, der dem Alkohol verfallen war und bereitwillig den Namen seines Auftraggebers ausplauderte: »Joshua Murphey«, brachte er mühsam hervor.

Der Wortführer der Native American Party wurde sofort verhaftet, und diesmal halfen ihm auch seine guten Beziehungen nichts mehr. Er wurde in einem peinlichen Prozess an den Pranger gestellt und musste sich den Hohn des »Missouri

Democrat« gefallen lassen. Weil er sich einen guten Anwalt leisten konnte, wurde er nur zu einer Geldstrafe verurteilt, aber selbst der Bürgermeister legte ihm nahe, die Stadt für immer zu verlassen. Wie ein geprügelter Hund verzog sich der Ladenbesitzer auf den nächsten Dampfer, und der »Missouri Democrat« berichtete: »Der Mann, der sich auf gemeine Weise an einer jungen Lady rächen wollte, hat St. Louis verlassen. Good-bye, Joshua Murphey!«

Rose empfand keine Schadenfreude, als der verhasste Ladenbesitzer davongejagt wurde. Lediglich die Oberschwester, die mit ihr zur Anlegestelle gegangen war, schimpfte: »Das wird ihm eine Lehre sein, dem gemeinen Verbrecher! Dir hätte sonst was passieren können!« Das Mädchen begleitete ihre Freundin, die sie immer noch regelmäßig traf, auf das Schwesternzimmer und musste mindestens dreimal erzählen, wie sie Johnny vor den Flammen gerettet hatte. »Das war nichts Besonderes«, sagte sie.

Schon wenige Tage nachdem Joshua Murphey verschwunden war, beherrschte ein anderes Feuer die Schlagzeilen der Zeitungen. Hawkeye Bill, ein Gewohnheitsverbrecher, hatte ein Feuer im Pacific Hotel gelegt und sechzig Menschen in den Tod geschickt. »Und die Leute denken, im Westen wäre es gefährlicher«, meinte Rose, als sie mit Johnny über das Feuer sprach. Sie hatte ihren Plan, mit einem Wagentreck nach Westen zu ziehen, nicht aufgegeben, hatte ihren Lohn gespart und auf die Bank gebracht. »Noch ein Jahr«, entschied sie an ihrem sechzehnten Geburtstag, »dann bin ich alt genug, um mich allein durchzuschlagen!« Sie ahnte, wie sehr John Friedrich Schultz unter ihrem Abschied leiden würde, aber das ging leiblichen Vätern, die ihre Töchter an einen Mann verloren,

nicht anders. Sie hatte oft genug darüber gesprochen, im Westen ein anderes Leben zu beginnen.
Im Frühling des Jahres 1859 war sie nicht mehr so sicher, so bald nach Westen aufbrechen zu können. Im benachbarten Kansas Territory war es zu blutigen Unruhen gekommen, und in den Zeitungen wurde bereits über einen Krieg spekuliert. Rose konnte sich nicht vorstellen, dass Amerikaner gegen Amerikaner in den Krieg zogen, aber sie hatte auch nicht vermutet, dass manche Menschen mit Knüppeln auf Deutsche und Iren losgingen.
»Sind Sie auch dafür, die Sklaven zu befreien?«, fragte sie den Schiffsbauer am Frühstückstisch. Katharina Schultz zog missbilligend die Augenbrauen hoch und zeigte deutlich, dass sie es nicht für schicklich hielt, wenn junge Damen über Politik diskutierten.
John Friedrich Schultz nickte ernst. »Sklaven sind billige Arbeitskräfte. Sie nehmen vielen Deutschen und Iren, die in den Fabriken arbeiten, die Arbeit weg. Aber wir müssen sie befreien, sonst kommt es irgendwann zu einem Aufstand.« Er wischte einige Krümel von seinem Schnurrbart und lächelte. »Lass uns lieber von dem Konzert reden! Das hast du doch nicht vergessen?«
Rose schüttelte den Kopf. Der Schiffsbauer hatte ihr versprochen, sie in das Konzert mit Jenny Lind mitzunehmen, und sie freute sich schon seit einigen Tagen darauf. Die Sängerin gastierte im People's Theater in der Olive Street, und sie hatte im »Missouri Democrat« gelesen, dass einige Karten für hundertfünfzig Dollar verkauft wurden. Ein Wahnsinnspreis! Die schwedische Nachtigall war in ganz Amerika bekannt, und das Konzert in St. Louis war das herausragende Ereignis des Jahres,

es wurde höher bewertet als der Auftritt von Edwin Booth in »Richard III.«

Am Abend der Aufführung trug Rose ihr schönstes Kleid. Ihre rotblonden Locken glänzten im warmen Licht der Gaslaternen, als sie hinter Katharina Schultz in die Kutsche stieg. Ihre Wangen glänzten vor freudiger Erregung. Dies war das erste gesellschaftliche Ereignis, zu dem der Schiffsbauer und seine Frau sie mitnahmen, und sie konnte den Auftritt der bekannten Sängerin gar nicht erwarten. Sie hatten einen Logenplatz, saßen seitlich neben der Bühne und wurden von einem uniformierten Diener bewirtet, der ihnen jeden Wunsch von den Augen ablas. Das Theater war ausverkauft, und selbst vor den Fenstern drängten sich Zuschauer, die keine Karte mehr bekommen hatten oder sich selbst die preiswertesten Tickets nicht leisten konnten.

Um acht Uhr wurden die Lampen heruntergedreht, und der Direktor kündigte den Stargast an. In überschwänglichen Worten schilderte er die Karriere der schwedischen Nachtigall, die selbst in New York und Boston vor ausverkauften Häusern gesungen hatte. »Ladies and Gentlemen, hier ist … Jenny Lind!«

Rose beobachtete staunend, wie die Sängerin in einem rauschenden Ballkleid auf die Bühne schwebte und den Klavierspieler mit einem Kopfnicken aufforderte, die ersten Noten zu spielen. Andächtige Stille lag über dem Zuschauerraum, als die glockenklare Stimme der schwedischen Nachtigall erklang. Sie sang »The Last Rose of Summer« und zog das Publikum schon nach den ersten Takten in ihren Bann. Von der blassen Frau mit den hochgesteckten blonden Haaren ging eine Ausstrahlung aus, der sich auch Rose nicht entziehen konnte. Sie beugte sich weit nach vorn und versank in den gefühlvollen Liedern der Sängerin.

In der Pause entführte Katharina Schultz ihren Mann in eine benachbarte Loge, um dort mit einem befreundeten Ehepaar zu reden, und Rose blieb allein auf ihrem Platz zurück und blickte in den Zuschauerraum hinab. Die Stimme der Künstlerin war immer noch in ihren Ohren, und sie wartete ungeduldig darauf, dass der Vorhang sich wieder öffnete, und das Konzert weiterging.

»Hallo, Rose! Rose O'Malley!«

Sie suchte nach der Stimme und fand einen schlanken Mann, der mit dem unverschämtesten Grinsen der Welt an einer Säule lehnte und sie aus strahlend blauen Augen anstarrte. Er hatte die Daumen hinter die Aufschläge seines maßgeschneiderten Anzugs gehakt und kümmerte sich nicht um die vorwurfsvollen Blicke eines älteren Ehepaares, das sein Benehmen unmöglich fand. Sein Gesicht war sehr blass, die Nase viel zu spitz und der Mund zu schmal, aber seine Zähne leuchteten weiß, und das lausbubenhafte Funkeln in seinen Augen zog sie magisch an.

»Woher kennen Sie meinen Namen?«, fragte sie verwundert.

Er ging nicht auf ihre Frage ein. »Wollen Sie mit mir ausgehen, Rose O'Malley?«, fragte er. Sein Grinsen wurde stärker. »Sie sind das hübscheste Mädchen diesseits des Mississippi, und es wäre eine Schande, wenn Sie auf meine Begleitung verzichten würden! Wir würden ein perfektes Paar abgeben, Rose O'Malley!«

Rose hatte schon einige Komplimente bekommen, seit sie ihren sechzehnten Geburtstag gefeiert hatte und zu einer jungen Frau herangereift war, aber sie war noch nie so offen und ungeniert umworben worden. Sie wurde rot, als sie die neugierigen Blicke der anderen Zuschauer bemerkte. »Wer sind Sie, Mister?«

Der Mann verbeugte sich mit übertriebener Höflichkeit und amüsierte sich anscheinend köstlich über die Verlegenheit des Mädchens. »Frank Catlow, stets zu Ihren Diensten!«, erwiderte er.

Rose kam nicht mehr dazu, etwas zu erwidern. Eine Glocke rief zum zweiten Teil des Konzerts, und John Friedrich Schultz und seine Frau kehrten in die Loge zurück. Der Schiffsbauer entschuldigte sich dafür, sie allein gelassen zu haben, und seine Frau setzte sich wortlos auf ihren Plüschstuhl. Ihr ausdrucksloser Blick verriet dem Mädchen, dass sich ihre Haltung seit jener ereignisreichen Nacht kaum verändert hatte. Sie war immer noch eifersüchtig und hatte anscheinend eine diebische Freude daran, sie ins Abseits zu drängen. Seit dem sechzehnten Geburtstag des Mädchens hatte sich ihre Abneigung verstärkt, obwohl es nie zu einer Auseinandersetzung gekommen war und sie auch ihrem Mann keinen Vorwurf mehr machte. Nur Rose spürte die eisige Kälte, die mit den höflichen Worten der Frau herüberwehte.

Die helle Stimme der schwedischen Nachtigall vertrieb die düsteren Gedanken des Mädchens. Sie ließ sich von den fröhlichen Klängen von »La Tarantella« verzaubern und sah das unverschämte Grinsen des jungen Mannes, der direkt unter ihr saß und sie immer noch anstarrte. Ihre Blicke begegneten einander im Halbdunkel, und sie spürte einen warmen Hauch, der bis in ihre Seele drang und sich mit den melodischen Liedern zu einem sanften Gefühl steigerte, das sie bisher nicht gekannt hatte.

10

Im Frühsommer, einige Wochen vor ihrem siebzehnten Geburtstag, gab John Friedrich Schultz einen festlichen Empfang. Rose holte die Einladungen von der Druckerei ab und half, die Karten in gefütterte Umschläge zu stecken. Die Namen der Empfänger würde Katharina Schultz selbst auf das blütenweiße Papier schreiben. Die Frau des Schiffsbauers hatte eine genaue Vorstellung davon, wen sie zu dem Empfang einladen wollte. Beim Abendessen warnte sie ihren Mann davor, allzu großzügig mit den Einladungen umzugehen: »Wir haben einen Ruf zu verteidigen, John! Die Gesellschaft achtet sehr genau darauf, in welchen Kreisen wir verkehren! Besonders die Franzosen! Wenn wir uns mit gewöhnlichen Amerikanern verbrüdern, verlieren wir unser Ansehen. Madame Choteau, du weißt schon, die Frau des Tuchhändlers, beklagt seit längerem, wie sehr die Sitten in dieser Stadt verrohen. Wir müssen ein Signal setzen, gerade jetzt, da viele reiche Familien ihre Sklaven in die Freiheit entlassen!«

John Schultz vermied es, mit seiner Frau über politische Themen zu diskutieren. Sie betrachtete die Sklaverei allein vom gesellschaftlichen Standpunkt, beurteilte den Wohlstand der nahen Plantagen danach, wie viele Sklaven eine Familie beschäftigte, und verschloss die Augen vor den Ungerechtigkeiten, die den Schwarzen auch in St. Louis zuteil wurden. Ein wohlhabender Händler sollte eine junge Sklavin an den Daumen aufgehängt und mit einer Peitsche geschlagen haben, und Mary Armstrong, die ehemalige Sklavin eines Pflanzers, erzählte dem »Missouri Democrat«, dass ihre Schwester im Alter von neun Monaten von ihrer Herrin zu Tode geprügelt worden war und der Master einer Nachbarplantage einige seiner Sklaven ausgepeitscht und Salz und Pfeffer in die offenen Wunden gestreut hatte. Glücklicherweise gab es Männer wie William P. Mason, die ihre Sklaven entlassen und ihnen sogar eine Ausbildung finanziert hatten.

Rose räumte gerade im Laden auf, als John Friedrich Schultz mit einem Schiffseigner aus Ohio über die Sklaverei diskutierte. Seit sie von ihrem deutschen Lehrer über die sozialen Ungerechtigkeiten im alten Europa und an der Ostküste gehört hatte, interessierte auch sie sich für Politik. Am wenigsten konnte sie verstehen, dass Menschen nach ihrer Herkunft beurteilt wurden. Warum war ein Plantagenbesitzer mehr wert als ein Kutscher? Nur weil er mehr Geld hatte? Warum hatten der englische und der französische König jahrzehntelang die Gesetze in diesem Land bestimmt? Warum gab es überhaupt Könige? Warum hatten die Natives gegen Deutsche und Iren gekämpft? Sie war der Meinung, dass ein Mensch nur nach seinen Taten beurteilt werden sollte. Oder spielte es eine Rolle, dass sie die Tochter eines irischen Bauern war? War sie besser als die Schwestern im Hospital, nur weil sie jetzt im Schultz House wohnte?

John Friedrich Schultz teilte ihre Meinung, hätte sich aber niemals dazu hinreißen lassen, die Oberschwester zu seinem Ball einzuladen. Das wusste Rose, und deshalb fragte sie auch nicht. Es gab auch für den Schiffsbauer gewisse Schranken, die nicht eingerissen werden durften. Wer seine gesellschaftliche Stellung vergaß, verlor das Ansehen der finanzkräftigen Bürger und lief Gefahr, sein Geschäft zu ruinieren. Katharina Schultz hatte Recht. Es war ein Risiko gewesen, ein mittelloses Bauernmädchen zweifelhafter Herkunft in die Familie aufzunehmen, und lediglich die Tatsache, dass sie sich einen gewissen Namen in der Stadt gemacht hatte, bewahrte sie vor Problemen. Madame Choteau fand es schockierend, obwohl sie sich nie beklagt hatte, und war drei Wochen nicht zum gemeinsamen Tee erschienen.

Inzwischen gehörte Rose O'Malley selbst zur gehobenen Gesellschaft, und nur die Frau des Schiffsbauers fühlte sich in ihrer Gegenwart noch unwohl. Die junge Irin hatte es ihrer aufblühenden Schönheit und ihrer erfrischenden und unkomplizierten Art zu verdanken, dass sie von den reichen Familien in St. Louis akzeptiert wurde. Wenn sie allein war oder mit der Oberschwester am Ufer des Mississippi spazieren ging, lachte sie selbst darüber. »Vor drei Jahren hab ich noch im Dreck gewühlt«, sagte sie, »wenn du mir gesagt hättest, dass ich mal zu den besseren Kreisen von St. Louis gehören würde, hätte ich dich ausgelacht!«

»Du wirst es noch weit bringen, Rose!«, antwortete Betty Gurley. »Ich gehe jede Wette ein, dass du den besten Mann des ganzen Westens heiraten und ein Vermögen verdienen wirst!« Sie lachte fröhlich. »Was macht dieser Bursche, von dem du mir erzählt hast?«

»Frank Catlow?« Sie hatte den Namen nicht vergessen. »Keine Ahnung! Er hat sich nie wieder gemeldet. Ich nehme an, er hat sich damals nur einen schlechten Scherz erlaubt.« Sie blieb stehen. »Als Dame der Gesellschaft hätte ich ihm nicht mal antworten dürfen. Stell dir vor, er hat meinen Namen durch das halbe Theater gerufen! So ein Raubein kann ich doch nicht ernst nehmen!« Sie lächelte amüsiert. »Obwohl er ziemlich nett war.«

»Ziemlich nett? Vor ein paar Wochen hast du noch ganz anders geredet! Da hast du mir damit in den Ohren gelegen, was für ein toller Kerl er ist! Der Ritter auf dem weißen Pferd, weißt du noch? Du hast nur darauf gewartet, dass er dich in sein Schloss entführt.«

»Er hat sich unmöglich benommen«, erwiderte Rose, während sie langsam weitergingen, »du hättest sein Gesicht sehen sollen! So ein unverschämtes Grinsen habe ich noch nie gesehen.«

Wenn sie ehrlich war, hatte sie sogar davon geträumt. Frank Catlow war ein Mann, wie ihn sich die meisten jungen Mädchen erhofften, gut aussehend, mutig und charmant, sogar die eingebildete Gattin des französischen Tuchhändlers hatte ihn bewundernd angeblickt, das hatte sie genau gesehen. Er war wie der Ritter, von dem sie gelesen hatte, dieser Ivanhoe, ein raubeiniger Edelmann, der sich nicht unterordnen wollte und gerade deshalb bei den Damen der besseren Gesellschaft so gut ankam. Er war der Mann, den sich jede Frau insgeheim wünschte.

Rose hatte sich mehrfach nach ihm erkundigt, scheinbar beiläufig, damit es nicht so aussah, als würde sie sich für den geheimnisvollen Fremden interessieren. Das ziemte sich nicht. Sie hatte es immer verstanden, die Frage so zu formulieren, dass niemand Verdacht schöpfte, aber die Antworten waren mehr als unbefriedigend gewesen, denn niemand kannte ihren Verehrer.

»Wenn er mit dir ausgehen will, wird er sich schon melden«, sagte Betty Gurley, »ein solcher Mann gibt bestimmt nicht auf!«

Die Oberschwester behielt Recht. Obwohl sein Name nicht auf der Liste stand, die Katharina Schultz für den Ball zusammengestellt hatte, gehörte Frank Catlow zu den wenigen Männern, die allein vor dem Schultz House vorfuhren. »Madame, ich komme in Vertretung des ehrenwerten Monsieur La Beaume, der mir aufgetragen hat, Ihnen die besten Grüße seiner Familie zu überbringen«, sagte er mit einem französischen Akzent, den er während seiner Zeit in New Orleans kultiviert hatte. »Monsieur lässt sich entschuldigen! Das Herz! Die letzten Monate waren sehr hektisch. Sein Arzt hat ihm dringend geraten, kürzer zu treten.«

Seine gepflegte Erscheinung und sein tadelloses Benehmen blendeten die anwesenden Frauen. John Friedrich Schultz hielt ihn für den Sohn eines französischen Kaufmanns. Frank Catlow ließ ihn in diesem Glauben. In New Orleans hatte er öfter seinen Namen wechseln müssen, und es bereitete ihm keine Schwierigkeiten, in eine andere Rolle zu schlüpfen. Als Glücksritter und Spieler war er daran gewöhnt. »Monsieur«, grüßte er.

Während Frank Catlow auf die Terrasse ging und die frische Sommerluft genoss, war Rose immer noch auf ihrem Zimmer. Eine schwarze Dienerin, die seit einigen Monaten bei der Familie arbeitete, half ihr, das Korsett zu schnüren und das weiße Ballkleid anzuziehen. Der rüschenbesetzte Saum fiel weit über die Reifen und berührte den Parkettboden. »Warum muss ich dieses unbequeme Korsett tragen!«, schimpfte sie. »Und diese Reifen sind auch nicht besser! Kommt diese Mode

wirklich aus Paris? Müssen seltsame Menschen sein, diese Franzosen!«
Sie zupfte die Röcke zurecht und stellte sich vor den Spiegel. Der Anblick versöhnte sie mit dem drückenden Korsett und zauberte ein Lächeln auf ihr Gesicht. »Nicht übel«, meinte sie, »jetzt sehe ich beinahe wie eine Dame aus. Was meinst du, Sarah?«
»Wunderschön«, antwortete die Dienerin.
Rose lächelte ihr Spiegelbild an. Ihr Gesicht war reifer und ausdrucksvoller geworden, darüber täuschte auch die starke Schminke nicht hinweg, und ihre Lippen glänzten verführerisch im Licht der Öllampen. Ihre rotblonden Locken waren zu einem kunstvollen Knoten gebunden. Nur ihre grünen Augen hatten sich nicht verändert, sie sprühten immer noch vor Lebenslust und Unternehmungsgeist. Bald würde sie den Schiffsbauer und seine Frau verlassen. Sie hatte viel gelernt, fand sich in der Geschäftswelt der Erwachsenen zurecht und war bereit, eine eigene Zukunft aufzubauen. Der Westen wartete auf sie! Noch bevor die Ausschreitungen an der Ostküste zu einem Krieg führen würden, und darüber bestand kein Zweifel, wenn man dem »Missouri Democrat« glauben konnte, würde sie St. Louis verlassen.
Es gab wenige Mädchen in ihrem Alter, die über einen bevorstehenden Krieg nachdachten, nicht einmal erwachsene Frauen machten sich darüber Gedanken. Sie las regelmäßig Zeitung, den »Missouri Democrat« und den »Anzeiger des Westens«, seit sie etwas Deutsch gelernt hatte, und verfolgte sorgenvoll, dass die Politiker immer heftiger über die Sklavenfrage stritten. In Boston hatte ein Senator die Südstaatler als »unmoralisch« beschimpft, weil sie Sklaven hielten, und auf einer Kundgebung in

South Carolina war es zu heftigen Ausschreitungen gekommen. In Missouri waren die Lager gespalten, einflussreiche Männer wie John Friedrich Schultz setzten sich für eine freie Gesellschaft ein, weil die Sklaverei vor allem billige Arbeitskräfte band und damit der Wirtschaft schadete.
So argumentierte auch ein deutscher Kaufmann, als Rose die steile Treppe in den Ballsaal hinunterstieg und an der offenen Bibliothek vorbeikam. Einige Männer hatten sich auf eine Zigarre und einen Drink zurückgezogen, um über Politik zu diskutieren, während sich ihre Frauen über die neue Mode aus Paris unterhielten. »Wenn sie diesen Lincoln zum Präsidenten wählen, kommt es zum Krieg«, sagte der Betreiber einer Schifffahrtslinie aus New Orleans, und der Chefredakteur der deutschen Zeitung konterte: »Lincoln ist der einzige Mann, der unsere Wirtschaft wieder ankurbeln kann! Denken Sie daran, meine Herren! Stimmen Sie für Lincoln, wenn Sie wollen, dass die Eisenbahn nach Westen gebaut werden soll!« Ein Ladenbesitzer aus Natchez lachte. »Ich bin schon froh, wenn eine Kutsche fährt! Meinen Sie, die Butterfield Stage fährt weiter, wenn es zum Krieg kommt?«
Vergessen waren die Probleme erst, als sich die Mitglieder des kleinen Orchesters von den Plätzen erhoben und die angeregten Diskussionen mit einem fröhlichen Volkslied aus der deutschen Heimat erstickten. Die Leute kamen aus den angrenzenden Zimmern und von der Terrasse herein und warteten ungeduldig darauf, dass John Friedrich Schultz den Ball eröffnete.
»Rose! Du siehst hinreißend aus!«, staunte der Schiffsbauer, bevor er sich an die Gäste wandte. Er ergriff ihre Hände, die in feinen Handschuhen steckten, und lächelte sein Ziehkind aufrichtig an. »Alles Gute zum Geburtstag, Rose! Ich hoffe, dass

alle deine Wünsche in Erfüllung gehen! Ich weiß, dass eine große Zukunft vor dir liegt!« Er drückte ihre Hände. »Du siehst hinreißend aus!«

Rose blieb auf der Treppe stehen und klatschte begeistert, als die Musik verstummte, und John Friedrich Schultz zu seinen Gästen sprach. In seinem Frack sah er sehr würdevoll aus. Er begrüßte alle Geschäftspartner, Freunde und Bekannte und bat den lieben Gott, seine Hände schützend über sie zu halten. Er sagte: »Sie wissen, aus welchem Anlass wir heute feiern. Meine Tochter hat Geburtstag!« Und als der Beifall nachließ: »Deshalb werde ich es mir nicht nehmen lassen, diesen Ball mit Rose zu eröffnen.« Er wandte sich an das Orchester. »Einen Walzer, bitte!«

Rose hatte noch nie getanzt, schon gar nicht diesen seltsamen Tanz aus Europa, bei dem man einander in die Augen blickte, und war sehr nervös, als der Schiffsbauer nach ihrer Hand griff. Sie nahm zum ersten Mal an einem solchen Ball teil und fühlte sich von allen Gästen beobachtet, und sie hatte gehört, dass John Friedrich Schultz sie als seine Tochter vorgestellt hatte. Eine Ehre, die sie wohl zu schätzen wusste und mit einem dankbaren Lächeln beantwortete. Eine verlegene Röte überzog ihr Gesicht, und sie war froh, dass ihre Wangen geschminkt und gepudert waren und niemand ihre Nervosität bemerkte. »Ich tanze bestimmt sehr schlecht«, sagte sie nach den ersten Drehungen.

»Du tanzt hinreißend«, widersprach der Schiffsbauer. Die Musik wurde lauter, und sie drehten sich immer schneller, und Rose spürte, wie ihre Füße vom Boden abhoben, und sie fast schwerelos durch den Raum schwebte. Die Musik gefiel ihr. Sie war schwungvoll und von einer süßen Romantik beseelt, die sie aus dem Buch von Sir Walter Scott kannte. Nur wenn Ivanhoe einer Frau den Hof machte, wählte er Worte, die mit dieser Musik mithalten konnten. Sie schloss die Augen und genoss jede einzelne Drehung. In den Armen des Schiffsbauers fühlte sie sich geborgen wie nie zuvor. Er war wie ein väterlicher Freund zu ihr, das stimmte, mehr noch, er umsorgte sie wie sein eigenes Kind, und sie fühlte sich schuldig, noch vor wenigen Augenblicken an ihren Aufbruch nach Westen gedacht zu haben.

Die Musik verstummte, und John Friedrich Schultz bedankte sich mit einer knappen Verbeugung bei ihr. Sie deutete einen Knicks an und sah Katharina Schultz, die bei einigen Bekannten stand und mit kühler Miene zu ihr herüberblickte. In ihrem Blick lagen Neid und Eifersucht auf das hübsche, aber ungebildete Mädchen, das ihr den Mann weggenommen hatte. Selbst wenn es stimmte, dass seine Gefühle nur väterlich waren, so überlegte sie wohl, hatte die kleine Hexe sein Herz gestohlen und ihn so verzaubert, dass er sogar den ersten Walzer mit ihr tanzte. »Schön, dass du mich nicht vergessen hast!«, warf sie ihrem Mann vor, als er zurückkam und sie mit einer Verbeugung aufforderte.

Rose erholte sich bei einem Glas Bowle und freute sich über die Aufmerksamkeit der vielen jungen Männer, die wie Bienen um sie herumschwirrten und darum wetteiferten, den nächsten Walzer mit ihr zu tanzen. »Gebt mir ein bisschen Zeit!«, sagte sie atemlos. »Ich muss erst einmal Luft holen! Später vielleicht!« Aber sie konnte nicht verhindern, dass ihre Verehrer bei ihr blieben und mit abenteuerlichen Geschichten und kleinen Höflichkeiten um ihre Aufmerksamkeit warben. Ein junger Mann versprach ihr, sofort nach South Carolina zu seiner Familie zurückzukehren und sich der konföderierten Armee anzuschließen, wenn das Gerede vom Krieg nicht verstummte und die Yankees wirklich Ernst machten.

»Rose O'Malley! Darf ich um den nächsten Tanz bitten?«

Die Unterhaltung verstummte, und sie sah sich dem jungen Mann gegenüber, der sie im Theater mit seinem lausbubenhaften Lächeln verzaubert hatte. Seine blauen Augen leuchteten im flackernden Licht der Gasleuchter und weckten die Gefühle, die seit ihrer ersten Begegnung in ihrer Seele schlummerten. »Frank Catlow«, flüsterte sie überrascht. »Was machen Sie denn hier?«

»Sie haben mir den nächsten Walzer versprochen, Rose O'Malley, oder haben Sie das schon vergessen?« Seine Lüge war genauso unverschämt wie sein Lächeln, als er eine Hand ausstreckte und sie an den Verehrern vorbei auf die Tanzfläche zog.

»Was erlauben Sie sich?«, protestierte einer der jungen Männer immer noch überrascht. »Wir waren lange vor Ihnen hier und ...«

»Schon gut«, beruhigte Rose den Mann. »Frank Catlow ist ein guter Freund! Ich hatte ihm den Tanz wirklich versprochen!« Sie folgte dem Spieler auf die Tanzfläche, wiegte sich lächelnd in seinen Armen und sagte kein Wort, bis der Tanz vorüber war und sie mit einem Glas Bowle auf die Terrasse gingen. Es war ungewöhnlich warm für einen Sommerabend in St. Louis, und der Wind brachte den Duft von frischen Blumen mit. »Sie sind der unverschämteste Lügner, den ich je getroffen habe«, flüsterte sie.

»Sonst wäre ich kein Spieler«, antwortete er. Er führte sie auf den schmalen Kiesweg, der zum Gewächshaus führte, und

blieb unter einer Eiche stehen. »Können Sie pokern, Rose O'Malley?«
»Ich?«, fragte sie überrascht. »Nein!«
»Dann erinnern Sie mich daran, dass ich es Ihnen beibringe«, meinte er scheinbar ernst, »es schadet nichts, wenn eine junge Lady mit den Karten umgehen kann! Ich kannte eine Frau, die wurde von Indianern entführt und entkam nur, weil der Häuptling ein begeisterter Spieler war und sie ihn beim Pokern schlug!«
»Sie sind ein Lügner, Mister Catlow!«
»Frank!«
»Frank«, wiederholte sie im selben Tonfall.
Sie gingen ein paar Schritte und blieben im flackernden Schein einer Fackel stehen. Die Flammen zauberten helle Flecken auf den Kies und ließen ihr weißes Kleid leuchten. Der süße Duft der Blumen war noch stärker geworden. Die Klänge des Orchesters drangen wie aus weiter Ferne zu ihnen herüber, und sie hörte die Glocken der katholischen Kirche, die zur Spätmesse riefen. Rose glaubte nicht, dass Gott seine beiden Erdenkinder in diesem Augenblick sah. Doch er war da und lächelte, als Frank Catlow einen Finger unter ihr Kinn legte und sie auf die Lippen küsste, so zart und sanft, dass sie die Berührung kaum spürte.
»Frank«, sagte sie leise, und als er sie erneut küsste, sagte sie nichts mehr und schlang hungrig ihre Arme um seinen Hals.

11

Wir sehen uns wieder, Rose O'Malley«, hatte Frank Catlow nach dem letzten Kuss gesagt. Seitdem hatte sie ihn nicht mehr gesehen. Er war so überraschend gegangen, wie er gekommen war, und ohne ein weiteres Wort in der Nacht verschwunden. Der Kapitän der »Columbus« glaubte, ihn an Bord seines Schiffes gesehen zu haben, obwohl das Glücksspiel im großen Salon seines Dampfers nur mit kleinen Einsätzen gestattet war, und die Tochter eines französischen Kaufmanns wollte wissen, dass er sich einem Planwagenzug nach Westen angeschlossen hatte, um in den Rocky Mountains nach Gold zu suchen. »Den siehst du nie wieder!«, hatte sie schadenfroh gerufen. Rose hatte sich furchtbar darüber geärgert und hätte der arroganten Französin am liebsten die Fäuste gezeigt, aber inzwischen wusste sie, was sich für eine junge Dame gehörte, und antwortete mit einem selbstbewussten Lächeln: »Ich werde ihn wieder sehen!«

Sie hatte sich in den jungen Spieler verliebt, das wusste sie, und nur ihr Pflichtbewusstsein und der späte Sommer hielten sie davon ab, ihre Koffer zu packen und Frank Catlow ins Ungewisse zu folgen. Sie wurde im Laden des Schiffsbauers gebraucht. John Friedrich Schultz hatte zwei neue Schiffe in Betrieb genommen, und es war ihre Aufgabe, die Ausstattung der schwimmenden Paläste voranzutreiben und die Bücher zu führen. Sie hatte Organisationstalent und konnte mit Zahlen umgehen, und erfahrene Männer wie die Kapitäne der beiden Schiffe bewunderten, mit welcher Selbstverständlichkeit sie sich in der harten Geschäftswelt der Männer zurechtfand. Es gab wenige Frauen, die solchen Spaß daran hatten, mit Zahlen zu jonglieren.

Nach Westen würde sie erst im nächsten Frühjahr aufbrechen. Die meisten Wagenzüge starteten im April oder Mai, weil nur dann gewährleistet war, dass sie noch vor dem ersten Schnee über die Rocky Mountains kamen. Es gab Berichte von unglücklichen Familien, die zu spät aufgebrochen und im metertiefen Schnee stecken geblieben waren. Einige Siedler hatten nur überlebt, weil sie von den Leichen ihrer gestorbenen Freunde gegessen hatten. Der »Missouri Democrat« hatte eine ganze Seite über das Schicksal der unglückseligen Donner Party veröffentlicht. So wollte Rose auf keinen Fall enden. Sie würde im Frühjahr gehen und sich in Kansas einem Wagenzug anschließen.

Der Sommer ging schnell vorüber, und die Herbststürme vertrieben die Sehnsucht nach dem jungen Spieler, der immer wieder in ihren Träumen auftauchte. Er war ein unsteter Bursche, der den Gerüchten von großen Gold- und Silberfunden folgte und davon träumte, im Westen das schnelle Glück zu finden. Er war in den Spielsalons der Flussdampfer und den Saloons der Boom Towns zu Hause und lebte von der Hoffnung, die Göttin des Glücks auf seine Seite zu bringen. Er war kein Mann, den man heiratete. »Den Kerl bekommst du nie zu fassen«, meinte Betty Gurley lachend, »und wenn du ihn hast, ist er gleich wieder weg!«

Und doch spürte Rose seinen Kuss bis tief in den Winter

hinein. Erst als die Blizzards über den Mississippi fegten und verkrustete Eisschollen den Fluss lahm legten, gab sie die Hoffnung auf, ihn jemals wieder zu sehen. »Er hätte wenigstens mal schreiben können«, beschwerte Rose sich bei ihrer Freundin. »Die Sorte Männer schreibt nicht«, antwortete Betty Gurley. Die beiden Frauen trafen sich immer noch, saßen oft beim Tee zusammen und redeten über den Klatsch, der auch in einer Stadt wie St. Louis zur Tagesordnung gehörte. »Du schreibst mir doch einen Brief, wenn du nach Westen gehst?«, fragte die Oberschwester.

Rose versprach es, wurde aber selbst von ihrer plötzlichen Abreise überrascht. Es war Anfang März, noch bevor die Frühlingssonne die ersten Blumen aus der feuchten Erde lockte. Katharina Schultz klopfte an ihre Tür, öffnete sie unaufgefordert und blieb mit ernstem Gesicht stehen. »Ich möchte, dass du uns verlässt!«, sagte sie kühl. »Ich habe lange genug mit angesehen, wie du meinem Mann den Kopf verdrehst!« Ihre schmalen Lippen verloren jegliche Farbe. »Eigentlich wollte ich dich schon nach dem Ball fortschicken, aber ich wollte nicht ungerecht sein. Ich weiß durchaus zu schätzen, was du für unser Unternehmen getan hast.« Man merkte ihr an, wie schwer ihr dieses Eingeständnis fiel. »Aber jetzt ist es genug. Ich möchte, dass du uns verlässt!«

»Weiß Mister Schultz davon?«, fragte Rose überrascht. Sie hatte immer damit gerechnet, dass so etwas geschehen würde, wunderte sich aber, dass Katharina Schultz so lange damit gewartet hatte. Die Frau war eifersüchtig auf ihren Mann, der seiner neuen Tochter jeden Wunsch von den Augen ablas und selbst vor dem Einschlafen von dem »selbstbewussten Mädchen aus Irland« sprach. Sie hatte große Angst, dass er sein

Testament änderte und einen Großteil ihres Vermögens an ein Mädchen der Unterschicht vererbte.

»Nein, Mister Schultz weiß nicht davon«, räumte die Frau des Schiffsbauers ein, »und ich möchte auch nicht, dass er davon erfährt. Pack deine Sachen und geh! Ich habe dem Kutscher gesagt, dass er dich in einer Stunde zum Hafen bringen soll. Mein Mann ist unterwegs, und ich möchte, dass du verschwunden bist, wenn er zurückkommt.« Sie drückte dem Mädchen einen Lederbeutel mit Goldmünzen in die Hand und fügte widerwillig hinzu: »Das ist das Geld, das du bei uns verdient hast. Es reicht für ein Ticket nach Kansas. Dort findest du bestimmt einen Wagenzug, der dich nach Westen bringt. Du wolltest doch nach Westen?«

Rose nickte. »Ich wäre sowieso im Frühjahr gegangen.« Sie nahm den Beutel mit den Goldmünzen, betrachtete ihn lange und wollte ihn der Frau vor die Füße werfen, aber so weit reichte ihr Stolz nicht. Sie brauchte das Geld, wenn sie nach Westen fahren wollte. Sie warf ihn aufs Bett. »Und wenn ich nicht gehe? Bringen Sie mich dann um? Lassen Sie mich auspeitschen?«

Katharina Schultz ließ sich nicht provozieren. Ihre Miene war ausdruckslos, als sie das Mädchen warnte: »In einer Stunde!«

Rose verließ das Haus über die Dienstbotentreppe. Sie vermutete, dass die Frau des Schiffsbauers ihren Triumph auskosten wollte und in der Eingangshalle wartete, und wollte ihr nicht mehr begegnen. Sie wuchtete zwei schwere Koffer nach unten und überließ sie dem schwarzen Diener, der sie neben sich auf den Kutschbock stellte. Rose hatte nicht viel mitgenommen. Lediglich zwei Baumwollkleider, ihre Unterwäsche, die wollenen Strümpfe, ein Paar Schuhe, die Schatulle mit den

Schminksachen, eine Emailledose mit Puder, ihr Schreibzeug und ein paar Kleinigkeiten, auf die sie in ihrer neuen Heimat nicht verzichten wollte. Ihr weißes Abendkleid und den Rest ihrer wertvollen Garderobe hatte sie im Schrank gelassen. Sie wollte so leicht wie möglich reisen. Sie trug den Biberfellmantel und die Stiefel, denn es war immer noch kalt, und vom Fluss wehte ein kühler Wind herauf. »Fahren Sie am Mullanphy Hospital vorbei«, bat sie den Diener.

Es war noch früh am Morgen, und auf den Straßen herrschte kaum Verkehr. Leichter Nieselregen trieb gegen die Kutsche. Das Klappern der Pferdehufe auf dem nassen Kopfsteinpflaster wurde von den Häuserwänden als dumpfes Echo zurückgeworfen. Sie hatte ihren Pelzmantel fest um die Schultern gezogen und kam sich wie eine Diebin vor, die mit Schimpf und Schande aus der Stadt getrieben wurde. Joshua Murphey war es auch nicht anders ergangen. Natürlich hätte sie sich wehren können. Sie hätte auf den Schiffsbauer warten können, und der hätte bestimmt dafür gesorgt, dass sie blieb, auch gegen den Willen seiner Frau. Aber das hätte keinen Sinn ergeben. Ihr Leben zwischen John Friedrich Schultz und seiner Frau wäre unerträglich geworden. In Gedanken war sie längst nach Westen unterwegs.

Vor dem Krankenhaus hielt der schwarze Kutscher an. Rose beugte sich aus dem Fenster und kniff die Augen gegen den Nieselregen zusammen. Sie blickte zu dem Fenster des Zimmers empor, das sie mit der Oberschwester geteilt hatte, und glaubte, eine Bewegung zu erkennen, aber das konnte auch der Wind gewesen sein, der sich in den engen Gassen verfing. Sie dachte daran, auszusteigen und sich von ihrer Freundin zu verabschieden, und verwarf den Gedanken wieder. Sie hätten sich weinend in den Armen gelegen, und alles wäre nur schlimmer geworden. Rose nahm stattdessen ihr Schreibzeug zur Hand und schrieb ihrer Freundin einige Zeilen zum Abschied. »Liebe Betty, wenn du diesen Brief bekommst, bin ich schon nach Westen unterwegs. Ich wollte keinen tränenreichen Abschied. Ich werde dich niemals vergessen, deine Rose.«

»Würden Sie diesen Brief im Krankenhaus abgeben?«, bat sie den Diener. Sie wartete geduldig, bis er wiederkam, und blickte noch einmal an den dunklen Mauern empor, bevor sie sich in der Kutsche zurücklehnte. »Zum Hafen, Sam«, sagte sie, »ich glaube, die ›Delta Queen‹ legt in einer Stunde nach St. Joe ab!«

St. Joseph und Independence am Missouri River waren die beiden Startpunkte des Overland Trails. Auf den weiten Ebenen außerhalb der kleinen Ortschaften wurden die Wagenzüge nach Westen zusammengestellt. Das hatte Rose im »Missouri Democrat« gelesen. Sie würde ein paar Tage für die Fahrt nach Nordwesten brauchen und sich dort nach einem Quartier umsehen. Alles Weitere würde sich ergeben. Sie hatte keine Angst vor der Zukunft und war besser vorbereitet als vor vier Jahren, als sie bei Nacht und Nebel von zu Hause ausgerissen war. Damals hatte sie nicht einmal den Ackergaul besessen, auf dem sie nach Westen geritten war. Jetzt ging sie mit zwei großen Koffern und einem Beutel voller Goldmünzen an Bord eines vornehmen Dampfers.

Die »Delta Queen« lag zwischen den anderen Schiffen am Flussufer, ein stolzer Dampfer mit weißen Aufbauten und einer goldenen Glocke neben dem Lotsenhaus. Zwischen den schwarzen Schornsteinen waren die verschlungenen Buchstaben »DQ« angebracht, das Firmenzeichen der Schifffahrtslinie. Einige Schwarze waren damit beschäftigt, die Fracht auf das Hauptdeck neben den Kesseln zu laden, der Vorarbeiter schrie seine Befehle in die kalte Morgenluft und fluchte lautstark, als einer seiner Männer mit dem Baumwollhaken abrutschte und sich beinahe selbst verletzte. Einige Passagiere standen auf dem Kesseldeck und warteten ungeduldig darauf, dass ihre Kabinen aufgeschlossen wurden.

Rose blieb in der Kutsche sitzen, bis ihr Diener das Ticket besorgt und das Gepäck an Bord gebracht hatte. Sie verabschiedete sich und wurde von einem Angestellten der Schifffahrtslinie auf das Hauptdeck geführt. Es war ein seltsames Gefühl, das Schiff als Passagierin zu betreten. Als leitende Angestellte von John Friedrich Schultz war sie unzählige Male an Bord eines Raddampfers gewesen. Sie kannte jeden Winkel eines Schiffes und hatte bei zahlreichen Empfängen die Ehefrauen der Geschäftspartner unterhalten, aber sie war noch nie als Passagierin unterwegs gewesen. Zum ersten Mal konnte sie unbefangen auf das Kesseldeck hinaufsteigen, obwohl sie sich dabei ertappte, wie sie die Verarbeitung des Holzes inspizierte.

Sie bedankte sich bei dem Steward, der ihre Kabine aufschloss, und packte die schweren Koffer aus. Die Öllampe auf der kleinen Kommode verbreitete einen trüben Schein. Es war so kalt, dass sie ihren Mantel und die Handschuhe anbehielt. Der kleine Ofen, der auch die benachbarten Kabinen beheizen sollte, kam nur langsam in Gang. Das Ablegen des Schiffes verfolgte sie von der Reling aus. Sie stand mit den anderen Passagieren auf dem Kesseldeck und winkte den Menschen am Ufer zu. Mit einem rhythmischen Pfeifen, das über den Fluss getrieben wurde, drehte sich die »Delta Queen« nach Nordwesten und dampfte gegen die Strömung den Mississippi hinauf. St. Louis blieb im Nieselregen zurück und verschwand in dem trüben Dunst, der an diesem Morgen über dem aufgewühlten Wasser hing. Obwohl der Fahrtwind ihr den Regen ins Gesicht trieb, blieb Rose an der Reling stehen, bis auch die dunklen Schatten der Häuser verschwunden waren.

Auf dem Missouri wurde die Fahrt ruhiger, und sie zog sich in ihre Kabine zurück. Der Ofen verbreitete angenehme Wärme. Sie zog ihren Mantel und die Handschuhe aus und legte sich in ihre Koje. Sie hatte die teuerste Passage genommen und bewohnte die Kabine allein. Während das bewaldete Ufer am Fenster vorbeizog und das Schaufelrad seinen eintönigen Rhythmus schlug, wurde ihr bewusst, dass ein neuer Abschnitt in ihrem Leben begann. Sie hatte selbst gute Freunde wie John Friedrich Schultz und Betty Gurley hinter sich gelassen, um irgendwo im fernen Westen eine neue Zukunft zu beginnen. Noch hatte sie keine genaue Vorstellung davon, wie diese Zukunft aussehen sollte. Sie wusste lediglich, dass sie diese Zukunft in die eigenen Hände nehmen würde. Sie gehörte nicht zu den Frauen, die ihr Schicksal in die Hände eines Mannes legten und darauf warteten, dass er eine Ranch oder Farm aufbaute oder eine Arbeit in der Stadt annahm. Sie zählte zu den wenigen Frauen, die allein nach Westen gingen und einen Mann als gleichwertigen Partner sahen.

Katharina Schultz und die meisten anderen Frauen der oberen Gesellschaftsschicht hatten sie nicht verstanden und sie hinter ihrem Rücken sogar ausgelacht. Es gab nur wenige Frauen, die einen eigenständigen Beruf ausübten, auch wenn der Kapitän der »Columbus« von einer Frau in New Orleans erzählt hatte, die dabei war, das Kapitänspatent zu erwerben. Aber das waren

Ausnahmen. Die meisten Männer fürchteten sich vor einer Frau, die selbstbewusst auftrat und über Politik und Geschäfte sprach.

»Frank Catlow würde mich verstehen«, sagte Rose, als sie am nächsten Morgen an der Reling stand und auf den schäumenden Missouri hinabblickte. Dies war die erste Fahrt des Jahres nach einem strengen, schneereichen Winter, und das Schmelzwasser aus dem Norden wühlte den Fluss auf. Vereinzelte Eisschollen schlugen gegen den Schiffsrumpf, und treibende Baumstämme schrammten am hölzernen Bug entlang.

»Sie kennen Frank Catlow?«, fragte eine Stimme neben ihr.

Rose war nicht bewusst, den Namen des jungen Spielers laut ausgesprochen zu haben, und sie blickte ihre Nachbarin verwundert an. Eine reife Frau von ungefähr fünfzig Jahren, die ihre Haare unter einer Biberfellkappe versteckt hatte. Ihr Gesicht war selbst um diese Zeit geschminkt, an ihren Lidern klebten künstliche Wimpern, und ihre Lippen leuchteten dunkelrot. Sie trug silberne Ohrringe.

»Sie auch?«, fragte Rose erstaunt.

»Und ob ich ihn kenne«, antwortete die Frau verschmitzt lächelnd. »Frank Catlow ist ein bekannter Mann in New Orleans. Zumindest in den Kreisen, in denen ich verkehre.«

»Und was sind das für Kreise?«, brachte Rose schüchtern hervor.

»Ich betreibe ein Nachtlokal«, antwortete die Frau. Ihr Grinsen deutete an, dass in dem Lokal nicht nur getrunken und gegessen wurde. »Frank Catlow war einer meiner besten Gäste.« Sie seufzte. »Leider ist er seit einigen Monaten verschwunden. Ich nehme an, er ist zu diesem Mädchen nach St. Louis gegangen.«

»Zu welchem Mädchen?«, fragte Rose aufgeregt.
»Keine Ahnung. Er erzählte von einem Mädchen, das er in St. Louis kennen gelernt hat. Eine von diesen vornehmen Töchtern. Er wollte sie heiraten! Obwohl ich nicht glaube, dass er das Zeug zum Heiraten hat. Er ist ein rastloser Mann, immer auf der Suche nach dem großen Glück. So einer heiratet nicht. Ich kenne die Sorte.« Sie blickte Rose verwundert an und schien erst jetzt zu merken, wen sie vor sich hatte. »Sagen Sie, Miss, Sie sind doch in St. Louis zugestiegen! Sind Sie vielleicht dieses Mädchen?«
Rose lachte. »Nein, nein, ich kenne ihn nur flüchtig. Ich habe auf einem Ball mit ihm getanzt.« Sie merkte, dass ihr die Frau nicht glaubte, und wurde rot. »Ich glaube, er würde mich nicht mal erkennen, wenn er jetzt um die Ecke käme!«
Sie blickte auf die großen Doppeltüren, die in den Passagierraum führten, und stellte sich vor, dass sie sich öffneten, und Frank Catlow im Smoking heraustrat. »Rose O'Malley«, würde er sagen, »ich habe die ganze Zeit auf dich gewartet! Ich dachte, wir wollten heiraten!«
»Miss!«, holte sie die energische Stimme der Frau aus ihrer Traumwelt. »Ich habe gefragt, ob Sie mit mir frühstücken wollen.«
»... natürlich, gern«, antwortete sie rasch.
Die Frau hieß Abigail Smith, so stellte sie sich jedenfalls vor, und fuhr nach Kansas City, um dort ein neues Nachtlokal zu eröffnen. Als Rose bezweifelte, dass es in der eher langweiligen Stadt auch Männer gab, die sich amüsieren wollten, erwiderte sie: »Glauben Sie mir, Schätzchen, die Kerle wollen alle dasselbe! Egal, ob sie reiche Fabrikbesitzer oder arme Schlucker sind!«

Das Frühstück schmeckte nicht besonders, aber der Kaffee war heiß, und im Damensalon war es wärmer als in den Kabinen. Es hatte aufgehört zu regnen, aber der Himmel war immer noch grau, und der Wind brachte kalte Luft aus dem Norden mit.

»Und was wollen Sie machen, bis der erste Treck nach Westen aufbricht?«, fragte Abigail, nachdem Rose von ihren Plänen erzählt hatte. »Ich hab gehört, die Wagen brechen erst im April auf.«

»Ich werde schon was finden.«

»In St. Joe?« Abigail schüttelte lachend den Kopf. »St. Joe ist ein staubiges Bauernkaff, da können Sie in einem verlausten Zelt oder unter einem Planwagen schlafen. Das ist nichts für Sie, Schätzchen. Ich habe eine bessere Idee. Ich nehme Sie nach Kansas City mit und bringe Sie bei mir unter. Einverstanden?«

Rose fand die Umgangsformen ihrer Bekannten etwas rau, aber sie vertraute ihr. »Einverstanden«, antwortete sie dankbar.

12

Das Nachtlokal, das Abigail Smith in Kansas City eröffnete, war ein Etablissement von höchst zweifelhaftem Ruf, und Rose zögerte, das Angebot ihrer neuen Bekannten anzunehmen. Sie blieb in der offenen Kutsche sitzen, die sie an der Anlegestelle abgeholt hatte, und blickte misstrauisch an dem dunkelroten Backsteinhaus empor. Einige leicht geschürzte Mädchen saßen in den Fenstern und kicherten vergnügt, als sie Rose in ihrer vornehmen Kleidung sahen. »Du hast dich wohl in der Adresse geirrt, Kindchen«, rief eine Lady im zweiten Stock, und von oben schallte es: »He, Schätzchen, du bist aber mächtig zugeknöpft!«

»Keine Bange«, meinte Abigail Smith beruhigend, »Sie wohnen unterm Dach, so weit ist noch kein Freier gekommen.« Sie stieg aus dem Wagen und reichte ihr lächelnd die Hand. »Nehmen Sie die Feuertreppe hinterm Haus, wenn die Mädchen Sie stören.«

»Ich weiß nicht, Abigail«, zögerte Rose. Vor einigen Tagen hatte sie noch in einer herrschaftlichen Villa gewohnt, und die Umstellung fiel ihr schwer. »Vielleicht fahre ich doch nach St. Joe weiter und suche mir eine Pension. Nichts gegen Sie und Ihr … Ihr Etablissement, aber ich … ich bin so ein Haus nicht gewohnt.«

»Unsinn!«, fuhr Abigail ihr über den Mund. »Sie bleiben! Ich wohne selber die nächste Zeit hier und habe keine Lust, mich nur mit Männern zu unterhalten. Sie werden sehen, es wird Ihnen gefallen. Ich habe einen Diener und einen erstklassigen Koch.«

Rose gefiel es tatsächlich. Ihr Zimmer war alles andere als eine Dachkammer, hatte ein Fenster zur Straße und lag weit genug von den »Gemächern« der Mädchen weg. Es war wie ein gemütliches Hotelzimmer eingerichtet, und neben der Tür stand sogar ein Ofen. Das Essen wurde in der Wohnung der Besitzerin serviert. Ein französischer Koch, der kein Wort Englisch sprach, überraschte Abigail und Rose mit ausgefallenen Gerichten, die er als Chefkoch eines Hotels in New Orleans entwickelt hatte. Er war ein exzellenter Weinkenner und erklärte vor jeder Mahlzeit, warum er eine bestimmte Flasche aus der Vorratskammer geholt hatte. »Das muss doch ein Vermögen kosten«, staunte Rose.

Abigail lachte. Sie war eine unkomplizierte Frau, die kein Blatt vor den Mund nahm. »Ich verdiene auch nicht schlecht! Was meinst du, was die Mädchen ranschaffen? Diese Rinderzüchter sind sehr großzügig! Und die Pflanzer in New Orleans schauen auch nicht aufs Geld!« Sie erhob lachend ihr Glas. »Auf die Männer! Denken Sie dran, Schätzchen, die Kerle sind wie Wachs in Ihren Händen, wenn Sie es richtig anstellen! Sie brauchen nicht mal mit ihnen ins Bett zu steigen, ein Lächeln genügt!«

Rose gewöhnte sich schneller an ihre neue Umgebung, als sie angenommen hatte. Ihr Zimmer war klein, aber gemütlich, und wenn sie das Fenster öffnete, wehte die würzige Luft der Weiden herein. In St. Louis war es wesentlich schmutziger gewesen. Abigail Smith war eine ruppige, aber liebenswerte

Gastgeberin, mit der man sich gut unterhalten konnte, und das Essen konnte nicht besser sein. Manchmal wurde es laut während der Nacht, und einmal wurde sogar geschossen, aber selbst daran konnte man sich gewöhnen, und wenn es regnete und Rose über die Treppe im Haus nach unten ging, scherzte sie bereits mit den leichten Mädchen. »Willst du bei uns anfangen, Kindchen?«, rief ein Mädchen lachend, und sie antwortete: »Ich hab heute fürchterliche Kopfschmerzen, vielleicht morgen, ja?«

Zu einer lautstarken Auseinandersetzung kam es, als ein Kutscher aus Kansas und ein so genannter Gentleman aus dem Süden auf der Treppe aneinander gerieten. Der Kutscher war bei der neuen Leavenworth & Pikes Peak Express beschäftigt, die seit einigen Monaten zwischen Kansas City und den Goldgebieten in den Rocky Mountains verkehrte, und ohrfeigte den Gentleman, der eine abfällige Bemerkung über eine schwarze Hure in Baton Rouge gemacht hatte. Es ging nicht um die gesellschaftliche Stellung der Hure und auch nicht um die Sklavenfrage, sondern um die Kluft zwischen dem Norden und dem Süden, die seit dem Herbst noch größer geworden war. Ein Krieg war nicht mehr zu vermeiden, das war auch die Meinung des Südstaatlers, der bereits nach seiner Pistole gegriffen hatte und von Abigail Smith daran gehindert wurde, sie auch zu benutzen. Sie setzte die beiden Männer vor die Tür und rief ihnen nach: »Verschwindet! Euren Krieg könnt ihr auf der Straße weiterführen!«

Rose hatte aus lauter Neugier ihre Tür geöffnet und jedes Wort mitbekommen. Als der Gentleman aus dem Süden nach seiner Waffe gegriffen hatte, war sie ins Zimmer zurückgegangen. Sie griff nach der Karaffe mit dem Sherry, einem Getränk, das Abigail ihr schmackhaft gemacht hatte, und ließ sich in den geblümten Sessel fallen. »Es wird Krieg geben«, sagte sie zu ihrer Freundin, die mit gerötetem Gesicht in ihr Zimmer kam, und Abigail antwortete: »Solange sich Typen wie diese Streithähne die Köpfe einschlagen, soll mir das recht sein. Ein Bürgerkrieg? Nicht hier draußen, Schätzchen, und schon gar nicht da, wo du hingehst. Wenn es Krieg gibt, dann im Osten und Süden.«

Von solchen Ruhestörungen einmal abgesehen, hätte Rose es nicht besser treffen können. Selbst ein vornehmes Hotel wie das Barnum's in St. Louis hätte ihr keinen größeren Komfort geboten. Als Gegenleistung für die Unterkunft und das gute Essen bot Rose ihrer Gastgeberin an, die Bücher für sie zu führen. Abigail Smith war selbst eine gute Buchhalterin und traute ihr nicht recht. Schließlich ließ sie sich doch überreden und war begeistert von der sauberen und schnellen Arbeit ihrer neuen Freundin. Rose kannte zahlreiche Tricks, wie man die Steuer umgehen konnte, und nach einigen Wochen waren die Bücher so gut in Schuss, dass die Besitzerin des Etablissements einen beträchtlichen Gewinn verzeichnen konnte. »Warum bleibst du nicht hier, Rose?«, fragte sie begeistert. Sie redeten sich seit einiger Zeit mit dem Vornamen an. »Warum willst du die beschwerliche Reise nach Westen auf dich nehmen? Zusammen könnten wir ein Vermögen machen. Oder hast du moralische Bedenken?«

»Wegen der Mädchen?« Rose schüttelte den Kopf. »Nein, die sind ehrlicher als manche Damen der so genannten besseren Gesellschaft. Ich will nach Westen, Abigail! Dort soll alles viel freier sein! Ich will wissen, wie es am Ende des Overland Trails aussieht und wie die Menschen dort leben. Ich bin neugierig!«

»Das kommt mir bekannt vor«, meinte Abigail verständnisvoll, »vor zwanzig Jahren ging es mir genauso. Damals gab es noch keinen Overland Trail, und ich blieb in New Orleans hängen.« Sie trat ans Fenster und blickte über die Stadt nach Westen. »Was hast du vor? Was für ein Geschäft willst du aufmachen? Der Westen ist eine Männerwelt, Schätzchen, und ich weiß nicht, was die Raubeine sagen, wenn du in einer Grenzstadt auftauchst und einen Laden eröffnest. Selbst hier rümpfen sie die Nase!«

»Sie werden sich an mich gewöhnen«, erwiderte Rose bestimmt. Sie hatte tatsächlich keine Ahnung, was sie im Westen machen würde, spürte nur dieses seltsame Kribbeln, das in den letzten Wochen immer stärker geworden war und sie auf den weiten Weg nach Westen zu locken schien. Der Overland Trail zog sie auf magische Weise an, obwohl in den Büchern nur von Entbehrungen und Krankheiten die Rede war. Der Treck war kein Zuckerschlecken, schon gar nicht für eine Frau, und sie hatte gelesen, dass vor allem Frauen und Kinder an Cholera erkrankt und unterwegs gestorben waren. Die Kreuze über ihren Gräbern säumten den Trail bis nach Oregon und Kalifornien.

Rose würde nicht krank werden. Sie hatte viel Obst gegessen, stundenlang Freiübungen vor dem offenen Fenster gemacht und war sogar bei einem Arzt gewesen, um sich von Kopf bis Fuß untersuchen zu lassen. Als Krankenschwester wusste sie, wie wichtig es war, gesund auf eine Reise zu gehen. Nur wenn sie sich gewissenhaft auf den Treck vorbereitete, war sie vor Überraschungen sicher. Auch das stand in den schlauen Büchern, die sie im Laden gegenüber gekauft hatte. Der Verkäufer hatte sie misstrauisch gemustert und war wohl der Meinung, dass sie in einem der unteren Stockwerke wohnte; Rose hatte ihn eine Weile zappeln lassen, bis sie ihm die Wahrheit gesagt hatte. Seitdem durfte sie sich sogar Bücher ausleihen. Sie las gern und viel, besonders die schwülstigen Romane aus England, und machte sich zusammen mit Abigail darüber lustig, wie bereitwillig sich die Engländerinnen den Männern unterordneten. »Heute kämpfen sie für die Neger«, sagte sie, »und eines Tages werden sie für die Freiheit der Frauen auf die Barrikaden steigen! Von einem Mann werde ich mir nie etwas sagen lassen!«

Anfang April beschloss Rose, die lange Reise nach Westen anzutreten. Abigail Smith ließ es sich nicht nehmen, ihre junge Freundin nach St. Joseph zu kutschieren. Sie fuhren am Ufer des Missouri entlang und erreichten die kleine Stadt um die Mittagszeit. Die Sonne schien auf ein paar windschiefe Hütten, meist Kaufhäuser und Läden, in denen man die notwendige Ausrüstung für den Treck nach Westen kaufen konnte, einige Saloons, die von den Gesängen wilder Burschen widerhallten, und eine Kirche, in der alle Konfessionen zugelassen waren. Ungefähr hundert Meter von der Anlegestelle entfernt war ein Schaufelraddampfer auf eine Sandbank gelaufen, und die Besatzung arbeitete fieberhaft, um das Schiff wieder flottzubekommen. Überall in der Stadt, auch auf dem grasbewachsenen Hang zwischen den Häusern und dem Ufer, waren Conestoga-Wagen zu sehen, stabile Planwagen, die im Osten gebaut wurden und für den holprigen Trail besonders geeignet waren.

Rose und Abigail hielten vor dem größten und bekanntesten Laden der Stadt, kletterten vom Kutschbock und klopften sich den Staub aus den Kleidern. Neben den Prärieschonern, wie die Conestogas wegen ihrer weißen Planen genannt wurden, nahm sich ihr Zweispänner beinahe winzig aus. Sie traten auf den hölzernen Gehsteig und gingen einigen Siedlern aus dem Weg, die Kisten, Säcke und Ersatzteile für ihre Wagen aus dem Laden schleppten.

Kaum einer würdigte sie eines Blickes, obwohl sich Rose in ihrem weinroten Reisekleid angenehm von der Umgebung abhob. Sie hatte ihre roten Haare unter einem kostbaren Hut versteckt, den sie vom Captain der »Columbia« zu Weihnachten bekommen hatte, und wirkte vornehmer als die meisten Siedlerfrauen, die einfache Baumwollkleider und selbst geschneiderte Sonnenhauben trugen. Nur ihr Blick zeigte ihren wahren Charakter, ihre Augen spiegelten die Erregung, die sie beim Anblick der Wagen empfand, die Aufbruchsstimmung inmitten des Lärms und des Staubs. Eine Hektik, wie Rose sie nicht einmal beim Beladen eines Dampfers beobachtet hatte.

»Wollen Sie in dem Aufzug nach Westen?«, fragte eine Frau spöttisch. Sie stand neben ihrem Planwagen, zwei heulende Kinder an den Händen, und hatte nicht einmal in dieser staubigen Grenzstadt ihren Humor verloren. »So kommen Sie nicht weit!«

»Abwarten«, erwiderte Rose geheimnisvoll. Sie trat lächelnd in den Laden, gefolgt von Abigail Smith, die sich auf dem Lande nicht besonders wohl fühlte und lediglich ihrer Freundin zuliebe in St. Joseph blieb. »Ich verlasse dich erst, wenn ich sicher weiß, dass du eine Familie gefunden hast«, hatte sie gesagt, bevor sie in die Stadt gefahren waren, »du kannst schließlich nicht allein nach Westen fahren! Soviel ich weiß, ist das gar nicht erlaubt.«

In dem Laden herrschte eine ähnliche Hektik wie auf der Straße. Fünf junge Verkäufer waren damit beschäftigt, den Andrang der Siedlerfamilien zu bewältigen, und halfen den Männern, die Waren zu ihren Wagen zu tragen. In dem Buch, das sie in Kansas City gekauft hatte, wurde empfohlen, fünfzig Pfund Mehl, zwanzig Pfund Kaffee und Zucker, zehn Pfund Reis, Bohnen, Speck, ein Ersatzrad und zahlreiche andere Ersatzteile für den Wagen mitzunehmen, und die meisten Siedler deckten sich erst in St. Joseph mit diesen Vorräten ein. Rose wartete geduldig, bis sie an die Reihe kam, und wurde von einem jungen Mann bedient, der sichtlich errötete, als er ihr jugendliches Gesicht bemerkte. »Äh, Ma'am, was kann ich für Sie tun?«

»Sie möchte ein Gewehr kaufen«, antwortete Abigail, »ein Gewehr, mit dem man auf die blutrünstigen Wilden schießen kann!«

»Ein Gewehr?«, fragte der Verkäufer.

»Ein Gewehr?«, wunderte sich Rose.

»Du brauchst eine Waffe«, erklärte Abigail ihrer jungen Freundin. »Hast du vergessen, auf welches Abenteuer du dich einlässt, Schätzchen? Auch Indianer sind Männer, und du hast gesehen, wozu die fähig sind, wenn du dich nicht wehren kannst, oder?«

Rose merkte, dass die anderen Kunden auf sie aufmerksam wurden, und hatte Angst, dass Abigail zu einer weiteren Erklärung ansetzen könnte. »Natürlich, ein Gewehr«, bestätigte sie rasch.

»Ich hätte da eine sehr schöne Pistole«, meinte der Verkäufer eifrig, »klein und handlich, wie geschaffen für eine Dame! Ich habe sie erst vor ein paar Tagen aus Hartford, Connecticut, bekommen. Ein neues Modell, zugegeben, sie ist etwas teurer …«

»Was ist mit dem Gewehr da drüben?«, fragte Abigail.

Der Verkäufer folgte ihrem Blick und schüttelte lächelnd den Kopf. »Aber, Ma'am, das ist eine Sharps Rifle, ein Büffelgewehr, viel zu schwer für eine junge Lady. Sie wiegt acht Pfund und verschießt Kaliber 52. Der Rückstoß würde die arme Lady glatt …«

»Zeigen Sie uns das Gewehr!«, schnitt Abigail dem jungen Mann das Wort ab. Rose kam gar nicht dazu, etwas zu sagen. Sie beobachtete mit großen Augen, wie der Verkäufer das Büffelgewehr vom Haken nahm und zögernd auf den Tisch legte.

»Wie ich schon sagte, Ma'am«, versuchte er es noch einmal, »es ist ein ziemlich schweres Gewehr, und ich glaube nicht, dass es die richtige Waffe für Sie ist. Ich möchte Ihnen nicht zu nahe treten, Ma'am, aber Sie sind doch viel zu zart … ich meine …« Er wurde rot und versteckte sich hinter einem karierten Taschentuch, als er die amüsierten Blicke der anderen Kunden bemerkte. Er schnäuzte sich und meinte: »Sorry, aber der viele Staub …«

Rose konnte mit einem Gewehr umgehen. Ihr Vater hatte einen Hinterlader besessen, eine alte Kentucky Rifle, und sie hatte heimlich damit geübt. Wenn er auf dem Feld gewesen war, hatte sie die Waffe hochgenommen und damit auf ihn gezielt. Zwei Jahre, bevor sie von zu Hause ausgerissen war, als ihr Vater bei einem Nachbarn gewesen war, um einige Hühner zu verkaufen, hatte sie die Flinte geladen und damit auf einen verkrüppelten Baum geschossen. Der Rückstoß hatte sie beinahe umgeworfen, aber sie hatte sich mehr darüber gewundert, dass ihre Mutter durch den Schuss nicht aufgewacht war. Sie hatte wie eine Tote auf der Veranda gesessen, das Märchenbuch auf dem Schoß.

»Kann ich sie mal ausprobieren?«, fragte Rose mutig.

»Wenn Sie unbedingt wollen«, meinte der Verkäufer verwirrt, »aber machen Sie mich nicht dafür verantwortlich, wenn Sie sich dabei wehtun! Die Sharps Rifle hat einen starken Rückstoß …«

»Stärker als eine Kentucky Rifle?«

Der junge Mann zögerte. »Fast so stark.«

»Nun laden Sie das Ding schon«, drängte Abigail ihn, »meine Freundin will mit dem nächsten Wagenzug nach Westen und hat keine Lust, den ganzen Tag in Ihrem Laden zu verbringen!«

Sie beobachtete zufrieden, wie der Verkäufer eine Patrone in die Kammer schob und das Gewehr ihrer Freundin reichte.

»Und Sie sind sicher, dass man damit wilde Indianer erschießen kann?«

»… natürlich«, stammelte der Verkäufer.

Rose wog das Büffelgewehr in beiden Händen und stellte fest, dass es tatsächlich sehr schwer war. Aber sie wollte sich keine Blöße geben und ließ sich nichts anmerken. Mit der Sharps stapfte sie tapfer nach draußen, gefolgt von ihrer Freundin und allen Kunden, auch den Frauen und Kindern. »Was hast du mir da eingebrockt?«, flüsterte sie Abigail zu. »Wozu brauche ich dieses Gewehr? Soll ich mit den Wilden auf Büffeljagd gehen?«

»Wenn du gegen Männer bestehen willst, musst du lernen, sie mit ihren eigenen Waffen zu schlagen«, meinte Abigail grinsend, »das war das Erste, was ich gelernt habe.« Sie öffnete

die Tür. »Ich hoffe, du kannst einigermaßen schießen, Schätzchen!«
»Wir werden sehen«, erwiderte Rose selbstbewusst.
Noch viele Jahre später, immer wenn sie die Waffe zur Hand nahm, erinnerte sie sich daran, was auf der Hauptstraße von St. Joseph geschehen war. Sie konnte Abigail nicht böse sein. Die Wirtin gehörte zu den seltenen Frauen, die keine Hemmungen kannten und sich sogar mit dem Teufel einließen, wenn eine gute Show dabei heraussprang. Und eine Show bekamen die vielen Schaulustigen auf der Hauptstraße zu sehen. Selbst die weinenden Kinder waren still, als Rose auf den Gehsteig trat und auf das Spruchband deutete, das über die Straße gespannt war. »Willkommen in St. Joseph, dem Tor zum Westen!«, stand dort. »Das vergesse ich dir nie«, sagte sie leise zu ihrer Freundin.
Rose war keine Kunstschützin. Sie legte es nicht darauf an, einen großen Rummel zu veranstalten. Das überließ sie Abigail, die jeden Auftritt in ihrem Etablissement wie eine Königin zelebrierte. »Ich wäre gern zum Theater gegangen«, hatte sie einmal gesagt, »aber der liebe Gott hat mir andere Talente gegeben.« Jetzt musste Rose ausbaden, was Abigail ihr eingebrockt hatte. »Das Spruchband«, kündigte sie an. Sie hob die Sharps Rifle an die Wange, drückte ab und wurde von dem Rückschlag zurückgeworfen. Die Kugel fuhr krachend aus dem Lauf und riss das Spruchband von der Hauswand. Es flatterte wie schmutzige Wäsche über die Straße und blieb an einem Planwagen hängen.
Die Leute johlten vor Begeisterung. Einige Männer feuerten ihre Pistolen ab, die Frauen lachten, und die beiden Kinder fingen wieder zu weinen an. Abigail klopfte dem verdutzten

Verkäufer auf die Schultern und rief: »Na, was sagen Sie jetzt? Kann meine Freundin mit dem verdammten Gewehr umgehen, oder muss sie Ihnen erst die Brille von der Nase schießen? Sie nimmt das Ding. Und packen Sie ihr eine Schachtel mit Patronen dazu! Ich habe gehört, es soll ziemlich viele Rothäute am Trail geben …«

13

Eine Frau, die schießen kann«, sagte die Frau vor dem Stoffregal, »nach der habe ich gesucht! Wie wär's, Kindchen? Ich habe gehört, Sie suchen einen Wagen. Warum fahren Sie nicht mit mir? Der letzte Mann, der mir seine Dienste angeboten hat, liegt auf einem Friedhof in Iowa, und ich hab keine Lust, einen weiteren Versuch zu starten, es sei denn, diese eleganten Spanier in Kalifornien haben mehr auf dem Kasten als unsere Schollenbrecher, die es gerade mal bis zum Missouri geschafft haben. Kommen Sie mit mir, Kindchen! Ich bin Alice Fowler und würde mich freuen, wenn Sie auf meinen Kutschbock steigen würden!«

Rose betrachtete die stämmige Frau mit den dunkelblonden Haaren und fand sie auf Anhieb sympathisch. Sie war ungefähr vierzig, und in ihren Augen war dieselbe Begeisterung, wie Rose sie bei ihrer Ankunft in St. Joseph gespürt hatte. Sie trug ein dunkles Baumwollkleid mit einer vergilbten Schürze und hielt eine hellblaue Sonnenhaube in der Hand. An ihrem Rockzipfel hingen drei Kinder, zwei Jungen und ein Mädchen, und lutschten bunte Zuckerstangen. »Das sind meine Kinder«, fügte sie strahlend hinzu, »das Einzige, was mein Ehemann mir hinterlassen hat.« Sie lachte. »Charles ist zehn, Mattie ist elf und Jake sieben.«

»Rose O'Malley«, stellte Rose sich vor, »das ist meine Freundin Abigail Smith, sie hat mich nach St. Joe gebracht. Sind Sie wirklich ohne Mann unterwegs? Ich denke, das ist gar nicht erlaubt?«

»Mir kann niemand was verbieten«, winkte Alice lachend ab, »schon gar nicht dieser selbst ernannte Pastor, der sich zu unserem Wagonmaster gemacht hat. Er will, dass wir ihn Captain nennen! Hochmut kommt vor dem Fall, hab ich ihm gesagt, haben Sie nicht die Bibel gelesen? Er hat nichts dagegen, dass ich allein fahre, aber er will auch nicht halten lassen, wenn mein Wagen ein Rad verliert oder ich wegen irgendwas schlappmache. Schöner Kavalier! Ich bleib nicht liegen, hab ich gesagt, ich kann besser arbeiten als die meisten Männer, und mein Ältester kann auch zupacken. Nur mit dem Schießen hapert es! Was ist, Kindchen? Wollen Sie mich begleiten? Zahlen Sie die Hälfte unserer Vorräte, und Sie sind dabei! Das ist ein fairer Preis, oder?«

»Abgemacht«, willigte Rose spontan ein. Sie schüttelte die Hand der stämmigen Frau und spürte ihre raue Haut. Eine harte Arbeiterin wie die meisten Pionierfrauen, die aus Illinois oder Iowa stammten. »Sie wollen nach Kalifornien, nicht wahr?«

»Wohin denn sonst?«, meinte die Siedlerfrau. »Und nenn mich beim Vornamen, wenn du den Kutschbock mit mir teilst! Ich nehme an, du schleppst nicht deinen ganzen Hausrat durch die Gegend! Wirf deine Koffer auf meinen Wagen und lass mir etwas Geld da, dann besorge ich inzwischen die Vorräte. Charles, zeig unserer neuen Freundin, wo unser Wagen steht, und hilf ihr, das Gepäck zu tragen! Und zieh nicht so ein Gesicht! Noch eine Nacht, dann geht es los! Dann fahren wir nach Kalifornien!«

»Ich geh ja schon, Ma.«

Rose ging nach draußen und verabschiedete sich von Abigail, während der Junge ihre Koffer auf den Planwagen wuchtete. »Ich schreibe dir, wenn ich es geschafft habe«, sagte sie zu Abigail. Sie umarmte ihre Freundin und drückte sie lange. Wieder begann ein neuer Abschnitt ihres Lebens, und wieder war er mit einem schmerzlichen Abschied verbunden. So würde es immer sein, ahnte sie, sie würde immer wieder aufbrechen, um nach einem neuen Ziel und einer neuen Aufgabe zu suchen. »Und falls du diesen Frank Catlow triffst, diesen Spieler, ich meine …«

»Dann sag ich ihm, dass er gefälligst seine Beine in die Hand nehmen und dir nach Westen nachfahren soll! Hab ich Recht?«

»So ungefähr«, erwiderte Rose verlegen.

Abigail fuhr davon, und Rose half dem Jungen, die beiden Koffer im Planwagen zu verstauen. Mehr Gepäck hätte nicht auf die Ladefläche gepasst. Der Wagen war mit Möbeln, Kleidungsstücken, Saatgut, Ersatzteilen und Vorräten voll gestopft, sogar eine Standuhr war an die Streben gebunden. Zwischen den Möbelstücken lagen einige Decken auf dem Wagenboden, das Nachtlager für Alice Fowler und ihre Kinder, wenn es regnete oder zu kalt war. Auf den Decken lag die schwarze Familienbibel.

»Die hab ich von meiner Großmutter«, erklärte Alice. Sie war auf den Wagen geklettert und nahm die neuen Vorräte von dem Verkäufer entgegen. »Ich lese den Kindern jeden Abend daraus vor. So haben wir es in unserer Familie immer gehalten.« Sie kletterte auf den Kutschbock und winkte Rose nach vorn. »Wo ist deine Familie? Leben deine Eltern noch? Entschuldige, dass ich so neugierig bin, aber es kommt selten vor, dass eine junge Frau wie du allein nach Westen fährt. Du bist sehr mutig, Kindchen!«

Rose blieb bei ihrer Notlüge, erzählte der Frau, dass ihre Eltern vor einigen Jahren gestorben waren. »Ich bin auf einer Farm in Illinois aufgewachsen, und dann war ich in St. Louis und habe dort als Krankenschwester gearbeitet. Ein reicher Schiffsbauer hat mich in seine Familie aufgenommen und mir Arbeit gegeben.«

»Von ihm hast du das hübsche Kleid, stimmt's?« Alice berührte den feinen Baumwollstoff und nickte anerkennend. »Aber du bist keine von diesen verwöhnten Prinzessinnen, das hab ich gleich gemerkt! Du kannst zupacken!« Sie ließ die Peitsche über den Zugochsen knallen und lenkte den Planwagen über die staubige Hauptstraße. »Wo hast du so gut schießen gelernt, Kindchen?«

»Ich weiß gar nicht, ob ich gut schießen kann. Ich glaube, der Treffer vorhin war eher ein Zufall. Aber ich habe keine Angst vor den Indianern und helfe euch bei der Arbeit. Wann geht es los?«

»Du kannst es gar nicht mehr erwarten, was?« Alice zog eine Maiskolbenpfeife aus ihrer Schürzentasche und steckte sie sich zwischen die Lippen. »Mir geht's genauso. Morgen früh will der Captain das Signal geben. Wir warten nur noch auf den Scout.«

»Den Scout?«

Alice kaute auf dem Mundstück. »Ein Pfadfinder. Ein Fallensteller aus Fort Bridger, der den Trail wie seine Westentasche kennt. Die Leute erzählen, dass er eine Indianerin geheiratet hat.«

»Eine Wilde? Lebt er bei den Indianern?«

»Keine Ahnung. Soll mir auch egal sein. Hauptsache, er kennt den Weg und bringt uns sicher nach Westen.« Sie lenkte den Wagen aus der Stadt und fuhr in das lang gestreckte Tal zum Beginn des Trails. Dort standen bereits dreiundzwanzig Wagen in einem großen Kreis, und der Pastor, der Captain genannt werden wollte, kam ihnen auf einem Rappen entgegen.

»Alice Fowler! Wir haben schon auf Sie gewartet!« Er war ein stattlicher Mann mit einem viel zu blassen Gesicht und schulterlangen Haaren. Er trug einen schwarzen Anzug, viel zu vornehm für den Trail, und einen flachkronigen Hut mit schmaler Krempe.

»Das ist Rose O'Malley«, sagte Alice, »sie fährt mit mir.«

Ihre Rede duldete keinen Widerspruch, und der Pastor sagte nur: »Sie kennen die Regeln, Ma'am. Wir fahren in zwei Gruppen zu je zwölf Wagen, und diese sind wiederum in drei Gruppen zu je vier Wagen aufgeteilt. Wenn ein Wagen liegen bleibt oder jemand krank wird, bleibt die Gruppe zusammen. Der Treck fährt weiter. Wir können es uns nicht leisten, dauernd stehen zu bleiben. Wir müssen uns beeilen, wenn wir vor dem Winter über die Berge wollen!« Er trieb sein Pferd an und kehrte noch einmal zurück. »Die Leute haben mich zum Captain gewählt. Ich gebe die Befehle auf diesem Treck. Gott wird mir beistehen, hallelujah!«

»Hallelujah«, verspottete Alice den Pastor leise. Sie lenkte den Wagen zu den drei Wagen, die zu ihrer Gruppe gehörten. Die Familien saßen an einem Feuer und ließen sich einen Eintopf schmecken. »Kommt zu uns, Ladies, es ist genug da«, lud einer der Männer ein, ein Farmer aus Virginia, der mit seiner Frau und seinen vier Kindern nach Westen fuhr.

Der zweite Wagen gehörte Jacob und Sarah Osgood, einem jungen Ehepaar aus Illinois, das seine Ernte in einem Heuschreckenschwarm verloren hatte und im Westen einen neuen Anfang wagen wollte. Die Frau war im sechsten Monat schwanger. Auf dem Kutschbock des dritten Wagens saßen Elmer Martin und sein erwachsener Sohn Pepper, zwei schweigsame Männer aus dem Süden, die vor dem drohenden Krieg geflohen waren und ständig mit einer Frau sprachen, die gar nicht bei ihnen war. Später bekam Rose heraus, dass Henrietta Martin während eines Feuers, das religiöse Eiferer gelegt hatten, ums Leben gekommen war. Die Martins gehörten einer geheimnisvollen Sekte an.

»Ich bin Rose O'Malley und war Krankenschwester in St. Louis«, stellte Rose sich vor, »wenn jemand Probleme mit seiner Gesundheit hat, will ich gerne helfen. Ich habe gehört, es gibt einen Arzt in der dritten Gruppe, aber wenn Hilfe gebraucht wird, bin ich da!« Sie setzte sich ans Feuer und genoss die Wärme, denn abends wurde es immer noch empfindlich kalt.

Früh am nächsten Morgen gab der Pastor das Zeichen zum Aufbruch. Der Scout, er wurde »Long Rifle« genannt, war nachts gekommen. Er trug ein französisches Armeehorn und blies ein schrilles Signal, das selbst die Zugochsen erschreckte. In einer riesigen Staubwolke und mit begeisterten Anfeuerungsrufen wurden die Tiere auf den Trail getrieben. Die Wagen formierten sich zu einem langen Zug, der wie eine weiße Schlange über die grünen Hügel fuhr und sich langsam nach Westen bewegte. Der Missouri River blieb im Licht der aufgehenden Sonne zurück.

»Westward Ho!«, rief der Pastor.

»Westward Ho!«, kam das Echo von den Wagen.
Rose fühlte, wie ihr Herz einen Sprung machte. Endlich war es so weit. Ihr großer Traum, nach Westen in eine ungewisse, aber hoffnungsvolle Zukunft zu fahren, ging in Erfüllung. Hinter den fernen Bergen wartete die Freiheit, von der sie auf der heimatlichen Farm so oft geträumt hatte. St. Louis war nur das Sprungbrett gewesen. In der Stadt am Mississippi war sie erwachsen geworden, und die Freundschaften mit der Oberschwester und John Friedrich Schultz hatten ihr geholfen, ihre düstere Vergangenheit zu vergessen und das Tor zu einer neuen Welt zu öffnen.
Sie würde ihre Freunde nicht vergessen, aber es führte kein Weg mehr zurück. Der Drang, nach Westen in das gelobte Land zu ziehen, war zu stark. Er war zu einer Sucht geworden, die fast alle Mitglieder des Trecks beseelte. Die Freude, den Missouri River endlich hinter sich zu wissen und einer neuen Zukunft entgegenzufahren, überwog die Angst vor den mannigfachen Gefahren, vor denen enttäuschte Rückkehrer warnten, die an ihren eigenen Ansprüchen gescheitert waren und »zurück in die Staaten« zogen. In die Geborgenheit einer Zivilisation, die die entlegenen Gebiete im Westen immer noch die »große amerikanische Wüste« nannte. An den Flussübergängen warteten ehemalige Fallensteller und zivilisierte Indianer, die einen unverschämten Zoll für das Übersetzen verlangten. Bei der ersten Flussüberquerung wurden zwei Dollar für jeden Wagen verlangt.
Rose hatte einen angemessenen Preis für die Fahrt und die Hälfte aller Vorräte bezahlt und erklärte sich bereit, auch den Wegzoll zu übernehmen. In dem schlauen Buch, das sie in einem der Koffer mitführte, wurde empfohlen, mindestens hun-

dert Dollar für solche Ausgaben bereitzuhalten, aber in Wirklichkeit war es viel mehr, und sie warf das Buch schon nach drei Tagen ins Lagerfeuer, weil die meisten Angaben nicht stimmten. Die ersten beiden Wochen des Trecks waren angenehmer, als die meisten Siedler vermutet hatten, und einige hätten sich am liebsten schon bei Alcove Spring niedergelassen, einer romantisch gelegenen Quelle inmitten eines grünen Wäldchens. Sie erreichten die Wasserstelle und hielten einen Gottesdienst im Schatten der Bäume ab, das letzte Mal, dass der Pastor an einem Sonntag rasten ließ. »Auch der allmächtige Herr will, dass wir weiterziehen«, tönte er, »denn unsere Zeit ist knapp, und das Paradies liegt hinter den schneebedeckten Bergen!«

Long Rifle, der Scout, war ein wortkarger Bursche. Er ritt dem Treck voraus und schlief abseits, wenn er ins Lager zurückkam. Wenn er gefragt wurde, welche Gefahren auf der Prärie lauerten und wie das Land jenseits der Rocky Mountains aussah, grunzte er nur. Er war ein ungehobelter Bursche, weniger zivilisiert als die Indianer, die jeden Abend im Camp auftauchten und nach Tabak und Feuerwasser fragten. »Das sind keine wilden Indianer«, hörte Rose von dem jungen Ehepaar aus Illinois, das sich gründlich auf den Treck vorbereitet hatte, »das sind zivilisierte Indianer, die aus ihrer Heimat verjagt wurden und nur noch von Almosen leben.« Jacob Osgood strahlte, als er sein Wissen am Lagerfeuer weitergab. »Meine Frau ist Lehrerin, wissen Sie?«

Viele Leute fürchteten sich selbst vor diesen Indianern. Sie hatten viel über die Schandtaten der gefährlichen Wilden gehört und trauten ihnen nicht über den Weg. Elmer Martin und sein Sohn, die ganz am Schluss fuhren, griffen sogar zu den Gewehren, als ein armseliger Shawnee vor einer Flussüberquerung kassieren wollte, und es war Rose zu verdanken, dass es zu keiner Schießerei kam. Zum ersten Mal kam ihre schwere Sharps Rifle zum Einsatz. Sie hob das Gewehr und richtete es auf die Männer: »Lasst den Unsinn, oder ich muss euch erschießen!«

»Und ich habe gedacht, du bist 'ne feine Lady«, erwiderte Elmer Martin grinsend. Sein Schnurrbart war ungepflegt, und in seinem Mund waren nur noch wenige Zähne. »Hast du das gehört, Pepper? Die Lady will uns killen, wenn wir die Rothaut erschießen!«

»Ich hab's gehört, Pa. Und was soll ich jetzt tun?«

»Nehmt die Flinten runter!«, befahl auch der Pastor. »Wer schießt, fährt nach Hause zurück! Kommt jemand zu Schaden, hängen wir den Übeltäter! Der Indianer will ein paar Dollar, weiter nichts!«

Sie zahlten den verlangten Preis und fuhren weiter. »Heya, heya!«, feuerte Alice die Ochsen an. Sie nahm ihre Maiskolbenpfeife aus dem Mund und schmunzelte anerkennend. »Alle Achtung, Kindchen! Du verstehst mit Männern umzugehen! Aber hüte dich vor Elmer Martin, der ist gefährlich! Ich kenne die Sorte! Bei uns in der Nachbarschaft gab es auch einen solchen Burschen. Er konnte nicht bis drei zählen, aber er war schlau genug, die Tochter eines Bauern zu schwängern und mit einem Reitpferd durchzubrennen. Ich glaube, sie haben den Kerl gehängt.«

»Wenn er mich anfasst, bringe ich ihn um«, sagte sie. Es klang wie ein Scherz, aber sie meinte es ernst. Sie war nahe dran gewesen, ihren Vater zu töten, und würde nie mehr ertragen, dass ein Mann sie berührte, wenn sie nicht damit einverstanden war.

»Er hat ein Auge auf dich geworfen«, warnte Alice, »ich habe mit dem Farmer aus Virginia, er heißt Maxwell, und mit Jacob Osgood gesprochen, sie wollen auf dich aufpassen. Sie können die Martins auch nicht leiden. Ich verstehe gar nicht, warum wir sie mitgenommen haben. Als ob wir nicht Sorgen genug hätten!«

Aber die beiden Männer hielten sich abseits und belästigten Rose nicht. Lediglich ihre anzüglichen Blicke, wenn sie in den Feuerschein traten, verrieten ihre wahren Gedanken. Sie kümmerten sich nicht darum, dass sie am Feuer nicht erwünscht waren, und errichteten ein eigenes Camp, in dem sie mit der verstorbenen Henrietta sprachen und die Namen ihrer Heiligen aufzählten. »Solange sie sich ruhig verhalten, soll mir das egal sein«, meinte der Pastor, als Alice ihn auf die Martins ansprach.

Sie kamen zügig voran, schafften zehn bis zwanzig Meilen an einem Tag. Das Knarren der Wagenräder begleitete sie vom frühen Morgen bis in den späten Nachmittag. Viele Siedler liefen neben den Wagen, kümmerten sich um das Vieh und die Pferde, die sie mitgenommen hatten. Einige Kinder pflückten Blumen. Das Grasland erstreckte sich über sanfte Hügel bis zum Horizont, breitete sich jungfräulich unter einem Himmel aus, der so weit und unergründlich war, dass Rose oftmals stehen blieb, ihre Augen mit einer Hand beschattete und bewundernd in die unendliche Ferne blickte. Es gab keine Häuser, das Land war nicht bestellt, und in der blutroten Sonne, die jenseits der Hügel versank, weideten die zottigen Tiere, die von den Wilden gejagt wurden. »Büffel!«, rief Jacob Osgood aufgeregt. »Das sind Büffel!«

Der Wagenzug kam ins Stocken, und einige Männer ritten los,

um eines der mächtigen Tiere zu erlegen. Sie schossen vorbei und kehrten unverrichteter Dinge zurück. Auch Charles wollte zu den Büffeln reiten, aber Alice hielt ihn zurück und sagte: »Das ist zu gefährlich, Charles! Bleib bei deinen Geschwistern, hast du gehört?« Wenn es um ihre Kinder ging, verstand Alice keinen Spaß. »Das kapierst du auch noch, wenn du erst mal selber welche hast«, meinte sie lachend, als sie den anklagenden Blick ihrer Freundin bemerkte. »Du wolltest wohl auch zu den Büffeln reiten, was?« Sie hatten ein Pferd dabei, eine zerzauste Schindmähre, die an den Wagen gebunden war, aber Rose hätte es niemals gewagt, auf ihren Rücken zu klettern.

»Ich glaube, wir sehen noch Büffel genug«, sagte Rose so laut, dass es auch Charles verstand, »in meinem schlauen Buch stand, dass die Büffel auf der Prärie bis zu den Wagen kommen!«

»Und warum hast du das Buch weggeworfen?«, fragte Charles.

Darauf wusste Rose keine Antwort. Sie zuckte mit den Schultern und lachte ungeniert, als sie ihrer Freundin in die Augen sah. »Weißt du was«, meinte sie nach einer Weile fröhlich, »heute Abend pflücke ich Blaubeeren, und dann backe ich uns die köstlichsten Pfannkuchen, die du je gegessen hast! Einverstanden?«

Alice verstand nicht, was Blaubeerpfannkuchen mit Büffeln zu tun hatten, wusste aber nichts gegen ein reichhaltiges Abendessen einzuwenden. Sie war ohnehin keine Kostverächterin, wie man an ihren rosigen Wangen unschwer erkennen konnte. »Das ist die beste Idee, die ich seit St. Joe höre«, freute sie sich, »vielleicht packt Sarah ihr Banjo aus, dann feiern wir Geburtstag!«

»Geburtstag?«, fragte Rose neugierig.

»Heute sind wir seit zehn Tagen unterwegs«, erwiderte Alice aufgekratzt, »ist das vielleicht kein Grund zum Feiern?« Sie ließ die Peitsche knallen. »Heya, heya! Heute Abend feiern wir ein Fest, und wenn ihr nicht brav seid, kommt ihr in den Suppentopf!«

14

Am zwölften Tag erreichten sie den Platte River. Am Ufer des breiten Flusses lag Fort Kearny, ein einsamer Außenposten der Armee mit einem verwitterten Palisadenzaun, der über dem Fluss aufragte und sich im Wasser spiegelte. Für die meisten Siedler war der Stützpunkt ein willkommener Anblick. Sie freuten sich darauf, mit dem Ladenbesitzer zu handeln und ihre Vorräte aufzufrischen. Die Soldaten kannten das Land und würden ihnen verraten, wie der Weg nach Fort Laramie beschaffen war und ob die Wilden den Siedlern feindlich gesinnt waren. Der Rauch, der aus den Quartieren der Soldaten stieg, gaukelte ihnen eine Behaglichkeit vor, die es im weiten Umkreis nicht gab, und das Trompetensignal, das über der endlosen Prärie hing, kündete von einer militärischen Ordnung, die sich längst aufgelöst hatte.

Sie fuhren die Wagen zu einem großen Kreis zusammen und beschlossen, den Rest des Nachmittags und die Nacht hier zu verbringen. Die wenigen Indianer, meist armselige Gestalten in zerlumpten Kleidern, die ihre Zelte im Schatten des Palisadenzauns aufgebaut hatten, störten sie nicht. Sie waren dem Feuerwasser des weißen Mannes verfallen und lagen benommen im Gras. Der Captain des Wagenzugs ritt mit einer kleinen Abordnung ins Fort, um den Befehlshaber zu begrüßen, und kehrte entmutigt zurück. Die Besatzung bestand aus verwahrlosten Männern, die nicht viel besser aussahen als die Indianer, die in der Umgebung des Forts hausten. Das Schicksal hatte sie an den Rand der Zivilisation gespült, in ein verlassenes Gebiet, das nicht von kriegerischen Stämmen bedroht wurde, und die Langeweile hatte sie an den Rand der Verzweiflung getrieben. Es gab nichts zu tun in Fort Kearny. Die Offiziere hatten schon nach wenigen Wochen aufgegeben, den Geist der Truppe mit Drill am Leben zu erhalten, und die wenigen Patrouillen, die vom Oberkommando gefordert wurden, führten durch verlassene Prärie.

Die Siedler waren enttäuscht, auch Rose, die sich die Armee des Westens als straff organisierte Eliteeinheit vorgestellt hatte. »Die Truppen in Fort Laramie sind anders«, sagte irgendjemand, »dort herrschen noch Zucht und Ordnung, sonst könnten sie gegen die kriegerischen Wilden nicht bestehen!« Selbst Long Rifle, der Scout, zeigte eine menschliche Regung und verzog angewidert den Mund, als er die betrunkenen Soldaten zu Gesicht bekam. »Aye«, antwortete er knapp, als Rose ihn fragte, ob die Soldaten weiter westlich anders seien, »die Blauröcke und die Injuns!« Er sprach einen schwer verständlichen Dialekt, wirkte nervös, als fürchtete er sich davor, aus dem Hinterhalt beschossen zu werden, und spuckte alle paar Minuten einen Priem ins Gras.

Rose wandte sich entsetzt ab und hoffte, dass nicht alle Männer im Westen so waren. Sie konnte es sich nicht vorstellen. Long Rifle hatte zu lange bei den Wilden gelebt, vermutete sie, in den Zeltlagern der Sioux und Cheyenne waren seine Sitten verroht. Was konnte man von einem Mann erwarten, der mit einer Wilden verheiratet war? So lästerten viele Siedler, wenn er nicht in der Nähe war. Sie stellten sich die Krieger der Prärien wie die verwahrlosten Wilden vor, die seit ihrer Abreise im Lager auftauchten und um Tabak und Alkohol bettelten. Rose war sicher, dass die Sioux und Cheyenne, die einzigen Stämme, die sie mit Namen kannte, ganz anders waren, aber sie hatte noch immer keine Vorstellung davon, wie sie wirklich aussahen. Die Berichte in den Büchern und Zeitungen waren widersprüchlich gewesen, sprachen von blutrünstigen Wilden, die Frauen und Kinder massakrierten, und noblen Kriegern, die wie Könige regierten. Auch die Zeichnungen, die sie gesehen hatte, verrieten ihr die Wahrheit nicht. »Was weißt du über die Indianer?«, fragte sie neugierig.

»Nicht viel«, antwortete Alice, »ich weiß nur, dass ich ihnen nicht in die Hände fallen will! Ich hab den Bericht einer Frau gelesen, die bei den Halsabschneidern gefangen war. Ich sage dir, Kindchen, so eine Zeit wünsche ich meiner ärgsten Feindin nicht!«

Sie standen an einem der Feuer, die zwischen den Wagen brannten, und bereiteten das Abendessen für die Familien ihrer Gruppe. Alice rührte in einem Kessel mit Bohnen und Speck, und Rose bereitete den Teig für die Biskuits zu. Sie hatte etwas Milch von den Osgoods bekommen, die eine magere Kuh an ihren Planwagen gebunden hatten. Sarah Osgood litt unter ihrer Schwangerschaft, hatte Angst, dass ihr Baby zu früh kommt, obwohl ihr der Arzt versichert hatte, dass alles in Ordnung war. Auch Rose hatte sich die Frau angesehen. »Sie dürfen sich nicht so anstrengen«, riet sie der jungen Farmerin, »bleiben Sie auf dem Wagen, und lassen Sie Ihren Mann die Arbeit tun! Ich helfe Ihnen, wenn es so weit ist!« Sie lächelte die Frau aufmunternd an, ein Lächeln, das sie im Krankenhaus gelernt hatte, und fügte hinzu: »Es kann nichts passieren, Sarah!«

Das war natürlich gelogen. Fernab der Zivilisation war jede Schwangerschaft gefährlich. Die Schaukelei der Wagen, der Staub, die Arbeit und die Übernachtungen im Freien machten jeder werdenden Mutter zu schaffen. Sarah Osgood erwartete ihr erstes Kind. Sie war eine zerbrechliche Frau, die auf dem Ackerland von Illinois gescheitert war und die Strapazen des Trecks nur auf sich nahm, weil sie hoffte, in Kalifornien ein Paradies zu finden. »Dort gibt es saftige Wiesen und klare Flüsse«, schwärmte sie, »und in den Tälern wachsen Obstbäume mit Orangen und Zitronen! Ich habe die Berichte einiger Leute gelesen, die sich in Kalifornien niedergelassen haben. Das Land soll wunderschön sein, und die Luft, die ist so weich wie Seide.« Sie legte ihre Hände auf den Bauch und lächelte hoffnungsvoll. »Ich möchte, dass mein Kind in einer anderen Welt aufwächst.«

Zum Abendessen kam Sarah Osgood ans Feuer. Die Ruhe am Nachmittag hatte ihr gut getan, und ihre Wangen waren gerötet. Ihr Mann stützte sie und half ihr in den bequemen Sessel, den er bis nach Kalifornien mitschleppen wollte. »Kann ich was helfen?«, fragte die junge Farmersfrau und bekam einen strafenden Blick von Alice zu spüren. Alice und Rose hatten beschlossen, sich alle paar Tage mit Martha Maxwell am Feuer abzuwechseln. »Sie bleiben schön sitzen und lassen sich bedienen!«, wies Alice die schwangere Frau zurecht, »oder wollen Sie, dass Ihr Sohn in Fort Kearny zur Welt kommt? Warten Sie lieber, bis wir in Fort Laramie sind, dort soll es sogar ein Hospital geben.«

»Woher wissen Sie, dass es ein Sohn wird?«, fragte Sarah.

»Das sieht man Ihnen doch an«, antwortete Alice lachend, »ich habe drei Kinder zur Welt gebracht und wusste jedes Mal, was es wird! Sie bekommen einen Sohn, Kindchen, darauf können

Sie sich verlassen!« Sie häufte Bohnen auf einen Teller, legte ein Biskuit dazu und reichte ihr das Essen. »Hab ich Recht, Jacob?«

»Wenn Sie das sagen, Mrs. Alice.«

»Sagen Sie nicht Missus zu mir!«, wehrte Alice sich scheinbar entrüstet, »hier draußen gibt es keine Missus! Außerdem ist mein Mann schon lange tot. Der Dummkopf ist vom Schuppen gefallen, als er versuchte, das Dach zu reparieren. Dabei hatte ich ihn gewarnt! Joe, hab ich gesagt. Joe, lass den Unsinn! Du magst ein guter Farmer sein, aber es gibt zwei Dinge, die du nicht kannst: auf einem Pferd reiten und ein Dach reparieren! Aber der Dummkopf wollte sich nichts sagen lassen und brach sich den Hals.« Sie blickte zum Himmel und schüttelte eine Faust. »Dafür bekommst du eine Tracht Prügel, wenn ich in den Himmel komme! Hast du gehört, Joe? Eine tüchtige Tracht Prügel!«

Sie setzten sich ans Feuer und aßen die Bohnen. Elmer und Pepper Martin holten wortlos ihre Teller ab und zogen sich hinter die Wagen zurück. Rose entging das anzügliche Lächeln nicht, das der ältere Mann ihr zuwarf. Seine Lippen formten ein Wort, das sie nicht verstand, aber sie konnte sich vorstellen, was er meinte. Sie beschloss, in dieser Nacht besonders aufzupassen. Mit den Martins war nicht zu spaßen, und sie hatte in St. Louis erfahren, zu welchen Greueltaten verkommene Gesellen wie sie fähig waren, besonders wenn sie zu viel Schnaps getrunken hatten. Sie berührte ihr Gewehr, das immer in ihrer Nähe lag, und tauschte einen viel sagenden Blick mit Alice Fowler. Auch ihre ältere Freundin hatte den Blick des Mannes bemerkt.

Nach dem Essen las Alice einen Psalm aus der Bibel vor. Von

einem Augenblick auf den anderen wurde aus der derben Frau, die besser als jeder Mann fluchen konnte und jeden Abend vor dem Schlafengehen eine Pfeife rauchte, eine andächtige Pastorin, die ihren Kindern und den anderen Menschen am Feuer das Wort Gottes verkündete und mit einem lauten »Amen« endete. Erst dann durften die Kinder zwischen den Wagen spielen. »Amen«, wiederholten die anderen Siedler laut. Sie blieben ruhig sitzen und hingen ihren eigenen Gedanken nach, bis Alice die Bibel zugeklappt und auf den Wagen zurückgelegt hatte. »Hallelujah!«, tönte die Stimme des Captains von einem anderen Feuer.

Während die Frauen das Geschirr im Fluss säuberten, rauchten die Männer und sprachen über den langen Weg, der noch vor ihnen lag. Über tausend Meilen durch unwegsames Land, über die endlose Prärie nach Westen und auf den Spuren der Fallensteller durch die Rocky Mountains. Wie eine Wand stemmten sich die Berge den Siedlern entgegen, ein mächtiges Hindernis, das nur unter Einsatz des Lebens bezwungen werden konnte. »Wir liegen gut in der Zeit«, sagte Maxwell, als die Frauen zurückkehrten, »bis zum Winter sind wir in Kalifornien.«

Der älteste Sohn des Farmers packte seine Gitarre aus, und Sarah Osgood spielte das Banjo dazu. Die Nacht war klar und windstill, und der volle Mond gaukelte ihnen einen geheimnisvollen Frieden vor. Auch Rose vergaß die Gefahren, die vor ihr lagen, und stimmte in die alten Lieder ein. »Sweet Betsy From Pike« erzählte von der mutigen Betsy, die ihre ländliche Heimat verlassen hatte, um ihr Glück im Westen zu suchen, so wie die meisten Mitglieder des Trecks, und »Buffalo Gals« war ein fröhliches Liedchen, zu dem Alice und der jüngste Sohn des Farmers das Tanzbein schwangen. Die anderen klatschten den Takt dazu. »Buffalo Gals, won't you come out tonight, come out tonight, come out tonight, Buffalo Gals, won't you come out tonight and dance to the light of the moon ...« Auch von den anderen Feuern kamen junge Paare herüber und begannen zu der rhythmischen Melodie zu tanzen.

»Warum gehst du nach Westen?«, fragte Rose, bevor sie sich schlafen legten. Sie bewunderte ihre Freundin, weil sie keine Angst kannte und mit ihren drei Kindern nach Kalifornien zog. Sie war die einzige allein stehende Frau des Trecks, die mit Kindern unterwegs war.

Alice paffte nachdenklich an ihrer Pfeife. »Warum ziehen die Büffel nach Süden? Weil es in Kalifornien wärmer ist!« Sie grinste zufrieden. »Und weil ich mir einen dieser flotten Spanier angeln will! Einen Californio! Ich hab Bilder von diesen Burschen gesehen, Kindchen, und ich sag dir, sie sehen noch besser als die Kerle in meinen Träumen aus! Yep! Ich schnappe mir einen Californio und werde eine reiche Frau! Ich lebe auf einer großen Hacienda, und meine Kinder gehen auf eine teure Schule in San Francisco oder Mexico City!« Sie blickte dem Rauch nach, der aus ihrer Pfeife stieg, und schien selbst zu glauben, was sie sagte. »Und wenn mich keiner mehr will, arbeite ich auf einer Farm und bete zum lieben Gott, dass meine Kinder das schaffen, was ich niemals erreicht habe.«

Rose konnte sich nicht vorstellen, dass ein reicher Spanier um sie warb, sagte aber nichts. Bei Alice konnte man nie wissen. Sie hatte einen seltsamen Humor, und man wusste nie, ob sie etwas ernst meinte oder nicht. »Ich schaffe es auch ohne einen Mann«, sagte Rose. »Ich werde in einer großen Stadt wohnen, in San Francisco oder Sacramento, und ein Geschäft gründen, so wie der Schiffsbauer, bei dem ich in St. Louis gewohnt habe. Ich kann gut rechnen, Alice! Ich werde viel Geld verdienen, aber darauf kommt es mir nicht an. Ich will etwas aufbauen, ich will etwas gründen, das auch nach meinem Tod besteht!« Wie diese Firma aussehen und womit sie handeln würde, wusste sie nicht, aber sie war sicher, dass sie es schaffen würde. Bis jetzt hatte alles geklappt, was sie sich in den Kopf gesetzt hatte, und eine Frau wie Abigail Smith war der beste Beweis dafür, dass sie sich keine Flausen in den Kopf gesetzt hatte. »Ich werde es schaffen!«

»Davon bin ich überzeugt, Kindchen«, meinte Alice lachend, »du hast den nötigen Dickkopf dafür. Dagegen bin ich ein Mauerblümchen! Und du bist hübsch. Vergiss nicht, dass man die Männer auch mit den Waffen einer Frau besiegen kann. Die Kerle kennen nur Macht, Geld und Gewalt. Wir haben mehr zu bieten!«

Sie rollten ihre Decken unter dem Wagen aus und legten sich schlafen. Die Kinder waren unter die Plane gekrochen. Auch die anderen Siedler zogen sich zurück. Vor den Mitgliedern des Trecks lagen anstrengende Wochen, und sie wollten Kraft für die Überquerung der Prärie schöpfen. Ein betrunkener Soldat hatte davon gesprochen, dass es hundert Meilen weiter Indianer gab, die das Kriegsbeil ausgegraben hatten. Sie hatten geschworen, jeden Weißen zu töten, der ihr Land betreten würde. So hatte der Soldat erzählt, und obwohl er betrunken gewesen war, waren etliche Siedler unruhig geworden, und eine Frau hatte sogar davon gesprochen, sofort umzukehren, sollten sie angegriffen werden.

Alice begann zu schnarchen, und Rose zog mit ihrer Decke ans andere Ende des Wagens. Sie nahm ihr Gewehr mit und verstaute es unter ihrer Wolldecke. Mit geschlossenen Augen lauschte sie den Stimmen der Siedler, die auf ihre Wagen kletterten oder ihre Decken im Freien ausrollten. Nur an einem Feuer wurde noch gesungen, aber nach einer Weile verstummte auch dieses Lied, und man hörte, wie jemand Erde über das Feuer warf. Ein Wagen knarrte, und irgendwo schrie ein Baby. Ein Mann schimpfte mit seiner Frau. Ganz still wurde es nie auf einem Wagenzug, und selbst in der Prärie wurde man immer daran erinnert, dass man nicht allein unterwegs war. Ein tröstliches Gefühl, wenn Indianer und wilde Tiere in der Nähe waren.

Rose schlief ein und träumte davon, in einem roten Backsteinhaus zu wohnen. Es war größer als die Villa des deutschen Schiffsbauers in St. Louis. Sie trug ihr festliches Ballkleid, ging die Treppe hinunter und empfing einen jungen Mann, der wie Frank Catlow aussah. Er trug einen Anzug nach der neuesten Mode, verbeugte sich und überreichte ihr einen Strauß roter Rosen. »Rose O'Malley«, begrüßte er sie mit seinem unverschämten Grinsen, »ich habe dich überall gesucht! Wo hast du die ganze Zeit gesteckt? Hast du vergessen, dass wir heiraten wollten?«

Bevor sie antworten konnte, wurde sie durch einen derben Schlag geweckt. Sie schreckte aus ihrem schönen Traum und sah zwei Männer neben dem Wagen stehen. Einer der Kerle hatte sie an den Beinen gepackt und rief: »He, wach auf! Ich weiß, dass du auf mich gewartet hast! Oder willst du plötzlich nichts mehr von mir wissen?« Die heisere Stimme gehörte Elmer Martin, und seine Schnapsfahne reichte bis unter den Wagen. Er zerrte an ihren Beinen. »Stell dich nicht so an, verdammt!«

Ihre Augen weiteten sich, und in ihren Adern breitete sich eisige Kälte aus. Sie wollte schreien und brachte keinen Ton hervor. Sie wollte sich wehren, aber ihr Körper war zu Stein erstarrt, und sie war unfähig, sich zu bewegen. Sie war wieder neun Jahre alt, und der betrunkene Mann war ihr Vater. Er streifte seine Hosenträger von den Schultern und sagte: »Komm schon, Kleines!«

Der Mond fiel vom Himmel, und sie erkannte das betrunkene Glitzern in den Augen ihres Vaters. Immer wenn sie dieses Glitzern sah, begann die Stelle zwischen ihren Beinen zu brennen, und sie spürte die fordernde Berührung seiner Hände auf ihren Schenkeln. Sie ertrank im Alkoholnebel, und sein schmutziger Körper sank herab und erstickte jede Hoffnung. Pa, schrie sie, das darfst du nicht tun! Ich hab geschworen, dich zu erschießen!

Und ihre Hände griffen nach der schweren Sharps, spannten den Hahn, und während der Betrunkene sie nach draußen zog, drückte sie ab, und ohrenbetäubender Lärm und ein greller Feuerblitz holten sie in die Wirklichkeit zurück. Der Mann, der nicht mehr ihr Vater war, ließ sie los, und sie sprang auf und schrie: »Er wollte mich vergewaltigen! Mein Gott, was habe ich getan?«

Sie begann zu weinen und beruhigte sich erst, als sie die beruhigende Stimme ihrer Freundin hörte. »Es ist nichts passiert, Rose! Du hast daneben geschossen! Der verdammte Kerl lebt!«

Alice Fowler nahm ihr das Gewehr ab und hielt Elmer Martin und seinen Sohn in Schach, bis der Captain gekommen war. Fast alle Mitglieder des Trecks, auch die Frauen und Kinder, drängten sich um die beiden Betrunkenen. »Hängt sie auf!«, rief ein Siedler. »Hängt die Verbrecher an den nächsten

Baum!« Ein anderer Mann rief: »Werft sie den Indianern vor! Die Wilden sollen sie skalpieren, und den Rest sollen die Hunde fressen!« Alice Fowler schüttelte den Kopf. »Ich bin dafür, sie zu erschießen!«

Rose wischte die Tränen aus ihren Augen und sagte nichts. Ihr Vater war aus dem Zimmer gegangen, und das Leben kehrte langsam in sie zurück. »Schickt sie zum Teufel«, kam es nach einer Weile leise über ihre Lippen. »Ich will sie nicht mehr sehen.«

So geschah es. Nach einer kurzen Beratung entschied der Captain, die Männer zurückzuschicken, und Elmer und Pepper Martin beeilten sich, seinem Befehl nachzukommen. Sie wussten, wie knapp sie dem Tod entronnen waren. Ohne ein weiteres Wort kletterten sie auf ihren Wagen und fuhren nach Osten zurück. In dieser Nacht schlief Rose in den Armen ihrer Freundin.

15

Vier Tage später sahen sie die ersten Gräber. Die verwitterten Kreuze standen abseits des Trails und erinnerten an die vielen Menschen, die während der letzten Jahre auf dem Weg nach Westen gestorben waren. Die knappen Inschriften erzählten von tödlichen Krankheiten wie der Cholera und den Masern, und lediglich ein Kreuz erinnerte an einen Mann, der von Indianern erschossen worden war. Vor den ersten Gräbern las Alice aus der Bibel, aber dann folgten immer mehr Kreuze, und es hätte zu lange gedauert, jedem Toten die Ehre zu erweisen.

Rose hatte die beiden Männer, die sie angegriffen hatten, aus ihren Gedanken verdrängt. Sie waren nach Osten zurückgefahren, und sie würde ihnen nie wieder begegnen. Ihr Weg führte nach Westen, so wie der aller anderen Siedler, die sich auch durch die warnenden Kreuze nicht aufhalten ließen und den tiefen Wagenspuren zum Horizont folgten. Der endlose Grasteppich zog sich wie ein wogendes Meer über die weiten Hügel und verlor sich in den flimmernden Hitzeschleiern, die in der Ferne mit dem Land verschmolzen. Die endlose Weite der Prärie war erschreckend und faszinierend zugleich. Es gab kaum noch Bäume, nur kniehohes Büffelgras und duftenden Salbei. Und den dichten Staub, der unter den Rädern der Wagen aufwallte.

Der Wagenzug folgte dem Platte River, blieb am südlichen Ufer des träge dahinziehenden Flusses. Die meisten Frauen liefen jetzt neben den Wagen und sammelten Brennholz in ihren ausgebreiteten Schürzen. Rose wechselte sich mit Alice ab, die unter der heißen Sonne litt und sich trotz ihrer Sonnenhaube das Gesicht verbrannt hatte. Ihre alte Schindmähre und die Milchkuh der Osgoods folgten den Wagen nur widerwillig. Am wenigsten machte der beschwerliche Treck den Kindern aus, die neben den Wagen herliefen und im Gras spielten. Sie hielten nur inne, wenn sie einer Büffelherde begegneten, dann lösten sich auch die Erwachsenen aus ihrer Erstarrung und bestaunten die zottigen Tiere, die in großer Zahl über die Ebenen zogen. Manchmal waren ganze Täler mit ihren braunen Leibern gefüllt, und sie mussten anhalten, bis sie nach Süden weitergezogen waren.

Die meisten Frauen ließen das frische Wasser, das sie aus dem Platte River schöpften, durch saubere Baumwolle laufen, bevor sie es kochten. Rose hatte im Krankenhaus gesehen, wie schnell man an verunreinigtem Wasser erkranken konnte. Sie erinnerte sich an einen irischen Fabrikarbeiter, der Wasser aus einem verdreckten Brunnen getrunken hatte und unter großen Schmerzen gestorben war. Besonders den Kindern schärfte sie ein, keine Beeren von den Sträuchern zu pflücken. Vor dem Essen achtete sie darauf, dass sie die Hände wuschen. »Hier draußen gibt es viele Krankheiten«, sagte sie. Das spöttische Lächeln mancher Siedler übersah sie.

Sechs Tage nachdem sie Fort Kearny verlassen hatten, erkrankte eine Frau im vorderen Teil des Wagenzuges an Masern. Ihr Mann lenkte den Wagen ans Flussufer und beschwor die anderen Mitglieder seiner Abteilung, bei ihm zu bleiben, aber die Leute hatten zu viel Angst und fuhren schon nach wenigen Minuten weiter. »Ihr könnt bei uns bleiben«, ließ sich der Captain erweichen, »aber nur, wenn ihr genügend Abstand haltet! Bleibt eine Meile hinter dem Wagenzug, dann kann nichts passieren!«

Am Abend desselben Tages lagerten sie an einer geschützten Flussbiegung. Alice Fowler führte die Ochsen zum Wasser, eine Arbeit, die sonst nur Männer erledigten, und zog die Schrauben am Wagen nach. Die Stimmung war gedrückt, und sie erfuhren erst jetzt, dass ein kleiner Junge, der mittags von einem der vorderen Wagen gestürzt und überrollt worden war, die Nacht nicht überleben würde. Sie begruben ihn am frühen Morgen und ertrugen die hysterischen Schreie der Mutter, die am Grab des Jungen zurückblieb und Gott beschimpfte, weil er ein unschuldiges Kind zu sich geholt hatte. Spätestens jetzt wurde allen Siedlern klar, auf welches Risiko sie sich eingelassen hatten. Die Reise nach Westen war beschwerlich und forderte Opfer, und meist gehörten die Schwachen und Kranken zu den ersten.

Bei Ash Hollow, einer grünen Senke, gab es frisches Quellwasser, und alle Siedler füllten ihre Fässer und Flaschen. Zumindest einen Tag lang würden sie sauberes Wasser haben. Jacob Osgood gab seiner Frau zu trinken, die zwischen den Mehlsäcken auf dem Wagen lag und immer schwächer wurde, und bat Rose, nach ihr zu sehen. »Sie hat doch nicht die Cholera, oder?«, fragte er leise. Vor der Cholera hatten sie am meisten Angst, denn es gab kein wirksames Mittel gegen die Krankheit.

Rose untersuchte die schwangere Frau und schüttelte erleichtert den Kopf. »Es geht ihr gut, Jacob. Aber sie ist schwach, und es kann sein, dass ihr Kind einige Wochen zu früh kommt.«

»Sie werden uns doch helfen, Rose?«

»Ich lasse Sie nicht im Stich«, beruhigte sie ihn.

Hinter Ash Hollow wurde das Land wieder trocken, und der Staub wurde so dicht, dass niemand im hinteren Teil des Trecks mehr an kriegerische Indianer dachte. Sie hatten genug damit zu tun, sich nasse Tücher vor das Gesicht zu binden, um besser gegen den Staub gewappnet zu sein. Selbst die Ochsen litten unter dem feinen Sand und wehrten sich gegen das quälende Joch. »Lauft schon, ihr verdammten Biester!«, feuerte Alice die störrischen Zugtiere an, »oder meint ihr, mir geht es besser?«

Während einer kurzen Mittagsrast stellte Rose fest, dass Jake fehlte, der jüngste Sohn ihrer Freundin. Sie suchte den ganzen Wagenzug ab, sprach mit dem Captain und kehrte unverrichteter Dinge zurück. Alice hatte sich auf die alte Schindmähre gesetzt und war mit der entsicherten Sharps über den Trail zurückgeritten. Die Indianer waren ihr wieder in den Sinn gekommen, und sie hatte Angst, dass Jake davongelaufen und entführt worden war. Eine halbe Stunde später kehrte sie mit dem Jungen zurück. Er war gestürzt und hatte sich in dem Staub verlaufen, und dann war er zu schwach gewesen, dem Wagenzug zu folgen.

»Er hat leichtes Fieber«, meinte sie besorgt. Sie legte ihn auf einige Decken im Wagen, nahm Fetzen eines alten Kleides, tauchte sie in den Fluss und wickelte sie um die Waden ihres Sohnes. »Du wirst wieder gesund, Jake!«, ermunterte sie ihn. »Magst du etwas Brühe?«

Aber der Junge wollte nichts essen, und selbst Rose machte

sich jetzt Sorgen. »Das ist nur eine Erkältung«, tröstete sie Alice.

Am nächsten Morgen war sein Körper nicht mehr so heiß, und es hatte den Anschein, dass er auf dem Weg der Besserung war. Charles war kerngesund und half seiner Mutter beim Anschirren der Ochsen, während Mattie mit den Kindern der Maxwells spielte. Rose tastete den Bauch der schwangeren Sarah Osgood ab und stellte fest, dass sich der Leib des Kindes verschoben hatte. Das Schaukeln des Wagens und der dichte Staub waren Gift für die werdende Mutter. Es würde keine leichte Geburt werden, und hier draußen bestand die Gefahr, dass sie daran starb, aber das erzählte Rose dem nervösen Mann nicht. Sie hoffte, dass sie rechtzeitig Fort Laramie erreichten und seine Frau dort im Hospital entbinden könnte.

Um die Mittagszeit erreichten sie Chimney Rock, einen rotbraunen Felsen, der über hundert Meter aus dem flachen Land ragte und zu den markantesten Naturwundern am Overland Trail gehörte. Der Captain ließ die Wagen zu einem großen Kreis zusammenfahren und eine Rast einlegen. Sie waren während der letzten Tage zügig vorangekommen, und viele Familien brauchten die Zeit, um ihre Wagen zu reparieren, die Wäsche zu waschen oder sich um Kranke zu kümmern. Einige Siedler ritten zu dem Felsenturm und ritzten ihren Namen in den Fels. Charles bedrängte seine Mutter so lange, bis er die Schindmähre nehmen und den Männern folgen durfte. »Aber bleib nicht zu lange!«, rief sie ihm besorgt nach. »Du musst mir mit den Ochsen helfen!«

Rose wusch sich im Platte River und zog ihr zweites Baumwollkleid an. Nach einem Sonnenbrand, der sie während der ersten Woche gequält hatte, war ihre blasse Haut gebräunt, und als sie ihr Spiegelbild im Fluss betrachtete, erkannte sie sich kaum wieder. Sie war älter geworden, stellte sie erschrocken fest, und ihr Gesicht wirkte ohne die Schminke härter und natürlicher. Was wohl ein Gentleman wie Frank Catlow sagen würde, wenn sie ihm in diesem Aufzug begegnete? Würde er sie überhaupt erkennen? In dem einfachen Kleid und mit dem ledernen Schlapphut, den sie gegen die Sonne trug, sah sie wie eine Farmersfrau aus. Ihre kindliche Unschuld, die selbst ältere Männer in St. Louis verzaubert hatte, war auf dem Trail zurückgeblieben. Das machen die Strapazen, tröstete sie sich, auch wenn ich hart arbeite, werde ich niemals so aussehen wie meine Mutter!

Am späten Nachmittag, die letzten Siedler kehrten gerade vom Chimney Rock zurück, begegneten sie zum ersten Mal freien Indianern: vier dunkelhäutige Krieger in hirschlederner Kleidung und mit geknickten Adlerfedern im schwarzen Haar. Sie ritten über einen Hügelkamm und blickten ausdruckslos auf die Wagenburg herab. Sie waren so weit entfernt, dass nur ein Teil der Siedler sie bemerkte, und waren längst wieder verschwunden, als die Kunde durch den Wagenzug lief. Erleichterung machte sich breit. Die meisten Leute hatten angenommen, den blutrünstigen Kriegern aus ihren Büchern zu begegnen, und glaubten jetzt, dass die Sioux oder Cheyenne einen ebenso großen Respekt vor der Übermacht der Weißen hatten wie die armseligen Gestalten südlich des Platte River. Doch Rose bemerkte, wie Long Rifle sein Gewehr aus dem Sattelschuh zog, und sagte: »Die Indianer sind gefährlich. Wir müssen aufpassen!«

Jacob Osgood kaute nervös auf einem Grashalm und stimmte

ihr zu. »Diese Indianer sind anders«, gab er weiter, was er in seinen Büchern gelesen hatte, »das sind Sioux oder Cheyenne. Sie sollen besser reiten und schießen können als unsere Soldaten!«

Das hielten die Maxwells für maßlos übertrieben, aber auch sie blieben wachsam und suchten den Horizont nach verräterischen Schatten ab, als sie am nächsten Morgen weiterzogen. Rose lief neben den Wagen her, die Sharps Rifle in einer Hand. Unter ihren Augen waren dunkle Ringe. Der Zustand des kleinen Jake hatte sich verschlechtert, und sie hatte sogar den Arzt aus dem vorderen Teil des Wagenzuges geholt. »Wir warten bis heute Abend«, sagte er zu Alice und Rose, nachdem er den kranken Jungen untersucht hatte, »wenn das Fieber nicht besser wird, müssen wir das Schlimmste annehmen.« Auf den anderen Wagen wurde man bereits nervös, weil man glaubte, er habe die Cholera. »Sie sollen mit dem Jungen zurückbleiben«, verlangte eine Mutter von zwei kleinen Kindern, »wenn er bei uns bleibt, steckt er den ganzen Wagenzug an!« Aber der Arzt hatte abgewinkt und die Frau beruhigt: »Es besteht kein Grund zur Sorge.«

Am späten Vormittag kehrten die Indianer zurück. Aus den vier Kriegern war eine kleine Streitmacht geworden, die in respektvoller Entfernung ihre Pferde zügelte. Zwei Krieger, ein älterer mit zahlreichen Federn in seinem Haar und einer goldenen Medaille auf der Brust und ein jüngerer, der eine Feder trug und lediglich mit einem Lendenschurz bekleidet war, lösten sich von den anderen und näherten sich dem Wagenzug. Ihre rechten Hände waren zum Zeichen des Friedens erhoben. »Nicht schießen!«, gab der Captain den Befehl von Long Rifle weiter. »Gebt ihnen keinen Grund, auf uns zu schießen!

Sie wollen bestimmt nur Tabak und Alkohol!« Auch er und der Scout hoben die rechte Hand.
Einige Siedler stiegen von den Wagen und liefen nach vorn. Sie wollten mitbekommen, was die Indianer zu sagen hatten. »Bleibt beim Wagen!«, rief Rose ihrer Freundin und den Kindern zu. Auch sie ging nach vorn, bis sie die Gesichter der beiden Krieger erkennen konnte. Später würde sie erfahren, dass der ältere Indianer »Büffelkopf« genannt wurde und ein Anführer der Hügelleute war. So hieß der Stamm der Cheyenne, der seine Sommerlager in den Hügeln nordöstlich von Fort Laramie aufschlug. Der junge Mann hieß »Angst vor Pferden«, obwohl er zu den besten Reitern des angesehenen Fuchsbundes gehörte. Seine Freunde nannten ihn »Pferd«. Er war ein arroganter Bursche, der seinem Anführer vorgeschlagen hatte, die tapfersten Männer der anderen Kriegerbünde zu holen und die Weißen zu überfallen, auch wenn die Eindringlinge in der Übermacht waren. »Du hast gehört, was die vierundvierzig Häuptlinge unseres Volkes beschlossen haben«, hatte Büffelkopf geantwortet, »die Vehos sind so zahlreich wie das Laub an den Bäumen! Wenn wir sie töten, würden die Blauröcke kommen und unsere Frauen und Kinder töten! Hast du vergessen, was an dem Fluss geschehen ist, den sie Solomon River nennen? Sie haben unsere Tipis verbrannt und unsere Wintervorräte zerstört! Wir müssen an die Kinder denken, mein Bruder, wir brauchen das Mehl der Vehos!«
»Veho« war ein indianisches Wort für »Spinne«, denn wie eine Spinne überzogen die Weißen das Land mit einem Netz klebriger Fäden und warteten darauf, dass sich die Indianer darin verfingen.
Noch wusste Rose nicht, was »Veho« genau bedeutete. Sie

wusste nicht einmal, was die Krieger bewegte. Und sie erkannte auch nicht, zu welchem Stamm sie gehörten. Sie waren gesichtslose Wilde, die aus einer anderen Welt kamen und ihr Weiterkommen bedrohten. Wer wusste schon, wie viele Krieger hinter den fernen Hügeln warteten? Vielleicht waren die beiden Männer nur gekommen, um sie in eine Falle zu locken! Sie ging an den Siedlern vorbei, bis sie nur noch wenige Schritte von den Indianern entfernt war, und roch das Fett, mit dem sie ihre Haare und ihre Oberkörper eingerieben hatten. Es kam ihr so vor, als würde der junge Krieger sie aus den Augenwinkeln beobachten.

»How«, sagte der junge Krieger, »wir wollen Mehl! Ihr durchqueren Jagdgründe von tsis-tsis-tas, so geben uns Mehl!« Er sprach ein Kauderwelsch aus seiner Sprache und englischen Brocken, die er von einem irischen Auswanderer gelernt haben musste. Der starke Akzent erinnerte Rose an den Arbeiter, der während des Aufstandes vor dem Hospital verletzt worden war.

Der Scout schien genauso erleichtert zu sein wie der Captain und die anderen Siedler, zeigte aber keine Regung. »Wir sind erfreut, die tapferen Krieger der Cheyenne zu sehen«, sagte er mit der salbungsvollen Stimme, die eigentlich zum Pastor gehörte, »und wir verbeugen uns vor ihrem großen Mut. Die weißen Familien, die über den langen Pfad nach Westen ziehen, wollen das Gastrecht eures Volkes nicht missbrauchen. Sie fahren nach Fort Laramie und über die schneebedeckten Berge zum Großen Wasser. Sie sind bereit, euch einen Teil ihrer Vorräte zu geben, denn sie wissen, dass einige eurer Kinder großen Hunger leiden! Sie erwarten von euch, dass sie ungehindert weiterziehen dürfen!« Auch der Scout sprach ein

Kauderwelsch und unterstützte seine Worte durch seltsame Handzeichen, die auf der ganzen Prärie bekannt waren. Er wandte sich an den Anführer des Wagenzuges. »Geben Sie ihm zwei Säcke! Aber nicht mehr!«

Zwei Männer brachten die Säcke und halfen den Kriegern, sie auf den Pferden zu verstauen. Mit blassen Gesichtern kehrten sie zurück. Zwischen den Indianern und dem Captain und dem Scout wurden einige Höflichkeiten gewechselt, dann ritten die Krieger davon. Bevor sie ihre Pferde wendeten, spürte Rose den stechenden Blick des jungen Kriegers und glaubte sogar, ein Lächeln in seinen dunklen Augen zu erkennen. Sie spürte, wie ihr das Blut ins Gesicht stieg. Sie hatte nicht geglaubt, dass ein Wilder zu einer Gefühlsregung fähig war. Verwirrt kehrte sie zu Alice und den Kindern zurück. »Alles in Ordnung«, sagte sie, »die Wilden wollten zwei Säcke Mehl.« Aber sie behielt die Sharps im Arm und umklammerte sie noch fester, als der Wagenzug weiterfuhr.

»Hab ich doch gleich gesagt«, meinte ein junger Siedler abfällig, »diese Sioux oder Cheyenne sind auch nicht anders als die miesen Bettler an den Flussübergängen! Unsere Armee muss ihnen ganz schön eingeheizt haben! Oder was meint ihr, warum die stolzen Häuptlinge plötzlich um Mehl betteln? Die sind am Boden, und man sollte die verdammte Brut ausmerzen, bevor sie noch einmal auf unsere Frauen und Kinder losgeht! Ich hätte ihnen kein Mehl gegeben, darauf könnt ihr euch verlassen!«

»Ich würde mich nicht zu früh freuen«, sagte ein anderer Mann.

So wie er dachten die meisten Männer und Frauen auf dem Wagentreck. Sie trauten den Indianern nicht, hatten zu viele

Schauergeschichten über blutige Massaker gehört, um ohne weiteres zur Tagesordnung überzugehen. Sie blieben wachsam und hielten die Gewehre und Pistolen griffbereit. Ihr Blick war auf die fernen Hügel gerichtet, suchte nach einem Schatten oder einer verdächtigen Bewegung. Auch die Versicherung des Pastors, dass der Herr sein Angesicht über dem Wagenzug leuchten ließ und darauf achtete, dass die heidnischen Wilden in ihren Verstecken blieben, beruhigte sie nicht. Ihre Furcht vor den Indianern war zu groß. Hatten die Soldaten in Fort Kearny nicht von kriegerischen Wilden berichtet, die auch Wagenzüge angriffen?

Rose fürchtete sich vor den Indianern, aber sie hatte mehr Angst um den kleinen Jake, dessen Fieber immer schlimmer wurde. Einen Tag, nachdem sie die Cheyenne gesehen hatten, war klar, dass er an Cholera erkrankt war. Der Wagenzug musste anhalten, und der Arzt packte seine stärksten Mittel aus, um die tödliche Krankheit abzuwenden. »Jetzt können wir nur noch beten«, sagte er, als er sich von Alice verabschiedete, und die Farmersfrau verstand, was er damit sagen wollte. Ihr jüngster Sohn war dem Tode geweiht. Sie unterdrückte die Tränen, kroch zu ihm unter die Plane und gab ihm aus der Feldflasche zu trinken. »Es wird alles gut, Jake«, log sie, »du wirst bald wieder gesund!«

Sie schlugen ein Lager auf, und Alice las in der Bibel, aber es nützte alles nichts. Der Zustand des Jungen verschlechterte sich, und es war nur noch eine Frage der Zeit, bis er starb. Seine Stirn glühte, und er nahm kaum noch seine Umgebung wahr.

»Wir können nicht länger warten«, entschuldigte sich der Captain, »ihr holt uns bestimmt wieder ein, wenn der Junge gesund ist!« Er gab das Zeichen weiterzufahren und ritt zur Spitze des Wagenzuges zurück. Auch die Osgoods und die Maxwells fuhren weiter, als Alice Fowler darauf bestand. »Wir kommen allein zurecht«, sagte sie tapfer, »in Fort Laramie sehen wir uns wieder!«

16

Jake starb am Morgen des nächsten Tages, keine zwei Stunden bevor die Indianer kamen und seinen Bruder und seine Schwester umbrachten. Alice und Rose hatten die ganze Nacht an seinem Krankenlager gewacht. Sie begruben ihn abseits des Trails und bohrten ein Brett in den trockenen Boden. Mit einem glühenden Messer brannte Alice seinen Namen in das Holz. *Jake Fowler, geboren 1854, gestorben 1860* lautete die kurze Inschrift.

Rose las aus der Bibel vor und umarmte Alice und die Kinder, die nach der langen Nacht nervös und müde waren und noch nicht begriffen hatten, dass ihr Bruder für immer von ihnen gegangen war. »Der liebe Gott wird sich um ihn kümmern«, tröstete Rose ihre Freundin, »er muss ihn sehr lieb haben, wenn er ihn so früh zu sich holt!« Sie legte einen Arm um ihre Schultern und wartete geduldig, bis die letzten Tränen geflossen waren. Jake war so jung gewesen, so klein und unschuldig. Warum hatte die Krankheit gerade ihn befallen? Und wie viele Kinder würden noch sterben, bis der Wagenzug die ferne Küste erreicht hatte?

Sie ging mit Alice zum Wagen zurück und blickte nachdenklich über die weite Prärie. Irgendetwas stimmte nicht. Es war still geworden, viel zu still, und in der heißen Luft lag eine Bedrohung, die sich wie eine unsichtbare Zange um ihre Kehle legte. Der Wind hielt den Atem an, und das Summen einiger Insekten war das einzige Geräusch. Der Staub hatte sich längst gelegt. Die heiße Luft lag wie ein durchsichtiger Schleier über den Hügeln, und selbst Alice und die Kinder vergaßen ihren Schmerz und blieben verwundert stehen. »In den Wagen!«, befahl Rose. »Wir müssen so schnell wie möglich zu den anderen aufschließen.«

Alice saß bereits auf dem Kutschbock, als die Indianer über den Hügel kamen. Ungefähr zwanzig Krieger, die Gesichter mit schwarzer Farbe bemalt. Der Hufschlag ihrer Pferde zerriss die Stille, und ihr Kriegsgeheul trieb wie ein unheilvolles Echo über die salbeibewachsene Ebene. Die Krieger, es waren Cheyenne, wie sie bald darauf erfuhr, boten einen majestätischen Anblick und hätten die Zuschauer in jedem Zirkus an der Ostküste zu wilden Beifallsstürmen hingerissen, aber sie brachten den Tod, und der hüllt sich oft in die schönsten Kleider. Der Angriff blieb Rose wie das schreckliche Szenario eines europäischen Malers in Erinnerung. Wie die reitenden Landsknechte in dem prächtigen Buch, das sie in Kansas City angesehen hatte, nur urwüchsiger und faszinierender. Es fehlte nur noch eine bombastische Musik, die den Auftritt der wilden Krieger dramatisch untermalte.

Rose war unfähig, sich zu bewegen, wunderte sich über die seltsamen Gedanken, die ihr im Angesicht des Todes durch den Kopf gingen. Wie eine Unbeteiligte erlebte sie die Ermordung der Kinder. Der Junge wurde von einer Gewehrkugel in den Kopf getroffen und in den Dreck geschleudert, das Mädchen wurde von einigen Pfeilen getroffen und stolperte mit leeren Augen am Wagen vorbei, bis es lautlos zu Boden fiel. Eine Staubwolke hüllte die Kinder ein, ein dichter Mantel, der sich barmherzig über die toten Körper legte. Die Kinder hatten nicht einmal einen Schrei ausgestoßen, so plötzlich war das Ende gekommen. Später überlegte sie oft, wie es wohl den Soldaten im Bürgerkrieg ergangen war. Ob sie im Angesicht einer tödlichen Übermacht genauso ruhig gewesen waren. War der Zusammenbruch erst nach der Schlacht gekommen, wenn die Anspannung aus dem Körper entwich, oder gab es auch Soldaten, die wie Alice reagierten, vor Schreck erstarrten und leise weinend auf den Tod warteten?

Der bestialische Schrei ihrer Freundin löste Rose aus ihrer Erstarrung. Ihre Angst war wie weggeblasen, als sie ihre Sharps Rifle entsicherte und den Angreifern gegenübertrat. Ihr Blick war wieder ungetrübt, und die Drohgebärden der Indianer zeigten keine Wirkung mehr. Rose schoss in die angreifenden Indianer hinein, einmal, zweimal, dreimal, und stellte zufrieden fest, dass einer der Krieger vom Pferd fiel und liegen blieb. Dann wurde sie von einem Pfeil in den rechten Oberarm getroffen und stürzte zu Boden. Sie ließ die Sharps fallen, stieß einen Fluch aus und beobachtete hilflos, wie ein Krieger auf den Wagen zuritt und Alice mit dem Gewehrlauf vom Kutschbock stieß. Ihre Freundin prallte gegen eine Eisenstrebe und fiel ins Gras. Ihre Haare hatten sich gelöst, und Blut rieselte aus einer Stirnwunde. Der Krieger lenkte sein Pferd neben sie und zielte mit dem Gewehr auf sie. Rose dachte, es ist es besser für sie, wenn sie stirbt, sie würde den Tod ihrer Kinder niemals verkraften, selbst wenn die Kavallerie über den Hügel geritten käme.

Sie zwang sich dazu, die Augen offen zu halten, und die Ermordung ihrer Freundin bewusst zu erleben. Aus einem unerfindlichen Grund wollte sie die Tat später bezeugen können.

Sie kannte den jungen Krieger, und sie glaubte sogar, dass er ihr einen triumphierenden Blick zuwarf, während er auf Alice zielte. Es war derselbe Krieger, der sie bei den Wagen angelächelt hatte. Ein muskulöser Bursche, kaum älter als sie und mit den wildesten Augen, die sie je gesehen hatte. Sie funkelten wie schwarze Diamanten in dem kantigen Schädel des Kriegers. Er war ein Hitzkopf, ein Draufgänger, der die Weißen hasste und den Wagenzug am liebsten allein angegriffen hätte. »Houp! Houp! Houp!«, rief er siegesgewiss, als er seinen alten Vorderlader hob.

Der scharfe Zuruf eines Anführers ließ ihn erstarren. Rose glaubte, die Stimme des älteren Indianers zu erkennen, der um Mehl gebettelt hatte, aber sie gehörte einem besonderen Krieger, der nicht bei dem Betteltrupp gewesen war und sich schon durch seine imposante Erscheinung vom Rest der anderen Krieger abhob. Er war größer und kräftiger als sie, und die schwarze Farbe auf seinen hervorstehenden Wangenknochen ließ ihn grimmiger erscheinen, als er wirklich war. In seinen glühenden Augen spiegelte sich die Verantwortung für sein Volk, denn er war ein Hundekrieger, und dieser Kriegerbund war für die Sicherheit des Volkes verantwortlich. Nur die tapfersten Männer wurden in diese Gemeinschaft aufgenommen. Er trug eine Haube aus aufrecht stehenden Rabenfedern, und vor seiner glänzenden Brust hingen sein Medizinbeutel und eine kleine Flöte aus den Flügelknochen eines Adlers. Er war nur mit einem Lendenschurz und bestickten Mokassins bekleidet. »Lass sie in Ruhe!«, befahl er in seiner Sprache, und der jüngere Krieger gehorchte widerwillig. Er hob zu einer Widerrede an und sprengte wütend davon, als er in die Augen des Hundekriegers blickte.

Rose würde nie erfahren, warum Wolf-auf-dem-Hügel ihr Leben verschonte. So hieß der Häuptling der Hundekrieger. War es Respekt vor ihrer Tapferkeit? War es Liebe oder Zuneigung? Geschah es aus einer Laune heraus, die er sich selber nicht erklären konnte? Sie wusste es nicht, und eigentlich war es auch egal. Sie blieb am Leben und würde alles daran setzen, der schrecklichen Zukunft, die sie erwartete, zu entkommen. Sie machte sich nichts vor. Die Indianer verschleppten sie in die Gefangenschaft, und ein Leben bei diesen Wilden konnte schlimmer sein als ein grausamer Tod. So hatte es in den Zeitungen gestanden. Es wurde von Frauen berichtet, die sich im Augenblick der Gefangennahme selbst erschossen hatten, weil sie genau wussten, dass sie niemals die Frau eines Wilden werden konnten. Die Aussicht, von einem übel riechenden Krieger vergewaltigt zu werden, hatte sie in die Verzweiflung getrieben. So weit würde Rose es nicht kommen lassen, und jetzt würde sie auch darauf achten, dass Alice überlebte. Sie kroch vor den Augen des Hundekriegers zu ihrer Freundin und nahm sie behutsam in den Arm. Das spöttische Gelächter einiger Krieger, die locker auf ihren Pferden saßen und die toten Kinder gar nicht mehr beachteten, machte sie nur noch entschlossener. Sie würde sich nicht unterkriegen lassen, nicht von diesen Wilden! Sie hatte die Berührungen ihres Vaters ertragen und würde auch diese Wilden erdulden. Sie konnten nicht immer aufpassen. Sobald sich eine Gelegenheit bot, würde sie davonlaufen. Sie war zu jung, um ihr Leben im Zelt eines Wilden zu beenden. Sie hatte große Pläne und würde ihren Weg nach Westen fortsetzen. In ein paar Tagen, Wochen und wenn es sein musste, auch Jahren.

Ihre Gedanken kreisten um die bevorstehende Flucht, noch

bevor Wolf-auf-dem-Hügel verkündet hatte, dass sie leben durften. »Ich bin Wolf-auf-dem-Hügel«, rief er seinen Kriegern zu, »und ich nehme diese Frau in mein Tipi!« Er deutete auf Rose. »Ich habe den ersten Coup geschlagen! Über die andere Frau könnt ihr selber bestimmen, aber sie wird leben, denn wir brauchen das verräterische Blut der Vehos in unseren Kriegern, um sie mit ihren eigenen Waffen schlagen zu können! Ich habe gesprochen.«

Rose verstand den Hundekrieger nicht, konnte sich aber denken, was er sagte. »Sie bringen uns nicht um«, sagte sie zu der leise wimmernden Alice, »es wird alles gut!« Sie blickte den Anführer vorwurfsvoll an und rief: »Ihr seid Wilde! Ihr habt unschuldige Kinder getötet! Warum tut ihr so was? Ich denke, ihr seid stolze Krieger! Warum bringt ihr Frauen und Kinder um, die sich nicht wehren können?« In ihrer Wut griff sie erneut nach dem Gewehr. Sie wollte schießen, aber Wolf-auf-dem-Hügel trieb seinen Schecken gegen sie, und die Waffe fiel ihr aus den Händen. Ein Huf traf sie an der rechten Schulter, und sie verzog schmerzhaft das Gesicht. »Ihr seid gemeine Wilde!«, schrie sie.

Der Hundekrieger stieg aus dem Sattel und musterte sie neugierig. In seinem Blick waren Verachtung und Bewunderung, die Gefühle, die auch Rose beim Anblick des stattlichen Kriegers beherrschten. »Ich bin Wolf-auf-dem-Hügel«, sagte er auf Englisch, »ich bin ein Krieger der tsis-tsis-tas, die ihr Cheyenne nennt. Wir töten Frauen und Kinder, weil die Blauröcke unsere Frauen und Kinder umbringen. Ich habe gesehen, wie ein Blaurock das Kind meiner Schwester auf einem Felsen zerschmetterte. Wenn wir wilde Tiere sind, dann sind auch die weißen Männer wilde Tiere!« Er sprach ein fehlerloses, sehr gepflegtes Englisch. »Als Kind war ich zwei Jahre auf einer Missionsschule«, erklärte er mit einem Lächeln, das schon nach wenigen Sekunden wieder einer grimmigen Miene wich. »Sie wollten mich zu einem weißen Jungen machen!« Er hob ihre Sharps auf und warf sie einem anderen Krieger zu, dann packte er Rose an ihrem verletzten Arm und riss sie aus den Armen ihrer Freundin. Er holte ein Rohhautseil und band ihre Hände zusammen. Das andere Ende des Seils band er an seinen Ledersattel. Er sprang auf seinen Schecken und trieb ihn an. »Aiee, aiee!«, triumphierte er.

Rose wurde vom Pferd des Hundekriegers zu Boden gerissen und mitgeschleift. Ihr Aufschrei verhallte im Gelächter der anderen Krieger. Sie kämpfte sich vom Boden hoch und versuchte, Schritt zu halten. Ein rascher Blick über die Schultern zeigte ihr, dass der junge Krieger, der sie angelächelt hatte, die wimmernde Alice über den Hals seines Ponys geworfen hatte. Sie hing leblos wie eine Tote vor ihm. Zwei Krieger hatten sich auf den Kutschbock gesetzt und folgten mit dem Wagen, dahinter die übrigen Krieger, einer hinter dem anderen. Sie hatten die toten Kinder ihrer Freundin nicht berührt. Die Siedler, die nach uns kommen, werden sie begraben und an ihren Gräbern beten, hoffte Rose.

Nur der Glaube an Gott und die feste Überzeugung, dass sie stark genug war, um die Tortur zu überstehen, die im Lager der Indianer auf sie wartete, halfen ihr, den anstrengenden Marsch zu überstehen. Mit der Beharrlichkeit und Ausdauer eines wilden Tieres, das sich in der Wüste verirrt hat und verzweifelt nach einem Ausweg sucht, ertrug sie den Schmerz und die Angst. Sie lief ein paar Schritte, stolperte über den Salbei, wurde von dem gespannten Rohhautseil über das trockene Gras gezogen und stand wieder auf, wenn der Hundekrieger sein Pferd zügelte und sich nach ihr umdrehte. Sie keuchte schwer, und der Schmerz in ihrer Schulter und ihrem Oberarm wurde immer schlimmer. Mit beiden Händen umklammerte sie das Seil, ihr Blick war nach vorn gerichtet, in den Staub und die flimmernden Hitzeschleier.

Die Sonne stand schon weit im Westen, als ihre Kräfte endgültig nachließen. Sie fiel zu Boden und ließ sich willenlos über die Dornenbüsche, den Salbei und das Gras ziehen, bis Wolf-auf-dem-Hügel ein Einsehen hatte und sein Pferd zügelte. Er ritt zurück und reichte ihr ein Gefäß mit Wasser. »Du bist eine starke Frau«, meinte er bewundernd, »du wirst kräftige Kinder gebären!«

Sie trank von dem Wasser und blickte ihn verächtlich an. »Ich werde niemals deine Frau!«, sagte sie. »Mit einem Mann, der kleine Kinder tötet und hilflose Frauen quält, lasse ich mich nicht ein! Sind die Cheyenne zu feige, gegen Männer zu kämpfen?«

Er zog sein Messer hinter dem Gürtel hervor, und sie hatte schon Angst, dass er sie töten würde, aber ihre Furcht war umsonst. Er durchtrennte mit einem raschen Schnitt das Seil und setzte sie mit gefesselten Händen auf die alte Schindmähre, die noch am Wagen angebunden war. Sie spürte seinen heißen Atem und seine festen Hände, als er sie vom Boden aufhob. Er war ein starker Mann, und sie konnte sich vorstellen, dass er bei den jungen Frauen seines Dorfes heiß begehrt war. Wenn alles stimmte, was in den Zeitungen stand, durfte ein Indianer mehrere Frauen haben. Sie wunderte sich über ihre seltsamen Gedanken und war dankbar, dass sie nicht mehr zu laufen brauchte.

Die anderen Indianer kümmerten sich kaum um sie. Mehr als einen neugierigen Blick oder ein heiseres Lachen, wenn sie an ihr vorbeiritten, wagten sie nicht. Sie war die Gefangene des Hundekriegers, das hatte sie verstanden, und kein anderer Indianer durfte Ansprüche auf sie anmelden. Lediglich der junge Krieger, der sie angelächelt hatte, wollte sich nicht damit zufrieden geben. Er beschwerte sich nicht, aber sie erkannte die Eifersucht in seinen Augen und die Drohung, sie dem Hundekrieger abzunehmen. Die bewusstlose Alice, die regungslos über seinem Pony lag, beachtete er kaum. Sie war von einem bösen Geist besessen. Sie hatte den Verstand verloren, weil ihre Kinder gestorben waren, und er hätte sie längst getötet, wenn Wolf-auf-dem-Hügel es nicht verboten hätte. Er wollte sich nicht unnötig mit den Hundekriegern anlegen. Sie waren angesehene Kämpfer.
Rose ahnte die Gedanken, die den jungen Krieger bewegten. Er war ein arroganter Bursche, das verriet jede seiner Bewegungen, und seine gelb-schwarze Körperbemalung ließ ihn wie ein seltenes Tier aussehen. Sein Lächeln war aufreizend, und sie überlegte, ob er wohl eine Auseinandersetzung mit dem Hundekrieger riskieren würde, denn Wolf-auf-dem-Hügel würde sie bestimmt nicht kampflos hergeben. Das verbot sein Stolz, war sie sicher, obwohl sie noch gar nicht wusste, was die Indianer mit ihr im Lager anstellen würden. Lediglich ihr Gefühl verriet ihr, dass Wolf-auf-dem-Hügel keine anderen Liebhaber neben sich dulden würde. Ein schwacher Trost, wenn sie sich vorstellte, wie der Krieger über sie herfiel und zur Frau nahm.
Sie ritten nach Nordosten, der Dunkelheit entgegen. Die Hitze hatte nachgelassen, und der stetige Wind war kühler ge-

worden. Der Salbei glänzte silbern im Zwielicht. Rose versuchte sich einzuprägen, welchen Weg sie nahmen, aber es gab keinen Trail, und die Prärie sah überall gleich aus. Wenn sie den Indianern entkam, würde sie nach Süden fliehen und sich am Ufer des Platte River verstecken. Dort konnte sie auf den nächsten Wagenzug warten. Gefährlich wurde es erst, wenn sie es während der nächsten zwei Monate nicht schaffte, den Indianern zu entkommen, dann fuhren keine Wagenzüge mehr, und sie musste sich allein bis nach Fort Laramie durchschlagen. Noch gab es die Hoffnung, dass der Pastor im Fort von ihrem Zurückbleiben berichtete und die Soldaten die toten Kinder fanden. Sie werden einen Suchtrupp losschicken, hoffte sie und wusste doch, dass die Aussicht auf Hilfe unwahrscheinlich war. Die Armee hatte andere Aufgaben, sie musste den Krieg gegen die feindlichen Stämme gewinnen.
Sie durchquerten einen Fluss und ritten in eine baumbestandene Senke mit einer kleinen Quelle. Auch viele Monate später wunderte Rose sich noch darüber, mit welch traumwandlerischer Sicherheit die Indianer eine Wasserstelle fanden. Sie hatten ein Gespür dafür entwickelt, sich in dieser menschenfeindlichen Umgebung zurechtzufinden, darin waren sie den Weißen überlegen. Selbst die Armee stellte indianische Pfadfinder an, um einen Weg über die Prärie zu finden, und ohne ihren Versorgungszug wären sie in dieser Einsamkeit rettungslos verloren gewesen. Die Armee war eine ungelenke Schildkröte, die viel zu langsam über das Land kroch und sich hinter den Mauern eines Forts und hinter ihren überlegenen Waffen versteckte. Die Indianer waren wie Wildkatzen, die sich den veränderten Bedingungen anpassten und sich in der endlosen Weite zu Hause fühlten.

Die Krieger entzündeten ein kleines Feuer, tranken frisches Wasser aus der Quelle und füllten ihre Wasserschläuche. Über den Flammen brieten sie das Fleisch einer Antilope, die sie vor zwei Tagen erlegt hatten. Auch die Gefangenen bekamen zu essen. Rose griff widerwillig nach dem Fleisch, schämte sich dafür, von den Wilden abhängig zu sein, und knabberte wütend daran. Alice schlang das Essen in sich hinein, verschluckte sich an dem kühlen Wasser und hustete so stark, dass Rose es mit der Angst zu tun bekam. Einige Krieger lachten schadenfroh. Der junge Krieger schlug Alice auf den Rücken und sagte etwas, das Rose nicht verstand, als die arme Frau sich erbrach. Alice hatte den Verstand verloren, wimmerte leise vor sich hin.

Rose sah, dass zwei Krieger die erste Wache übernahmen und sich zu beiden Seiten der Senke hinter einem Gebüsch versteckten. Sie verwarf jeden Gedanken an Flucht. Die Indianer gingen kein Risiko ein, sie rechneten wohl damit, dass die Leute vom Wagenzug das Verschwinden der Frauen bemerkt hatten und sie verfolgten. Sie legte sich auf die Decke, die Wolf-auf-dem-Hügel ausgebreitet hatte, und starrte zum nächtlichen Himmel empor. Die endlose Weite des Himmels und das fahle Licht des Mondes verstärkten ihr Gefühl der Einsamkeit, und der Wind, der in den Bäumen raschelte, wiegte sie in einen tiefen Schlaf.

17

Am nächsten Morgen war Alice verschwunden. Einige Krieger machten sich sofort auf die Suche, aber sie blieb unauffindbar. Ihre Spuren verloren sich in dem kleinen Fluss, den sie am vergangenen Nachmittag durchquert hatten, und man nahm an, dass sie ertrunken war. Rose hoffte, dass es ihr gelungen war, den Indianern zu entkommen, und betete heimlich für sie. Lieber Gott, hilf ihr, den Wagenzug zu erreichen, und schick ihr jemanden, der sich um sie kümmert! Alice hatte den Verstand verloren, aber vielleicht hatte sie gerade deshalb den Mut gefunden, das Indianerlager zu verlassen. Eine weiße Frau, die alle Sinne beisammen hatte, wäre dieses Wagnis niemals eingegangen.

Der junge Krieger, der sie auf sein Pferd geworfen hatte, war wütend und machte Rose für ihr Verschwinden verantwortlich. Wilde Flüche ausstoßend und mit gezogenem Kriegsbeil baute er sich vor der blassen Gefangenen auf. »Wo ist sie?«, schrie er in seiner Sprache. »Du hast ihr geholfen, das Lager zu verlassen! Sag mir, wohin sie gegangen ist, oder ich werde dich töten!«

Wolf-auf-dem-Hügel schob sich zwischen den Krieger und Rose und rief: »Das ist meine Gefangene! Wenn du zu dumm bist, auf eine verwirrte Frau aufzupassen, gib nicht ihr die Schuld!«

Der Krieger, der Pferd genannt wurde, konnte sich nur mühsam beherrschen, gab aber nach und stampfte wutschnaubend davon. Er schwang sich auf sein Pony und ritt unter wildem Kriegsgeheul davon. »Aiee!«, rief er. »Ich werde die weiße Frau finden und euch ihren Skalp bringen!«
Rose wusste, dass Wolf-auf-dem-Hügel ihr zum wiederholten Male das Leben gerettet hatte, und nickte dankbar. »Ich habe nicht gewusst, dass sie fliehen will«, sagte sie ruhig, »ihr Geist ist verwirrt, und es macht keinen Unterschied, wo sie ist! Ihr habt ihre Kinder getötet! Wie kann eine Mutter leben, wenn ihre Kinder unter der Erde sind? Warum antwortest du nicht?«
Wolf-auf-dem-Hügel wandte sich wortlos ab und überließ es seiner Gefangenen, auf die Schindmähre zu steigen. Er war ein beeindruckender Mann, das gestand Rose sich selbst in diesem Augenblick ein, und manchmal hatte es den Anschein, als dachte er über die Worte nach, die sie ihm gesagt hatte. Er verlor niemals die Beherrschung, war ruhiger als alle weißen Männer, denen sie bisher begegnet war, und in seinen glühenden Augen lag ein Geheimnis, das sie auf eigenartige Weise faszinierte. »Er ist ein heiliger Mann«, hörte sie viele Monate später eine Frau der Hügelleute flüstern, »er hat den Großen Geist gesehen, und er gehört zu den tapfersten Kriegern, die es jemals bei den tsis-tsis-tas gegeben hat! Eini-to-eme, ich verehre diesen Mann!«
Sie brachen auf und ritten am Ufer eines ausgetrockneten Baches entlang, bis sie ein lang gezogenes Tal erreichten, das von zerklüfteten Felsen begrenzt wurde. Rose prägte sich das Aussehen der Schlucht ein, wollte ein möglichst geringes Risiko eingehen, wenn sie das Lager der Indianer verließ. Nach einigen Tagen, so hoffte sie, würde das Interesse der Wilden nach-

lassen, und sie würde es mit Gottes Hilfe und etwas Glück schaffen, ihnen zu entkommen. Sie machte sich nichts vor. Auch ein Krieger wie Wolf-auf-dem-Hügel war ein Wilder, ein grausamer Krieger, der nichts dabei fand, unschuldige Kinder umzubringen. Er würde sie zwingen, seine Frau zu werden, und wie ein wildes Tier über sie herfallen. Ihr wurde schlecht bei dem Gedanken, und sie hätte beinahe der Versuchung nachgegeben, ihrer Schindmähre die Absätze in den Bauch zu hauen und durch die Felsen zu fliehen. »Wenn du fliehst, erschieße ich dich!«, hörte sie die Stimme des Hundekriegers. Er drehte sich nicht einmal um.
Am Nachmittag des dritten Tages dachte Rose darüber nach, wie weit das Lager der Indianer entfernt war. Sie überwand sich, Wolf-auf-dem-Hügel zu fragen, und er antwortete lächelnd: »Du wirst sehen.« Ihr fiel ein, dass sie in zwei Tagen Geburtstag hatte, und sie hätte beinahe laut gelacht. Die vornehmen Mädchen in St. Louis wurden mit achtzehn Jahren in die Gesellschaft eingeführt und litten unter Liebeskummer, weil ihr Kavalier sie im Stich gelassen hatte, und die aus Illinois oder Iowa und hatten längst eine Familie gegründet. Sie saß gefesselt auf einer alten Schindmähre und wartete darauf, von einem Hundekrieger zur dritten oder vierten Frau genommen zu werden. Wenn man nicht lange darüber nachdachte, war es beinahe komisch. Sie war von zu Hause weggelaufen, um endlich frei zu sein, und endete als Gefangene bei den Indianern. Wenn Gott sie im Stich ließ, erging es ihr schlimmer als bei ihrem Vater. Jetzt lachte sie wirklich, und der Hundekrieger drehte sich neugierig zu ihr herum.
Sie wurde ernst und nahm sich vor, nicht den Verstand zu verlieren. Wenn sie die nächsten Tage unbeschadet überstehen

wollte, brauchte sie ihre ganze Kraft. Sie ballte ihre Hände zu Fäusten und vertrieb den Schmerz, der in ihren Handgelenken brannte. Sie würde diesen Indianern keinen Grund mehr liefern, über sie zu lachen. Sie war eine starke Frau, und es gab nichts, was sie auf ihrem Weg nach Westen aufhalten konnte. So hatte sie vor vielen Jahren beschlossen, und so würde es bleiben. Nicht einmal der Hundekrieger konnte sie aufhalten. Sobald seine Aufmerksamkeit nachließ, würde sie ihren Weg fortsetzen.

Mit der Dämmerung erreichten sie eine Senke und hielten an. Rose nahm an, dass sie im Schatten der wenigen Cottonwoods die Nacht verbringen würden, und stieg von der Schindmähre. Sie war jetzt drei Tage bei den Indianern und wunderte sich selbst darüber, dass sie kaum noch Angst vor den Kriegern hatte.

Rose hatte herausgefunden, dass kein Indianer wie der andere war. Es gab nachdenkliche Krieger wie Wolf-auf-dem-Hügel, und es gab Hitzköpfe wie den jungen Krieger, der sich mit gelber Farbe bemalte und sie am liebsten getötet hätte. Sie waren so unterschiedlich wie die Weißen, und unter den Kriegern, die sie bewachten, war sogar einer, der abends am Feuer lustige Geschichten erzählte und selber am meisten darüber lachte. Bisher hatte sie immer angenommen, dass alle Indianer grimmige Krieger waren, die selten oder niemals lachten und nur lebten, um andere Menschen umzubringen. Sie waren grausam, das hatte sie selbst beobachtet, aber nicht alle Krieger waren wilde Tiere, schon gar nicht dieser Wolf-auf-dem-Hügel, der sie während des ersten Tages ihrer Gefangenschaft gequält hatte und jetzt beinahe respektvoll behandelte.

In der Senke stiegen die Krieger von den Pferden und

wuschen sich im kalten Wasser eines schmalen Baches. Einige Männer mischten den roten Sand am Ufer mit Wasser und bemalten ihre Pferde. Wolf-auf-dem-Hügel zündete ein kleines Feuer an, vermischte die Asche mit etwas Fett, das er in einem Beutel trug, und beschmierte sein Gesicht mit schwarzer Farbe. Er betrachtete sein Spiegelbild im Wasser, nickte zufrieden und rief zwei junge Krieger herbei, die gleich darauf aus der Senke galoppierten und erst zwei Stunden später zurückkehrten. Sie riefen etwas, das Rose nicht verstand, und deuteten nach Norden. Später fand sie heraus, dass sie das Lager der Hügelleute aufgespürt hatten. Die Hügelleute waren eine Abteilung der tsis-tsis-tas, und das bedeutete »Leute wie wir«. Rose lernte viel, während sie bei den Indianern war. »Aiee!«, rief der Hundekrieger.

Sie ritten nach Norden und lagerten in respektvoller Entfernung von ihrem Dorf. Es schickte sich nicht, während der Nacht von einem Kriegszug zurückzukehren. Erst in den frühen Morgenstunden galoppierten die Krieger ins Lager, und ihre Kriegslieder erzählten den Hügelleuten, dass sie reiche Beute gemacht hatten. Die Beute aus dem Wagen, das Mehl, der Zucker, sogar die Möbelstücke, die Alice mitgenommen hatte, wurden unter den bedürftigen Familien verteilt, und Wolf-auf-dem-Hügel verkündete stolz, dass die Hundekrieger an diesem Abend ein Tanzfest veranstalten würden. Er reckte sein Gewehr und stieß den Kriegsruf der Hügelleute aus. Mit einem stolzen Lächeln präsentierte er die weiße Gefangene, die er zur Frau nehmen würde.

Rose war von der Schindmähre gestiegen und blickte verloren in die Runde. Unterwegs hatte sie ihren Schlapphut verloren, und ihr rotes Haar leuchtete verführerisch in der Morgensonne. Sie hielt ihre Arme vor der Brust verschränkt und wich vor den Frauen und Kindern zurück, die besonders aufdringlich waren und neugierig an ihrem Baumwollkleid und ihren Haaren zupften. Eine zahnlose Frau berührte ihr Gesicht und wunderte sich kichernd, dass die weiße Farbe nicht abging. Für die anderen Hügelleute war eine blasse Frau nichts Neues mehr. Sie hatten die Frauen auf den Planwagen und in Fort Laramie gesehen. Die Gefangene des Hundekriegers wirkte stolzer, schien weniger Angst zu haben als die weißen Frauen, die vor einigen Monden bei den Flussleuten gewesen waren und vor Angst geschrien hatten. Ihre roten Locken zeigten, dass sie eine besondere Gefangene war.

Wolf-auf-dem-Hügel überließ es einem Jungen, sein Pferd zu versorgen, und zog seine Gefangene von den Frauen und Kindern weg. Die Hundekrieger lagerten abseits vom Dorf, an der Biegung des Flusses, der durch das weite und mit bunten Blumen übersähte Tal floss, und er zerrte sie wie eine Trophäe an den Tipis vorbei. Rose blieb nichts anderes übrig, als ihm zu folgen. Sie war wütend, weil sie wie ein seltenes Tier zur Schau gestellt wurde, und sie hatte Angst vor dem, was nun kommen würde, aber sie hatte bereits gelernt, dass es besser war, seine Angst nicht zu zeigen. Die Wilden schätzten einen Menschen, der mutig war. Sie wollte nicht von ihnen umgebracht werden, nur weil sie zu schwach war, ihr Schicksal zu ertragen.

Sie wurde vor ein Tipi gestoßen und lernte die beiden Frauen des Hundekriegers kennen. Muschelfrau war jung und hübsch und trug ein helles Hirschlederkleid, das mit bunten Muscheln benäht war. Ihre schwarzen Haare waren zu strengen Zöpfen gebunden. Ihre braune Haut war sanft und spannte sich über den ausgeprägten Gesichtsknochen, ihre dunklen Augen wirkten abweisend und zeigten der Gefangenen, dass sie nicht willkommen war. Krähenfrau war älter, und ihr perlenbesticktes Kleid wölbte sich über starken Hüften. Ihre Haut wirkte dunkler, und ihre Lippen waren nicht so voll wie bei den anderen Frauen. Ihr Name verriet, dass sie selbst eine Gefangene gewesen war. Ein Krieger hatte sie als Kind von den feindlichen Krähen geraubt. Ihr Blick hieß die blasse Frau willkommen. »Ich gebe dir ein Kleid und Mokassins«, sagte sie, während Muschelfrau beharrlich schwieg und sich am Feuer zu schaffen machte.

Rose fügte sich in ihr Schicksal und folgte der Frau ins Tipi. Das Zelt war gemütlicher eingerichtet, als sie angenommen hatte. In einer halbmondförmigen Vertiefung unter dem Rauchabzug lag die Feuerstelle. Ringsum waren bemalte Büffelhäute aufgehängt, sie sollten den Wind und den Regen abhalten, der durch die Bespannung der kegelförmig angeordneten Tipistangen sickerte. Die Vorräte waren in ledernen Taschen untergebracht. Vor der Zeltwand und auf einer dicken Schicht aus Weidenzweigen lagen dicke Büffelfelle, die Schlafstellen der Bewohner. »Vo-aano-ho-es-tot-se«, sagte Krähenfrau, als sie der Gefangenen ein Kleid aus Antilopenleder reichte. Sie wiederholte das schwere Wort, und Rose versuchte, es nachzusprechen.

Sie wusste, dass es keinen Zweck hatte, sich gegen ihre Gefangenschaft aufzulehnen. Sie musste erst das Vertrauen der Indianer gewinnen, bevor sie an Flucht denken konnte. Solange sie noch neugierig begafft wurde, würde sie keine drei Schritte weit kommen. Sie würde sich widerwillig in ihr Schicksal fügen und sogar einige Wörter ihrer Sprache lernen, damit sie erfuhr, worüber sie sprachen. Es war immer gut, wenn man seine Feinde genau kannte, dann waren sie leichter zu besiegen. Auch diese Weisheit hatte sie aus einem Buch, das sie während der langen Abende in Kansas City gelesen hatte, allerdings war es darin um den Krieg zwischen Franzosen und Engländern gegangen. »Vo-aano-ho-es-tot-se«, wiederholte Rose. Sie zog ihr Baumwollkleid aus, ließ es achtlos fallen, weil es sie auf der Flucht nur behindert hätte, warf das Mieder, die Unterwäsche und ihre Stiefel hinterher und streifte das Lederkleid über. Es war sehr bequem. Bevor Krähenfrau ihre Kleidung ins Feuer warf, zog Rose den Beutel mit dem Geld heraus. Sie band ihn an den Gürtel und lächelte die Indianerin freundlich an.

»Ha-ho«, zeigte Wolf-auf-dem-Hügel sich zufrieden, und auch die anderen Hundekrieger nickten anerkennend. Die blasse Frau war stark und hübsch und würde dem Anführer kräftige Kinder gebären. Rose ertappte sich bei einem stolzen Lächeln und musste sich daran erinnern, dass einige dieser Krieger die Kinder ihrer Freundin umgebracht hatten. Sie waren grausame Wilde, auch wenn sie sich im Augenblick wie gute Freunde benahmen. Sie würde sich nie an das Leben im Lager gewöhnen!

Vor der ersten Nacht hatte sie am meisten Angst. Sie rechnete fest damit, dass Wolf-auf-dem-Hügel ihr Gewalt antun würde, aber der Hundekrieger berührte sie nicht einmal und vergnügte sich mit Muschelfrau, die alles daransetzte, ihn die weiße Gefangene vergessen zu lassen. Rose war das Liebesspiel der beiden peinlich. Sie trieben es vor ihren Augen und schämten sich auch nicht vor den Kindern, einem Jungen und einem Mädchen, die in dem Tipi schliefen. Die Wilden kannten keine Scham. Rose wandte sich ab und sprach ein stilles Gebet, bat den lieben Gott, sie möglichst bald von diesen Menschen zu befreien. Sie war nicht von zu Hause weggelaufen, um bei den Indianern zu leben.

Auch während der nächsten Wochen blieb Rose unbehelligt. Erstaunt stellte sie fest, dass sie nicht mehr wie eine Gefangene behandelt wurde. Sie war die Frau eines tapferen Hundekriegers, auch wenn sie nicht das Nachtlager mit ihm geteilt hatte, und durfte sich im Lager frei bewegen. Nur wenn sie sich zu weit von den Tipis entfernte, tauchte ein Krieger auf und trieb sie zurück. Die anderen Frauen benahmen sich gleichgültig, und die Krieger drehten sich höchstens wegen ihres roten Haares oder ihrer Schönheit nach ihr um. Ihr einziger wahrer Feind blieb Pferd, der einige Tage nach ihrer Rückkehr mit einem blonden Skalp ins Lager ritt und unter lautem Kriegsgeheul seine Trophäen zeigte. Er sprang von seinem Pony und schwenkte die blutige Kopfhaut, und Rose musste sich übergeben und verlor die Beherrschung, ging mit beiden Fäusten auf ihn los, bis Wolf-auf-dem-Hügel sie von Pferd wegzog und zum Tipi stieß. Rose beruhigte sich und tröstete sich damit, dass der Skalp nicht von Alice stammte. Pferd hatte ihre Freundin nicht gefunden und eine andere weiße Frau getötet. Alices Haare waren dunkler gewesen.

Rose ging dem jungen Krieger aus dem Weg und konzentrierte sich darauf, kein Aufsehen zu erregen. Sie tat die Arbeit, die von ihr verlangt wurde, sammelte Holz und kaute auf den Häuten der erlegten Tiere, um sie weich und geschmeidig zu machen, und half beim Kochen. Sie übersah das spöttische Lächeln der schönen Muschelfrau, die stolz darauf war, dass Wolf-auf-dem-Hügel nur ihre Liebe wollte, und hielt sich an

Krähenfrau, die wie eine Schwester zu ihr war und anscheinend den Ehrgeiz entwickelt hatte, ihr die Sprache des Volkes beizubringen. Nach kurzer Zeit beherrschte Rose die wichtigsten Wörter.

Im Mond der reifen Kirschen, wie die Cheyenne den August nannten, meldete Wolf-auf-dem-Hügel seine Ansprüche an. Rose hatte gehofft, dass er sie in Ruhe ließ und sie fliehen konnte, ohne dass einer dieser Wilden mit ihr geschlafen hatte, aber in einer stürmischen Gewitternacht kroch er unter ihr Büffelfell, und sie spürte seine Erregung an ihren nackten Beinen. Ihre Muskeln verkrampften sich. Er liebkoste sie mit seinen starken Händen, und sie spürte seinen Atem, als er seinen Körper zwischen ihre Beine schob. »Vater!«, wimmerte sie, während heftiger Regen auf das Tipi trommelte, und sein Atem immer schneller ging.

Grollender Donner löste ihre Verkrampfung. Sie stieß den Hundekrieger von sich und rannte in den Regen hinaus. Schluchzend stolperte sie zum Fluss hinab. Sie blieb nackt am Ufer stehen und starrte mit verweinten Augen in die Dunkelheit. Gerade als Wolf-auf-dem-Hügel aus dem Tipi stürmte, zuckte ein flammender Blitz vom Himmel und ließ ihre Haare wie Feuer leuchten. Rose wurde zur Geist-Frau, stand wie eine Gestalt aus einer anderen Welt in dem Unwetter und weinte leise. Ein Donnerschlag ließ den Boden erzittern und ermahnte den Anführer der Hundekrieger, seine Arme zu erheben und Maheo zu ehren. »Feuerfrau ist mit den Geistern im Bunde«, sagte er ehrfürchtig.

18

Später dachte Rose oft an ihre Zeit bei den Indianern zurück. Wenn man sie fragte, warum sie drei Jahre bei ihnen geblieben und nicht früher weggelaufen war, zuckte sie nur mit den Schultern. Sie wusste es selbst nicht. Vielleicht lag es daran, dass sie die tsis-tsis-tas, wie auch sie die Cheyenne inzwischen nannte, besser kennen lernen wollte. Ein verrückter Gedanke, immerhin hatten sie die Kinder ihrer Freundin und viele andere Vehos umgebracht. Rose lernte die Hügelleute des Volkes als freundliche Menschen kennen, die lachten, weinten und sich Sorgen machten und sich nur durch ihre Hautfarbe und ihre andere Lebensart von den Weißen unterschieden. Sie waren keine Wilden, und sie töteten nur, wenn sie in die Enge getrieben wurden. Es gab Männer, Frauen und Kinder, und jeder hatte einen Namen, und Rose fühlte sich ihren neuen Freunden schon nach wenigen Monaten verbunden. »Indianerfreundin« schimpfte man sie manchmal, zum Beispiel nach der Schlacht am Little Bighorn, dem einzigen großen Sieg der Cheyenne gegen die Weißen, als die ganze Nation trauerte, und sie unverhohlen ihre Freude zum Ausdruck brachte, aber das machte ihr nichts aus. Sie hatte nie etwas auf die Meinung anderer Leute gegeben, wenn es um ihre Überzeugung ging.

Während ihres ersten Sommers bei den Hügelleuten dachte sie

kaum über ihre Beweggründe nach. Seit sie als Geist-Frau verehrt wurde, gab es keinen Grund, überhastet zu fliehen. Wolf-auf-dem-Hügel würde sie nie mehr berühren, weil er den leuchtenden Blitz als Zeichen des Großen Geistes wertete, und die anderen Männer verneigten sich ehrfürchtig, wenn sie an ihnen vorbeiging. Sogar Büffelkopf, der alte Häuptling, zeigte seine Ehrerbietung und rauchte die Pfeife mit ihr. Sie nahm eine Sonderstellung bei den Hügelleuten ein, war keine Weiße und auch keine Gefangene mehr. Natürlich würde sie die Indianer eines Tages verlassen, aber den Zeitpunkt bestimmten der liebe Gott oder der Große Geist, zwei Namen für dieselbe Person.

Krähenfrau wurde zu einer treuen Freundin und Lehrmeisterin. Sie brachte ihr die Sprache des Volkes bei, bis sie sich fließend unterhalten konnte, und erklärte ihr, nach welchen Regeln die tsis-tsis-tas lebten. Sie waren ein sehr religiöses Volk, das hatte Rose bereits am ersten Abend festgestellt, als die Krieger die heilige Pfeife geraucht und den Großen Geist und die vier Himmelsrichtungen mit Worten geehrt hatten. Sie glaubten, dass alle Dinge lebendig waren, die Sonne, der Mond und die Sterne, und sie glaubten an die Weisheit der Steine, die seit unzähligen Monden auf der Prärie lagen und alles gesehen hatten. Sie fürchteten die bösen Geister und das Ungeheuer, das auf dem Grund eines dunklen Sees lebte, und sie entschuldigten sich bei einem Büffel, wenn sie ihn getötet hatten: »Du bist gestorben, um mich am Leben zu erhalten, dafür danke ich dir, mein Bruder!«

Vom Bewahrer der heiligen Pfeile bekam Rose den wertvollsten Besitz des Volkes gezeigt. Vier Pfeile, zwei rote und zwei schwarze, die in das Fell eines Coyoten gewickelt waren und

die Geister günstig stimmen sollten. Die roten Pfeile standen für das Leben und sollten den Kriegern helfen, die Büffel aufzuspüren und zu töten. Die schwarzen Pfeile standen für den Tod und brachten Verderben über ihre Feinde. Auch das Tipi, in dem das heilige Bündel aufbewahrt wurde, war mit roter und schwarzer Farbe bemalt, und wenn der Bewahrer mit den Kriegern tanzte, leuchtete sein Gesicht in den Farben, die das Schicksal der tsis-tsis-tas bestimmten. Berührt-die-Wolken war ein heiliger Mann. Sein schulterlanges Haar war weiß, und in seinen Augen leuchtete die Weisheit eines langen Lebens. Seine dunkle Haut war brüchig wie Pergament. Er stützte sich auf einen knorrigen Stock und blickte der weißen Frau tief in die Augen. »Ich habe viele Vehos gesehen«, sagte er, »aber keiner war wie du! Du bist Feuerfrau, die zwischen den Welten wandert. Du bist auf den Schwingen des Donnervogels gekommen und wirst in deine Welt zurückkehren, wenn der Große Geist es will. Dein Herz schlägt für die Hügelleute, auch wenn du es nicht wahrhaben willst, und deine Tränen werden heiß und salzig sein, wenn unser Volk den Vehos unterliegt und auf die andere Seite geht!«
Rose fühlte sich durch die Worte des alten Medizinmannes geehrt und besuchte ihn, sooft sie konnte. Niemand fand etwas Besonderes dabei. Sie war Feuerfrau, eine Geist-Frau unter den blassen Menschen, die über das Große Wasser gekommen waren, und sie war auf den Schwingen des Donnervogels geritten. Sie hatte den Großen Geist gesehen und verstand die Hügelleute, sie hatte die heilige Pfeife geraucht und den Rauch in alle vier Richtungen geblasen. Sie war keine gewöhnliche Veho, die über ihren Glauben lachte und sie als wilde Tiere beschimpfte. Sie lachte und weinte mit ihnen und

verneigte sich vor Maheo, wenn das große Feuer brannte, und sie heilige Lieder sangen.

Berührt-die-Wolken war in den nahen Hügeln und sprach mit seinem Schutzgeist, als die Büffel zurückkehrten. Zwei Hundekrieger entdeckten die Herde in einer lang gestreckten Senke, so viele Tiere, wie die Hände aller tsis-tsis-tas Finger zählten, und ein zottiger Wolf, der den Tieren in angemessener Entfernung folgte und darauf wartete, dass ein junges oder krankes Tier zurückblieb. Sie ritten ins Dorf und erstatteten Bericht, und Büffelkopf beschloss, die Büffel am nächsten Morgen zu jagen. Zuerst mussten die Gebete gesprochen und die heiligen Lieder gesungen werden. Der Büffel war ein heiliges Tier, gab ihnen alles, was sie zum Leben brauchten, und durfte erst erlegt werden, wenn die Waffen gereinigt und die Seelen der Krieger bereit waren. Wolf-auf-dem-Hügel und seine Hundekrieger würden die Jäger anführen und darauf achten, dass niemand auf eigene Faust jagte.

Rose würde ihre erste Büffeljagd niemals vergessen. Sie war bei den Frauen und Kindern, die den Jägern folgten und von den Hügeln oberhalb der Senke zusahen, wie sie die zottigen Tiere erlegten. Sie hatten Pferde mit Schleppbahren dabei und hielten die großen Schlachtermesser bereit. »Aiee!«, rief die weiße Frau begeistert, als sie die Herde sah, eine wogende Masse brauner Leiber, die sich wie zäher Schlamm durch das Tal wälzte. Der Boden dröhnte unter den Hufen der schweren Tiere, und über der Herde hing eine braune Staubwolke. Es hatte seit Tagen nicht geregnet. Rose wurde durch den Anblick der riesigen Büffelherde tief in ihrer Seele berührt und erlebte staunend, wie sich die Hundekrieger auf die fliehenden Tiere stürzten. Mit dem heiseren Kriegsruf der Hügelleute galoppierten sie an der Herde entlang, wie Kunstreiter in einem Zirkus, und schossen in die Masse der braunen Leiber. Kugeln bohrten sich durch das dichte Fell, Pfeile schwirrten durch die heiße Luft, und die gebogene Lanze von Zwei Falken fällte ein besonders großes Tier.

»Houp! Houp! Houp!«, feuerte Rose die Krieger an. »Tötet die Büffel, denn sie sind unser Leben! Dies ist ein guter Tag, meine Brüder, und heute Abend werden wir am großen Feuer tanzen!«

Nach der Jagd begann die Arbeit der Frauen. Sie warteten, bis Wolf-auf-dem-Hügel die Entschuldigung gesprochen hatte, und liefen zu den toten Tieren, gefolgt von ihren Kindern mit den Lasttieren. Mit geübten Schnitten trennten sie die schweren Häute von den Körpern. Das Fleisch wurde in Portionen zerteilt und in die Felle gewickelt. Ein bestialischer Gestank hing über den toten Tieren. Noch vor wenigen Wochen hätte Rose sich übergeben oder wäre ohnmächtig geworden, aber sie hatte sich an den Gestank der Wildnis gewöhnt und wurde von der Begeisterung getragen, dass genug Fleisch für den Winter erlegt war. Sie hoffte und betete mit den tsis-tsis-tas und teilte ihre Probleme, und selbst später, in der Welt der Weißen, würde sie noch daran denken, wie ihre Hügelleute ums Überleben kämpften. Sie waren keine gesichtslosen Wilden und auch keine Indianer mehr, sie waren tsis-tsis-tas, Leute wie wir.

Wolf-auf-dem-Hügel kam mit der blutigen Leber eines Büffels geritten und reichte sie ihr. Er hatte sie mit etwas Galle besprenkelt. »Für Feuerfrau!«, rief er. Die anderen Frauen tuschelten aufgeregt, denn es war eine große Ehre, das beste Stück eines Büffels vom Anführer der Hundekrieger zu bekommen. Rose griff zögernd danach. Es kostete sie einige Überwindung, in die rohen Eingeweide zu beißen, aber sie überwand ihren Ekel und war angenehm überrascht, wie schmackhaft die rohe Leber war.

»Ha-ho«, bedankte sie sich feierlich, »dies war eine erfolgreiche Jagd, und ich bin stolz auf die tapfereren Krieger der Hügelleute!«

Sie meinte, was sie sagte, und saß am großen Feuer, als die besten Stücke der Büffel gebraten wurden und die Männer und Frauen ausgelassen tanzten. Sie hörte zu, als Wolf-auf-dem-Hügel in blumigen Worten schilderte, wie er einen besonders starken Bullen getötet hatte, und stimmte in das heilige Lied ein, das Berührt-die-Wolken am späten Abend sang. Der Rauch der heiligen Pfeife verteilte sich über den Tipis und zog zum Himmel empor, und sie konnte sich nicht erinnern, jemals so glücklich und zufrieden gewesen zu sein. »Ei-e-ya«, verkündete sie, »ich bin stolz darauf, eine tsis-tsis-tas zu sein!« Und die Nacht verbrachte sie abseits des Dorfes, allein mit dem Mond und den Sternen, die nur für sie am weiten Himmel leuchteten.

Die Erinnerung verblasste, und sie wanderte in die Welt der Hügelleute, hörte den Geschichten zu, die im Winter erzählt wurden, und begrüßte die ersten Sonnenstrahlen des Frühlings, als sich der Wintergeist nach Norden zurückzog. Erst als sie in das neue Sommerlager zogen und die Krieger von einem Raubzug gegen die Vehos zurückkehrten, wurde sie an die Vergangenheit erinnert. Pferd hatte drei Skalps erbeutet und prahlte damit, eine ganze Familie der verhassten Vehos ausgelöscht zu haben. Er wollte die Frau mit den roten Haaren reizen. Ihn störte schon lange, dass sie eine besondere Stellung

in seinem Volk einnahm und sogar von den Hundekriegern verehrt wurde.
Rose reagierte gereizt, schlug dem Krieger die Trophäen aus der Hand und blieb dem abendlichen Feuer fern. Unter der Beute, die Pferd mitgebracht hatte, war eine alte Zeitung aus St. Louis gewesen, der »Missouri Democrat« vom 23. Mai 1861, und dort stand, dass die konföderierten Truppen am 12. April 1861 das Feuer auf Fort Sumter im Hafen von Charleston eröffnet hatten. »Der Süden fordert Präsident Lincoln« stand in großen Lettern auf derselben Seite. Es herrschte Krieg an der Ostküste!
Rose las jedes Wort in der zerfledderten Zeitung, und mit der Sprache kamen die Erinnerung und die Sehnsucht nach einem Leben in der Zivilisation zurück. Zum ersten Mal seit vielen Monaten dachte sie daran, die Hügelleute zu verlassen. Sie war keine Gefangene mehr, und niemand würde sie aufhalten. Der Krieg fand im Osten statt, das hatte schon die Oberschwester im Mullanphy Hospital vermutet, und sie konnte die Zeit nutzen und im Westen eine Existenz gründen. Die meisten Männer waren im Osten, kämpften für ihre Sache oder profitierten von dem wirtschaftlichen Aufschwung, den jeder Krieg brachte. John Friedrich Schultz, der Schiffsbauer in St. Louis, hatte offen darüber gesprochen. Wenn der Krieg zum Mississippi kam, würden Schiffe gebraucht, gepanzerte Dampfschiffe, und er würde sie der Armee verkaufen. »Wenn die Amerikaner so dumm sind, sich gegenseitig zu bekämpfen, sollen sie auch bluten«, sagte er. Rose dachte nicht daran, vom Krieg zu profitieren, nicht hier draußen im Westen, sie machte sich Sorgen um die Oberschwester und um Abigail Smith, die in dieser blutigen Auseinandersetzung um ihr Leben fürchten mussten.

Sie beschloss, beiden einen Brief zu schreiben, sobald sie in Fort Laramie war.

»Du denkst daran, uns zu verlassen«, sagte Berührt-die-Wolken heiser, als sie in seinem Tipi saßen und die heilige Pfeife rauchten. Sie hatte sich an den würzigen Tabak gewöhnt und wusste längst, dass er den Indianern heilig war und geraucht wurde, um Maheo und die vier Richtungen zu ehren, aus denen alles Leben kam. »Ich sehe in deinen Augen, dass du dir Sorgen um dein Volk machst. Was bedrückt dich, meine Schwester?«

»Die Vehos führen Krieg«, anwortete sie. »Die Weißen aus dem Norden bekämpfen die Weißen aus dem Süden. Ein Bruder kämpft gegen den Bruder, ein Vater gegen den Sohn! Es ist dasselbe, als würden die Hügelleute gegen die Flussleute das Kriegsbeil erheben! Ich habe Angst um Menschen, die mir nahe stehen! Wie kann ich glücklich sein, wenn sie täglich den Tod erleben?«

»Sie werden leben«, erwiderte der Medizinmann bestimmt, »das habe ich in meinen Träumen gesehen. Die Frauen am großen Fluss gehen gestärkt aus diesem Kampf hervor!« Rose konnte sich nicht vorstellen, woher Berührt-die-Wolken von ihren Freundinnen wusste, und blickte ihn erstaunt an. Der alte Mann blieb ernst. »Du wirst hier gebraucht, denn auch die tsis-tsis-tas sind dein Volk. Du bist keine Veho! Du bist Feuerfrau, und in deiner Brust schlagen zwei Herzen! Wenn wir den Sonnentanz abhalten, wirst du deine Stimme am großen Feuer erheben und unserem Volk sagen, wie die Zukunft aussieht!« Er zog nachdenklich an seiner Pfeife und schloss die Augen. Rose wartete geduldig, bis er weitersprach. »Sage ihnen die Wahrheit, meine Schwester, auch wenn der Donnervogel seine dunklen Schwingen über unserem Volk ausbreitet und du unser Ende gesehen hast!«

»Die tsis-tsis-tas werden leben, Onkel!«, erwiderte sie erschrocken. »Auch für dein Volk wird es eine Zukunft geben! Ihr seid tapfer, und das Land ist groß genug für Weiße und Hügelleute!«

»Geh jetzt«, sagte er mit gesenktem Kopf, »ich will nachdenken und über den heiligen Pfeilen beten, bevor wir das Fest des Sonnentanzes feiern. Ich höre die Stimme des Großen Geistes.«

Rose ließ den weißhaarigen Mann allein und ging zum Flussufer. Sie betete zu ihrem eigenen Gott und bat ihn, den Krieg im Osten zu beenden. Ihr Spiegelbild im klaren Wasser zeigte ein anderes Gesicht als während des Trecks, es war reifer, aber auch schöner und ausdrucksstärker geworden, nur wurden die roten Locken jetzt von einem ledernen Stirnband zusammengehalten. In deiner Brust schlagen zwei Herzen, hatte Berührt-die-Wolken gesagt. Sie war eine geschäftstüchtige Frau, die es im Westen zu etwas bringen wollte, und sie gehörte zu den Hügelleuten, die verzweifelt ums Überleben kämpften. Sie konnte die tsis-tsis-tas noch nicht allein lassen!

Sie blickte zu den Tipis der Hundekrieger zurück und lächelte über sich selbst. Die tsis-tsis-tas besaßen mehr Ehrfurcht vor dem Leben als die meisten Weißen, die sie kennen gelernt hatte. Wenn Rose jemals wieder dem Pastor begegnete, würde sie ihm sagen, dass ein Mann wie Wolf-auf-dem-Hügel mehrere Frauen hatte, weil der Krieg große Opfer forderte und es nicht genug Männer gab, um alle Frauen zu versorgen. »Die tsis-tsis-tas sind Menschen!«, würde sie sagen.

Sie ging zur Feuerstelle vor ihrem Tipi zurück und half

Krähenfrau, das Mittagessen zuzubereiten. Sie war eine treue Freundin, hatte ein genauso großes Herz wie die Oberschwester und Abigail Smith. Selbst Muschelfrau war nicht mehr eifersüchtig auf sie, seit sie wusste, dass Wolf-auf-dem-Hügel nur noch mit ihr und gelegentlich mit Krähenfrau schlief. Feuerfrau war eine Medizinfrau der Weißen, eine Geist-Frau, die bei beiden Völkern lebte und versuchte, zwischen ihnen zu vermitteln. Dafür verdiente sie Respekt. Das hatte auch der junge Pferd erkannt, der seit einiger Zeit die Flöte für ein Mädchen spielte und wesentlich ruhiger geworden war. Nur wenn es gegen weiße Siedler ging, ließ er sich nicht aufhalten, dann gehörte er zu den Ersten, die dem Anführer, der die Kriegspfeife trug, in den Kampf folgten. Aber er prahlte vor Rose nicht mehr mit seinen Heldentaten. Feuerfrau war anders als die weißen Siedlerfrauen, die nur seinen Tod wollten.

Rose blieb bei den Indianern und wartete geduldig, bis die Weissagung des Medizinmannes sich erfüllte. »Wenn wir den Sonnentanz abhalten, wirst du am großen Feuer sprechen«, hatte er gesagt, und im Sommer des Jahres 1862 war es so weit. Sie war zwanzig Jahre alt, und wenn sie nachts auf ihren Fellen lag und über das Leben nachdachte, musste sie zugeben, dass Feuerfrau keine Erfindung des Hundekriegers war. Sie war eine Geist-Frau, wanderte in ihren Träumen zwischen beiden Welten und fühlte sich bei den Weißen und den Indianern wohl.

Sie war nicht wie die anderen weißen Frauen, die bei den Cheyenne oder Sioux lebten. Sie hatte nicht den Verstand verloren, und sie hatte ihre Sprache nicht vergessen. Wenn sie in die Zivilisation zurückkehrte, würde ihr niemand etwas anmerken, weil sie in ihren Träumen ständig dort gewesen war.

Sie nahm eine Sonderstellung bei den Hügelleuten ein und war dankbar dafür. Wolf-auf-dem-Hügel war ein stattlicher Krieger, und die meisten Frauen im Dorf sehnten sich danach, von ihm berührt zu werden, aber sie hatte viel erlebt und war noch nicht bereit, mit irgendeinem Mann zu schlafen. Es gab nur einen Mann, dem sie sich sofort hingegeben hätte, und der lebte nur noch in ihrer Fantasie. Frank Catlow war zu einem unsichtbaren Märchenprinzen geworden, und sie bezweifelte, ihn jemals wieder zu sehen.

»Wenn sich die Büffel in den Tälern paaren, veranstalten wir den Sonnentanz«, sagte Wolf-auf-dem-Hügel an einem Sommermorgen, und Rose erkannte, dass ihre Zeit gekommen war.

19

Die Sonne leuchtete über der Biegung des Bighorn River und den vielen hundert Tipis, die für den Sonnentanz errichtet worden waren. Die Hügelleute, die Flussleute, die Waldleute, die Gebirgsleute und die meisten anderen Gruppen der tsis-tsis-tas waren gekommen, um das Erwachen der Natur zu feiern. Sogar einige Lakota lagerten am Flussufer, und die Hundekrieger hatten ihre Tipis im Schatten eines lang gestreckten Hügels aufgestellt.

Die heiligen Männer des Volkes hatten im Einsamen Tipi gefastet und getanzt und die heilige Pfeife mit dem schwarzen Kopf und dem roten Schaft geraucht. Ein ausgesuchter Krieger brachte den heiligen Büffelschädel, und Berührt-die-Wolken bemalte ihn mit roter Farbe und stopfte ihn mit süßem Gras. In der Mitte des großen Lagers stand die Medizinhütte, ein giebelförmiges Gerüst aus schlanken Baumstämmen, über das Sträucher und die Büffelhäute der tapfersten Krieger gelegt wurden. Der heilige Pfahl wurde darin aufgestellt, und der weißhaarige Medizinmann, der den Sonnentanz leitete, legte den roten Büffelschädel auf den Altar. »Großer Geist, wir danken dir«, rief er, »du gibst der Natur deinen Atem und erweckst die Tiere und die Pflanzen zu neuem Leben! Du schickst die Sonne über den Himmel, du lässt das Gras und die Blumen wachsen, und du schickst uns die

Büffel, die wir zum Leben brauchen! Wir danken dir, Maheo, ha-ho!«

Vier Tage und vier Nächte tanzten ausgesuchte Krieger um den Pfahl. Sie sangen die heiligen Lieder und bliesen auf ihren Flöten aus Adlerknochen. So ehrten sie die erwachende Natur. Am letzten Tag legten viele junge Krieger eine Mutprobe ab. Sie ließen sich Holzstöckchen durch die harte Haut über den Brustwarzen treiben, banden die Rohhautschnüre, die vom heiligen Pfahl hingen, daran und tanzten, bis die Schnüre rissen und sie vor Erschöpfung zusammenbrachen. Mit einem stolzen Lächeln verließen sie die Hütte. In ihrem Schmerz hatten sie den Großen Geist gesehen, sie waren zu einem Teil der Natur geworden.

Rose war lange genug bei den Indianern, um den religiösen Hintergrund der Zeremonie zu begreifen. Sie betrachtete den Sonnentanz nicht als heidnischen Hokuspokus, wie es die weißen Prediger taten. Sie empfand dieselbe Ehrfurcht wie Wolf-auf-dem-Hügel oder Krähenfrau, und sie verstand den weisen Berührt-die-Wolken, der auf seinen Stock gestützt in der Medizinhütte stand und vor dem roten Büffelschädel betete. Der Schädel stand als Symbol für den Großen Geist, der ihnen die Büffel schickte, um sie am Leben zu erhalten, so wie das Kreuz der christlichen Kirche ihren Erlöser symbolisierte. Der Medizinmann drückte das Bündel mit den heiligen Pfeilen an seine Brust, ein anderes Symbol für die tiefe Verbundenheit seines Volkes mit der Natur. Ihre Ehrfurcht vor den Geistern war groß.

Aber der Sonnentanz war kein ernstes Fest, er war auch eine gesellschaftliche Veranstaltung, die für das gesellige Beisammensein und ausgelassene Spiele genutzt wurde. Nur im Sommer, wenn das Erwachen der Natur gefeiert wurde, kamen alle tsis-tsis-tas zusammen, und man nützte die Zeit, um Verwandte und Freunde zu besuchen, sich mit ihnen zu unterhalten oder im Wettstreit zu messen. Am beliebtesten war das Wettreiten am Flussufer. Rose war dabei, als Wolf-auf-dem-Hügel den Anführer der Krieger besiegte, und bewunderte einen Lakota, der auf dem Rücken seines Schecken stand und waghalsige Kunststücke vorführte. Sie lachte über einen Krieger, der Weißer Frosch genannt wurde und quakend an den Tipis vorbeihüpfte, und floh vor den Kindern, die Muschelfrau und Krähenfrau geboren hatten, denn sie waren für ihre Streiche bekannt. Sie bemalten ihre Körper mit schwarzer Farbe und erschreckten einen besonders grimmigen Krieger der Waldleute, der schreiend davonrannte und glaubte, dem Ungeheuer aus dem tiefen See begegnet zu sein.

Am fünften Tag, nachdem die jungen Krieger ihre Mutprobe abgelegt hatten, versammelten sich die vierundvierzig Häuptlinge der tsis-tsis-tas am Feuer. Sie beratschlagten über die Zukunft und baten die Krieger des Volkes, ihre Meinung kundzutun. Zwei Monde, ein Anführer der Flussleute, gehörte zu den ersten Männern, die sich erhoben und in den Schein des abendlichen Feuers traten. »Meine Brüder, hört mich an«, sagte er. »Ich habe viele Sommer und Winter gesehen und kann mich noch an die Zeit erinnern, als die Vehos auf der anderen Seite des großen Flusses lebten. Damals gab es noch keine bärtigen Männer, die mit ihren rollenden Tipis durch die Prärie zogen, und nur Gelber Wolf, der mit den Häuptlingen der Lakota zum Großen Weißen Vater nach Osten fuhr, erzählte von gelbhaarigen Frauen und Kindern, die in selbst gebauten Höhlen aus Stein lebten. Ich denke gern an diese

Zeit zurück, meine Brüder. Die Prärie reichte von einem Ende des Himmels zum anderen, und die Räder der rollenden Tipis hatten sich noch nicht in die heilige Erde gefressen. Die Erde ist unsere Mutter, und sie weint vor Schmerz, wenn sie von den endlosen Wagenzügen der Vehos überrollt wird! Wir müssen sie aufhalten, meine Brüder, wir müssen kämpfen, wenn wir am Leben bleiben wollen! Es geht um die Zukunft des Volkes!«

Kleiner Wolf, ein Krieger der Waldleute, pflichtete ihm bei. Seine Augen blitzten, als er sagte: »Die Weißen haben uns betrogen! Sie haben das Sprechende Papier unterschrieben, das sie Vertrag nennen, und dann haben sie ihre Soldaten geschickt und neue Forts gebaut. Wir müssen kämpfen, meine Brüder! Nur wenn wir auf den Kriegspfad gehen, können wir siegen! Erinnert euch an die angeberischen Krähen. Wir haben über sie gelacht, aber sie wurden immer dreister, und erst als wir die heiligen Pfeile in den Krieg trugen, zogen sie sich zurück. Erneuert die Pfeile, meine Brüder, und jagt die Vehos aus dem Land!«

»Krieg! Krieg!«, riefen junge Männer wie Pferd. »Tötet die blassen Männer! Tötet die Frauen und Kinder! Sie haben das Versprechen gebrochen, das sie uns gegeben haben, und haben es nicht verdient, weiterzuleben! Raucht die Pfeife des Krieges!«

Es gab auch mäßigende Stimmen. Vor allem Häuptlinge wie Büffelkopf, die sich verpflichtet hatten, für den Frieden zu leben, mahnten die jungen Männer, ihre Kampfeslust im Zaum zu halten. »Dies ist kein gewöhnlicher Krieg«, gab der Häuptling der Hügelleute zu bedenken. »Wir ziehen nicht gegen die Krähen oder die Wölfe. Selbst die Ho-he im Norden sind nicht so mächtig wie die blassen Männer! Habt ihr die großen Feuerrohre gesehen? Habt ihr gesehen, welches Unheil sie anrichten können? Wir müssen Frieden mit den Vehos halten, meine Brüder! Denkt an die Frauen und Kinder! Was geschieht mit ihnen, wenn ihr im Kampf gegen die weißen Männer fallt? Wer sorgt für sie?«

Gespannt wartete Rose darauf, was Wolf-auf-dem-Hügel zu sagen hatte. Er sprach am späten Abend, als der Mond nach Osten gewandert war, und die Flammen des großen Feuers hoffnungsvoll an der Dunkelheit leckten. Er stand auf und reckte seinen nackten Oberkörper. »Die Hundekrieger waren immer für den Kampf«, sagte er. »Sie werden niemals zulassen, dass die Vehos ihr Netz über die weiten Ebenen spinnen und alles Leben in unseren Dörfern ersticken! Sie wollen, dass wir alle leben! Und sie wollen, dass wir unseren Stolz und unsere Ehre behalten! Die Zeit ist günstig für einen Krieg. Die Vehos führen einen großen Krieg im Osten und ziehen ihre Soldaten ab. Wenn wir jetzt angreifen, können wir sie endgültig vertreiben!« Er blickte über das Feuer hinweg und fand Rose, die bei den anderen Frauen stand und aufmerksam zuhörte. »Aber ich möchte hören, was Feuerfrau zu sagen hat. In ihrer Brust schlagen zwei Herzen, und sie hat mit dem Donnervogel gesprochen. Sie soll berichten, was die Vehos wirklich vorhaben. Sag uns die Wahrheit, Feuerfrau!«

Rose spürte die erwartungsvollen Blicke der Männer und Frauen und trat zögernd in den Schein des Feuers. Die zuckenden Flammen ließen ihre roten Haare leuchten. Sie empfand es als große Ehre, am großen Feuer der Häuptlinge sprechen zu dürfen, und schwieg respektvoll, bis sie das aufmunternde Nicken des weißhaarigen Berührt-die-Wolken sah. »Meine Brüder und Schwestern«, rief sie, »ich bin Rose O'Malley, die ihr Feuerfrau nennt, und spreche als Freundin zu euch! Ich kam als Gefangene zu eurem Volk, und ich gebe zu, dass ich euch verachtet habe, bevor ich euch kennen gelernt habe. Wir waren Feinde. Ich wusste nur das, was die anderen Weißen mir erzählten, und ich glaubte ihnen, als sie von blutrünstigen Wilden sprachen, die an keinen Gott glauben.« Sie benutzte das Wort für Großer Geist. »Ich räume ein, dass ich mich vor euch gefürchtet habe, aber ich habe die Weisheit des Donnervogels erfahren und weiß jetzt, dass ich mich geirrt habe!« Sie wusste, dass der grelle Blitz, der ihre Haare zum Glühen gebracht hatte, nicht vom Donnervogel gekommen war, hatte sich aber nie gegen die Legende gewehrt. Die Geschichte hatte ihr geholfen, bei den Indianern zu überleben. »Ihr seid Menschen wie wir, und ich habe viele Freunde gewonnen!«

Ihr Blick wanderte zu Berührt-die-Wolken, Wolf-auf-dem-Hügel und Krähenfrau, und ein Lächeln erhellte ihr Gesicht. »Ich würde großen Schmerz empfinden, wenn euch etwas zustoßen würde! Deshalb bin ich gegen den Krieg! Das werde ich auch den Blauröcken sagen, wenn ich nach Fort Laramie gehe. Es darf keinen Krieg zwischen eurem Volk und den Weißen geben! Die Männer, die mit den rollenden Tipis nach Westen fahren, wollen euer Land nicht, sie wollen zum großen Wasser jenseits der Berge. Lasst sie ziehen, meine Brüder, denn auch sie haben Frauen und Kinder, und auch bei ihnen herrscht großes Wehklagen, wenn der Krieg ihnen die Verwandten und Freunde nimmt.« Sie dachte an die toten Kinder von Alice Fowler und schloss für einen Augenblick die Augen. »Ich möchte, dass ihr den Frieden bewahrt.«

»Feuerfrau spricht wie ein Häuptling«, erwiderte der Hundekrieger, »aber sie sagt nicht die ganze Wahrheit! Wer kommt nach den Männern und Frauen in den rollenden Tipis? Wie viele Weiße gibt es wirklich? Gib uns eine ehrliche Antwort, Feuerfrau!«

Rose wollte ihre neuen Freunde nicht belügen, aber sie scheute sich, die volle Wahrheit zu sagen. Sie durfte ihnen nicht verraten, dass es keine Hoffnung für die tsis-tsis-tas gab. Es würden immer mehr Siedler kommen, dann würden sie eine Eisenbahn bauen, und mit ihr würden die ersten Städte entstehen. Die Büffel würden verschwinden, und den Indianern würde nichts anderes übrig bleiben, als ins Reservat zu gehen. So war es im Osten des Landes geschehen. »Die Weißen sind so zahlreich wie das Laub an den Bäumen«, wich sie aus, »es ist besser, mit ihnen Frieden zu halten. Ein Krieg bringt große Trauer in eure Tipis! Unterschreibt das Sprechende Papier, das euch die Soldaten anbieten, denn nur mit einem Vertrag könnt ihr überleben! Auch wenn mein Volk einen sinnlosen Krieg im Osten führt, wird es die Soldaten nicht aus den Forts ziehen, denn auch an der Ostküste gibt es genug Männer, die kämpfen wollen. Das ist alles, was ich zu sagen habe, meine Brüder und Schwestern.«

Ihre Ansprache verursachte Betroffenheit, und es folgte eine hitzige Auseinandersetzung zwischen den weisen Kriegern, die gegen den Krieg waren, und den jungen Hitzköpfen, die gegen die Weißen kämpfen wollten. »Wir wollen abwarten«, sprach Büffelkopf ein weises Schlusswort, »nur wenn die Blauröcke ein weiteres Fort bauen, und die Männer, die nach dem gelben Metall suchen, gegen unsere Frauen und Kinder vorgehen, wollen wir das Kriegsbeil ausgraben. Habt Geduld, meine jungen Brüder, denn auch für euch wird die Zeit kommen, in einem Kampf eure Tapferkeit zu beweisen! Aber jetzt haltet Frieden, sonst gefährdet ihr das Leben unseres Volkes! Ich habe gesprochen.«

Der Sonnentanz war zu Ende, und die Hügelleute zogen in ihr Sommerlager zurück. Rose blieb bei den Indianern, obwohl ihre Ansprache wenig Hoffnung ausgelöst hatte und die Gelegenheit günstig gewesen wäre, in die Zivilisation zurückzukehren. »Der Große Geist wird dir sagen, wann du gehen sollst«, hatte der Medizinmann gesagt. Würde sie seine Stimme hören? Sie war viel allein, wanderte und fastete in den Hügeln wie eine heilige Frau und schämte sich dafür, eine Weiße zu sein, denn auch sie trug dazu bei, den Traum der tsis-tsis-tas zu zerstören, auch sie war ein Teil der Besiedlungswelle, die über das Land der Indianer hinwegschwappte. »Ich fühle mich schuldig«, sagte sie.

Berührt-die-Wolken, der mit seinem Stock neben ihr lief, schüttelte bedächtig den Kopf. »Du bist Feuerfrau«, erwiderte er, »in deiner Brust schlagen zwei Herzen! Du fühlst mit einem Volk, das du früher nicht gekannt hast. Aber du kannst den Lauf der Dinge nicht verändern. Was der Große Geist beschlossen hat, wird geschehen, auch wenn wir den Sinn oft nicht verstehen! Alles bewegt sich im Kreis, meine Schwester, auf den Tag folgt die Nacht, und wenn der Sommer gegangen ist, meldet sich der Wintergeist aus dem Norden. So war es, und so wird es immer sein. Ich weiß, dass es keine Zukunft für mein Volk gibt. In einem Traum habe ich gesehen, wie die Vehos unsere Büffel töten, und unser Volk an Hunger stirbt. Die wenigen tsis-tsis-tas, die überleben, werden von den milden Gaben der Weißen leben. Ich habe gesehen, wie die

Blauröcke kommen und auf unsere Frauen und Kinder schießen. Das weiß ich, und ich kann nichts dagegen tun. Unser Volk wird auf der anderen Seite weiterleben, in einer besseren Welt, das hätte ich den Häuptlingen am Feuer gern gesagt, aber der Große Geist hat mir verboten, die Wahrheit zu sagen, und ich verstehe ihn, denn nur im Kampf finden unsere jungen Männer den Weg, der auf die andere Seite führt.« Er blieb stehen und blickte Rose lange an. »Du bist eine tapfere Frau«, fügte er hinzu, »vielleicht will der Große Geist deshalb, dass du dabei bist, wenn das lange Sterben unseres Volkes beginnt.«

Rose glaubte nicht, dass alles im Leben vorherbestimmt war, sie hoffte auf eine Chance, die jedem Lebewesen gegeben wurde. Die Stärke der Indianer lag in ihrem Glauben. Wer davon überzeugt war, in einer anderen Welt das ewige Glück zu finden, fürchtete den Tod nicht. Ein Hundekrieger wie Wolf-auf-dem-Hügel starb mit einem Lächeln auf den Lippen. Selbst die Frauen und Kinder fürchteten den Tod nicht. Sie weinten um die gefallenen Krieger, und sie schoren sich die Haare und brachten sich blutige Schnittwunden bei, wenn ein Verwandter starb, aber sie glaubten fest daran, dass es ein Leben nach dem Tod gab. Sie waren gläubiger als die Pastoren in der Kirche.

Bevor es zu jenem düsteren Tag kam, den Berührt-die-Wolken vorausgesagt hatte, erlebte Rose noch einmal, wie ausgelassen und fröhlich das Leben der Hügelleute sein konnte. Sie freute sich mit Krähenfrau, die ein besonders schönes Kleid genäht hatte, und sie tanzte zu Ehren von Pferd, der seine Angebetete zur Frau nahm. Beim Sonnentanz ritt sie mit den Frauen der Lakota um die Wette und wurde um drei Pferdelängen geschlagen. Sie jagte die beiden Kinder, die sie erschrecken wollten, durch das ganze Lager und blieb kichernd am Ufer stehen, als sie in das kalte Wasser hüpften. Sie beobachtete den Anführer der Hundekrieger, wie er einen besonders großen Büffelbullen erlegte, und beteiligte sich an dem großen Festessen im Mond der reifen Pflaumen. Aiee, die Hügelleute führten ein gutes Leben!

Im Herbst des Jahres 1863 blieben die Büffel aus. Großes Wehklagen setzte ein, und Berührt-die-Wolken verbrachte vier Tage und vier Nächte in einer Schwitzhütte, um sich auf die Suche vorzubereiten. »Feuerfrau wird mich auf meinem langen Weg begleiten«, sagte er, nachdem er den Kriegern berichtet hatte. »Wir werden herausfinden, warum die Büffel nicht gekommen sind!« Er rührte rote und schwarze Farbe an, drückte seinem Pferd die heiligen Zeichen auf und ließ sich von Wolf-auf-dem-Hügel in den Sattel helfen. Sein Blick war ausdruckslos, als er die weiße Frau vor ihrem Tipi abholte. »Dies ist der Tag, auf den wir gewartet haben«, sagte er, und Rose spürte, wie sich ihre Brust zusammenzog. Sie verabschiedete sich von Wolf-auf-dem-Hügel und seinen beiden Frauen, als wäre es das letzte Mal. Eine tiefe Traurigkeit beseelte sie, als sie auf dem besten Büffelpferd des Hundekriegers aus dem Dorf ritt. »Du machst mir Angst«, sagte sie zu dem Medizinmann, aber er antwortete nicht.

Sie ritten viele Tage und viele Nächte, sahen blühende Wiesen und schneebedeckte Berggipfel. Um die einsamen Siedlungen der weißen Farmer schlugen sie einen Bogen. Sie durchquerten angeschwollene Flüsse und trieben ihre Pferde über schroffe Hügel. An einem türkisfarbenen Bergsee begegneten sie einem Medizinmann der Lakota, der ebenfalls nach den Büffeln suchte, und einmal mussten sie sich verstecken, weil einige Goldgräber mit ihrem Wagen über die Prärie zogen. Rose verzog angewidert den Mund, als sie die Männer reden hörte. Sie sprachen davon, es dem roten Gesindel heimzuzahlen, so wahr ihnen Gott helfe.

In einem Tal des Bighorn River, unweit der Stelle, an der sich die Cheyenne zum Sonnentanz versammelt hatten, fanden sie die Büffel. Die weißen Leiber lagen über das ganze Land verstreut, wie eitrige Wundmale in der grünen Wiese. Rose und der Medizinmann zügelten erschrocken ihre Pferde. Sie blickten auf die toten Tiere hinab und sagten lange Zeit nichts. Sie waren so still, dass man das Summen der Fliegen hören konnte, die sich in dunklen Schwärmen auf den weißen Kadavern niedergelassen hatten.

»Das waren Vehos«, sagte Rose leise. »Sie haben die Büffel nur wegen der Felle getötet. Sie lassen das Fleisch verrotten.« Sie blickte den alten Mann an und fragte: »Warum tun sie das?« Erst jetzt bemerkte sie, dass Berührt-die-Wolken weinte.

20

Über dem Winterlager der Hügelleute hing dichter Rauch, als Rose und der Medizinmann zurückkehrten. Entsetzt griffen sie ihren Pferden in die Zügel. »Die Blauröcke«, sagte Berührt-die-Wolken. »Sie haben unser Dorf überfallen!« Sie trieben ihre Pferde durch den Fluss und ritten benommen an den schwelenden Tipis vorbei. Überall lagen tote Frauen und Kinder, kaum bekleidet, denn die weißen Soldaten hatten sie im Schlaf überrascht. Der gemeine Überfall konnte keine zwei Stunden zurückliegen. Es war früh am Morgen, und der Himmel schimmerte in einem schmutzigen Orange. Kühler Wind trieb Schneeflocken über das Land. Der Wintergeist war aus dem Norden zurückgekehrt und hatte jede Hoffnung auf die Rückkehr der Büffel erstickt. »Es ist Zeit, in die Welt der Weißen zurückzukehren«, sagte Berührt-die-Wolken leise. »Dies ist das Zeichen, auf das du gewartet hast.«

Rose stieg ab und ging zu ihrem Tipi. Die Angst, ihre neuen Verwandten bei den Opfern zu finden, ließ sie immer langsamer gehen. Muschelfrau lag mit hochgeschobenem Kleid zwischen den verbrannten Zeltstangen, das Gesicht vor Angst verzerrt, und Krähenfrau war von einer Kugel getötet und in die Flammen geschleudert worden. Ihr Körper war beinahe zur Unkenntlichkeit verbrannt. Einige Meter vom Tipi entfernt waren die Kinder gestorben. Von Wolf-auf-dem-Hügel gab es keine Spur, auch die anderen Krieger waren anscheinend nicht im Dorf gewesen, als die Soldaten gekommen waren. »Sie sind auf der Jagd«, erklärte Berührt-die-Wolken. »Sie suchen nach den Büffeln. Sie wissen nicht, was wir gesehen haben, sie können nicht ahnen, was ich geträumt habe und wie die Zukunft unseres Volkes aussieht.«

Ungefähr dreißig Frauen und Kinder waren auf die andere Seite gegangen, der Rest hielt sich in den fernen Hügeln versteckt. Rose ging erschöpft in die Knie. Sie berührte den Boden, der immer noch heiß von den Flammen war. Ihr Schmerz war so groß, dass keine Tränen kamen. Sie zog ihr Messer, brachte sich einige Wunden an den Unterarmen bei und sang ein Klagelied, das sie von Krähenfrau gelernt hatte. So erwies sie den toten tsis-tsis-tas die letzte Ehre. Sie blieb lange sitzen und fragte sich immer wieder, warum die Soldaten ein solches Massaker begangen hatten. Waren die Männer betrunken gewesen? Warum vergriffen sie sich an hilflosen Frauen und Kindern? Sie stand auf und bestieg ihr Pony und blickte den Medizinmann verzweifelt an. »Warum?«, fragte sie leise. »Warum?«

Berührt-die-Wolken wusste keine Antwort. »Es gibt vieles, was wir nicht verstehen.« Er berührte das Bündel mit den heiligen Pfeilen und sprach ein stilles Gebet. »Du musst gehen«, sagte er, »du darfst nicht mehr hier sein, wenn die Krieger zurückkehren! Sie werden glauben, dass du mit den bösen Geistern im Bunde bist! Geh zurück zu deinem Volk, und erzähle, was du gesehen hast! Dort kannst du am meisten für uns tun!« Seine Miene verriet, dass er nicht daran glaubte. Der Große Geist hatte entschieden, seine Kinder in eine andere

Welt zu führen, und nichts konnte seinen Entschluss ändern. »Geh jetzt, meine Schwester!«

Sie blickte ihn traurig an. »Was wirst du tun, Onkel?«

Berührt-die-Wolken holte das heilige Bündel hervor und sagte: »Ich werde auf die Krieger warten und die Pfeile erneuern, denn so habe ich es in meinen Träumen gesehen. Vergiss deine Brüder und Schwestern nicht! Eni-to-eme, ich verneige mich vor dir!«

Rose berührte die Brust des alten Mannes und ritt davon. Als sie sich auf einem Hügel noch einmal umdrehte, sah sie ihn noch immer auf seinem Pferd sitzen, einen enttäuschten und gebrochenen Mann, der das Ende seines Volkes gesehen hatte. Daran würde auch der Krieg, der nun kommen würde, nichts mehr ändern. Seine weißen Haare flatterten im Wind und verschmolzen mit den Schneeflocken, die immer stärker vom Himmel fielen. Der Winter war gekommen, und die Hügelleute hatten kaum etwas zu essen. Maheo hatte sich von seinem Volk abgewandt und floh vor den weißen Männern, die von Osten kamen und sich das Land untertan machten. Rose gehörte zu diesen Männern, und dafür schämte sie sich, aber es gab keinen anderen Weg, und Gott wollte es so. Doch sie würde die Hügelleute niemals vergessen und sich immer für sie einsetzen.

Nachdenklich ritt sie über die leere Prärie. Sie bot ein seltsames Bild, denn sie hatte ihren schlanken Körper in ein Büffelfell gehüllt und auch ihre roten Locken darunter versteckt. Jeder Weiße würde sie für einen Indianer halten und ohne Vorwarnung das Feuer auf sie eröffnen, aber darüber dachte sie nicht nach. Ihre Gedanken waren bei den tsis-tsis-tas, den toten Frauen und Kindern, die auf grausame Weise von den

Soldaten ermordet worden waren. Dies war ein Krieg, und auch in den Schlachten zwischen dem Norden und dem Süden gab es blutige Gemetzel, aber sie glaubte nicht, dass die Truppen im Osten auch auf schwache Frauen und Kinder losgingen. Sie beschloss, sich an höchster Stelle darüber zu beschweren und nicht eher zu ruhen, bis die Schuldigen bestraft wurden. Die Soldaten hatten den wehrlosen Indianern nicht einmal gestattet, in Würde zu sterben.

Sie ritt durch die Jagdgründe der tsis-tsis-tas, ohne einem Menschen zu begegnen. Das Land wirkte so verlassen, als wären alle Menschen vom Erdboden verschwunden. Nicht einmal die Tiere ließen sich blicken. Der Schnee vertrieb alles Leben und erstickte die Pflanzen und das spärliche Gras. Sie legte kaum eine Pause ein, rastete nur, wenn sie es vor Müdigkeit kaum noch aushielt und einige Felsen oder eine schützende Mulde fand. Sie aß das Trockenfleisch, das sie in ihrer ledernen Vorratstasche mitführte, und trank das Wasser aus den kalten Flüssen und Seen. Der böige Wind machte ihr nichts aus. Ihr Herz war voller Trauer, und ihr schmerzender Blick war nach innen gerichtet.

Nach drei Tagen und drei Nächten erreichte sie den Oregon Trail. Die Wagenspuren hatten sich noch tiefer in den Erdboden gegraben und lagen verlassen unter der bleichen Sonne. Um diese Zeit fuhren keine Wagenzüge mehr nach Westen, nur im Sommer hatte man die Chance, die Rocky Mountains zu überqueren. Sie folgte den Spuren nach Westen und merkte nicht mal, dass der Schnee nachließ, und die Sonne zwischen den Wolken hervorkam. Erst als sie die weißen Häuser von Fort Laramie in der Ferne ausmachte, nahm sie ihr Büffelfell vom Kopf.

Die Wachsoldaten glaubten ihren Augen nicht zu trauen, als sich die einsame Gestalt dem Stützpunkt näherte. Zuerst glaubten sie an eine Indianerin, die zum Betteln ins Fort kam, aber dann leuchteten die roten Haare in der Sonne, und einer der Männer rief: »Lieutenant! Da kommt eine Frau! Eine weiße Frau!«

Rose fiel vor Erschöpfung aus dem Sattel und wurde ins Lazarett gebracht. Sie schlief den Rest des Tages und die ganze Nacht, neugierig vom Arzt und einem Lieutenant beobachtet, der sich keinen Reim auf die junge Frau machen konnte. »Sergeant Bauer!«, rief er seinen deutschstämmigen Unteroffizier herein. Er deutete auf das lederne Kleid über der Stuhllehne. »Sie hatte dieses Kleid an! Können Sie sich einen Reim darauf machen?«

Sergeant Bauer kaute gelangweilt auf seinem Priem. »Eine Gefangene. Ich nehme an, sie ist weggelaufen. Seit Mai werden fünf Frauen vermisst, sie muss eine davon sein.« Er betrachtete die schlafende Patientin und schüttelte den Kopf. »Obwohl ich mich nicht daran erinnern kann, dass eine Rothaarige dabei war.«

»Welcher Stamm?«, fragte der Lieutenant.

Sergeant Huntzicker berührte die Perlenstickereien auf dem Kleid und zuckte die Achseln. »Sioux, Cheyenne, was weiß ich?«

Der Lieutenant wandte sich an den Arzt. »Ist sie krank?«

»Nur erschöpft«, antwortete der Arzt, ein erfahrener Offizier, der während des ersten Jahres im Bürgerkrieg gedient hatte. Weil er einem Konföderierten kostbares Laudanum gegeben hatte, war er nach Westen versetzt worden. »Aber eines ist doch seltsam …«

»Ja?«

»Sie ist nicht misshandelt worden. Man hat sie nicht geschlagen, und … nun, vergewaltigt hat man sie auch nicht! Das ist ziemlich untypisch für eine weiße Frau, die bei den Indianern war. Die letzten Gefangenen, die wir befreit haben, hatten alle den Verstand verloren. Es sieht fast so aus, als wäre sie freiwillig bei den Halsabschneidern gewesen! Aber das ist absurd …«

»Sie hat eben Glück gehabt«, meinte der Sergeant.

Rose erwachte am späten Vormittag. Sie brauchte einige Zeit, um sich an ihre neue Umgebung zu gewöhnen, und starrte minutenlang ins Leere, bevor sie die drängenden Fragen des Lieutenants zur Kenntnis nahm. Anstatt zu antworten, fragte sie: »Wer hat mich ausgezogen? Kann mir jemand ein Kleid besorgen? Ich kann bezahlen!« Sie löste den Beutel von ihrem Kleid und legte eine Münze auf die Wolldecke, mit der man sie zugedeckt hatte. »Und dann möchte ich den Befehlshaber sprechen!«

Ihre energische Stimme duldete keine Widerrede. Sie erfuhr, dass die Frau des Arztes sie ausgezogen hatte, eine blasse Frau, die ihrem Mann nie verzeihen würde, dass er gegen die Vorschriften verstoßen hatte und in diese Einöde versetzt worden war. »Hier gibt es keine Kleider zu kaufen«, antwortete sie mürrisch, nachdem man sie gerufen hatte, »aber Sie können eines von mir haben. Ein einfaches Baumwollkleid, aber besser als dieses … dieses Indianerkleid, nicht wahr?« Sie nahm die Münze, bevor Rose es sich anders überlegte, und ging nach nebenan.

Das Kleid war etwas zu groß und viel zu teuer, aber Rose beklagte sich nicht. Sie hatte seit drei Jahren kein Baumwollkleid mehr getragen und musste sich erst daran gewöhnen. Die

Unterwäsche zwickte. Sie hatte die Soldaten aus dem Krankenzimmer gebeten, ohne ihre Fragen zu beantworten, beruhigte ihre Neugier nur, indem sie ihnen versicherte, bei bester Gesundheit zu sein, und nein, sie sei nicht vergewaltigt worden, ganz im Gegensatz zu einigen Opfern der glorreichen Kavallerie! Sie ließ die verstörten Soldaten stehen und stapfte zu dem zweistöckigen Gebäude, in dem die Kommandantur untergebracht war. »Ich möchte den Befehlshaber sprechen!«, sagte sie zur Ordonnanz.

Der Colonel war ein schneidiger Mann aus Illinois, der es bedauerte, nicht für Abe Lincoln in den Krieg ziehen zu können. »Stattdessen muss ich mich mit diesen stinkenden Indianern herumärgern!«, schimpfte er regelmäßig. Er bot Rose einen Stuhl an und ließ einen Becher Kaffee für sie bringen. »Tut mir Leid, dass wir Ihnen nicht mehr bieten können, Ma'am«, erinnerte er sich an seine guten Manieren. »Sie kommen von den Indianern?«

»Ich war keine Gefangene«, begann sie ihren Bericht. Sie erzählte vom Tod der beiden Kinder, ihrer Gefangennahme und darüber, wie sie von den Hügelleuten akzeptiert worden war. »Es waren Cheyenne«, erklärte sie, »und die Armee liegt falsch, wenn sie die Indianer für unzivilisierte Wilde hält! Sie sind Menschen, Colonel, und ich bin nur hier, weil ich gesehen habe, wie rücksichtslose Jäger den Indianern ihre Lebensgrundlage nehmen. Sie erschießen die Büffel nur wegen der Felle, und dann kommt ihre Kavallerie und erschießt wehrlose Frauen und Kinder!«

Der Colonel erhob sich. »Was erlauben Sie sich, Ma'am? Das ist nicht wahr!« Sein buschiger Schnurrbart zitterte. »Wir haben einen Vertrag mit den Indianern geschlossen und gehen nur gegen sie vor, wenn sie die Abmachungen verletzen! Die jungen Krieger müssen zur Räson gebracht werden! Wir kämpfen nicht gegen wehrlose Frauen und Kinder, das verbitte ich mir! Ganz im Gegensatz zu diesen Rothäuten! Ich denke, Sie haben selber erlebt, wie zwei Kinder ermordet wurden! Heißen Sie das gut?«

»Nein, natürlich nicht«, räumte Rose schuldbewusst ein, »aber ich habe auch die toten Frauen und Kinder der Cheyenne gesehen, und alles deutet darauf hin, dass Soldaten sie überfallen haben! Sie sind wie wilde Tiere über sie hergefallen, Colonel!«

»Nicht meine Männer!«, erwiderte der Offizier entschlossen. »Vielleicht die Einheit eines anderen Forts oder Freiwillige, die betrunken waren! Verstehen Sie mich nicht falsch, Ma'am, ich verurteile solche Massaker genauso wie Sie. Ein Blutbad bringt uns nicht weiter, weder hier noch im Osten. Wir müssen den Feind in die Enge treiben und ihm klar machen, dass er keine Chance gegen uns hat. Nur so gewinnen wir den Krieg! Die Indianer müssen lernen, dass sie nur überleben, wenn sie den Weg des weißen Mannes gehen, und das bedeutet ...«

»... ab ins Reservat«, ergänzte Rose. »So war es im Osten, und so wird es hier sein. Ich werde mich an höchster Stelle beschweren, Colonel! Werden Sie meinen Brief weiterleiten?«

»Natürlich. Wenn Sie wollen.« Er blieb stehen und griff an seinen Schnurrbart. »Aber ich glaube nicht, dass sich eine Dame in die Politik einmischen sollte. Die Sache ist komplizierter, als Sie annehmen. Es gibt Zusammenhänge, die Sie nicht beurteilen können.« Er zögerte. »Was haben Sie jetzt vor, Miss O'Malley?«

»Das weiß ich nicht, Colonel«, erwiderte sie unschlüssig, »wenn Sie nichts dagegen haben, bleibe ich eine Weile hier …«

»Versuchen Sie es bei den Siedlern, die zu spät dran waren und auf das nächste Frühjahr warten«, schlug der Colonel vor. »Sie kampieren hinter den Offiziersquartieren am Fluss. Ein paar Wagen und Zelte, nichts Besonderes, aber wir sind hier leider nicht auf Besuch eingerichtet.« Er reichte ihr lächelnd die Hand und führte sie ins Vorzimmer. »Mein Adjutant wird Sie begleiten.«

Rose kaufte sich mit einigen Münzen bei den Siedlern ein und ertrug ihre neugierigen Blicke, nachdem sie erfahren hatten, dass sie drei Jahre bei den Cheyenne verbracht hatte. Sie las die unausgesprochenen Fragen in ihren Augen. Haben sie dich geschlagen? Haben sie dich vergewaltigt? Warum hast du keinen Selbstmord begangen? Wie konntest du es bei diesen Wilden aushalten? Rose zwang sich dazu, keine dieser Fragen zu beantworten. Sie wollte keinen Streit mit den Siedlern und erinnerte sich daran, wie sie gedacht hatte, bevor sie von Wolf-auf-dem-Hügel und seinen Kriegern entführt worden war. Kein Weißer wusste etwas über Indianer, wenn er nicht bei ihnen gelebt hatte.

Sie schloss keine Freundschaften während der folgenden Wochen, begegnete den Frauen freundlich und hilfsbereit, ohne aufdringlich zu sein. Man hatte ihr ein Zelt zugewiesen, in dem sogar ein kleiner Ofen stand, und ging ihr aus dem Weg, als man merkte, wie reserviert sie war. Die Siedler schoben ihre eigenbrötlerische Art auf die Zeit bei den Indianern, sprachen hinter vorgehaltener Hand davon, dass sie den klaren Blick verloren hatte. Aber das stimmte nicht. Sie wusste nur, dass sie die Beherrschung verlieren würde, wenn das Gespräch auf die Indianer kam, und das war nicht zu vermeiden, wenn sie sich auf eine Unterhaltung mit den Siedlern einließ. Sie wollte so schnell wie möglich weiterziehen und irgendwo im Westen eine neue Existenz aufbauen. Sie wollte den Anblick der toten Frauen und Kinder vergessen und die Träume ihrer Jugend verwirklichen.

Um irgendetwas zu tun, heuerte sie bei den Waschfrauen an, die sich um die schmutzige Wäsche der Soldaten kümmerten. Keine Arbeit für eine Lady, die in einem der vornehmsten Häuser von St. Louis gewohnt hatte, aber davon wusste niemand in Fort Laramie, und sie war sich für keine Tätigkeit zu schade. Die Arbeit half ihr, die schrecklichen Bilder zu vergessen, und die belanglosen Unterhaltungen mit den Soldaten brachten sie auf andere Gedanken. Die Männer wagten es nicht, sie auf die Zeit bei den Indianern anzusprechen. Sie fragte öfter nach dem Wagenzug, mit dem sie nach Westen gekommen war, und erfuhr von einem bärtigen Sergeant, dass Sarah Osgood einen Jungen in Fort Laramie geboren hatte. »Eine schwierige Geburt«, meinte der Sergeant, »deshalb kann ich mich daran erinnern. Alle Soldaten drückten der armen Frau die Daumen. Ihr Mann hatte einen ziemlichen Rausch, als das Baby zur Welt kam!« Er lachte und wurde rot, als Rose ihm die sauberen Unterhosen reichte.

Ein pockennarbiger Corporal, der aus Polen nach Amerika gekommen war und seine fünfjährige Dienstzeit beinahe abgeleistet hatte, berichtete von einer Frau, die ebenfalls bei den Indianern gewesen war und hilflos über die Prärie geirrt sei, als man sie gefunden habe. »Das ist drei oder vier Jahre her«, sagte er. »Ich war bei den Männern, die sie gefunden haben. Sie hatte den Verstand verloren und rief ständig nach ihren Kindern. Wir haben nie erfahren, ob sie tatsächlich welche hatte. Vielleicht bei den Rothäuten. Arme Frau ...« Er hatte das Gefühl, etwas Falsches gesagt zu haben, und fügte hinzu: »Verzeihung, Miss, ich wollte nicht ... Ich meine, Sie waren doch selbst bei den Indianern ...«

»Wie hieß die Frau? Hieß sie Alice Fowler?«

»Ich habe keine Ahnung, Miss, wir haben sie beim Doktor abgeliefert, und damit war die Sache für uns erledigt. Später hörten wir, dass der Doktor sie nach Osten zurückgeschickt hat, in ein Krankenhaus nach St. Louis oder Kansas City.« Er bezahlte für die saubere Unterwäsche und sagte: »Ich wollte Sie nicht beleidigen, Miss, wir wissen alle, was Sie durchgemacht haben ...«

»Schon gut, Corporal«, verabschiedete Rose den Mann.

Es wurde April, bis die ersten Wagen in Fort Laramie eintrafen. Vor allem Händler, die neue Vorräte brachten. Rose fragte jeden, der nach Westen weiterzog, ob sie mitfahren könne, und bekam meist abschlägige Antworten. Erst ein stämmiger Goldsucher, der zu den Goldfeldern nach Virginia City wollte, ließ sich erweichen. »Ich hab zwar schon einen Passagier, aber wenn Sie bezahlen können und der Mann einverstanden ist, lasse ich mit mir handeln.« Er drehte sich um und rief: »He, Mister! Ich hab eine junge Dame hier, die möchte gern mitfahren! Geht das in Ordnung? Wenn wir uns klein machen, haben wir genug Platz!«

»Für eine Dame immer«, kam die spöttische Antwort. Frank Catlow blickte unter der Plane hervor und zeigte sein unverschämtes Grinsen, als er die Frau erkannte. »Rose O'Malley!«, staunte er. »Sag bloß, du hast die ganze Zeit auf mich gewartet.«

21

Unter dem Planwagen, in einer Büffelmulde zwischen Fort Laramie und dem South Pass, verlor Rose zum zweiten Mal ihre Unschuld. Der Goldsucher suchte die Gegend nach Indianern ab, und ihr Vater war weit entfernt, als Frank Catlow unter ihre Decke kroch und sie sich beinahe Hilfe suchend an ihn klammerte. Sie hatte diesen Augenblick herbeigesehnt und gefürchtet und an ihren Vater und Wolf-auf-dem-Hügel und die irischen Fabrikarbeiter gedacht, die im Krankenhaus von ihren Liebesabenteuern berichtet hatten, selbst wenn sie in der Nähe gewesen war. Sie hatte sich den Liebesakt als lustvolle, aber derbe Vereinigung von zwei Menschen vorgestellt, die ihrem Trieb gehorchten. Und dann war alles ganz anders. Frank war ein sanfter und zärtlicher Liebhaber, der ihre schrecklichen Erinnerungen nicht vergessen hatte und sie liebevoll streichelte, bevor er sie küsste und dort berührte, wo sie am empfindlichsten war. Seine Liebkosungen verschafften ihr ein Glücksgefühl, das sie bisher nicht gekannt hatte, und seine geflüsterten Worte waren wie Balsam nach den langen Jahren der Enthaltsamkeit. Bisher hatte sie nur Freunde gehabt. Jetzt liebte sie zum ersten Mal, und als er zu ihr kam und sie in einem rauschartigen Traum versank, glaubte sie, keinen anderen Mann jemals so lieben zu können.

Frank lächelte sie zufrieden an. Die Glut des niedergebrannten

Lagerfeuers brachte die Schweißperlen auf seiner Stirn zum Glitzern und spiegelte sich in seinen dunklen Augen. Auch er liebte sie, davon war sie fest überzeugt, obwohl er niemals die Worte sagte, die in den schwülstigen Romanen aus England zu lesen waren. Er kümmerte sich nicht darum, zu welcher Familie sie gehörte und welches Kleid sie trug, und es machte ihm nichts aus, dass sie von ihrem Vater missbraucht worden war und jahrelang bei den Indianern gelebt hatte. Jeder andere Mann hätte einen weiten Bogen um sie gemacht, das hatte sie sogar in Fort Laramie gemerkt, wo keiner der Soldaten und keiner der jungen Siedler einen Annäherungsversuch gemacht hatte. Einer Frau, die bei den Wilden gelebt hatte, ging man aus dem Weg.

»Rose O'Malley, du bist eine großartige Frau!«, sagte der Spieler beim Frühstück und kümmerte sich nicht um den verwunderten Blick des anderen Mannes. Es war das ehrlichste Kompliment, das er jemals einer Frau gemacht hatte, und sie verstand und prostete ihm mit dem Kaffeebecher zu. »Cheerio, Mister Catlow!«

Dies war der eigentliche Beginn ihrer großen Liebe und die Fortsetzung eines Traums, den sie schon in St. Louis geträumt hatte. Aus den farbenprächtigen Bildern, die ihre dunklen Nächte in der Einsamkeit erhellt hatten, war Wirklichkeit geworden, und sie wäre am liebsten aufgesprungen und hätte mitten in der Prärie gesungen und getanzt. Das tat sie erst in Virginia City, der geschäftigen Goldgräberstadt im Montana Territory, das sie einige Wochen später ohne ihren wortkargen Begleiter erreichte.

Der Goldgräber schaffte es nur bis Fort Bridger, einem geschäftigen Handelsposten am Oregon Trail. Ein bekannter

Fallensteller, der auch als Scout für die Wagentrecks arbeitete, hatte ihn gegründet und trieb einen regen Handel mit den Trappern, die immer noch in den Rocky Mountains nach Pelztieren suchten. Friedliche Indianer tauschten wertvolle Felle gegen Waffen, Munition, Lebensmittel und Alkohol. Mit den Planwagen war die Zivilisation nach Westen vorgedrungen, und Rose erkannte, dass das Paradies auch seine Schattenseiten hatte. Zumindest für die Indianer, die ihren Lebensraum und ihre Kultur verloren. Früher hätte sie nicht darüber nachgedacht, und als sie das Problem zur Sprache brachte, schüttelte Frank nur den Kopf, und der Goldgräber spuckte seinen Priem in den Sand. Rose betrachtete die so genannten Wilden mit anderen Augen, seit sie bei den Cheyenne gelebt hatte. Der Anblick der armseligen Gestalten, die betrunken vor dem Palisadenzaun herumlungerten, tat ihr in der Seele weh. »Warum tut unsere Regierung nichts dagegen?«, beklagte sie sich aufgebracht. »Washington kann doch nicht tatenlos zusehen, wie ein ganzes Volk zugrunde geht!«

»Lincoln hat andere Sorgen«, erwiderte der Spieler. »Der kann ja nicht mal verhindern, dass Amerikaner auf Amerikaner schießen!« Er fand sein Lächeln wieder. »Aber was reden wir von Politik? Lass uns lieber was essen gehen! Da drüben ist ein Lokal, da gibt es frische Hirschsteaks, die sind allemal besser als das Trockenfleisch, das wir die letzten Tage hatten!« Er blickte den Goldsucher an. »Was ist? Wollen Sie sich uns anschließen?«

»Ich geh zum Doktor«, erwiderte der Mann. Er hatte schon die letzten paar Tage über Bauchschmerzen geklagt und fühlte sich nicht wohl. »Wer weiß, was ich mir auf der verdammten Prärie geholt habe!« Er hielt es nicht für nötig, sich bei Rose für seinen Fluch zu entschuldigen, und kletterte griesgrämig vom Wagen. Rose und der Spieler warteten hinter einem Vorhang, während er untersucht wurde. Sie hatten unterwegs keine Freundschaft geschlossen, dazu war der Mann viel zu eigenbrötlerisch, aber sie hielten es für ein Gebot der Höflichkeit, bei ihm zu bleiben.

»Ich fürchte, ich muss sie eine Weile hier behalten«, sagte der Doktor zu dem blassen Goldsucher. »Ich hab noch etwas Seidlitzpulver hier, das beruhigt den Magen, aber es kann auch sein, dass Sie sich was Ernstes eingefangen haben, und das kurieren Sie besser hier aus. Bis Fort Hall ist es ziemlich weit, und wer weiß, ob der Kollege noch am Leben ist! Die Rothäute sollen wieder auf dem Kriegspfad sein!« Er lachte an seiner Zigarre vorbei und hielt abrupt inne. »Sie haben doch etwas Geld dabei?«

»Solang Sie keine Wucherpreise verlangen! Sagen Sie, Doktor, muss ich wirklich hier bleiben? Ich bin über tausend Meilen nach Westen gefahren, um endlich ein reicher Mann zu werden, und hab keine Lust, zu spät nach Virginia City zu kommen! Geben Sie mir dieses verdammte Pulver, dann komme ich schon zurecht!«

»Zu gefährlich«, winkte der Doktor ab. »Wenn Sie was Ernstes haben, kratzen Sie in den Bergen ab, und mein Ruf ist dahin!«

Dem Goldsucher blieb nichts anderes übrig, als in der Krankenstation zu bleiben. Widerwillig fügte er sich in sein Schicksal. Rose und der Spieler wünschten ihm gute Besserung und versprachen, bei ihm vorbeizuschauen, bevor sie weiterfuhren. Während des Essens kamen sie mit dem Anführer eines kleinen Wagenzugs ins Gespräch, der über Salt Lake City und die Postkutschenstraße nach Norden wollte und froh war, dass ein erfahrener Schütze und eine ehemalige Krankenschwester bei ihm mitfahren wollten. Die Siedler hatten den Winter abgewartet und waren mit sechs Wagen unterwegs. Die andere Möglichkeit wäre gewesen, über den Bozeman Trail nach Virginia City zu fahren, aber die Reise war gefährlicher, und die Familien wollten nichts riskieren. »Willkommen an Bord«, freute sich der Siedler.

Er hieß Aaron Ledbetter und hatte eine Frau und sieben Kinder, die unterwegs neben den Wagen liefen und niemals müde wurden. Frank Catlow ertrug die Unruhe mit Humor, selbst dann, als die jüngste Tochter der Ledbetters durch den Wagen hüpfte und seine Patience durcheinander brachte. »Wenn wir erst verheiratet sind, möchte ich ein halbes Dutzend Kinder«, sagte Rose und lachte fröhlich, als sie das verdutzte Gesicht des Spielers sah. Sie hatten während der letzten Tage nicht mehr über die Zukunft gesprochen. Ihre Liebe sollte nicht durch falsche Schwüre und schwülstige Bekenntnisse belastet werden. Sie hätte ihm sowieso nicht geglaubt. Er war ein ruheloser Spieler, heute hier und morgen dort, und sie hatte nicht vor, ihm Fesseln anzulegen. Wenn das Schicksal eine gemeinsame Zukunft für sie geplant hatte, brauchten sie keine Gelöbnisse, dann würde sich alles von selbst geben. Diese Denkweise hatte sie von den Indianern übernommen. Lediglich gegenüber den Ledbetters gaben sie vor, verheiratet zu sein. Der religiöse Siedler hätte ein Paar, das in Sünde zusammenlebte, niemals auf seinem Treck akzeptiert.

»Wir wollen den Augenblick genießen«, sagte sie, wenn sie unter dem Wagen der Ledbetters lagen und sich leise und gefühlvoll geliebt hatten, »wer weiß schon, was uns morgen erwartet? Dieses Land kann grausam sein, und ich habe selbst erlebt, wie schnell das Schicksal deine Pläne durchkreuzt.« Sie blickte ihn lächelnd an. »Jetzt klinge ich schon wie eine Lehrerin.«

Rose wusste selber nicht, ob sie zu einer Ehe bereit war. Sie war nicht wie diese Siedlerfrauen, die ihre einzige Erfüllung darin sahen, für einen Mann und viele Kinder zu sorgen. Sie wollte ihre eigenen Pläne verwirklichen, etwas aufbauen, das auch nach ihrem Tod noch an sie erinnern würde. So dachten nur Männer, und sie fragte sich manchmal, von wem sie diese Einstellung geerbt hatte. Von ihrer Mutter bestimmt nicht, die war auch vor ihrer Krankheit eine demütige Ehefrau gewesen. Die Auflehnung gegen ihren Vater musste ihr diese Richtung vorgegeben haben, und ihr Aufenthalt bei den Indianern hatte diese Haltung noch verstärkt. Die Frauen der Cheyenne waren keine Sklavinnen, wie die Soldaten in Fort Laramie geglaubt hatten, sie waren selbstständige Wesen mit eigenen Träumen, und sie allein bestimmten, ob und wann sie Kinder bekommen wollten. Mit einem Tee aus der Wurzel der Rehzunge schützten sie sich gegen eine unerwünschte Schwangerschaft.

Rose hatte einige dieser Wurzeln und andere Kräutermischungen in ihrer Ledertasche verstaut. Manche dieser Mittel, so hatte sie bei den Hügelleuten selbst gesehen, waren wirksamer als die Medikamente im Krankenhaus.

Ihr Wagenzug kam rasch voran. Die Pässe waren von Schnee und Eis befreit, und es gab keine Zusammenstöße mit den Indianern. »Die Ruhe vor dem Sturm«, wie Aaron Ledbetter sorgenvoll bemerkte, »denn irgendwann haben die Rothäute genug von den leeren Versprechungen! Sie dulden bestimmt nicht, dass immer mehr Menschen kommen und in den Bergen nach Gold suchen!« Die Ledbetters interessierten sich nicht für Gold und Silber, sie wollten im neuen Montana Territory einen Gemischtwarenladen eröffnen, »denn in der Stadt ist es doch viel sicherer als draußen auf der Prärie.« Das sagte Helen Ledbetter, die genauso ängstlich wie ihr Mann war, sodass Rose sich insgeheim wunderte, warum die Familie überhaupt nach Westen aufgebrochen war. Warum waren sie nicht im Osten geblieben? Sie nahm an, dass sie vor dem blutigen Bürgerkrieg geflohen waren.

Nur einmal begegneten sie Indianern. Einem Jagdtrupp von sieben Kriegern, die ihre Pferde auf einem nahen Hügelkamm zügelten und neugierig auf den Wagenzug blickten. Ledbetter griff nervös nach seinem Gewehr und wollte einen Warnschuss abgeben, aber Rose hielt ihn davon ab. Sie sprang auf eines der Pferde und ritt den Indianern entgegen. »Nicht schießen!«, schärfte sie den Siedlern ein. »Die wollen nicht kämpfen!«

Sie hielt vor den Kriegern und hob die rechte Hand zum Zeichen des Friedens. »Seid gegrüßt, meine tapferen Krieger!«, signalisierte sie in der Zeichensprache, die überall auf der Prärie verstanden wurde. Es waren keine Cheyenne, obwohl sie ähnlich gekleidet waren, eher Schoschonen, ein Bergvolk, das mit den tsis-tsis-tas befreundet war. »Ich bin Feuerfrau, vom Stamm der tsis-tsis-tas, und ich freue mich, gute Freunde zu sehen!«

»Wir sprechen mit deiner Zunge«, erwiderte der Anführer in der Sprache der Cheyenne. Er war ein junger Mann mit kräftigen Muskeln und einer Haarlocke über der ausgeprägten Stirn. Eine weiße Frau der tsis-tsis-tas vor sich zu haben, verwunderte ihn nicht. »Ich habe von dir gehört, Feuerfrau. Dein

Name wird an den Feuern unseres Volkes genannt. Willst du mit mir rauchen?«

Rose wollte den Schoschonen nicht beleidigen und sagte: »Sehr gern, mein Freund! Ich vermisse den Geschmack des Tabaks, der unseren Großen Geist versöhnt!« Sie stieg vom Pferd und rauchte die heilige Pfeife mit dem Krieger, den Leuten beim Wagenzug signalisierte sie, dass alles in Ordnung war. »Ich möchte euch sagen, dass diese Vehos eure Freunde sind«, sagte sie nach einer langen Zeit des Schweigens. »Sie sind nur auf der Durchreise. Ihr werdet sie niemals wieder sehen!« Sie zog ihr Büffelmesser, das sie immer noch hinter dem Gürtel trug, und reichte es dem Krieger. »Nimm dies als Zeichen unseres guten Willens! In meiner Brust schlagen zwei Herzen, und eines wird immer auf der Seite meiner Brüder sein. Viele Vehos verurteilen, was betrunkene Soldaten euren Völkern antun, und diese Familien gehören dazu! Sie wollen in Frieden mit euch leben, Onkel!«

Die respektvolle Anrede schmeichelte dem jungen Krieger. Er betrachtete das Messer und schob es hinter seinen Gürtel. »Sag deinen weißen Freunden, dass sie durch unsere Jagdgründe ziehen dürfen«, meinte er, »aber sage ihnen auch, dass es bald zu einem großen Krieg kommen wird. Ich möchte dir in diesem Krieg nicht begegnen, Feuerfrau, denn ich verehre dich!« Er klopfte seine Pfeife aus und fügte hinzu: »Leb wohl, Schwester!«

Rose ritt zum Wagentreck zurück und teilte den Siedlern mit, dass sie nichts von den Indianern zu befürchten hatten. Sie band das Pferd an einen Wagen, kletterte auf den Kutschbock und ignorierte die neugierigen Blicke der Siedler. Auch am abendlichen Feuer ging sie mit keinem Wort auf diese Begegnung ein. Nicht einmal mit Frank sprach sie darüber. Ihre indianische Seele würde ihm immer verborgen bleiben, selbst in den Augenblicken größter Offenheit. »Du würdest es nicht verstehen«, sagte sie einmal. Was sie nicht daran hinderte, die Sache der Indianer zu vertreten, als der Krieg begonnen hatte und die Zeitungen von Überfällen und blutigen Massakern berichteten. Einmal brachte sie sogar die Einwohnerschaft von Virginia City dazu, geschlossen gegen das Vorgehen der Armee zu protestieren. Selbst die Presse schlug sich auf ihre Seite. Das war im Dezember 1864, als sich die Kunde von einem unmenschlichen Massaker über die Prärie verbreitete. Am 29. November hatten Colonel Chivington und seine Colorado Volunteers über hundert Frauen und Kinder am Sand Creek abgeschlachtet. Über dem Tipilager hatte die weiße Flagge des Friedens geweht. »Einige meiner besten Freunde sind gestorben«, berichtete sie dem Herausgeber der Montana Post. »Dies ist ein schwarzer Tag in der Geschichte des Westens!« Colonel Chivington wurde angeklagt und vor ein Militärgericht gestellt und natürlich in allen Punkten freigesprochen.

Virginia City war eine geschäftige Goldgräberstadt mit ein paar tausend Einwohnern, es bestand aus einer Hauptstraße mit einer Doppelzeile von eindrucksvollen Holzhäusern und zahlreichen Nebenstraßen, die eher einem riesigen Zelt- und Barackenlager ähnelten. In der Wallace Street waren Nowlan's Bank und alle wichtigen Geschäfte beheimatet, am westlichen Ende warteten Saloons, Tanzhallen und Bordelle auf Kundschaft. Das Fairweather Inn, ein zweistöckiger Bau mit geteilten Fenstern, war das größte Hotel der Stadt. Es regnete in Strömen, als Rose und der Spieler sich von den Ledbetters

verabschiedeten, und der Schlamm auf den Straßen reichte über die Knöchel.
Rose beobachtete amüsiert, wie Frank angewidert auf den Gehsteig sprang, aus Angst, seine Stiefel und den dunklen Anzug zu beschmutzen, und stützte sich auf seinen Arm, als sie vom Kutschbock stieg. Obwohl sie in ihrem einfachen Baumwollkleid wie eine gewöhnliche Siedlerfrau aussah, erregte sie einiges Aufsehen, nicht nur wegen ihrer roten Haare. In Goldgräberstädten waren hübsche Frauen selten, und die Männer blickten ungeniert in ihre Richtung, als wäre sie eine bekannte Schauspielerin oder ein Tanzhallenmädchen, das ihren Rock hob und kokett in die Runde blinzelte. Rose hütete sich, ihre Knöchel zu zeigen, und lächelte nicht einmal, als sie mit dem Spieler das Hotel betrat. Sie trugen sich unter ihren eigenen Namen in das Gästebuch ein, ohne dass sie vorher darüber gesprochen hatten. Warum sollte man die Entrüstung der anständigen Bürger herausfordern, wenn es auch anders ging? Sie würden getrennte Zimmer nehmen, und keiner würde merken, wenn sie zusammen übernachteten. Sie wussten beide, wie verschieden sie waren, und wollten ihrer Liebe nicht vorgreifen. Der Große Geist würde rechtzeitig ein Zeichen senden, falls eine Hochzeit bevorstand.
Sie lächelte bei diesem Gedanken und musste wieder an die Indianer denken, die eine Heirat mit kostbaren Geschenken besiegelten und zum Zeichen ihrer Liebe unter einer Decke verweilten. Während der Ehe wurde absolute Treue gefordert, aber wenn sich die Frau scheiden lassen wollte, genügte es, den Mann aus dem Tipi zu weisen. Aller Hausrat gehörte der Frau. »Das könnte dir so passen, Rose O'Malley«, sagte Frank Catlow, als sie auf diese Sitte zu sprechen kamen. »Ich

kaufe eine teure Villa in San Francisco, und du setzt mich einfach vor die Tür!« Sie mussten beide lachen, denn weder hatten sie die Absicht, in nächster Zeit zu heiraten, noch hatten sie jemals darüber nachgedacht, nach San Francisco zu gehen. Frank träumte davon, in einer Grenzstadt wie Virginia City ein Vermögen zu machen, als Spieler oder Goldsucher, falls es nicht mit körperlicher Anstrengung verbunden war, und sie wollte ein Unternehmen gründen. Aber sie hatte noch immer keine Vorstellung davon, wie es einmal aussehen sollte.
Sie verabredete sich mit Frank zum Abendessen im Hotelrestaurant und zog sich in ihr Zimmer zurück. Es tat gut, nach den vielen Nächten im Freien wieder in einem Bett zu liegen. Sie ruhte sich aus, blickte auf den verspielten Kronleuchter und die helle Tapete, dann nahm sie ein heißes Bad, das der Hoteldiener in ihrem Zimmer aufgoss. Diesen Luxus hatte sie seit ihrer Zeit in St. Louis nicht mehr genossen. Sie beschloss, dem Schiffsbauer und der Oberschwester zu schreiben, kleidete sich an und ließ sich Schreibzeug bringen. Sie begann ihre Briefe, legte den Federhalter aber wieder aus der Hand und verließ das Hotel, um sich neu einzukleiden. Sie hatte noch genug Geld und wollte hübsch aussehen, wenn sie mit Frank essen ging.

22

»Was für eine Stadt!«, schwärmte Rose O'Malley, wenn sie am Fenster ihres Hotelzimmers stand und auf die Wallace Street hinunterblickte. Virginia City wirkte viel geschäftiger als St. Louis, obwohl es nicht einmal die Hälfte der Einwohner hatte und erst vor einem Jahr entstanden war. Das Gold, das in der nahen Alder Gulch gefunden wurde, besaß eine unwiderstehliche Anziehungskraft und lockte eine riesige Schar von Abenteurern und Glücksrittern in die Grenzstadt. Die Aufregung der vielen Menschen und ihre Hoffnung, das große Glück zu machen, waren fast körperlich zu spüren. Diesen Pioniergeist hatte Rose gesucht, als sie über den Oregon Trail nach Westen gefahren war, in das Land der unbegrenzten Möglichkeiten, wie es von einigen Siedlern genannt wurde. Sie lächelte beim Anblick der vielen Menschen. Der wilde Trubel erregte sie ebenso wie die grenzenlose Einsamkeit, die sie im Land der Indianer erlebt hatte. Auf der Prärie war der ferne Horizont mit dem Himmel verschmolzen, in Virginia City zimmerte man sich seinen eigenen Horizont und maß den Erfolg in Goldstaub und harten Dollars.
Auf den Straßen wimmelte es von Menschen, auch werktags, wenn die meisten Männer in den Minen arbeiteten. Eine Vielzahl von Reitern und Fuhrwerken kämpfte sich durch den Morast. Die Kutscher fluchten über den Schlamm oder den

Staub, je nachdem, wie das Wetter war. In den Saloons und Kneipen klirrten auch tagsüber die Gläser, und in jedem Winkel der Stadt wurde gehämmert und gezimmert. Aus Zelten und Baracken wurden stabile Holzhäuser mit falschen Fassaden, die eine Großstadt vortäuschten, und in einer Seitenstraße entstand die erste Kirche der Stadt. An jeder Ecke wurden Waren angeboten, wanderte das schwer verdiente Gold in die Taschen der Händler und Geschäftemacher. Rose beobachtete drei bürgerlich gekleidete Damen, die mit großen Hutschachteln aus dem McGovern Store kamen, und schmunzelte über zwei Männer, die sich vor dem Champion Saloon am westlichen Ende der Wallace Street prügelten und der Länge nach im Morast landeten. Dies war keine Stadt für zart besaitete Ladys, die in den Herrenhäusern des Südens groß geworden waren, und auch die blassen Büromenschen, die sie in den Kontoren von St. Louis kennen gelernt hatte, waren in einer Grenzstadt unerwünscht. Virginia City war ein Sündenpfuhl, der vom Goldstaub regiert wurde, und sie hatte es sich in den Kopf gesetzt, diese Stadt zu erobern.

Rose vertraute ihrem Instinkt, baute darauf, dass er sie auch in dieser abgelegenen Stadt nicht im Stich ließ. Sie hatte keinen festen Plan wie die meisten Goldsucher, die in der Erde nach dem gelben Metall wühlten, oder die Siedler, die schon bei der Abreise zu wissen schienen, wie ihre Farm aussehen und wo sie einmal stehen würde. Sie vertraute der Gunst des Augenblicks und genoss die Ungewissheit, ihre Zukunft nur in groben Umrissen voraussehen zu können. Sie erkannte das Ende des Regenbogens, wusste aber noch nicht, auf welchem Weg sie es erreichen würde. Der Weg ist wichtig, nicht das Ziel, hatte sie in einem Buch über Piraten gelesen, das sie in Kansas

City ausgeliehen hatte. Auch als Freibeuterin hätte sie eine gute Figur gemacht, an Bord eines Segelschiffes auf ungewissem Kurs, die geblähten Segel an den Masten und den Fahrtwind im Gesicht.

Sie hatte einige wunderschöne Tage mit Frank erlebt. Sie hatte sich eine neue Garderobe gekauft, vom federgeschmückten Hut bis zu den spitzen Stiefeln, und mit dem Spieler in den besten Restaurants gespeist. In einer Stadt wie St. Louis hätten diese Lokale keinen Tag überlebt, selbst in den irischen Hafenkneipen hatte es besseres Essen gegeben, aber nach den unzähligen Lagerfeuern auf dem Weg nach Westen waren sie schon froh, ein Dach über dem Kopf und eine warme Mahlzeit auf dem Tisch zu haben. Sie feierten ihren zweiundzwanzigsten Geburtstag, obwohl der schon zwei Wochen hinter ihr lag, und stießen mit echtem Champagner auf ihr neues Lebensjahr an.

Geld hatten sie genug, zumindest im Augenblick. Sie besaß noch ein paar hundert Dollar aus ihrer Zeit bei John Friedrich Schultz in St. Louis, und er war bereits am zweiten Abend in den Champion Saloon gegangen und hatte eine hoch dotierte Pokerpartie gewonnen. Sie hatten getrennte Konten bei Nowlan's Bank eingerichtet und ihre Zimmer im Fairweather Inn einen Monat im Voraus bezahlt. Sie hatten fast täglich miteinander geschlafen, und die Magie der ersten Nacht war geblieben. Nur als Frank eine Pokerpartie verloren hatte und betrunken aus dem Saloon zurückgekehrt war, hatte sie ihr Zimmer verschlossen.

In dieser Nacht hatte sie ihre Briefe an den Schiffsbauer und die Oberschwester geschrieben. Das Schreiben an ihre Freundin war zehn Seiten lang. Sie hatte kaum etwas ausgelassen und mit den Worten geendet: »Ich hoffe, meine liebe Betty, du hast inzwischen deinen Traummann gefunden und lebst auf einem Herrensitz in New Orleans. Ich kann zufrieden sein. Ich bin sehr glücklich mit Frank, obwohl du Recht hattest: Er ist kein Mann zum Heiraten! Wahrlich nicht! Sobald du ihn an der Angel hast, entwischt er dir wieder! Schreib mir, wenn du die Zeit findest, und sei ganz herzlich gegrüßt von deiner Rose.«

Sie gab die Briefe im Büro von Wells Fargo ab und drehte sich noch einmal um, als die vierspännige Postkutsche vor der einstöckigen Baracke hielt. Es war ein sonniger Tag, und eine große Staubwolke hüllte das Gefährt ein. Die Ankunft der Kutsche wurde jeden dritten Tag wie ein besonderes Ereignis gefeiert, und auch diesmal waren wieder zahlreiche Menschen auf der Straße und den Gehsteigen, um zu sehen, wer nach Virginia City gekommen war. Und es gab wirklich etwas zu sehen! Nach einem Mann, der wie ein Großstädter gekleidet war und einen albernen Hut auf den gelackten Haaren trug, erschien eine Lady, die selbst den Bürgermeister veranlasste, sich vom Arm seiner Frau zu lösen und über die Straße zu blicken. Sie sah wie eine Prinzessin aus. Ihre schwarzen Locken waren kunstvoll hochgesteckt und schauten unter einem weinroten Samthut hervor, der mit Pfauenfedern verziert war und ihr blasses Gesicht beschattete. Rose stand nahe genug dabei, um ihre hellblauen Augen zu erkennen. Ihr Blick war verführerisch, ohne dass sie sich große Mühe zu geben schien, und von der Art, die einen Mann um den Schlaf bringen konnte. Sie war sich ihrer einzigartigen Schönheit wohl bewusst und geizte nicht mit koketten Blicken, als sie aus der Kutsche stieg und ihr weinrotes Reisekleid mit einer Hand raffte. Der Sonnenschirm in der anderen Hand war schneeweiß.

Rose hätte gern gewusst, wie man eine Kutschenfahrt durch die Alder Gulch überstehen konnte, ohne schmutzig zu werden, und beneidete die junge Frau um ihre elfenhafte Schönheit. Auch sie brauchte sich nicht zu verstecken, aber ihr Körper war kräftiger, und ihre Haut war bei den Indianern dunkler und rauer geworden. »Eine schöne Frau, nicht wahr?«, erklang eine Stimme neben ihr. »Aber was geschieht, wenn sie in die Sonne kommt?«

Sie wandte den Kopf und erkannte einen Mann, der seit einigen Tagen in der Stadt weilte. Er war kleiner als sie, und der graue Gehrock und der Zylinder waren schon während ihrer Zeit in St. Louis unmodern gewesen. Sein rundes Gesicht wurde von einem Backenbart eingerahmt, seine Augen funkelten listig. Er griff an die Krempe seines Zylinders und stellte sich vor: »Gestatten, Thomas Dimsdale. Ich bin der Herausgeber der Montana Post, die nächste Woche zum ersten Mal erscheint.« Er verbeugte sich wie ein Gentleman. »Rose O'Malley, wenn ich mich nicht irre …«

»Woher kennen Sie meinen Namen?«, fragte sie überrascht. Sie fand den Zeitungsmann sympathisch. Altmodisch angezogen und etwas bieder in seiner Ausdrucksweise, aber sympathisch.

Dimsdale lächelte. »Als Zeitungsmann ist es meine Aufgabe, alles zu wissen. Ich weiß zum Beispiel, dass diese Lady Virginia Porter heißt und aus South Carolina kommt. Sie ist eine bekannte Schauspielerin und tritt morgen Abend im Montana Theatre auf.« Er blickte der Schauspielerin nach, die mit ihrem Begleiter im Fairweather Inn verschwand, gefolgt von einem

Angestellten der Wells Fargo, der mit hochrotem Kopf ihr Gepäck schleppte. »Aber Sie interessieren mich viel mehr! Ich habe gehört, Sie waren lange bei den Indianern. Ich würde gern einen Artikel darüber schreiben. Darf ich Ihnen einige Fragen stellen?«

Rose ging nicht auf die Frage ein. »Woher wissen Sie das? Woher wissen Sie, dass ich bei den Indianern gelebt habe?« Sie wurde beinahe ärgerlich. »Sie haben mit Frank gesprochen, nicht wahr? Er hat Ihnen meine ganze Lebensgeschichte erzählt …«

»So schlimm war es nicht«, wiegelte der Zeitungsmann ab, »und ich bitte um Entschuldigung, wenn ich Ihnen zu nahe getreten bin, aber ich komme aus Philadelphia, der Stadt der Bruderliebe, und dort hat man ein ganz anderes Bild von den Indianern. Sie sind Menschen, keine Wilden, und ich würde gern darüber berichten, wie das Leben bei ihnen wirklich aussieht. Ich weiß, Sie haben sicher Schreckliches erlebt, und es ist alles andere als ratsam, in diesem Winkel der Welt über das Alltagsleben der Indianer zu berichten, aber ich bin ein störrischer Bursche, und wenn ich mir einmal etwas in den Kopf gesetzt habe, bringt mich niemand davon ab! Falls Sie Ihre Meinung doch noch ändern …«

»Ich habe sie schon geändert, Mister Dimsdale! Vorausgesetzt, Sie sind der Mann, für den ich Sie halte!« Sie lächelte versöhnlich. »Wie wäre es, wenn wir in Ihr Büro gingen? Ich habe gerade nichts vor, und Sie müssen doch sicher bald in Druck gehen?«

»Das stimmt«, antwortete der Zeitungsmann eifrig. Er konnte sein Glück gar nicht fassen. »Mein Büro liegt auf der anderen Straßenseite. Darf ich bitten?« Er reichte ihr seinen rechten

Arm, und wie ein gesittetes Ehepaar überquerten sie die staubige Straße. »Ich bin gerade erst eingezogen, und es sieht alles noch etwas provisorisch aus. Ich hoffe, Sie sehen darüber hinweg!«

Sie dachte an ihr Zimmer auf der elterlichen Farm und das Indianertipi, in dem sie gelebt hatte, und musste lachen. »Das macht mir nichts aus, Mister Dimsdale!« Der Zeitungsmann wurde ihr immer sympathischer, auf eine unverfängliche und beinahe geschwisterliche Art, und sie genoss seine beflissene und höfliche Art. »Montana Post«, las sie, »das ist ein sehr guter Name.«

»Nichts Besonderes«, winkte er ab, »aber einprägsam. Und da ich annehme, dass wir ein Staat werden, sobald dieser unsinnige Krieg vorbei ist, erschien er mir sehr passend.« Er führte Rose an der großen Druckmaschine vorbei in sein Büro, das in einer kleinen Kammer untergebracht war. Ein Schreibtisch, der mit beschriebenen Blättern und Andrucken übersät war, ein Wandschrank mit gestapelten Unterlagen, eine halb geöffnete Kiste, in der Zusatzteile der Druckmaschine lagen, und drei Stühle ließen kaum noch Platz. Dimsdale wischte mit der flachen Hand über einen der Stühle, rückte ihn zurecht und bat sie, Platz zu nehmen.

Nachdem er ihr einen Kaffee angeboten hatte, begann er mit dem Interview. Eigentlich war es ein Gespräch. Eine aufrichtige Unterhaltung zwischen zwei Menschen, die viel erlebt hatten und sich den Respekt für andere Kulturen bewahrt hatten. Thomas Dimsdale war in Philadelphia aufgewachsen, hatte dort als Redakteur für eine Zeitung gearbeitet, und ihm war während des ersten Kriegsjahres gekündigt worden, weil er auch die Kriegsverbrechen der Nordstaatler angeprangert hatte. In einer kleinen Stadt in Ohio hatte er eine Stelle als Chefredakteur, bevor er über den Oregon Trail nach Westen gefahren war, um in irgendeiner Stadt seine eigene Zeitung zu gründen. Virginia City hatte ihm sofort gefallen. »Hier bewegt sich was«, meinte er. Er legte seinen Bleistift beiseite. »Sie wollen ein Geschäft eröffnen, Miss O'Malley?«

»Rose. Haben Sie das auch von Frank?«

Dimsdale schüttelte lächelnd den Kopf. »Nein, aber Sie sehen nicht so aus, als wollten Sie die Zeit mit Nichtstun verbringen.«

»Das stimmt«, erwiderte sie stolz, erfreut darüber, dass der Zeitungsmann sie nicht als untätige Luxuslady einstufte, die nur darauf aus war, sich einen reichen Mann zu angeln. »Ich träume schon seit Jahren davon, ein eigenes Unternehmen zu gründen. Ich weiß nicht, was für ein Geschäft ich aufmachen oder was für eine Firma ich gründen werde, aber das fällt mir schon noch ein.« Sie lächelte. »Eine Goldmine wird es bestimmt nicht sein!«

Der Zeitungsmann zog eine dünne Zigarre aus seiner Brusttasche und steckte sie an. Der Rauch zog zum offenen Fenster. »Das hatte ich auch nicht angenommen.« Er überlegte. »Wie wäre es mit einer Beteiligung an der Post? Wir sind eine aufstrebende Firma!« Wieder ein Lächeln. »Sie könnten die Geschäfte führen, die Buchhaltung und die Anzeigenabteilung. Sie können sicher gut mit Zahlen umgehen ...«

»Mag sein«, erwiderte sie, erstaunt darüber, wie genau er sie einzuschätzen verstand, »aber ich möchte doch lieber eine eigene Firma gründen. Verstehen Sie mich nicht falsch! Ich weiß Ihr Angebot sehr zu schätzen. Aber ich habe jahrelang die Buchhaltung für einen Schiffsbauer in St. Louis geführt

und möchte endlich auf eigenen Füßen stehen. Sie sind mir doch nicht böse?«
»Bestimmt nicht. Aber nur, wenn ich als Erster erfahre, was für ein Geschäft Sie aufmachen werden! Ich habe nämlich so ein Gefühl, als würden Sie noch ordentlich Staub aufwirbeln in dieser Stadt!« Er legte seine Zigarre in einen Blechnapf und schüttelte ihr die Hand. »Es hat mich gefreut, Ihre Bekanntschaft zu machen, Rose! Und falls Sie es sich noch anders überlegen …«
»… melde ich mich bei Ihnen«, ergänzte sie fröhlich.
Sie ging nach draußen und blieb im Schatten vor dem Gebäude stehen. Es war noch heißer geworden, und sie hätte am liebsten ihren Kragen geöffnet, aber das schickte sich nicht mal in Virginia City. Neugierig beobachtete sie, wie der junge Angestellte von Wells Fargo ein Plakat an die Wand nagelte. Es zeigte eine Zeichnung von Virginia Porter und die Schlagzeilen: THE MYSTERIOUS CHILD – Das Melodram des Jahrhunderts – Virginia Porter in ihrer besten Rolle – Montana Theatre, Samstag.
Auch vor dem Fairweather Inn hing ein Plakat. Die Schauspielerin war längst auf ihrem Zimmer, aber ihr Begleiter stand am Empfangstisch und redete eindringlich auf den Mann hinter dem Tresen ein: »Meine Schwester möchte nicht gestört werden, haben Sie mich verstanden? Wir haben eine lange Fahrt hinter uns, und der Gedanke, dass wir von Indianern überfallen werden könnten, hat sie ganz verrückt gemacht!« Den Einwand, dass es in der unmittelbaren Nachbarschaft von Virginia City gar keine Indianer mehr gab, wischte er mit einer Handbewegung weg. »Virginia muss sich konzentrieren! Sie möchte am Samstag ihr Bestes geben, und dazu braucht sie

absolute Ruhe! Ich sage Ihnen Bescheid, wenn sie zu einem kleinen Imbiss bereit ist. Und halten Sie uns um Gottes willen die Reporter vom Hals, haben Sie mich verstanden? Wie gesagt, Virginia braucht absolute Ruhe!«

»Natürlich, Mister Porter«, erwiderte der Hotelangestellte beflissen. »Wir empfinden es als große Ehre, dass Sie unser Hotel gewählt haben! Wenden Sie sich vertrauensvoll an mich, falls Ihre Schwester oder Sie einen Wunsch haben! Mein Name ist …«

»Ich weiß, wie Sie heißen!«, schnitt der Bruder der Schauspielerin ihm das Wort ab. Rose hatte selten einen so arroganten Menschen getroffen. »Keine Reporter, haben Sie mich verstanden?«

»Sehr wohl, Mister Porter! Ganz gewiss!«

Rose ging am Empfangstisch vorbei und stieg die Treppe zu ihrem Zimmer empor. Sie wollte gerade ihre Tür öffnen, als Frank Catlow aus seinem Zimmer blickte und die Hand nach ihr ausstreckte. »Ich habe eine Überraschung für dich!«, meinte er.

»Du bist vor zwölf Uhr mittags aufgestanden.«

»Das auch«, bestätigte er mit seinem unwiderstehlichen Lächeln. »Aber da ist noch etwas anderes!« Er zog eine Urkunde aus seiner Rocktasche und strich sie auf der Kommode glatt.

»Was ist das?«, fragte sie neugierig.

»Eine Goldmine!«

»Eine Goldmine?«

»Die Lucky Seven Mine«, erklärte er. »Ich habe sie beim Pokern gewonnen! Kann sein, dass sie nichts wert ist, aber bei der Glückssträhne, die ich zurzeit habe, ist alles möglich!« Er steckte den Zettel wieder ein. »Wollen wir uns einen Zweispänner mieten und die Mine ansehen? Sie liegt in der Alder Gulch.«

Rose musste an die Antwort denken, die sie dem Zeitungsmann gegeben hatte. Eine Goldmine wollte sie auf keinen Fall kaufen. »Es ist deine Mine«, erwiderte sie vorsichtshalber, »ich möchte mich nicht in deine Geschäfte einmischen!« Sie lächelte sanft, als sie sein enttäuschtes Gesicht bemerkte. »Aber eine kleine Spazierfahrt würde mir schon gefallen! Ich glaube, es wird höchste Zeit, dass wir uns die Goldfelder mal ansehen. Vorausgesetzt, es gibt keine Banditen mehr in der Gegend. Wie hieß der Sheriff, den sie vor einem halben Jahr aufgehängt haben?«

»Henry Plummer«, erinnerte Frank. Der Verbrecher, der wegen seines seriösen Aussehens zum ersten Sheriff des Bezirks gewählt wurde, war in Wirklichkeit ein gemeiner Strauchdieb, der mit einer Bande von Ganoven einsame Goldtransporte und Postkutschen überfiel. Nicht nur seinetwegen wurde eine Bürgerwehr gegründet, die das Gesetz selbst in die Hand nahm und den zwielichtigen Sheriff und über zwanzig Verbrecher aufknüpfte. Davon erzählte man in Virginia City noch heute. »Diese Zeiten sind vorbei«, meinte Frank, »die Nachtwache der Bürgerwehr passt auf!«

Rose küsste ihn zärtlich auf die Wange. »Dann steht unserem Ausflug nichts mehr im Wege. Ich ziehe mir nur ein anderes Kleid an, ja?« Sie wand sich aus seiner fordernden Umarmung und huschte in ihr Zimmer. »Nein, du wirst niemals eine Familie gründen, Frank!«, sagte sie, als sie allein war. Sie wusste nicht, ob sie lachen oder weinen sollte, und beließ es bei einem Kichern.

23

Sie fuhren über die Kutschenstraße, die Virginia City mit Twin Bridges verband und mitten durch die Alder Gulch führte. Die zerklüftete Schlucht war vor zwei Jahren noch menschenleer gewesen. Bis auf ein paar Crow-Indianer, die in den Felsen jagten, verirrten sich nur wenige Menschen in die abgelegene Gegend. Das änderte sich 1862, als Gold am Grashopper Creek gefunden wurde und ein Schwarm von Abenteurern nach Westen zog. Auch Bill Fairweather und fünf Freunde waren nach Bannack City unterwegs, der ersten Boomtown in diesem Gebiet. Hinter ihnen lag ein haarsträubendes Abenteuer. Im Yellowstone Valley waren die Goldsucher von kriegerischen Crows überfallen worden und dem Tod nur entkommen, weil Bill Fairweather vorgab, mit den Geistern in Verbindung zu stehen, und zum Beweis eine Klapperschlange unter seinem Hemd hervorzog. Er hatte sich noch nie vor Schlangen gefürchtet. Die Männer durften gehen und erholten sich in der Alder Gulch von den Strapazen. Mehr aus Langeweile schürften sie im Alder Creek nach Gold. Sie stießen auf ein Vermögen und gehörten zu den Ersten, die in der legendären Schlucht einen Claim absteckten. »Einige Monate später wurde Virginia City gegründet«, erzählte Frank. »Der Zeitungsmann hat mir die Geschichte erzählt. Thomas Dimsdale.«

Und du hast ihm meine Lebensgeschichte erzählt, dachte Rose lächelnd. Sie war Frank nicht böse. Der Redakteur war ein kluger Mann, der mit Menschen umzugehen verstand. Er wusste, wie man eine Geschichte unterhaltsam verpackte, und er beherrschte die Kunst, einen Menschen auszuhorchen, ohne dass dieser etwas davon merkte. Er verstand sein Geschäft perfekt. Seine Stimme würde viel Gewicht in Virginia City haben, wenn die Montana Post erst einmal erschien, und es war sicher ratsam, sich gut mit ihm zu stellen. Rose war nicht berechnend. Sie mochte den Redakteur und hätte sich auch mit ihm unterhalten, wenn er ihr nicht versprochen hätte, sich für ihre Belange einzusetzen. Sie war mit ihm in sein Büro gegangen, weil er ihr sympathisch war und sie beide aus einem ähnlichen Holz geschnitzt waren: Sie liebten das Risiko, das in einer Boomtown wie Virginia City wartete, und wollten beide ein erfolgreiches Geschäft aufbauen.

Rose war sicher, dass Dimsdale den Bericht über Frank Catlow und seine Lucky Seven Mine längst geschrieben hatte. Die Stadt war voller Geschichten, das hatte auch sie längst gemerkt, aber dass jemand eine Goldmine am Pokertisch verlor, kam auch in Virginia City nicht alle Tage vor. »Wenn ich Glück habe, ist die Mine einige Millionen wert«, hatte Frank gesagt und sich im McGovern Store gestreifte Hosen, einen taillierten Rock und eine wertvolle Krawattennadel gekauft. Es schien ihn nicht zu stören, dass der Staub unter den Hufen der Zugpferde aufwallte und den kostbaren Stoff beschmutzte. »Dann kaufe ich mir eben einen neuen«, meinte er mit einem verschmitzten Grinsen, »ich bin Millionär, vergiss das nicht! Die Lucky Seven ist ein Vermögen wert!«

In der Alder Gulch wimmelte es von Menschen. Rose kam

sich wie in einem Vorort von St. Louis vor, inmitten der Güterbahnhöfe und Fabriken, und empfand ein ähnliches Kribbeln wie beim Anblick der dreistöckigen Steinhäuser in der Fourth Street und der mächtigen Schaufelraddampfer auf dem Mississippi. Hier wurde Geschichte geschrieben, und sie war dabei. Es war aufregend, den Männern zuzusehen, die wie Ameisen in den Bergwerken und an den Flussufern schufteten, die Erde durchpflügten und das wertvolle Erz aus den Felsen schlugen. Das Land veränderte sich unter ihren Händen und gab seine wertvollen Schätze preis. Über siebentausend Männer arbeiteten in der Schlucht, wurde in Virginia City erzählt, und täglich wurden es mehr. Die Alder Gulch hatte ihre Unschuld verloren, und nicht einmal Rose dachte in diesem Augenblick daran, was wohl die Crows empfinden mussten, wenn sie die weißen Männer in der dunklen Erde wühlen sahen.

Entlang der Kutschenstraße standen windschiefe Bretterbuden und hastig errichtete Zelte, war die Erde zu großen Sandhaufen aufgeworfen, floss das Wasser der Flüsse und Bäche durch künstliche Kanäle. An manchen Stellen war die Straße kaum noch zu erkennen. Vereinzelte Hotels und Läden, sogar ein Badehaus warben mit bunt bemalten Schildern. Überall lagen Abfall und übel riechender Unrat. Sie waren nicht allein auf der Straße, begegneten schweren Fuhrwerken und einzelnen Reitern, die ständig plapperten und lachten und nur verstummten, wenn sie die elegante Rose und den vornehm gekleideten Spieler erblickten. Ein Mann rutschte erschrocken von seinem Pferd, als er sich mit offenem Mund im Sattel drehte. Das Paar auf dem zweispännigen Wagen schien aus einer anderen Welt zu kommen.

Rose war die einzige Frau in dieser Wildnis. Weder die ehrbaren Ladies noch die leichten Mädchen wagten sich aus Virginia City hinaus, sie scheuten den Schmutz und den Lärm in dieser rauen Männerwelt. Viele Goldsucher blickten sich nach ihr um, und ihr schüchternes Lächeln verriet die Unsicherheit, die sie beim Anblick der gepflegten Lady empfanden. Rose trug ein einfaches Reisekleid und einen schlichten Hut, aber ihre roten Locken hatten sich gelöst und wehten verführerisch im Fahrtwind. Die meisten Männer hatten seit Monaten keine Frau mehr angerührt, von den leichten Mädchen in der Wallace Street einmal abgesehen, und schon der bloße Anblick einer Lady versetzte sie in Hochstimmung. Sogar einige der rauen Burschen, die ständig mit Zoten um sich warfen, hätten ein Vermögen für eine zärtliche Berührung ausgegeben, vielleicht sogar die wollüstige Vereinigung mit einer Dirne aus der Wallace Street dagegen eingetauscht.
Rose hörte vereinzelt anzügliche Bemerkungen und derbe Witze, und ein Goldsucher pfiff ungeniert hinter ihr her, aber daraus machte sie sich nichts. Auch die irischen Dockarbeiter waren nicht zimperlich gewesen, einige hatten sogar im Krankenbett noch schmutzige Bemerkungen gemacht. Sie war solche Ruppigkeiten gewohnt, winkte den Männern lachend zu und scherte sich nicht darum, dass man ihr Verhalten in der Stadt als frivol empfunden hätte. Sie war sich ihrer Reize nie bewusst gewesen, hatte sich immer für eine durchschnittlich hübsche Frau gehalten und merkte gar nicht, wie erfrischend ihr Lachen auf die rauen Goldsucher wirkte. Ihre Schönheit kam von innen, tief aus ihrer Seele, und lebte von der Unbekümmertheit, die ihren Tatendrang begleitete.
»Zum Glück gibt es leichtere Methoden, an das große Geld zu

kommen«, sagte Frank. Er schnippte einen Erdbrocken von seinem teuren Anzug. »Für diese Schufterei bin ich nicht geschaffen! Es ist einfacher, beim Pokern ein Full House zu bekommen!«

»Und einfacher, alles wieder zu verlieren!«, erwiderte Rose lachend. Sie bewunderte die Leichtigkeit, mit der Frank das Leben anging, und staunte darüber, dass er immer wieder auf die Füße fiel. Er marschierte lachend durch die Vordertür in sein Unglück und kam zum Hintereingang lachend wieder heraus. Seine Fröhlichkeit war angeboren und wurde durch eine Niederlage nicht getrübt. Es machte ihm Spaß, große Summen zu gewinnen und wieder zu verlieren.

»Ich verliere mit Stil«, behauptete er von sich.

Die Lucky Seven lag abseits der großen Minen in einer Seitenschlucht. An einer der verkrüppelten Pappeln, die vor dem Stolleneingang aus dem trockenen Boden wuchsen, hing ein windschiefer Wegweiser mit dem Namen der Mine. Ein Unbekannter hatte das Wort »Lucky« durchgestrichen und »Unlucky« daraus gemacht. Ein Schüttelsieb und die zersplitterten Bretter einer Wasserleitung lagen auf dem felsigen Boden. Aufgewühlte Erde türmte sich vor dem Eingang. »Anscheinend habe ich das große Los gezogen«, meinte Frank Catlow mit einem gequälten Grinsen. Er stieg vom Kutschbock, verschwand in der Mine und kam nach wenigen Minuten wieder heraus. »Nichts«, seufzte er. »Sieht ganz so aus, als hätte man mich reingelegt! Oder der Besitzer ist mit dem Gold durchgebrannt, bevor ich meinen Gewinn kassieren konnte!«

»Ein Full House ist das nicht«, bemerkte Rose schnippisch.

Jetzt grinsten sie beide, und als ein Reiter vorbeikam und ihnen zurief, dass sie in der Lucky Seven außer Geröll nichts finden würden, begannen sie lauthals zu lachen. So war Frank Catlow noch nie hereingelegt worden! »Und ich dachte, ich hätte eine Glückssträhne!«, sagte Frank, als sie sich beruhigt hatten und er wieder auf dem Kutschbock saß. »Daran ist nur die Herz-Dame schuld! Die hat mir noch nie Glück gebracht!« Er griff nach den Zügeln und wendete den Wagen. »Heute Abend werfe ich die Würfel, da kann mir die Herz-Dame nicht in die Quere kommen!«

»Ich hoffe, du meinst eine andere Herz-Dame als die schicke Lady, die neben dir auf dem Kutschbock sitzt«, meinte sie in gespielter Entrüstung. »Ich kann nichts dafür, wenn du verlierst!«

Er blickte sie an und wusste nicht, ob sie es ernst meinte oder sich nur einen Scherz erlaubte. »Das weiß ich doch! Rose O'Malley hat ein anderes Kaliber als diese Kartenlady!« Er grinste. »Vielleicht solltest du selbst mal beim Pokern mitmachen!«

»Ich bin keine Spielerin.«

»Sondern?«

»Geschäftsfrau«, erwiderte sie amüsiert. »Heute Mittag hat Thomas Dimsdale mir eine Beteiligung an der Montana Post angeboten!« Sie genoss seine erstaunte Miene und fügte hinzu: »Ich habe abgelehnt. Ich will selbst ein Geschäft aufmachen!«

»Einen Saloon?«

»Das fehlte noch«, meinte sie lachend, »damit du dein Bier kostenlos bekommst! So haben wir nicht gewettet, Frank Catlow!«

Sie fuhren denselben Weg zurück, kamen aber langsamer voran. Die Sonne stand weit im Westen, und ihre letzten Strahlen ließen die sanften Hänge der fernen Berge in einem ockerfarbenen Glanz erstrahlen. Noch bevor die Dämmerung einsetzte, gingen die ersten Lichter an, und als die Sonne hinter den schroffen Kämmen versank und tiefe Dunkelheit das Land bedeckte, erstrahlte die Alder Gulch im Licht von tausend Laternen und Fackeln. »Zehn Meilen lang wimmelt es abends von Lichtern wie auf einem gewaltigen Gartenfest«, sollte zwei Wochen später in der Montana Post stehen. Ihr Schein fiel auf die Kutschenstraße und ließ den aufwallenden Staub wie flüssiges Silber aussehen.

Vor einer der baufälligen Hütten, die abseits der Straße zusammengezimmert waren, war der Lichterschein besonders hell. Rose blickte genauer hin und erkannte einige Männer mit Fackeln, die sich um eine Gestalt auf dem Boden scharten. »Halt an«, sagte sie zu dem Spieler, »da liegt jemand!« Sie sprangen beide vom Wagen und gesellten sich zu den Männern. »Ich war Krankenschwester«, rief sie, als sie einen offensichtlich verletzten Mann neben der Straße liegen sah. »Was hat der Mann?«

Die Männer, fast ausnahmslos junge Goldsucher, waren erstaunt, eine Frau in dieser Einöde zu sehen, und viel zu überrascht, um zu antworten. »Ich bin Rose O'Malley«, sagte sie, »ich war Krankenschwester in St. Louis. Das ist Frank Catlow!«

»Wir wissen nicht, was Hugh hat«, meldete sich einer der Männer, »er ist einfach umgefallen! Wie vom Blitz getroffen! Er blutet aus dem Mund! Ausgerechnet Hugh! Er ist stark wie ein Bär!«

Rose war jetzt ganz in ihrem Element, war wieder die Krankenschwester im Mullanphy Hospital, die das Opfer einer Schlägerei verarztete. Sie beugte sich über den Verletzten, bat die Männer, mit ihren Fackeln zu leuchten, und erkannte ein derbes, aber freundliches Gesicht mit verängstigten Augen, die sie Hilfe suchend anblickten. »Helfen Sie mir«, stöhnte er leise, »bringen Sie mich zum Doktor! Mir tut alles weh! Ich glaube, ich muss sterben!«

»So schnell stirbt man nicht«, erwiderte sie scheinbar fröhlich, »es sei denn, Sie haben sich eine Kugel eingefangen!« Sie legte eine Hand auf seine Stirn und spürte starkes Fieber. »Was ist passiert? Haben Sie etwas Falsches gegessen oder getrunken?«

»Nichts! Bis vor zehn Minuten … war alles in Ordnung!«

Sie sah, dass er aus dem Mund blutete, und schob vorsichtig seine Zähne auseinander. Das Zahnfleisch war entzündet, und überall war Blut. Die wenigen Zähne, die noch in seinem Mund waren, wackelten stark. »Hm«, meinte sie. Sie schob seinen Kopf zur Seite und fragte die Männer: »Gibt es hier irgendwo ein Bett?« Und als sie verneinten: »Dann legt ihn auf einige Decken! Aber vorsichtig! Und bringt mir heißes Wasser! Ich brauche einen Becher!« Sie blieb stehen und wandte sich an zwei Männer, anscheinend die Anführer der Gruppe: »Wachsen hier Kakteen?«

»Prickley Pear«, antwortete einer verwundert. »Warum?«

»Schmort eines der Blätter über dem Feuer«, trug sie den beiden Männern auf, »als ob ihr es rösten wollt! Beeilt euch!« Sie ignorierte die verwunderten Blicke der Goldsucher und folgte den anderen Männern ins Haus. Frank wusste nicht, was er tun sollte.

»Was hat er? Was haben Sie vor?«, fragten die Männer, als sie das geröstete Fruchtfleisch des Feigenkaktus in einer Schüssel mit heißem Wasser zerstampfte, bis eine grünlich-braune Flüssigkeit entstanden war. Sie füllte ein Glas ab. »Soll das helfen?«

Rose flößte dem kranken Mann den Kaktussaft ein und wandte sich an die neugierigen Männer. »Der Mann hat Skorbut, eine Krankheit, die im Westen ziemlich verbreitet ist. Man bekommt sie, wenn man nicht genug Obst und Gemüse isst. Die Doktoren, die ich kenne, verabreichen Quecksilber, aber das nützt nicht viel!« Sie erinnerte sich an einen Iren, der an Skorbut gestorben war. Damals hatte sie die heilende Kraft des Feigenkaktus noch nicht gekannt. »Bei den Indianern habe ich gelernt, dass es einfache Mittel gegen den Skorbut gibt. Diesen Saft zum Beispiel!«

»Sie waren bei den Indianern?«, fragte jemand.

»Bei den Cheyenne.« Sie ging nicht näher darauf ein. »Bevor es zum Krieg kam, haben sie den weißen Siedlern geholfen, die an Skorbut erkrankt waren. Der Kaktussaft wirkt wahre Wunder!«

»Sie sind doch keine Wunderdoktorin?«

»Ich gebrauche meinen Verstand«, antwortete sie bissig. »Wenn der Saft bei den Indianern geholfen hat, hilft er auch bei eurem Freund! Ihr werdet sehen, in zwei Stunden geht es ihm besser!«

»Wollen Sie so lange warten?«, fragte einer der Männer.

»Sicher«, antwortete sie mit einem schnellen Blick auf Frank, der in der Tür erschienen war und sich in der Gesellschaft der rauen Männer unwohl fühlte. »Wenn es heißen Kaffee gibt?«

Rose erfuhr, dass der kranke Mann aus Irland kam und Hugh O'Neil hieß. In der alten Heimat war er Preisboxer gewesen. Wenn die Erzählungen der Goldsucher stimmten, war er stark wie ein Bulle und gemein wie ein Maultier, und seitdem er in der Alder Gulch war, hatte er nicht mal einen Schnupfen gehabt. Er war der kräftigste und widerstandsfähigste Mann der ganzen Schlucht, so behaupteten sie, und es wollte einfach nicht in ihren Kopf, dass er sich eine Krankheit eingefangen hatte. »Hugh ist ein Ochse«, sagte jemand, »ich dachte, der wird nie krank!«

»An Skorbut sind schon andere Männer gestorben«, sagte sie.

Inzwischen war auch Frank aufgetaut. Er sagte wenig, aber als einer der Goldsucher ein Spielchen vorschlug, holte er seine Karten heraus und mischte sie geschickt. »Kleine Einsätze«, bat er vorsichtshalber, »ich bin gerade nicht besonders bei Kasse!«

Als die Männer erfuhren, dass er von einem Minenbesitzer mit der Lucky Seven hereingelegt worden war, brauchte er für den Spott nicht zu sorgen. »Ausgerechnet die Lucky Seven«, lästerte ein junger Mann, »da haben sie nicht mal Katzengold gefunden!« So wurde das wertlose Metall genannt, das dem echten Gold täuschend ähnlich sah. »So eine Mine hab ich auch zu bieten«, meinte ein anderer. »Wie wär's, Spieler? Soll ich sie setzen?«

Frank verlor seine letzten zwanzig Dollar an die Männer und bekam einen kräftigen Schluck aus der Whiskeyflasche spendiert. Rose machte gute Miene zum bösen Spiel. Eigentlich schickte es sich nicht für eine Lady, sich bei trinkenden und spielenden Männern in einer baufälligen Hütte aufzuhalten, aber sie hatte nie behauptet, eine Lady zu sein, auch wenn sie sich jetzt wie eine Dame kleidete, und sie hatte nie einen Unterschied gemacht, wenn es um einen Kranken ging. »Eine Frau, die jahrelang in einem Indianertipi gelebt hat, kann nichts erschrecken«, würde ein Journalist im fernen San Francisco einmal über sie schreiben.

Hugh O'Neil erwachte zwei Stunden später aus seinem Dämmerschlaf und fühlte sich schon wesentlich besser. Er konnte sogar aufstehen und sich an den Tisch setzen. Er trank von dem Whiskey und grinste in die Runde. »Da staunt ihr, was? So schnell fahr ich nicht in die Grube! Die Lady hat mich wieder hingekriegt!«

»Mit Kaktussaft«, staunten einige.

»Altes Indianerrezept«, erklärte Rose stolz. »Am besten trinkt ihr das Zeug jeden Tag! Ein Löffel genügt! Hört nicht auf den Doktor, wenn er euch Quecksilber verschreiben oder zur Ader lassen will! Die Indianer wissen schon, was sie tun. Einverstanden?«

»Wird gemacht«, erwiderte Hugh O'Neil. Er war wirklich ein Hüne, wog bestimmt zweihundert Pfund und hätte einen Raddampfer mit seinen Oberarmen stemmen können. Er hatte einige Zähne verloren, aber die Blutung hatte aufgehört, und das Fieber war zurückgegangen. Seine Augen glänzten, als er Rose die Hand schüttelte. »Das werde ich Ihnen nie vergessen, Lady! Fragen Sie nach Hugh O'Neil, wenn Sie mal Hilfe brauchen! Ich leg die ganze verdammte Stadt in Trümmer, wenn Sie wollen!«

»Wer weiß?«, meinte sie lachend.

Sie verabschiedeten sich von den Männern und stiegen auf den Wagen. Im Licht der unzähligen Feuer und Fackeln, die in der Schlucht brannten, fuhren sie davon. »Du solltest ein Krankenhaus aufmachen«, sagte Frank, als sie über eine Holzbrücke ratterten und er seine Herz-Dame in die Dunkelheit schnippte.

»Ich weiß was viel Besseres«, antwortete sie fröhlich. Sie zog das Herz-Ass aus seiner Brusttasche, ließ die Karte fallen und fügte schmunzelnd hinzu: »Wie wär's, wenn ich dich heute Abend zum Essen einlade? Oder schickt sich das nicht für eine Lady?«

24

Es gab leichte Mädchen, die ein Konto bei der Nowlan Bank eröffnet hatten, und sogar verheiratete Frauen gingen zum Schalter und hoben Geld ab, aber Rose O'Malley war die erste Frau, die nach dem Direktor fragte und ihn wegen eines Kredits sprechen wollte. Sie hatte sich kaum geschminkt und trug ein unauffälliges Kleid aus weinroter Baumwolle und einen flachen Hut ohne Federn und bunte Bänder. Auf keinen Fall sollte der Eindruck aufkommen, sie wolle den Direktor mit ihren Reizen überreden. »Ich bin Rose O'Malley«, stellte sie sich selbstbewusst vor, »ich unterhalte ein Konto bei Ihrer Bank. Erinnern Sie sich an mich?«

»Frederick W. Nowlan«, erwiderte der Direktor, »natürlich erinnere ich mich!« Er führte sie zu einem unbequemen Stuhl ohne Lehnen und wartete, bis sie sich gesetzt hatte. Dann ging er um den Schreibtisch herum. Er war ein kleiner Mann mit einer Halbglatze und trug einen abgewetzten Anzug mit dunkelroter Weste, sein nervöser Blick war auf das Diplom gerichtet, das über der Eingangstür hing und ihm Mut zu machen schien. Auf einem großen Aschenbecher, der mit einem Brandzeichen verziert war, lag eine halb gerauchte Zigarre. Er steckte sie zwischen die Lippen und fragte: »Womit kann ich Ihnen dienen, Miss O'Malley?«

»Ich möchte ein Geschäft eröffnen und brauche einen Kredit«, antwortete sie direkt. »Ich denke, fünftausend Dollar dürften genügen.« Sie schickte ihren Worten ein schwaches Lächeln hinterher.

»Fünftausend Dollar?«, erschrak Nowlan. Er kaute auf seiner Zigarre und schien nicht zu wissen, in welche Richtung er blicken sollte. »Nun, Miss O'Malley, das ist viel Geld! Sehr viel Geld!« Er nahm die Zigarre aus dem Mund und legte sie auf den Aschenbecher zurück. »Darf ich fragen, wofür Sie das Geld brauchen?«

»Wie gesagt, ich möchte ein Geschäft eröffnen«, ließ sie sich nicht aus der Ruhe bringen. »Einen Drugstore. Ich habe den kleinen Laden neben dem Fairweather Inn gemietet. Der Barbier möchte ausziehen. Ich glaube, er will nach Gold schürfen. Die Lage ist erstklassig, besonders für einen Drugstore, und ich ...«

»Einen Drugstore?«, meinte Nowlan erstaunt. »Verzeihen Sie, wenn ich Ihnen ins Wort falle, aber es gibt bereits zwei Drugstores in Virginia City, und in der Alder Gulch soll es einen Wunderdoktor geben, der mit einem Medizinwagen durch die Goldgräbercamps fährt! Glauben Sie wirklich, ein Drugstore könnte sich als profitabel erweisen? Wie kommen Sie auf diese Idee?«

»Weil ich weiß, dass ich besser bin«, konterte sie überzeugt. Und mit einem Lächeln: »Warum gibt es zwei Banken in Virginia City? Warum haben Allen & Millard eröffnet, wo sie doch genau wussten, dass es bereits die Nowlan Bank gibt? Wettbewerb belebt das Geschäft, das sollten Sie doch wissen! Ich möchte mich auf Naturheilmittel spezialisieren und glaube, dass ich damit eine Marktlücke treffe. Geben Sie mir das

Geld, Mister Nowlan, und Sie werden sehen, wie gut ich damit umgehen kann!«
Nowlan griff sich an die Krawatte. »Ich weiß nicht, Miss O'Malley. Rank's Drugstore macht gute Geschäfte, und ich kann mir nicht vorstellen, dass Sie ihm erfolgreich Konkurrenz machen können. Ryan ist ein erfahrener Geschäftsmann, und Sie sind …«
»… eine Frau«, ergänzte sie bitter, »ich weiß. Sie glauben doch nicht ernsthaft daran, dass mein Geschlecht mich daran hindern könnte, einem Mann wie Ryan die Stirn zu bieten? Ich habe die Geschäfte für einen der erfolgreichsten Schiffsbauer in St. Louis geführt! Und was meine medizinischen Kenntnisse betrifft: Ich war Krankenschwester in einem der angesehensten Krankenhäuser der Stadt! Sie können sich gern erkundigen …«
»Das wird nicht nötig sein, Miss O'Malley«, ließ Nowlan sich erweichen. Er zog einen Antrag aus seiner Schublade. »Also, schön, die Bank gibt Ihnen das Geld, aber ich muss den höchsten Zinssatz verlangen, und wenn Ihre Raten nicht pünktlich eintreffen, sehe ich mich leider gezwungen, den Kredit zu kündigen!« Er setzte ihren Namen ein. »Unterschreiben Sie bitte hier!«
Rose setzte ihre Unterschrift unter das Dokument und ließ sich das Geld auszahlen. »Sie werden Ihre Entscheidung nicht bereuen, Mister Nowlan, ganz bestimmt nicht!« Sie versteckte das Geld in ihrer Handtasche und verabschiedete sich. »Und grüßen Sie Ihre werte Gattin von mir! Ich bewundere ihre Hartnäckigkeit!«
Diese kleine Spitze konnte Rose sich nicht verkneifen. Helen Nowlan unterstützte die »Liga für Anstand und Sitte«, die es

sich zur Aufgabe gemacht hatte, den Rotlichtbezirk am Westende der Wallace Street trockenzulegen und alle leichten Mädchen aus der Stadt zu vertreiben. Ein widersinniges Unterfangen in einer wilden Boomtown wie Virginia City, die vom Laster und der Unmoral lebte, aber Helen Nowlan und ihre Mitstreiterinnen gaben nicht auf. Sie fühlten sich für die Einhaltung von Moral und Anstand verantwortlich und ließen sich auch durch das Desinteresse der Geschäftsleute nicht entmutigen. Zu ihren Versammlungen kamen nur Frauen. Selbst Frederick W. Nowlan fand immer einen Vorwand, sich von den Treffen fern zu halten, wusste er doch genau, dass einige seiner besten Kunden ihr Vermögen im Rotlichtbezirk der Wallace Street gemacht hatten. Ohne die Bordellbetreiber und Spielhallenbesitzer lief gar nichts in Virginia City.

Natürlich war Helen Nowlan auch gegen die kühne Vorgehensweise einer Rose O'Malley, die es gewagt hatte, ihren angestammten Platz zu verlassen und in eine Männerdomäne einzubrechen. Es schickte sich nicht für eine anständige Frau, ein Geschäft zu eröffnen und um einen Kredit zu bitten. Der Platz einer Frau war an der Seite ihres Mannes, und ihr ganzes Bestreben musste darauf gerichtet sein, den Haushalt zu führen und Kinder großzuziehen. Eine Frau, die etwas anderes wollte, versündigte sich an der Gesellschaft. Die streng gekleideten Damen der »Liga für Anstand und Sitte« gestatteten einer Frau lediglich, als Lehrerin oder an der Seite ihres Mannes in einem Laden oder einem Restaurant zu arbeiten, wenn die Hausarbeit und die Kindererziehung dadurch nicht vernachlässigt wurden. Mit Feuer und Schwefel bedrohten sie die leichten Mädchen aus den Hurdy Gurdy Halls, und gegen eine Lady, die im Winter 1863 als Spielerin in einem Saloon gearbeitet hatte, wären sie beinahe auf die Barrikaden gegangen. Nur eine prominente Schauspielerin wie Virginia Porter lag außerhalb ihrer Reichweite.

»Ich verstehe Sie nicht«, jammerte die Frau des Bankdirektors, als sie Rose in ihrem Zimmer aufsuchte und missbilligend auf die Unterwäsche über dem Umkleidestuhl blickte, »wie konnten Sie meinem Mann so etwas antun? Er hat Ihnen den Kredit doch nur gegeben, weil er Sie nicht brüskieren wollte! Haben Sie schon mal überlegt, was man von einer unverheirateten Frau denkt, die einen Drugstore eröffnet?« Sie musterte ihre dunklen Schnürstiefel. »Ich bin nicht weltfremd, Miss O'Malley. Ich weiß, dass in einer Goldgräberstadt wie Virginia City andere Gesetze herrschen. Mein Gott, sogar den Sheriff mussten sie hängen! Aber sind wir schon so weit gekommen, dass Frauen ihren angestammten Platz verlassen und mit den Männern konkurrieren?«

»Was ist daran so verkehrt?«, fragte Rose, die diese Unterhaltung eher amüsant fand. Sie saßen an dem runden Tisch mit den gebogenen Beinen und hatten sich Kräutertee kommen lassen. Rose verriet ihrem Gast nicht, dass sie bei den Indianern auf den Geschmack gekommen war. Helen Nowlan würde wahrscheinlich einen Herzanfall bekommen, sobald die erste Montana Post erschien und sie erfuhr, dass Rose drei Jahre bei den Cheyenne gelebt hatte. »Ich finde nichts Verwerfliches daran, den Männern ein wenig auf die Finger zu klopfen. Sollen sie die Welt allein regieren?«

»Miss O'Malley!«, rief Helen Nowlan entrüstet. »Haben Sie denn nicht den Wunsch, zu heiraten und Kinder zu bekommen? Wie lässt sich die Arbeit einer Ladenbesitzerin damit vereinbaren?«

»Gar nicht, Mrs. Nowlan!«, erwiderte Rose. »Und ich sehe mich auch nicht als Ehefrau und Mutter. Wenn Sie gesehen hätten, was ich gesehen habe, würden Sie sich hüten, Kinder in die Welt zu setzen!« Sie lächelte verschmitzt. »Mit einem Mann wie Frank Catlow ist das gar nicht möglich! Nicht dass er ... Nein, er liebt seine Freiheit viel zu sehr, um zu heiraten, und er weiß, wie man seine Freude haben kann, auch ohne Kinder zu zeugen ...«

»Miss O'Malley!«, rief Helen Nowlan erneut. Sie erhob sich abrupt und hätte beinahe den Tisch umgestoßen. »Ich muss doch sehr bitten! Mit dieser Einstellung tragen Sie nicht gerade dazu bei, das Klima in diesem Sündenpfuhl zu verbessern! Gehen Sie noch einmal in sich! Ich bitte Sie inständig: Überdenken Sie Ihre Entscheidung und entlassen Sie meinen Mann aus dem Vertrag! Ein Unternehmen gehört in die Hände eines Mannes! Ich rede meinem Mann auch nicht in seine Geschäfte! Eine Bankdirektorin ... undenkbar!«

Rose stand ebenfalls auf. »Ich finde, es sollte viel mehr Frauen in leitenden Positionen geben, Mrs. Nowlan!« Sie führte die Frau des Bankdirektors zur Tür und verabschiedete sich. »Auf Wiedersehen, Mrs. Nowlan! Und einen schönen Gruß an den Gatten!«

Helen Nowlan verließ das Zimmer mit erhobenem Haupt und griff sich nervös an ihren Haarknoten, als sie im Flur verschwand. Die Treppe knarrte unter ihren Absätzen, und man hörte selbst im oberen Stockwerk, wie sie auf den Gehsteig trat und mit festen Schritten zur Bank ging. Rose blickte ihr grinsend nach.

»Ich wusste gar nicht, dass die Frauen im Westen so altmodisch sind«, sagte sie zu Frank Catlow, als sie sich im Hotelrestaurant

zu einem leichten Mittagessen trafen. »Oder weißt du einen Grund, warum Frauen keinen Drugstore führen sollten?«
Der Spieler grinste frech. »Tausend Gründe!« Und bevor sie ihm den Löffel aus der Hand schlug: »Aber auf dich treffen die alle nicht zu. Du bist eine Ausnahme! Ich gehe jede Wette ein, dass dein Drugstore ein Erfolg wird. Du bringst es fertig und eröffnest irgendwann ein großes Kaufhaus! Ein vierstöckiges Gebäude aus Stein, wie das Hotel in St. Louis. Nur eines verstehe ich nicht: Warum halst du dir so viel Kummer auf? Warum genügt es dir nicht, an der Seite eines Gentleman ins Theater zu gehen?«
»Weil es mir Spaß macht, ein Geschäft aufzubauen«, erwiderte sie lachend, »und weil mir als Geliebte eines mittellosen Spielers gar nichts anderes übrig bleibt! Oder hast du schon vergessen, dass die Lucky Seven Mine nichts mehr abwirft? Du solltest dir eine neue Herz-Dame zulegen, ich meine die zum Pokern!«
An diesem Abend gingen sie tatsächlich ins Theater, so wie alle ehrbaren und weniger ehrbaren Bürger von Virginia City. Das Montana Theatre war bis auf den letzten Platz besetzt. Die Zuschauer saßen dicht gedrängt auf den rohen Holzbänken, und Rose nickte der Frau des Bankdirektors in der ersten Reihe höflich zu. Eine erwartungsvolle Spannung lag über dem Publikum, und Rose erinnerte sich an ihren ersten Theaterbesuch in St. Louis, als sie Frank Catlow kennen gelernt hatte. »Du musst deiner Sache damals sehr sicher gewesen sein«, sagte sie leise.
»Ich wusste, dass du meinem Charme nicht widerstehen würdest«, erwiderte er mit gespieltem Hochmut. »Habe ich dir jemals erzählt, dass Jenny mich nach San Francisco eingeladen hat?«

»Jenny Lind? Die schwedische Nachtigall?
»Sie hat mir schöne Augen gemacht!«
»Das ist nicht wahr!«
Der Vorhang wurde aufgezogen, und das Geschehen auf der Bühne nahm seinen Lauf. »Meine Damen und Herren«, verkündete der Theaterdirektor, ein untersetzter Mann in Frack und Zylinder, »ich freue mich, Ihnen am heutigen Abend eine besondere Attraktion anbieten zu können! Miss Virginia Porter ...« Begeisterter Beifall brandete auf. »Miss Virginia Porter, die weltbekannte Schauspielerin aus New Orleans, gibt sich die Ehre, in unserem Theater aufzutreten!« Wieder Beifall und begeisterte Pfiffe der Minenarbeiter, die fast die Hälfte des Publikums ausmachten. »Empfangen Sie unseren Gast mit Applaus! Hier ist Miss Virginia Porter in ›The Mysterious Child‹ ...«
Das bedeutungsschwere Melodram erzählte die Geschichte einer jungen Frau, die ihre Adoptiveltern verlässt, um nach ihren echten Eltern zu suchen, und sich dabei unglücklich in ihren Stiefbruder verliebt. Virginia Porter war gleich in der ersten Szene zu sehen. Das Publikum tobte, und die junge Schauspielerin musste sich mehrmals verbeugen, bevor sie nur einen Satz gesagt hatte. Am meisten Beifall bekam sie während der Liebesszene im zweiten Akt, als sie ihren Stiefbruder auf den Mund küsste und nur der Vorhang die Frau des Bankdirektors vor einem Herzanfall rettete.
Rose hatte sich bei Frank eingehakt und spürte seine Anspannung, als Victoria Porter ins Publikum lächelte. Die hübsche Schauspielerin hatte es ihm angetan, das konnte jeder sehen, und er gehörte zu den Ersten, die sich nach der Vorstellung vor der Garderobe anstellten, um dem Star zu gratulieren. »Ich

bin gleich wieder da«, entschuldigte er sich, »ich möchte ihr nur meine Hochachtung erweisen. Kein Grund, eifersüchtig zu sein!«
Natürlich war Rose eifersüchtig, und sie glaubte auch, einen Grund dafür zu haben. Frank blieb fast eine halbe Stunde bei der Schauspielerin, zehnmal so lange wie alle anderen Gratulanten, den Bürgermeister eingeschlossen, und als die Tür aufging und er wieder herauskam, konnte jeder sehen, wie Virginia Porter sich verlegen an die Wange griff und ihre treuherzigen Augen verdrehte. »Eine halbe Stunde«, schimpfte Rose so laut, dass einige Leute sich nach ihr umdrehten, »eine halbe Stunde warst du bei dieser … bei dieser Schauspielerin! Was hattest du mit ihr zu schaffen? Hat sie dich auch nach San Francisco eingeladen?«
Frank zog sie auf die Straße. »Sei nicht albern, Rose! Ich habe ihr nur gratuliert! Ich habe überhaupt nichts mit ihr zu schaffen!«
»Und warum hat sie sich an die Wange gegriffen? Warum hat sie wie ein Reh mit ihren treuen Augen geklappert? Du hast ihr einen Kuss gegeben, nicht wahr? Du hast sie geküsst, verdammt!«
»Ein freundschaftlicher Kuss«, räumte er ein, »nichts Ernstes!«
»Und das sagst du mir so einfach? Mitten auf der Straße?« Sie ließ seinen Arm los und trat einen Schritt zurück. Ihr Gesicht war gerötet und leuchtete im Schein der Fackeln und Öllampen. »Warum bleibst du nicht ganz bei ihr? Geh mit ihr auf Tournee und schlepp ihre Koffer! Die hat doch nur auf einen Dummkopf wie dich gewartet! Lade sie zu einer Pokerpartie ein, dann brauchst du keine Herz-Dame mehr! Sie freut sich bestimmt, wenn du wieder eine Mine gewinnst! Aber vergiss

nicht, deine abgelegten Hosen aus meinem Zimmer zu holen! Ich will dich nicht mehr sehen, verstanden? Verschwinde aus meinem Leben!«

Rose stapfte über die staubige Straße und ging ins Hotel. In ihrem Zimmer trat sie aufgebracht gegen den kleinen Tisch. Zum Glück hatte der Kellner das Teegeschirr abgeräumt. Sie heulte vor Wut und hätte am liebsten alle Möbelstücke auf die Straße geworfen, aber dann hätte es einen ähnlichen Aufruhr wie vor einigen Tagen gegeben, als ein leichtes Mädchen ihren Freier von der Veranda gestoßen hatte und der arme Mann, nur mit seinen Strümpfen bekleidet, über die breite Hauptstraße gerannt war. Sie musste lachen, als sie daran dachte, und plötzlich kam ihr auch der Streit mit Frank albern vor, und ihr Lachen wurde so laut, dass ihr Zimmernachbar mit der Faust gegen die Wand hämmerte und rief: »Ruhe, verdammt! Ich will endlich schlafen!«

Ihr Stolz verbot Rose, an die Tür des Spielers zu klopfen und sich bei ihm zu entschuldigen. Eine einsame Nacht würde ihn nicht umbringen. Sie würde ihm zeigen, was er an ihr hatte, und ihn daran erinnern, dass ihre Liebe etwas Besonderes war. Sie hatten sich keine Treue geschworen, und sie glaubte nicht daran, dass er jemals um ihre Hand anhalten würde, aber ihre Beziehung war von einem einzigartigen Zauber erfüllt, und sie war immer davon ausgegangen, dass es keine andere Frau für Frank Catlow gab, zumindest, wenn sie selbst in der Nähe war.

Sie seufzte erschöpft. Es war schwer, einen Mann wie Frank Catlow zu lieben. Vielleicht hatte die Frau des Bankdirektors ja Recht, vielleicht sehnte sich jedes weibliche Wesen danach, einen Mann zu heiraten und Kinder zu kriegen und ihm für

den Rest des Lebens treu ergeben zu sein. Während er mit seinen Freunden durch die Saloons zog, das schwer verdiente Geld beim Kartenspiel verlor und sich mit leichten Mädchen vergnügte, fügte sie mit einem bitteren Lächeln hinzu. Auch die Ehe war kein Allheilmittel, gestand sie sich ein, wenn ein Mann nicht freiwillig blieb, ließ er sich auch durch einen Trauring nicht fesseln.
Sie schenkte sich ein Glas von dem Sherry ein, den sie in ihrer Kommode verwahrte, trank es in einem Zug aus und trat nachdenklich an das geschlossene Fenster. Zwischen den dunklen Vorhängen blickte sie auf die Wallace Street hinab. Am Samstagabend, wenn die Minenarbeiter ihren Wochenlohn verprassten, war immer besonders viel los, und die Straße erbebte unter polternden Wagenrädern und den Hufen erschrockener Pferde. Die Männer ließen den Dampf ab, der sich während der harten Arbeitswoche angestaut hatte, und feierten bis in den frühen Morgen. Schüsse wurden abgefeuert, und manchmal brannte man sogar ein Feuerwerk ab. Es gab Streit zwischen Engländern und Schotten, Italienern und Österreichern und Deutschen und Franzosen, und die Anhänger der Nordstaaten prügelten sich mit den Anhängern der Südstaaten. Manchmal fielen Schüsse, aber niemand kümmerte sich darum, und Rose hatte gelernt, auch dann zu schlafen, wenn irgendwo Glas klirrte und ein Mann laut um Hilfe schrie. Der Trubel gehörte einfach dazu, und wenn am nächsten Morgen nüchtern Bilanz gezogen wurde, stellte sich meistens heraus, dass es gar nicht so schlimm war. Während der Zeit, die Rose in Virginia City war, hatte es nur zwei Tote gegeben, und einer davon war ein Chinese gewesen, der nicht in der Statistik geführt wurde.

Sie gönnte sich einen zweiten Sherry, schob den Vorhang erneut zur Seite und prostete den Männern auf der Straße zu: »Cheerio!«
Aber sie dachte dabei an Frank, der hoffentlich schweißgebadet in seinem Bett lag und sich nach ihr verzehrte.

25

Am nächsten Morgen war Frank Catlow verschwunden. Er erschien nicht zum Frühstück und ließ sich auch zum Mittagessen nicht blicken. Rose klopfte vergeblich an seine Zimmertür, und als sie ihren Stolz überwand und am Empfang fragte, sagte man ihr, dass er für einige Tage verreist war. Sie wagte nicht zu fragen, ob Victoria Porter und ihr Bruder ebenfalls abgefahren waren. Einige Zeit später begegnete sie der Schauspielerin auf der Hoteltreppe. »Guten Morgen, Mrs. Porter«, grüßte sie mit einem falschen Lächeln. »Die Vorstellung gestern hat mir gut gefallen!«

»Oh, das freut mich«, erwiderte Virginia Porter. Ihr Gesicht war selbst am Morgen perfekt geschminkt, und ihre Zähne waren von einem makellosen Weiß. Ihre Augen leuchteten. Sie trug ein vornehmes Reisekleid aus gelbem Samt, das mit Spitzen besetzt war und eine Spur zu aufdringlich wirkte. »Ich hätte nicht gedacht, dass sich diese rauen Gesellen an einem Melodram erfreuen könnten!« Sie blieb stehen und zog fragend die Augenbrauen hoch. »Haben wir uns nicht schon irgendwo gesehen?«

Rose lächelte immer noch. »Rose O'Malley«, stellte sie sich vor, »ich war dabei, als Sie aus der Kutsche stiegen.« Und wie unter Zwang fügte sie hinzu: »Ich bin die Verlobte von Frank Catlow.«

»Frank Catlow?« Rose bildete sich ein, dass die Schauspielerin rot anlief, aber so genau war das im Halbdunkel des Flurs nicht zu erkennen. »Ist das nicht der Gentleman, der mir gestern gratuliert hat? Ja, ich entsinne mich! Ein charmanter Mann! Schade, dass alle guten Männer vergeben sind!« Sie lachte übertrieben herzlich und drehte sich zu ihrem Bruder um, der gerade die Treppe herunterkam. »War nett, Sie kennen zu lernen, Miss …«

»O'Malley.«

»… Miss O'Malley. Auf Wiedersehen.«

Rose blickte der Schauspielerin nach und verfluchte sie in Gedanken. Sie war jung und außerordentlich attraktiv, das räumte sie widerwillig ein, aber ihre Schönheit und ihr bescheidenes Talent gaben ihr kein Recht, anderen Frauen den Mann auszuspannen. Rose betrachtete das neue Plakat neben dem Empfangstisch und verzog geringschätzig die Lippen. So attraktiv war sie nun auch wieder nicht. Rose stellte fest, dass die Vorstellung auch an den nächsten beiden Samstagen gegeben würde, und fragte sich, ob Virginia Porter die ganze Zeit über in Virginia City bleiben würde. Solange Frank verschwunden blieb, hatte sie nichts dagegen. Sie schloss sich in ihrem Zimmer ein, setzte sich wütend auf das ungemachte Bett und dachte darüber nach, ob sie etwas falsch gemacht hatte. »Du kannst mich mal, Frank Catlow!«, rief sie nach einer Weile aufgebracht. »Ich komme auch ohne dich zurecht!«

Während der folgenden Woche blieb Rose kaum Zeit, an den Spieler zu denken. Selbst nachts kreisten ihre Gedanken um den neuen Laden und die Einrichtung, die von einem deutschstämmigen Schreiner und seinen Partnern gezimmert wurde. Der Barbier hatte ihr den Laden für einen fairen Preis verkauft. Sie bestellte die Waren, die jeder Drugstore führen musste, und verbrachte einen ganzen Tag damit, in eine Kladde die Namen aller Kräuter zu schreiben, die sie bei den Indianern kennen gelernt hatte. Daneben führte sie die Krankheiten auf, die man damit heilen oder lindern konnte. Ihre Aufzeichnungen füllten mehrere Seiten. Sie wunderte sich selbst, über welches Wissen die angeblichen Wilden verfügten und wie wenig die weißen Ärzte davon Gebrauch machten. Sie hatte selbst miterlebt, wie starke Magenschmerzen durch einen bestimmten Kräutertee gelindert und gefährliche Blutungen mit feuchten Blättern gestillt wurden.

Auf einem gemieteten Pferd ritt sie in die nahen Berge und am Ufer des Ruby River entlang und sammelte die Heilkräuter in mehreren Einmachgläsern. Sie transportierte die Behälter in ihren Satteltaschen. Es war erstaunlich, wie viele der Heilpflanzen, die sie im Tipi des heiligen Mannes gesehen hatte, in der Alder Gulch und den umliegenden Schluchten wuchsen.

Auf dem Rückweg kam sie an dem baufälligen Haus vorbei, in dem sie Hugh O'Neil verarztet hatte. Der bullige Goldsucher war bei den Männern, die am Schüttelsieb standen und das goldhaltige Erz vom übrigen Gestein trennten. Sein schmutziges Gesicht verzog sich zu einem breiten Lachen, als er sie erkannte. Er riss seinen Schlapphut vom Kopf und rief: »Hallo, Lady! Wie geht es Ihnen?«

Rose mochte den Hünen und zügelte ihr Pferd. »Es geht mir gut, Mister O'Neil! Nehmen Sie auch täglich Ihren Kaktussaft?«

»Darauf können Sie wetten, Lady! Schulde ich Ihnen was?«

»Die Behandlung war gratis«, erwiderte Rose lachend. »Aber ich würde mich freuen, wenn Sie Ihren Freunden erzählen würden, dass ich am Samstag meinen Drugstore eröffne. Rose O'Malley's Drugstore und Pharmacy, gleich neben dem Fairweather Inn. Ich möchte, dass möglichst viele Goldsucher zur Eröffnung kommen! Es gibt Freibier, solange der Vorrat reicht! Einverstanden?«

»Und ob, Lady! Ich schleppe alles an, was Beine hat! Der Doktor kann uns gestohlen bleiben, wenn Sie einen Laden aufmachen!« Er wandte sich an die anderen Goldsucher. »Habt ihr gehört, Männer? Die Lady eröffnet einen Drugstore! Sie kennt die Geheimrezepte der Indianer, damit verschwindet sogar eure …« Er verschluckte das letzte Wort und fügte schnell hinzu: »Wir kommen, Lady! Darauf können Sie sich verlassen. Und ich hoffe, Sie haben auch was gegen einen handfesten Kater. Bis Samstag!«

»Bis Samstag, Mister O'Neil!«

Erst bei den Vorbereitungen zur Eröffnung ihres Drugstores merkte Rose, wie sehr ihr die Arbeit gefehlt hatte. Es hatte großen Spaß gemacht, mit Frank in den Tag hineinzuleben, aber die Arbeit im Laden bereitete ihr noch größeres Vergnügen, obwohl sie meist bis Mitternacht auf den Beinen war, die gelieferten Waren auspackte und die Heilkräuter katalogisierte und in Einmachgläsern verschloss. Nicht alle Kräuter waren getrocknet zu verwenden. Wenn ein Kunde mit einer bestimmten Krankheit kam, würde sie in die Berge reiten und die Kräuter pflücken, und sobald ihr Drugstore lief, würde sie einen zuverlässigen Mitarbeiter einstellen, damit der Laden nicht leer stand. Es blieb abzuwarten, wie die Einwohner auf das neue Angebot reagierten und was Doc Hollister sagen würde. Der Doktor war bestimmt nicht erfreut, eine ernst zu nehmende Konkurrenz in der Stadt zu haben.

Doc Hollister ließ lange auf sich warten. Erst am Freitag, einen Tag vor der Eröffnung, erschien er im Laden. Die meiste Arbeit war getan, und Rose war gerade damit beschäftigt, ein Kassenbuch anzulegen. »Doc Hollister! Ich habe schon auf Sie gewartet!«, grüßte sie den Arzt freundlich. »Möchten Sie einen Kaffee?«

»Nein, danke«, lehnte Doc Hollister mürrisch ab, verwundert über so viel Herzlichkeit. Er war ein schlanker Mann mit einem hohlwangigen Gesicht und tief liegenden Augen, die nervös flackerten. Man munkelte, dass er das nasskalte Wetter an der Ostküste nicht vertragen hatte und deshalb nach Westen gezogen war, aber besonders gut hatte ihm die Sonne nicht getan. Sein buschiger Schnauzbart zitterte, als er sagte: »Ich habe gehört, Sie haben einem meiner Patienten ein Zaubermittel verabreicht …«

»Hugh O'Neil? Ich wusste nicht, dass er Ihr Patient ist.«

Der Doktor hustete nervös. »Nun, er war vor einem Monat bei mir und ließ sich eine Schusswunde verbinden. Eine Auseinandersetzung mit einem Banditen aus Bannack. Dieser O'Neil ist ein gefährlicher Schläger, Miss O'Malley, und ich weiß nicht, ob es sich für eine Dame schickt, einen solchen Mann zu pflegen!«

»Er hatte Skorbut«, ging Rose den Doktor ohne Umschweife an, »und ich habe ihm Kaktussaft eingeflößt, so wie ich es bei den Indianern gelernt habe. Wenn ich es nicht getan hätte, wäre der Mann vielleicht verblutet! Sollte ich ihn vielleicht liegen lassen?«

»Sie hätten mich rufen können«, erwiderte Doc Hollister, »ich habe Medizin studiert und weiß wahrscheinlich besser, wie man einen Kranken behandelt. Mit indianischer Wundermedizin ist es nicht getan! Natürlich ist mir zu Ohren gekommen, dass Sie bei den Wilden waren, und ich bedauere Ihr Schicksal, aber das gibt Ihnen noch lange nicht das Recht, meine Patienten mit heidnischem Hokuspokus zu erschrecken! Ich möchte, dass Sie damit aufhören, Miss O'Malley! Ich habe nichts dagegen, dass Sie einen Drugstore führen, solange Sie Limonade und Zuckerstangen verkaufen, aber ich werde mit allen Mitteln dagegen vorgehen, wenn Sie die Patienten mit diesem Hokuspokus hinters Licht führen! Habe ich mich klar genug ausgedrückt, Miss O'Malley?«

Rose schenkte ihm ein falsches Lächeln. »Dies ist ein freies Land, Doc Hollister, und niemand kann mir verbieten, den Bürgern dieser Stadt meine Dienste anzubieten! Hugh O'Neil war sehr zufrieden, und was Sie als ›Hokuspokus‹ abtun, ist nichts anderes als Naturmedizin. Die Indianer leben seit vielen Jahrhunderten in diesem Land. Sie fühlen sich der Natur eng verbunden und wissen genau, welche Kräfte in den Kräutern stecken! Haben Sie schon mal einen Indianer mit Skorbut gesehen? Oder mit Zahnschmerzen oder einer Magenentzündung? Sehen Sie! Die Pocken und die Cholera haben wir ihnen gebracht! Ich habe selbst gesehen, welche heilenden Kräfte manche Kräuter entwickeln, Doc Hollister, und ich bin fest entschlossen, dieses Wissen an die Einwohner von Virginia City weiterzugeben! Habe ich mich klar genug ausgedrückt, Doc?« Sie lächelte grimmig.

»Wie Sie wollen, Miss O'Malley! Aber rechnen Sie nicht damit, dass ich die Kastanien für Sie aus dem Feuer hole, wenn irgendetwas schief geht! Die Folgen haben Sie allein zu verantworten!«

»Auf Wiedersehen, Doc Hollister!«

Die Begegnung mit dem beleidigten Doktor bremste ihren Tatendrang nicht. Im Gegenteil, jetzt war sie noch fester entschlossen, mit ihrem Drugstore erfolgreich zu sein. Sie ließ ein großes Fass Bier in den Laden rollen, hängte ein Schild mit der Aufschrift GRAND OPENING in die Tür und verbrachte den Samstag damit, noch einmal die Fenster und Möbel zu polieren. In einem braunen Samtkleid wartete sie auf die Gäste ihrer Eröffnungsfeier.

Hugh O'Neil und seine Freunde waren die ersten Kunden. Sie rollten auf einem Pritschenwagen vor dem Drugstore vor und gaben irische Trinklieder zum Besten. Rose kannte die Lieder aus St. Louis und sang laut mit. Helen Nowlan und die Damen der »Liga für Anstand und Sitte«, die mit einem Transparent für die Erhaltung der Weiblichkeit demonstrierten und mit ihren ungeschminkten Gesichtern und den strengen Kleidern eigentlich das genaue Gegenteil von anmutigen Frauen darstellten, wandten sich schockiert ab. Sie waren die Einzigen, die einen Misston in die fröhliche Veranstaltung brachten, wurden jedoch von den Goldsuchern übertönt, die von Hugh O'Neils wundersamer Heilung gehört hatten und Rose mit lauten Sprechchören feierten. Das Freibier förderte die ausgelassene Stimmung und lockte auch die Bürger der Stadt an. »Ein Hoch auf Rose!«, ließ jemand die Besitzerin des neuen Drugstores hochleben, und alle fielen ein: »Ein Hoch auf Rose!«

Rose hielt eine kurze Ansprache und bedankte sich für das Vertrauen der Menschen, lobte auch die Arbeit der Stadtverwaltung und lobte »Frederick W. Nowlan von der gleichnamigen Bank für sein grenzenloses Vertrauen in den unternehmerischen Geist einer erfahrenen Frau« und Doc Hollister

»für seine aufopferungsvolle Arbeit«, die durch die Eröffnung ihres Drugstores nicht beeinträchtigt, sondern lediglich unterstützt würde. Ein geschickter Schachzug, wie sie am verschmitzten Lächeln von Thomas Dimsdale erkannte, der unter dem Verandadach des Fairweather Inn an einem Vorbaubalken lehnte. Der Chefredakteur der Montana Post war ein aufmerksamer Beobachter.

Der Umsatz des ersten Tages konnte sich sehen lassen, selbst wenn man die Ausgaben für das Freibier berücksichtigte, und Rose war höchst zufrieden, als sie an diesem Abend ihre Eintragungen überprüfte und die Kladde schloss. Sie trat vor ihren Laden und blickte über die belebte Wallace Street, die auch an diesem Samstagabend wieder von Goldsuchern wimmelte und vom ausgelassenen Geschrei und Gejohle der Männer widerhallte. Seitdem sie durch die Alder Gulch gefahren war, hatte sie keine Angst mehr vor den Raubeinen. Die Mehrzahl der Goldsucher waren einfache Männer. Sie hatten nichts anderes im Sinn, als möglichst schnell reich zu werden, und brachten jeden Samstagabend damit zu, ihr sauer verdientes Geld leichten Sinnes auszugeben. Sie zuckte nicht einmal zusammen, als einige Schüsse fielen und irgendwo eine Laterne zerplatzte. Die Begleitmusik in Virginia City war laut und unmelodisch. Nachdenklich machte sie lediglich der Anblick der Menschen, die vor dem Montana Theatre anstanden, um der Vorstellung mit Virginia Porter beizuwohnen. Wo war Frank Catlow? Was war in den Spieler gefahren? Hatte sie ihn mit ihrer Eifersucht so erschreckt, dass er geflohen war?

Die schmetternden Klänge einer Blaskapelle belehrten sie eines Besseren. Die Musiker standen auf der Ladefläche eines Pritschenwagens, der von zwei weißen Pferden gezogen wurde. Auf dem Kutschbock saß Frank Catlow. Er trug einen taillierten Anzug nach der neuesten Mode und winkte ihr fröhlich zu. Selbst wenn er nicht gewinkt hätte, wäre kein Zweifel möglich gewesen: Dieses unverschämte Grinsen konnte nur zu einem Mann gehören, und der hieß Frank Catlow und hatte ihr Herz gestohlen. »Cheerio, Rose O'Malley!«, rief er schon weitem. Er zeigte mit einer weit ausholenden Armbewegung auf die Musiker. »Mein Geschenk zur Eröffnung! The Fabulous Alder Gulch Brass Band!«

In dieser Nacht liebten sie sich mit einer Leidenschaft, die beide erschreckte und erst gestillt war, als Frank um vier Uhr morgens die Öllampe anzündete und sagte: »Und ich dachte, du hättest dich inwischen mit einem dieser Goldsucher getröstet!«

Sie warf ihm das Kissen an die Stirn und lachte herzlich. »Wo bist du die ganze Zeit gewesen, Frank?«, fragte sie eher beiläufig.

»Jenseits der Berge gibt es eine berüchtigte Spielhölle«, antwortete er grinsend. Er griff nach seinem Rock, den er achtlos auf den Boden geworfen hatte, und zog ein ganzes Bündel Dollarscheine aus der Innentasche. »Keine leere Goldmine! Die Kerle, gegen die ich gespielt habe, hatten zu viel Bargeld und wollten es unbedingt loswerden!« Sein Grinsen wurde breiter. »Ich habe ihnen den Gefallen getan! Diesmal hat mir die Herz-Dame wieder Glück gebracht! Die Herz-Dame und vier Asse!«

»Du bist ein Mistkerl, Frank!«, sagte sie lachend.

Sie liebten sich bis in den frühen Morgen und verbrachten den Sonntagnachmittag in den Hügeln hinter der Stadt, in einer versteckten Schlucht, die für ein sonntägliches Picknick wie geschaffen war. Sie aßen die Hühnchen und die Brote, die Rose im Hotel gekauft hatte, und tranken von dem französischen Wein, der für den Drugstore geliefert worden war. Rose war restlos glücklich, und ihre Stimmung stieg noch, als am Montagmorgen die erste Montana Post erschien. »Rose O'Malley, die neue Königin von Virginia City« hieß eine Schlagzeile auf der zweiten Seite, und dann folgte ein dreispaltiger Artikel, der von ihrer Zeit bei den Indianern, dem Vorfall in der Alder Gulch und der Eröffnung ihres Drugstores berichtete: »Rose O'Malley gehört nicht zu den beklagenswerten Frauen, die bei den Indianern ihre Unschuld verloren haben und sich nicht mehr in unserer zivilisierten Gesellschaft zurechtfinden. Sie war stark genug, den Kriegern der Cheyenne die Stirn zu bieten. Dank ihres Einfühlungsvermögens in die fremde Kultur und einer Entschlossenheit, die eines tapferen Soldaten würdig gewesen wäre, schaffte sie es, den Respekt der Indianer zu gewinnen. Sie blieb unantastbar und kehrte mit der Gewissheit in die Zivilisation zurück, dass die Armee zu rasch und unbedacht vorgeht.«

Und ein paar Zeilen weiter war zu lesen: »Durch ihre tiefe Verbundenheit zur Natur verfügen die Indianer über ein Wissen, das von der weißen Schulmedizin leider völlig ignoriert wird. Zahlreiche Heilpflanzen besitzen eine erstaunliche Wirkung, auch wenn das manche Ärzte aus unbestimmten Gründen nicht wahrhaben wollen. Der Verfasser dieser Zeilen leugnet nicht die Überlegenheit der zivilisierten Medizin, aber er gibt zu bedenken, dass auch der zu Unrecht verteufelte ›Hokuspokus‹ seine Berechtigung hat. Rose O'Malley war lange genug bei den Indianern, um das geheime Wissen der Medizinmänner zu ergründen, und die wundersame Heilung

von Hugh O'Neil beweist auf eindrucksvolle Weise, wie sehr indianische Heilpflanzen einem Kranken helfen können. In ihrem neuen Drugstore hat Rose O'Malley diese Kräuter vorrätig. Bei der feierlichen Eröffnung wurde sie vor allem von den Minenarbeitern mit lauten Jubelgesängen gefeiert.«
Rose bedankte sich persönlich bei Thomas Dimsdale und kaufte ihm fünf weitere Exemplare ab, die sie bis an ihr Lebensende aufbewahren würde. Vor allem diesem Zeitungsbericht und der Mundpropaganda der Goldsucher war es zu verdanken, dass ihr Umsatz in ungeahnte Höhen stieg und sie nach drei Monaten bereits ein Viertel des Kredits zurückzahlen konnte. Sie betrat die Bank mit festen Schritten, fragte nach dem Direktor und zählte das Geld auf seinen Schreibtisch. »Von einer Geschäftsfrau, die angeblich auf das falsche Pferd gesetzt hat!«
Frederick W. Nowlan stellte ihr eine Quittung aus und reichte das Geld dem Kassierer. Verlegen sagte er: »Ich muss mich korrigieren, Miss O'Malley. Auch wenn ich mit manchen Ihrer Methoden nicht einverstanden bin, muss ich doch zugeben, dass Sie eine außerordentlich tüchtige und erfolgreiche Geschäftsfrau sind! Es ist mir ein großes Vergnügen, Sie als Kundin zu haben!«
Sie bedankte sich und verließ zufrieden die Bank. Auf dem Gehsteig stieß sie beinahe mit Helen Nowlan zusammen. »Einen wunderschönen guten Morgen, Mrs. Nowlan«, grüßte sie und kicherte verhalten, als die Frau des Bankdirektors ihren Gruß unwirsch erwiderte und mit gerafftem Rock an ihr vorbeimarschierte.

26

Die neuen Goldfunde in der Last Chance Gulch, die auf der Titelseite der ersten Montana Post angekündigt wurden, sorgten für helle Aufregung in Virginia City. Die Goldfelder lagen nur wenige Tagesreisen entfernt, und viele enttäuschte Goldsucher, die in der Alder Gulch zu spät gekommen waren und kaum noch etwas gefunden hatten, zogen weiter nach Nordosten. Die Einwohnerzahl der Stadt sank, aber nicht dramatisch, und die Geschäftsleute brauchten nicht zu befürchten, dass aus Virginia City eine Geisterstadt wurde. Selbst einen Monat nach den Goldfunden in der Last Chance Gulch schrieb die Montana Post noch: »Jede Woche werden hundert neue Häuser in Virginia City fertig!« Das war maßlos übertrieben, traf aber den Nagel auf den Kopf: Virginia City war zu einem bedeutenden Handelsplatz geworden, und Rose O'Malley und Frank Catlow profitierten davon. Rose wurde zu einer ernsthaften Konkurrenz für Ryan's Drugstore, und der Spieler häufte ein beträchtliches Vermögen an, weil er es verstand, fast alle reichen Händler zu einem Spielchen zu überreden. »Und alles mit meiner geliebten Herz-Dame!«

Rose genoss die gemeinsamen Nächte mit dem Spieler und war nicht bereit, dem Druck der »Liga für Anstand und Sitte« nachzugeben, die eines Sonntags vor der Kirche gegen sie protestierte. Selbst wenn sie den Spieler geheiratet hätte, was auch nach einem halben Jahr nicht zur Debatte stand, hätte sie es den strengen Damen um Helen Nowlan nicht recht machen können. Sie waren der Meinung, dass eine verheiratete Frau an den Herd gehörte, und dazu war Rose erst recht nicht bereit. Sie wollte etwas erreichen, sah den Erfolg ihres Drugstores nur als ersten Schritt, und ein Dasein als Hausfrau und Mutter hätte sie nur behindert. Sie hatte nichts gegen die Ehe. Sie hätte begeistert zugestimmt, wenn Frank um ihre Hand angehalten hätte. Sie liebte ihn und wollte immer mit ihm zusammen sein. Eine Ehe konnte auch glücklich sein, wenn die Frau nicht in ihrer Rolle als Hausfrau und Mutter aufging, das hatten eine Ärztin in Boston und ein weiblicher Captain auf eindrucksvolle Weise bewiesen. Aber Frank fragte sie nicht. Er verehrte sie wie eine Prinzessin und machte ihr teure Geschenke, er trug sie auf Händen und las ihr jeden Wunsch von den Augen ab, aber er war viel zu rastlos, um sich in die Fänge einer Ehe zu begeben.

Ihr Verhältnis regte in Virginia City niemanden auf, die Damen der »Liga für Anstand und Sitte« einmal ausgenommen. Was in New York oder Philadelphia wie ein Schock auf die anderen Bürger gewirkt hätte, war in einer Boomtown nicht der Rede wert. In Virginia City regierten das Laster und der Dollar, und niemand fragte danach, ob ein Mann und eine Frau verheiratet waren oder wie jemand sein Geld verdiente. Abenteurer, Spieler und leichte Mädchen verkehrten einträchtig mit Geschäftsleuten und Damen der Gesellschaft. Nicht einmal der Pfarrer regte sich auf, als er vom Lebenswandel der Rose O'Malley erfuhr, versäumte sie es doch nie, die Kirche mit einer großzügigen Spende zu beglücken. Über die

Proteste der »Liga für Anstand und Sitte« lächelte er nur. »Geht hin in Frieden!«, sagte er zu ihnen.
Im Winter des Jahres 1864 hatten die Bürger von Virginia City ohnehin andere Sorgen. Die Schneefälle hatten ungewöhnlich früh eingesetzt, und der eisige Wind, der vom Pass herunterwehte, schien kälter als im letzten Winter zu sein. Die Arbeit auf den Goldfeldern wurde zu einer Qual, und nicht einmal am Samstagabend, wenn der Wochenlohn ausgezahlt wurde, wollte rechte Stimmung aufkommen. Es war einfach zu kalt. Die Menschen verkrochen sich in ihren Häusern und Hütten, und in den eisernen Kanonenöfen prasselten die Feuer. Rose konnte sich nicht beklagen. Der kalte Wind verursachte Husten, Schnupfen und Heiserkeit, und ihre indianischen Kräuter und andere Medikamente fanden reißenden Absatz. Doc Hollister ließ sich schon lange nicht mehr blicken. Er war viel zu beschäftigt, um gegen Rose vorzugehen, und es gab so viel Arbeit, dass jeder auf seine Kosten kam. Alle Drugstores verzeichneten steigenden Umsatz.
Einige Wochen vor Weihnachten kam Thomas Dimsdale auf die Idee, einen Preiskampf zu veranstalten. Einen »Boxkampf mit nackten Fäusten«, wie er in seiner Montana Post schrieb. Der Kampf sollte am 2. Januar 1865 in der Leviathon Hall, einer schmucklosen Versammlungshalle, stattfinden und bis zum endgültigen Knockout eines Teilnehmers dauern. Der Gewinner sollte die gesamte Börse kassieren. In großen Lettern wurden die Boxer in der Zeitung vorgestellt: John Condle Orem, der Besitzer des berüchtigten Champion Saloons, 29 Jahre, 138 Pfund, 1 Meter 74, und Hugh O'Neil, der Minenarbeiter aus der Alder Gulch, 34 Jahre, 190 Pfund, 1 Meter 92. »Setzen Sie auf mich, Lady«, rief Hugh O'Neil durch den gan-

zen Drugstore, »ich schlage diesem Angeber die Nase ein, darauf können Sie wetten!«
Der bevorstehende Boxkampf vertrieb die Berichte über den ungewöhnlich strengen Winter aus den Schlagzeilen und linderte die Sorgen der Menschen, die endlich wieder ein anderes Gesprächsthema hatten. In den Saloons und sogar in ehrenwerten Geschäften wurden Wetten abgeschlossen, und die Anhänger der Boxer lieferten sich hitzige Redeschlachten, welcher der beiden Männer denn nun der Bessere sei. Johnny Orem war ein schlanker Mann mit kantigen Gesichtszügen und sorgfältig gescheitelten Haaren. Er hatte fast sein ganzes Leben in Saloons und Kaschemmen zugebracht, und seine Haut war erstaunlich blass für einen Mann aus dem Westen. Er sah nicht wie ein Kämpfer aus, war aber nicht zu unterschätzen. In seinem Saloon hatte er gemeine und sogar tödliche Kämpfe gesehen, und er kannte jeden Trick. Manche Leute behaupteten sogar, dass er ein gefährlicher Bandit im kalifornischen San Francisco gewesen war, bevor er den Saloon in Virginia City eröffnet hatte.
Rose setzte hundert Dollar auf Hugh O'Neil. Er war größer und stärker als sein Widersacher und hatte in zahlreichen Faustkämpfen und Schlägereien bewiesen, dass er austeilen und einstecken konnte. Der bullige Ire war erstaunlich beweglich für seine Größe und sein Gewicht und hatte schon so manchen Widersacher durch seine Schnelligkeit irritiert. »Haben Sie keinen Zaubertrank für mich, Lady?«, fragte er, als er Rose vor der Bank begegnete. Es schneite in dicken Flocken, und er trug eine Büffelfelljacke und hatte einen Schal über seine Ohren gebunden. »Sie kennen doch sicher einen Indianerzauber, der diesen Schwächling von den Beinen holt? Dann

reiße ich mir an seinen Knochen nicht die Finger auf! Ich zahle mit blanken Nuggets dafür!« Er schlug auf den Lederbeutel an seinem Gürtel. »Hab mich selbstständig gemacht und ordentlich was aus dem Fluss geholt!«

»Wenn Sie den armen Kerl skalpieren wollen, wüsste ich was«, ging Rose auf den bissigen Humor des Goldsuchers ein. Sie deutete auf den Beutel. »Wenn das alles Nuggets sind, haben Sie erst mal ausgesorgt. Warum wollen Sie dann noch boxen?«

»Weil es mir Spaß macht«, antwortete er lachend, »und weil mir sonst zu kalt wird! Ekelhaftes Wetter!« Er blinzelte in die Schneeflocken und schüttelte den Kopf. »Wenn das so weitergeht, frieren wir noch ein! Ich hoffe, Sie haben vorgesorgt für den Winter!«

Rose trug einen langen Mantel, und auch sie hatte einen Schal über Hut und Ohren gebunden. Ihre Hände steckten in einem Muff. »Ich bin eisige Winter gewohnt, Mister O'Neil. Auf der Prärie wird es ziemlich kalt, besonders wenn man in einem Tipi schlafen muss. Außerdem hab ich jemanden, der mich wärmt!«

O'Neil blickte sie entgeistert an, und ihr fiel erst jetzt auf, was sie gesagt hatte. Sie musste schmunzeln. Es schickte sich nicht für eine Lady, solche Dinge zu sagen, das war sogar diesem Raubein bewusst. Aber manchmal vergaß sie, was von einer Lady verlangt wurde. Sie hatte sich ihre direkte Art niemals abgewöhnt, nicht einmal in den vornehmen Kreisen des deutschen Schiffsbauers, und hatte auch nicht vor, sich in einen Elfenbeinturm zurückzuziehen. Sie war stolz darauf, sich mit Männern wie Hugh O'Neil unterhalten zu können, und bemitleidete Frauen wie Helen Nowlan, die nur in ihrem engen gesellschaftlichen Kreis verkehrten. Wenn man Erfolg haben wollte, musste man mit den Menschen reden, an die man etwas verkaufen wollte, sonst suchte man sich lieber eine andere Arbeit.

»Wenn der Kerl Sie im Stich lässt, sagen Sie mir Bescheid«, ging Hugh O'Neil auf ihre vorlaute Bemerkung ein. Und mit einem Augenzwinkern fügte er hinzu: »Sie sind eine patente Lady!«

Frank Catlow traf keine Anstalten, seine Herz-Dame zu verlassen. Und Rose freute sich auf jeden Abend, den sie gemeinsam mit ihm verbringen konnte. Sie unterhielten getrennte Konten bei der Nowlan Bank, und sie musste lachen, wenn sie daran dachte, was wohl Helen Nowlan dazu sagte. In ihren Kreisen war es undenkbar, dass eine Frau ein eigenes Konto eröffnete. Auch das hätte auf den Transparenten stehen können, die sie vor der Kirche hochgehalten hatte. »Heute hätte sie ihre helle Freude an uns«, sagte Rose nur an Weihnachten, als sie mit dem Spieler unter dem geschmückten Tannenbaum auf der Wallace Street stand und die festlichen Lieder des Kirchenchores mitsang. Im Hotel gab sie Frank die goldene Krawattennadel, die sie bei einem fahrenden Händler gekauft hatte, und sie bekam ein silbernes Halsband mit funkelnden Edelsteinen. Sie behielt es auch nachts an, als sie sich leidenschaftlich liebten, und sie betete, dass diese Weihnachtsnacht niemals enden möge.

Der Jahreswechsel stand bereits im Zeichen des bevorstehenden Boxkampfes. Während die Chinesen der Stadt ein buntes Feuerwerk zündeten, obwohl sie erst später Neujahr feierten, wurden in den Saloons die letzten Wetten angenommen. Sie waren ziemlich ausgeglichen. Johnny Orem wurde von den meisten Stadtbewohnern favorisiert, auch weil er im Falle

seines Sieges ein Fass ausgeben wollte, und Hugh O'Neil wusste die Goldsucher der Alder Gulch hinter sich. Die Spannung war auf dem Höhepunkt, als der Ring in der Leviathon Hall freigegeben wurde und die Kontrahenten mit bloßen Fäusten aufeinander losgingen. Die Zuschauer saßen dicht gedrängt, auch Frauen und Kinder, und niemand wunderte sich darüber, dass zwei der besten Plätze für Rose O'Malley und Frank Catlow reserviert waren. Sie waren zu respektablen Bürgern der Stadt geworden, trotz der ständigen Anfeindungen durch die »Liga für Anstand und Sitte«, und man wusste vor allem ihr Geld zu schätzen. Rose hatte kapiert, dass man überall in jeder Stadt etwas galt, wenn man die Kirche und soziale Einrichtungen wie Schulen und Krankenhäuser mit großzügigen Spenden unterstützte.
Der Boxkampf ging als eines der spektakulärsten Ereignisse in die Geschichte von Virginia City ein. Drei Stunden und fünf Minuten dauerte der Fight, und keine einzige Minute war langweilig. Hugh O'Neil und Johnny Orem schenkten sich nichts. Sie droschen ohne Rücksicht auf Verluste aufeinander ein, ließen auch nicht voneinander ab, als beide aus mehreren Platzwunden bluteten und benommen durch den Ring wankten. Noch viele Jahre später überlegte Rose, was sie an diesem blutigen Kampf so fasziniert hatte. War es nur ihre Freundschaft mit Hugh O'Neil, dem Goldsucher, dem sie wahrscheinlich das Leben gerettet hatte? Oder war sie während der vergangenen Jahre unempfindlich gegen Gewalt geworden? Das glaubte sie eigentlich nicht. Sie wusste nur, dass sie nicht die einzige Frau war, die den beiden Boxern zujubelte. Selbst die Gattin des neuen Barbiers, die sich der »Liga für Anstand und Sitte« angeschlossen hatte, sprang begeistert auf, wenn ei-

ner der Boxer traf. »Hugh O'Neil! Hugh O'Neil!«, stimmte Rose in die Sprechchöre ein, die ihren Favoriten feierten. Seine Chancen standen nicht schlecht. Nach den ersten hundert Runden lag er sogar vorn, zumindest nach Punkten, aber in diesem Kampf zählte nur ein klarer Knockout.

Erst nach 185 Runden war der Kampf vorbei. Die Boxer fielen einfach um, und dem Schiedsrichter blieb nichts anderes übrig, als den Fight für beendet zu erklären. Unentschieden! Einer der längsten Preiskämpfe in der Geschichte des amerikanischen Westens war zu Ende, und beide Parteien feierten ihren Boxer wie den Sieger. Die Börse wurde brüderlich geteilt.

Rose blickte auf den bewusstlosen Goldsucher und hielt sich zurück, als Doc Hollister sich über den Verletzten beugte und das Blut von seinem Gesicht tupfte. Der Arzt hatte sich während der vergangenen Monate merklich zurückgehalten und seine Drohung, mit allen Mitteln gegen sie vorzugehen, noch nicht wahr gemacht.

Erst drei Tage später ließ Hugh O'Neil sich wieder im Drugstore von Rose O'Malley blicken. Er kaufte einige Heilkräuter, die er zerkauen und auf seine blauen Flecken legen wollte, und konnte schon wieder lachen. »Sie hätten mir doch ein Wundermittel geben sollen«, sagte er, »der Mistkerl war stärker, als ich dachte! Möchte wissen, woher der einen solchen Schlag hat!«

»Sie haben sich wacker gehalten«, erwiderte Rose.

»Haben Sie auch was gegen die Kälte, Lady?«

Der strenge Winter war nun wieder das beherrschende Gesprächsthema in Virginia City. Im Februar sanken die Temperaturen immer tiefer, und ein böiger Wind fegte über die verschneiten Hügel vor der Stadt. Von den Vorbaudächern hingen Eiszapfen. Die Fenster waren mit Eisblumen bedeckt, und die Holzstapel hinter den Häusern schrumpften bedrohlich. Einige Bewohner hängten bereits Wolldecken vor die Fenster, um Brennholz zu sparen, und auf den Straßen sah man Freiwillige, die mit Schaufeln gegen den Schnee ankämpften und die Straße räumten.

Die Lage wurde immer bedrohlicher. Die Schneemassen auf dem Pass wurden zu einer unüberwindlichen Wand, und die Straße war nicht mehr auszumachen. Inzwischen lag der Schnee so hoch, dass kein Fuhrwerk mehr durchkam. In der Stadt wurden die Vorräte knapp, und die Preise stiegen. Noch drohte keine Hungersnot, aber der Mehlpreis stieg von siebenundzwanzig Cent auf einen Dollar pro Pfund, und viele Geschäftsleute nutzten die Notlage der Menschen aus und verlangten auch für andere Waren unverschämte Preise. Steaks waren unbezahlbar geworden, und für einen Pfannkuchen im Restaurant musste man einen halben Wochenlohn hinlegen. In den Läden zahlten die Männer mit Goldnuggets. Die Stimmung war gereizt, und vor der Kirche wurde gegen die meisten Ladenbesitzer protestiert.

Auch Rose hatte die Macht des Winters unterschätzt. Ihre Regale wurden immer leerer, und lediglich ihr Vorrat an Kräutern, die sie in weiser Voraussicht eingefroren und in einer Eisgrube hinter dem Haus gelagert hatte, war noch ausreichend. Zahlreichen Goldsuchern verabreichte sie heißen Salbeitee, der gegen Bronchitis, Husten, Schnupfen und Fieber helfen sollte. Auch Frank Catlow hatte sich erkältet, er lag in seinem Hotelbett und trank den Kräutertee, den Rose ihm gekocht hatte. Die Stadt duckte sich unter den Hieben des Winters, und selbst am Samstagabend herrschte auf der Wallace Street unheimliche Stille. Außer dem Heulen des Windes war kaum etwas zu hören.

Anfang März stiegen die Mehlpreise noch einmal, und der Pfarrer ermahnte die Ladenbesitzer sogar in seiner Predigt, den Bogen nicht zu überspannen. Es nützte nichts. Einige Geschäftsleute sahen die einmalige Gelegenheit, innerhalb kürzester Zeit ein Vermögen zu verdienen, und verlangten wahre Wucherpreise. In den Saloons wurde lautstark über sie geschimpft. Die Stimmung wurde immer angespannter, und am zweiten Sonntag entlud sich die Wut, als zahlreiche Männer auf die Straße gingen und trotz des eisigen Wetters offen gegen die Ladenbesitzer protestierten. Sie schwenkten leere Mehlsäcke, die mit Parolen wie »Wucherer an den Galgen« und »Runter mit dem Mehlpreis« beschrieben waren, und schrien ihren Protest in den kalten Wind.

In einer Versammlung aller Ladenbesitzer, die in der Leviathon Hall abgehalten wurde, setzte sich Rose O'Malley für ein faires Verhalten gegenüber den Kunden ein. »Wir dürfen ihre Notlage nicht ausnutzen!«, rief sie aufgebracht. Sie wurde von den Besitzern der beiden Gemischtwarenläden überstimmt, die am meisten von der Warenknappheit profitierten und nicht daran dachten, den Mehlpreis zu senken. »Sie haben uns gar nichts zu sagen!«, fauchten sie die Besitzerin des Drugstores an. »Sie verkaufen keine Lebensmittel! Sie profitieren doch am meisten von dem kalten Winter, oder geben Sie Ihre Kräuter umsonst her?«

Der Mehlpreis sank erst zwei Wochen später, als es einigen Männern gelang, die Passstraße zu räumen und mit einem Wagen durchzukommen. Die Lage besserte sich, und gegen Ende des Monats stiegen auch die Temperaturen wieder, und der

Frühling sandte seine ersten Boten nach Virginia City und in die Alder Gulch. Das Leben normalisierte sich, und im Mai, als Rose ihren dreiundzwanzigsten Geburtstag feierte, waren die eisigen Monate und die Mehlproteste schon wieder vergessen.

Frank Catlow verschwand in diesem Frühjahr erneut. Er tauchte erst im Hochsommer wieder auf, nachdem er sein ganzes Geld in anderen Städten verspielt hatte, aber das war sogar Rose egal, denn er brachte zwei Meldungen mit, die noch in derselben Woche auf der Titelseite der Montana Post gewürdigt wurden: Der Bürgerkrieg zwischen den Nordstaaten und den Südstaaten war mit einem Sieg des Nordens zu Ende gegangen, und in Omaha war mit dem Bau der transkontinentalen Eisenbahn begonnen worden. »Dort lässt sich bestimmt gutes Geld verdienen«, sagte der Spieler einen Monat später. »Du bist mir doch nicht böse, wenn ich noch einmal losziehe?« Er zeigte sein berühmtes Lächeln. »Du wirst sehen, ich kehre als reicher Mann zurück!«

27

Zwei Jahre vergingen, ohne dass sich an der Beziehung zwischen Rose O'Malley und Frank Catlow etwas änderte. Der Spieler verbrachte den ganzen Sommer des Jahres 1865 in den Eisenbahnstädten von Nebraska, hastig errichteten Zelt- und Barackensiedlungen, die mit den Schienen nach Westen wanderten und deshalb auch »Hölle auf Rädern« genannt wurden. Er gewann ein Vermögen, verspielte die Hälfte und kehrte mit Einbruch des Winters nach Virginia City zurück. Die Stadt war ruhiger geworden, sie hatte ihren Ruf als Treffpunkt der wildesten Burschen des ganzen Westens an die Eisenbahnstädte verloren, profitierte aber immer noch von ihrer günstigen Lage und der politischen Bedeutung, die sie als Hauptstadt des Territoriums erlangt hatte.

Die nächsten beiden Sommer blieb Frank in Virginia City, nicht einmal die Aussicht auf einen schnellen Gewinn konnte ihn nach Süden locken. Am Bozeman Trail, der Virginia City mit Fort Laramie verband und dem Powder River durch die Jagdgründe der Sioux folgte, waren Unruhen ausgebrochen. Die Sioux erhoben sich gegen die weißen Eindringlinge und überfielen jeden Weißen, der sich in das Gebiet östlich der Bighorn Mountains wagte. Im Juni 1866 fand ein Treffen zwischen Rote Wolke und einer Abordnung der Oglala- und Brulé-Stämme mit Vertretern der US-Armee in Fort Laramie statt, das aber ergebnislos abgebrochen wurde, als die Indianer erfuhren, dass Colonel Henry B. Carrington mit siebenhundert Soldaten nach Westen gekommen war, um neue Forts am Bozeman Trail zu errichten. Rote Wolke empfand die Gegenwart der Soldaten als Bedrohung und brach die Verhandlungen ab. »Wir stehen am Vorabend eines blutigen Krieges«, stand in der Montana Post. »Wenn es der Armee nicht gelingt, die Sioux zum Einlenken zu bewegen, kann kein Weißer in unserem Territorium mehr seines Lebens sicher sein. Es wird dringend davon abgeraten, den Bozeman Trail zu benutzen, denn selbst Wagenzüge werden von den Indianern überfallen.«

Frank Catlow war kein besonders mutiger Mann und dachte gar nicht daran, nach Süden zu reisen, obwohl er seit einiger Zeit einen Revolver in seiner Jackentasche trug. Rose begrüßte seine Vorsicht. Es hieß, dass Rote Wolke über dreitausend Krieger am Powder River versammelt hatte. Sie sah die Überfälle der Sioux, die sie als Lakota kannte, mit anderen Augen und hatte sogar Verständnis für den Zorn des Häuptlings, vermied es aber, mit anderen Bürgern darüber zu diskutieren. Sie hatte längst herausgefunden, dass es keinen Sinn machte, sich mit jemandem über ein Volk zu unterhalten, das er nur aus den Zeitungen oder Schundromanen kannte. Man musste bei den Indianern gelebt haben, um sie zu verstehen. Ihre Auffassung vom Leben, ihr Verhältnis zur Natur und zu den unheimlichen Mächten des Universums war ein anderes, und man musste wissen, dass sie die Erde als ihre Mutter betrachteten, um einzusehen, warum sie sich mit einer solchen Entschlossenheit gegen die Angebote der Armee wehrten. »Wie kann ich meine Mutter verkaufen?«, hatte Rote Wolke gefragt, und niemand hatte ihn verstanden. Nicht einmal mit Frank sprach sie darüber. Der einzige Mann, der sie verstand, war Thomas Dimsdale, und er hatte auch zu den Männern gehört, die das Massaker in einem Dorf der Cheyenne, das 1864 von betrunkenen Soldaten überfallen und niedergeritten wurde, verurteilt hatten. Damals hatte die Mehrzahl der Einwohner auf seiner Seite gestanden, immerhin waren hilflose Frauen und Kinder massakriert worden, aber in dem neuen Konflikt war es wenig ratsam, sich auf die Seite der Indianer zu stellen. Die Sioux bedrohten den Bozeman Trail, eine der wichtigsten Straßen im ganzen Westen, von der auch die Existenz ihrer Stadt abhing. Entsprechend wütend waren die Reaktionen.

Frank blieb in der Stadt und begnügte sich damit, von seinem Ersparten zu leben, und Rose stürzte sich in die Arbeit, verpflichtete den deutschen Schreiner und gestaltete ihren Drugstore noch attraktiver. Sie hatte das Nachbargebäude, einen ehemaligen Mietstall, dazugekauft und ihren Laden zu einem kleinen Kaufhaus erweitert. Jetzt verkaufte sie auch Kleider und Hausrat. Sie stellte den schmalbrüstigen Sohn des Barbiers ein, der froh war, ein paar Dollar verdienen zu können, und schaltete halbseitige Anzeigen in der Montana Post, ein Luxus, den sich kaum ein Unternehmen leisten konnte. Ihr Kredit war längst abbezahlt. Sie gehörte zu den besten Kunden der Nowlan Bank, und nicht einmal die »Liga für Anstand und Sitte« wagte noch, gegen sie aufzubegehren. Sie war nun eine angesehene Bürgerin der Stadt. Zusammen mit Frank wurde sie sogar zu den Bällen der Freimaurer eingeladen.

Einer dieser Bälle fand am Weihnachtsabend des Jahres 1866 in der festlich geschmückten Leviathon Hall statt. Seit dem legendären Boxkampf waren zwei Jahre vergangen, und nichts erinnerte mehr an die blutige Auseinandersetzung. Johnny Orem war immer noch in der Stadt, kümmerte sich aber zunehmend um kulturelle Veranstaltungen wie Theateraufführungen und Konzerte, und Hugh O'Neil war nach Süden gegangen, um beim Bau der Eisenbahn zu helfen. Jetzt spielte ein kleines Orchester in der Leviathon Hall, und Rose und der Spieler bewegten sich zu den rhythmischen Klängen einer Quadrille, die zu Ehren des Bürgermeisters gespielt wurde. Die Musik verklang, und Frank schöpfte gerade von der Pfirsichbowle, als die Tür aufging und ein Lieutenant der US-Armee eintrat, der höflich um Gehör bat.

»Fröhliche Weihnachten«, begrüßte er die Festgäste mit ernstem Gesicht. »Entschuldigen Sie bitte die Störung, aber ich habe Ihnen leider eine traurige Mitteilung zu machen. Captain William J. Fetterman und achtzig unserer tapferen Soldaten sind von über zweitausend Sioux in einen feigen Hinterhalt gelockt und massakriert worden! Ich weiß nicht, was unsere Generäle unternehmen werden, aber ich möchte Sie höflichst bitten, auf keinen Fall die Stadt zu verlassen! Die Sioux sind in einem Blutrausch, und es wird noch eine Weile dauern, bis wir sie unter Kontrolle haben. Ich möchte Ihnen aber auch versichern, dass wir ein solches Massaker auf keinen Fall ungestraft lassen werden. Wir werden einen solchen Hinterhalt nicht mehr zulassen und alles für einen dauerhaften Frieden am Powder River tun.« Er lehnte die Bowle ab, die man ihm anbot, und kehrte zu seinen Männern zurück. »Vorwärts, marsch!«, hörte man seine Stimme.

Der Lieutenant behielt Recht, aber es dauerte länger, als die Bewohner von Virginia City gehofft hatten, und der Frieden war auch nur von kurzer Dauer. Für den Umschwung sorgte ein Gewehr. Die Springfield war ein neuer Hinterlader, der wesentlich schneller geladen werden konnte als die Vorderlader, mit denen Captain Fetterman und seine Soldaten ausgerüstet gewesen waren, und sorgte dafür, dass die Sioux in einer Schlacht vernichtend geschlagen wurden. »33 Soldaten schlagen 800 Sioux« hieß die Schlagzeile der Montana Post in der ersten August-Woche des Jahres 1867. »200 Indianer getötet! Die neue Springfield Rifle beendet die Feindseligkeiten am Bozeman Trail.«

In Wirklichkeit war die Lage immer noch bedrohlich, und die Armee musste beträchtliche Zugeständnisse machen, um den Frieden am Powder River wiederherzustellen. Auf der Friedensverhandlung, die am 29. April 1868 in Fort Laramie stattfand, musste sie den Indianern versprechen, drei bereits errichtete Forts am Bozeman Trail zu verlassen. Die Sioux und Cheyenne stimmten zu, sich in neue Reservate im Dakota Territory zurückzuziehen, durften aber östlich der Bighorn Mountains noch jagen.

Als Rose über die Beteiligung der nördlichen Cheyenne am Friedensvertrag las, überquerte sie aufgeregt die Wallace Street. Sie stürmte ins Büro der Montana Post und blieb erwartungsvoll vor dem Schreibtisch des Chefredakteurs stehen.

»Mister Dimsdale! Tut mir Leid, dass ich so hereinplatze, aber ich würde gern Näheres über die Friedensverhandlung in Fort Laramie wissen! Weiß man, welche Häuptlinge daran teilgenommen haben?«

Thomas Dimsdale nahm seine qualmende Zigarre aus dem Mund. »Sie meinen, auf Seiten der Cheyenne, nehme ich an?« Seine Mundwinkel verzogen sich zu einem Lächeln. »Nein, außer Rote Wolke wurde kein Name erwähnt, und der ist ein Sioux.«

»Wolf-auf-dem-Hügel?«

»Das ist der Krieger, bei dem Sie gelebt haben, nicht wahr?« Der Zeitungsmann war ernst geworden und zerdrückte die Zigarre zwischen seinen Fingern. »Nein, diesen Namen habe ich nicht gelesen. Alles was über den Ticker kam, steht in der Zeitung!«

Sie entspannte sich. »Ich dachte nur …«

»Machen Sie sich keine Sorgen, Miss O'Malley!« Sie waren nie zu einer vertraulichen Anrede übergegangen, obwohl sie sich schon einige Jahre kannten und prächtig verstanden. »So wie Sie mir den Häuptling beschrieben haben, unterschreibt der bestimmt keinen Friedensvertrag!« Er lächelte schwach. »Einige Cheyenne sollen mit Sitting Bull nach Norden gezogen sein, aufsässige Wilde, wie die Armeeführung sich ausdrückte. Ich denke, er ist dabei.« Er zog eine neue Zigarre aus seiner Brusttasche und zündete sie umständlich an. »Ich möchte Ihnen einen guten Rat geben«, sagte er in den Rauch. »Ich weiß, es steht mir nicht zu, so mit einer Lady zu sprechen, aber ich glaube, ich bin der Einzige, der Ihre Lage richtig einschätzen kann, stimmt's?«

»Das stimmt, Mister Dimsdale«, erwiderte sie, »und ich habe Ihre neutrale Berichterstattung immer als wohltuend empfunden.«

»Das freut mich, Miss O'Malley!« Er paffte und blickte sie nachdenklich an. »Und ich respektiere Ihren Mut und Ihre Schaffenskraft, da könnte sich mancher Mann eine Scheibe von abschneiden. Gerade deshalb möchte ich nicht, dass Sie sich ins Unglück stürzen. Behalten Sie die Sympathien, die Sie offensichtlich für die Indianer empfinden, für sich. Die Stimmung wird immer explosiver, auch nach dem Friedensvertrag. Schon ein leichter Funke genügt, um dieses Land in Flammen aufgehen zu lassen. Mein Bericht war nicht übertrieben.« Er blickte aus dem Fenster. »Auch ich hege Sympathien für die Indianer, Miss O'Malley. Sie sind ein verlorenes Volk, das vom Untergang bedroht ist. Es tut mir weh, diese Menschen sterben zu sehen, aber ich weiß auch, dass wir nicht nebeneinander existieren können. Unsere Denkweise ist zu verschieden. Sie sind zum Sterben verdammt!«

»Ich weiß, Mister Dimsdale«, sagte sie mit bedrückter Stimme, »ich glaube, ich weiß es am besten, obwohl ich noch immer nicht daran glauben will. Kann es denn keinen Frieden geben?«

»Ich glaube, dass der Krieg erst beginnt, Miss O'Malley.«

Dieser Meinung war auch Rose, und doch wehrte sie sich innerlich dagegen. Das Land war doch groß genug. Warum brachten es die Menschen nicht fertig, in Frieden miteinander zu leben? Warum waren selbst Amerikaner auf Amerikaner losgegangen? Sie wusste es nicht und würde es nie wissen. Sie dachte in letzter Zeit häufig über dieses Problem nach, und nachts, wenn sie träumte, sah sie die Gesichter von Wolf-auf-dem-Hügel, dem tapferen Hundekrieger, von Berührt-die-Wolken, dem Medizinmann, von Krähenfrau und Muschelfrau, und manchmal betete sie zum Großen Geist, aber ihre Gebete blieben ungehört. Auch ohne eine Antwort wusste sie, wie brüchig der Frieden am Bozeman Trail war.

Mit Virginia City ging es stetig bergab. Die Minen waren stillgelegt, und es wurde kaum noch Gold gefunden, lediglich die Chinesen gruben noch in der aufgeworfenen Erde. In der

Stadt lebten nur noch zweitausend Menschen. Thomas Dimsdale hatte bereits laut darüber nachgedacht, seine Montana Post nach Helena zu verlegen, und auch Rose und der Spieler erwogen, die Stadt zu verlassen, solange ein Verkauf des Drugstores noch einen Gewinn abwarf. Auch ohne den großen Boom war Virginia City immer noch eine ansehnliche Stadt. Seit die Straße wieder befahrbar war und von einigen Einheiten der US-Kavallerie beschützt wurde, war die Stadt wieder ein Teil der zivilisierten Welt.

Wenige Tage nach ihrem sechsundzwanzigsten Geburtstag empfing Rose einen Geschäftsmann, der interessiert daran war, ihren Laden zu kaufen, und eine ansehnliche Summe bot. »Sobald diese Wilden endgültig besiegt sind, ist hier wieder der Teufel los«, glaubte er, und Rose tat nichts, um ihn von dieser Meinung abzubringen. Sie erbat sich etwas Bedenkzeit, sprach mit Frank darüber, der längst beschlossen hatte, in die wilden Eisenbahnstädte zurückzukehren, und nahm das Angebot an. Der Handel ging schnell über die Bühne. Der Geschäftsmann zahlte in bar, und sie ging zur Bank und ließ sich ihr gesamtes Vermögen in sicheren Papieren auszahlen, die sie auf einer Bank an ihrem nächsten Zielort einzahlen wollte. Sie hatte keine Ahnung, wo dieser Ort liegen würde. Einen Augenblick hatte sie daran gedacht, dem Spieler nach Julesburg zu folgen, der neuen »Hölle auf Rädern« an der Union Pacific, aber ihr Instinkt hatte ihr etwas anderes befohlen, und sie sagte nur: »Wir werden uns wieder sehen, Frank, und ich werde leicht zu finden sein! Es gibt wenige Frauen, die mit den Männern im Westen konkurrieren!«

»Ich weiß«, antwortete er. »Und wenige Spieler, die eine ganze Eisenbahnlinie beim Pokern gewinnen!« Er zeigte sein be-

rühmtes Grinsen und küsste sie zärtlich: »Bis bald, Rose O'Malley!«
»Bis bald, Frank!«
Sie vergoss keine Tränen, als Frank Catlow die Stadt verließ und sie ihm von der Veranda des Hotels aus nachblickte. Es war Zeit für einen Abschied gewesen, das hatten sie beide erkannt. Es würde kein Abschied für immer sein, auch das wussten sie, aber es war nicht gut, wenn sie zu lange zusammen waren. Die ständige Nähe zerstörte den Zauber, der ihre Liebe umgab, und sie berührte die Ungewissheit, die ihre Beziehung während der letzten Jahre begleitet hatte. Frank brauchte den Nervenkitzel einer wilden Boomtown und eines aufregenden Pokerspiels, und sie wollte dieses angenehme Prickeln spüren, das ihr immer über den Rücken lief, wenn sie zu einem unbekannten Ziel aufbrach.
Rose wusste, wann es an der Zeit war, einen Ort zu verlassen. In St. Louis und im Dorf der Cheyenne war es nicht anders gewesen. Wie hatte Berührt-die-Wolken gesagt? Du wirst wissen, wann es so weit ist. Sie verstaute ihre Habe in zwei großen Koffern und einer Reisetasche, verabschiedete sich von Thomas Dimsdale, der ebenfalls beim Packen war, und stieg zu einem Händler auf den Wagen, der sie nach Fort Laramie mitnehmen würde. Der Mann hatte sie jahrelang mit Küchengeräten beliefert, war aber nicht besonders gesprächig und spuckte alle paar Meilen einen dunklen Strahl Kautabak ins Präriegras. Er roch nach Whiskey und rülpste ungeniert, als hätte er nie gelernt, wie man sich in Gegenwart einer Lady verhielt, und wenn er wirklich mal zum Sprechen aufgelegt war, schimpfte er auf die »verdammten Wilden«, die ihm das Leben schwer gemacht hatten.

Die Fahrt nach Fort Laramie war weniger aufregend, als Rose befürchtet hatte. Auf der ganzen Fahrt begegneten sie zwei anderen Wagen und einer Armeepatrouille, die sie ein Stück des Weges begleitete. Sie bildete sich ein, den einen oder anderen Soldaten bei ihrem letzten Besuch in Fort Laramie gesehen zu haben, war sich aber nicht sicher. Der Lieutenant war derselbe, der ihre Tanzveranstaltung unterbrochen und vom Fetterman-Massaker berichtet hatte, konnte sich aber nicht an sie erinnern. Auch die Soldaten waren schweigsam, sie hingen müde in ihren Sätteln und machten nicht den Eindruck von furchtlosen Kämpfern. Rose hatte gehört, dass viele von ihnen aus dem fernen Europa stammten und gar nicht wussten, wofür sie eigentlich kämpften. Sie verabscheuten den eintönigen Dienst an der Besiedlungsgrenze, flohen in den Alkohol oder desertierten. »Kein Wunder, dass die Armee das Indianerproblem nicht in den Griff bekommt«, hatte der Schmied von Virginia City gelästert, und der musste es schließlich wissen. Er hatte selbst bei der Kavallerie gedient.

In Fort Laramie bezahlte Rose den Händler und ließ ihr Gepäck von einem Soldaten abladen. »Ich weiß, Sie haben eigentlich was Besseres zu tun«, sagte sie lächelnd zu dem jungen Corporal und beobachtete amüsiert, wie er rot anlief, »aber ich weiß Ihre Hilfe sehr zu schätzen! Kann ich im Fort übernachten?«

»Ich denke schon«, antwortete er. »Ich rede gleich mit Sergeant Callaway, der hat für alle Probleme eine Lösung!« Er salutierte vor Rose. »Darf ich fragen, wohin die Reise geht, Miss?«

»Ich weiß es nicht«, antwortete sie ehrlich. »Wohin würden Sie gehen, wenn Sie nicht mehr bei der Armee wären, die

Taschen voller Geld hätten und noch mal so viel verdienen wollten?«

»Cheyenne«, antwortete er, ohne lange nachzudenken. »Das liegt an der Eisenbahn, an der Union Pacific, ungefähr zwei Tagesreisen südlich von hier. Eine tolle Stadt, hab ich mir sagen lassen! Gegen Cheyenne ist Julesburg nur ein müder Abklatsch! Ich würde mir eine Ranch kaufen und eines dieser großen Häuser, die gegenüber vom Bahnhof stehen. Und dann würde ich mich auf die Veranda setzen, der Eisenbahn zuschauen, einen doppelten Whiskey trinken und eine von diesen Zigarren rauchen, die General Dodge immer anzündet, wenn er einen neuen Bahnhof eröffnet. Cheyenne, da liegt die Zukunft, Ma'am!«

Rose musste lachen, und der Corporal erschrak über seine eigenen Worte. »Entschuldigen Sie, Ma'am, ich wollte Ihnen nicht zu nahe treten, ich dachte nur, weil Sie doch gefragt haben …«

»Schon gut, Corporal, das war genau das, was ich hören wollte!«, erwiderte sie, immer noch lachend. »Sagen Sie, kennen Sie jemand, der nach Cheyenne fährt und mich mitnehmen könnte?«

28

Cheyenne lag inmitten der hügeligen Prärie, eine mittelgroße Stadt mit einem Bahnhof, hastig errichteten Häusern und einer presbyterianischen Kirche, die etwas verloren zwischen den vielen Saloons und Bordellen stand. Aus der Ferne wirkte die Stadt unscheinbar, eher wie ein Camp, das nach einigen Tagen wieder abgerissen werden sollte. Wie eine Lebensader führte der Schienenstrang der Union Pacific an den Häusern vorbei, ein eiserner Pfad, wie ihn die Indianer nannten, der aus dem Nichts zu kommen und im Nichts zu enden schien. Der Himmel wölbte sich endlos über dem weiten Land, und der Horizont verschwand hinter den Hitzeschleiern, die über den Hügeln flimmerten.

Kaum etwas erinnerte an Virginia City, die Straßen waren dreimal so breit wie in der Goldgräberstadt und von den Spuren unzähliger Fuhrwerke zerfurcht. Gelber Staub hing wie ein Schleier über den Gebäuden und wurde vom Wind gegen die Bretterwände getrieben.

Außer einigen Fuhrwerken und Reitern und einem Hund, der zwischen den Abfällen nach etwas Essbarem suchte, war kein Leben zu sehen. Die Mittagssonne hatte die Menschen in die Häuser getrieben. Nicht einmal der schrille Pfiff einer Dampflokomotive, die mit einigen Bauwagen an der Stadt vorbeifuhr, konnte die Bewohner aus ihren Verstecken locken. Sie genossen den Wind, der durch die offenen Fenster wehte.

Rose war enttäuscht und glaubte bereits, einen Fehler gemacht zu haben, wollte der Stadt aber eine Chance geben und stieg vor dem größten Hotel vom Wagen. Das »Cattleman's Cottage«, ein zweistöckiges Gebäude, war im ersten Stock von einer breiten Veranda umgeben. Es wirkte stabiler als die Häuser in der Nachbarschaft, und zwischen den nächsten Saloons und Bordellen lag eine breite Seitenstraße. Der Name des Hotels war auf die beiden großen Fenster im Erdgeschoss und auf ein Schild gepinselt, das von der Veranda hing und quietschend im Wind schaukelte. Vor dem Hotel stand ein einspänniger Buggy, das Fell des Pferdes glänzte in der Sonne.

Rose bedankte sich bei dem Händler, der sie nach Cheyenne gebracht hatte, und blieb mit ihrem Gepäck unter der Veranda stehen. Im Fairweather Inn hatte es einen jungen Mann gegeben, der das Gepäck der Gäste von der Straße holte und auf die Zimmer trug. Hier wurde sie nicht einmal begrüßt. Erst als zwei Schüsse in unmittelbarer Nähe krachten, erkannte sie, dass sie nicht allein war. Das Haus schien unter dem ohrenbetäubenden Lärm zu bersten. Sie beobachte mit klopfendem Herzen, wie ein Mann durch die geschlossene Tür aus dem Hotel stolperte, einen rauchenden Revolver in der Hand, sich an die Brust griff und zu Boden fiel. Er war bereits tot, als Rose sich über ihn beugte, mit einer Hand an seinen Hals griff und nach seinem Puls fühlte.

Das Rasseln von Sporen ließ sie aufblicken. Ein schnauzbärtiger Mann kam aus dem Hotel, das kantige Gesicht im Schatten eines breitkrempigen Hutes verborgen; ein Revolver steckte hinter dem Gürtel seiner dunklen Hosen.

»Entschuldigen Sie, Ma'am«, meinte er höflich, »ich wollte Sie nicht erschrecken.« Seine Stimme klang viel zu weich für seine kräftige Statur. »Es war ein fairer Kampf! Er hat die Frau beleidigt, die ich heiraten will!«

Der Mann stieg in den Zweispänner und fuhr davon; er wurde nicht einmal von einem Marshal der Union Pacific aufgehalten, der ihn anscheinend kannte und von dem blassen Angestellten des Hotels erfuhr, dass der Tote zuerst geschossen hatte. Er war der Besitzer des Hotels und sah nicht wie ein Mann aus, der sich mit einer verlobten Frau einließ, auch wenn sie ein Freudenmädchen war. Und er machte nicht den Eindruck, als würde er deswegen zum Revolver greifen. Seine Krawatte war sauber gebunden und sein Haar selbst im Tod noch korrekt gescheitelt. Rose schloss seine Augen und stand auf. »Ich habe nicht gesehen, wie es passiert ist«, sagte Rose zu dem Marshal.

»Schon gut, Ma'am. Ich kenne den Mann, der es getan hat. Jonathan Berryman ist ein fairer Kämpfer. Er hat während des Bürgerkriegs als Marshal in Texas gearbeitet, bevor er in unser Territorium kam.« Er blickte kurz auf den Toten und schüttelte den Kopf. »Berryman ist der beste Schütze, den ich kenne. Ich verstehe nicht, warum George sich auf eine Schießerei eingelassen hat!«

George war der Vorname des Toten. Ihm hatten das Cattleman's Cottage und der Laden gegenüber gehört. Das erfuhr Rose, als die Frau des toten Mannes einen verzweifelten Schrei ausstieß und mit ihrem kleinen Sohn über die Straße gerannt kam. Sie warf sich schreiend auf den Toten und hielt sein Gesicht in beiden Händen. »George! George!«, rief sie. »Sag doch was! Sag, dass du nicht tot bist!« Ihr Sohn stand verständnislos daneben und weinte nicht einmal. Er kapierte nicht, was geschehen war, und blickte wie ein Fremder auf seinen toten Vater.

»Er ist tot, Ma'am«, sagte der Arzt, der inzwischen erschienen war. Einige Cowboys waren aus einem nahen Saloon gekommen und blickten neugierig auf den Toten. »Das ist George! George Amerell!«, rief jemand. »Der Hotelbesitzer! Ich hab immer gesagt, der zieht den Kürzeren, wenn er sich mit Berryman einlässt! Er hat mit Rosie getanzt, letzten Samstag im Double Decker!« Der Double Decker war das verrufenste Lokal der Stadt.

Der Marshal kümmerte sich um die Frau und den kleinen Jungen und führte sie in den Laden gegenüber. Rose folgte ihnen. Die bedauernswerten Geschöpfe saßen auf der Holzbank vor dem Ladentisch, und der Marshal war verzweifelt bemüht, die Frau zu beruhigen. »Ich kümmere mich um sie, Marshal«, meinte Rose, »ich war Krankenschwester in St. Louis.«

Sie sah die Erleichterung in der Miene des Marshals und setzte sich neben die schluchzende Frau. »Ich bin Rose O'Malley und komme aus Virginia City. Ich würde Ihnen gerne helfen, Mrs. …«

»Amerell. Susan Amerell«, brachte sie stockend hervor. Sie nahm das Taschentuch, das Rose ihr anbot, und wischte sich die Tränen vom Gesicht. »Das ist Josey, mein Sohn.« Sie weinte wieder, und Rose wartete geduldig, bis ihre Tränen versiegt waren. »Ich habe immer gesagt, er soll sich nicht mit diesen wilden Burschen einlassen!« Sie schnäuzte sich und hob den Kopf. »Warum hat er uns das angetan, Mrs. O'Malley? Warum hat er mit diesem leichten Mädchen … Ich verstehe das nicht! Ich werde es nie verstehen! Er war ein guter Ehemann und hat sich rührend um unseren Sohn gekümmert. Warum hat er das getan?«

»Ich weiß es nicht, Mrs. Amerell. Es gibt viele Dinge, die wir nicht verstehen. Gott wird sich seiner annehmen, da bin ich ganz sicher!« Sie lächelte sanft. »Wer versteht schon die Männer? Mein Frank ist auch nicht besser! Er ist einfach weggelaufen, obwohl er mich liebt! Männer sind sonderbare Wesen, Mrs. Amerell.«

Sie zerknüllte das Taschentuch in ihren Händen und lächelte zum ersten Mal. »Susan. Sagen Sie Susan zu mir.« Sie war eine hübsche Frau, ungefähr zehn Jahre älter als Rose, mit einem strengen Gesicht und schmalen Lippen, die in der Hitze aufgeplatzt waren. Ihr dunkelblondes Haar war hochgesteckt und wurde von einer Spange zusammengehalten. Sie trug ein dunkelblaues Baumwollkleid und feste Schnürstiefel. »Was soll ich jetzt tun?«, fragte sie. »Ich weiß nicht, wie man ein Hotel und einen Laden führt! Ich habe meinem Mann im Laden geholfen, aber die meiste Zeit habe ich mich um den Haushalt gekümmert. Ich habe keine Ahnung vom Geschäft! Was soll ich bloß tun? Ich kann doch nicht alles verkaufen und wieder zurück nach St. Louis fahren! Ich habe keine Verwandten. Meine Eltern sind seit einigen Jahren tot, und meine Schwester ist auf dem Oregon Trail ums Leben gekommen!«

Rose überlegte einige Zeit und sagte dann: »Ich möchte dir einen Vorschlag unterbreiten, Susan. Lass uns beim Abendessen darüber reden. Ich hatte gerade vor, mich im Cattleman's Cottage anzumelden, als das Unglück geschah. Einverstanden?«

»Einverstanden«, meinte die Witwe des Hotelbesitzers.

Während Susan mit dem Leichenbestatter sprach und die

Beerdigung ihres toten Mannes organisierte, dachte Rose über ihre Entscheidung nach. Sie saß in ihrem Zimmer, das direkt über dem Eingang lag, und blickte zum Bahnhof hinüber, der zwei Straßen weiter unter der stechenden Sonne ächzte. Es war kein Zug zu sehen, aber das würde sich bald ändern. Sobald die transkontinentale Strecke fertig gestellt war, würde die Zivilsation nach Westen kommen, und Cheyenne würde zu einer blühenden Stadt heranwachsen. Hier lag das Geld auf der Straße. Die ganze Stadt würde von der Eisenbahn profitieren, die Grundstückspreise würden steigen, und an der Hauptstraße würden mehrstöckige Gebäude errichtet. Sie konnte sich gut vorstellen, wie Cheyenne zu einer geschäftigen Stadt wie New Orleans und St. Louis heranwuchs. Dort kurbelte der Mississippi das Geschäft an, hier war es die Eisenbahn. Die Union Pacific brachte Kapital in den fernen Westen.

Jede Veränderung war wichtig, das hatte Rose schon vor einigen Jahren erkannt, für das Land und für ihr eigenes Leben, aber einige dieser Veränderungen waren schmerzlich. Die Union Pacific würde die Besiedlung des Westens vorantreiben und das Land mehr verändern, als sich das viele Leute vorstellen konnten. Die Eisenbahn würde die Büffel vertreiben, und wenn Rose die Augen schloss, sah sie, wie die Indianer vor dem Dampfross flohen und in das mörderische Feuer der weißen Soldaten ritten. Der schrille Pfiff der Dampflokomotive signalisierte das Ende ihrer Welt. Der Fortschritt war nicht mehr aufzuhalten und würde ein neues Amerika schaffen, das vom Geld regiert wurde.

Rose war mit dieser Veränderung groß geworden. Sie war ein Teil dieses neuen Amerika und beherrschte das Spiel, das zum Wohlstand führte, besser als die meisten anderen Frauen. Die

Jahre bei den Indianern hatten sie empfindsamer gemacht. Und sie hatte nicht vor, sich von den Geschäftemachern überrollen zu lassen. Sie würde Profit machen, ohne ihre Menschlichkeit zu verlieren, und sie würde niemals einen Menschen übers Ohr hauen, wenn er es nicht verdient hatte. Sie würde immer für ihre Prinzipien eintreten, auch wenn sie geschäftsschädigend waren, und sie würde sich niemals an den üblen Hetzreden gegen die Indianer beteiligen.

»Du kommst aus St. Louis?«, fragte sie, als sie mit Susan beim Abendessen saß. Die Witwe des Hotelbesitzers trug ein schwarzes Kleid und wirkte gefasster als nach der Schießerei. Ihr Sohn schlief bereits, und der Hotelangestellte kümmerte sich um die Gäste. Emily, eine gutmütige Deutsche, die kaum ein Wort Englisch sprach, kochte und bediente zugleich die Gäste im Restaurant. »Ich habe ein paar Jahre in St. Louis gewohnt. Ist schon einige Zeit her. Ich habe im Mullanphy Hospital gearbeitet, einem irischen Krankenhaus, und bei einem deutschen Schiffsbauer. John Friedrich Schultz. Kennst du ihn?«

»Der Name kommt mir bekannt vor«, antwortete sie nachdenklich, »ein wohlhabender Mann, wenn ich mich recht erinnere. Ich habe St. Louis vor drei Jahren verlassen, das war sicher nach deiner Zeit. Hast du als Dienstmädchen bei ihm gearbeitet?«

»Ich habe seinen Laden geführt und mich um die Bücher gekümmert. Seine Firma gehörte zu den größten Unternehmen der Stadt.« Sie deutete ein Lächeln an und trank von dem Kaffee, den Emily zum Essen serviert hatte. »Ich kann ziemlich gut rechnen.«

»Dann bist du eine Geschäftsfrau«, staunte Susan. »Ich habe

noch nie eine Frau getroffen, die Männerarbeit macht. Wo hast du das gelernt? Bist du zur Schule gegangen? Ich war nie auf der Schule. Du heiratest sowieso und bekommst Kinder, hat mein Vater immer gesagt, und so ist es auch gewesen. Ich meine, bis heute Mittag das …« Sie ließ die Gabel sinken und begann zu schluchzen. »… bis heute das Unglück geschehen ist. Ich …«

»Schon gut, Susan!« Rose griff nach ihrer freien Hand und drückte sie. »Du bist eine starke Frau, du schaffst das schon! Und wenn du Hilfe brauchst, bleibe ich gern. Ich wäre sogar bereit, in dein Hotel und den Laden zu investieren. Natürlich nur, wenn du nichts dagegen hast. Wie gesagt, ich kenne mich in dem Geschäft aus. Zusammen würden wir es leicht schaffen.«

»Ich habe eine bessere Idee«, schlug Susan vor, »du übernimmst das Hotel und den Laden, und ich bleibe in unserer Wohnung und helfe dir bei der Arbeit, gegen einen Lohn. Was sagst du zu diesem Angebot? Ich mache dir einen fairen Preis …«

Der Preis war mehr als fair, und Rose schlug sofort ein. Sie verbrachte den nächsten Tag damit, die Bücher zu überprüfen, und stellte fest, dass sie in Ordnung waren. Es gab keine Kredite mehr, und alle Vorräte waren bezahlt. Am Abend des dritten Tages setzten sie einen Kaufvertrag auf und besiegelten das Abkommen bei einem Glas Wein. »Ich werde alle Mitarbeiter weiterbeschäftigen«, versprach Rose den Angestellten, »und das Unternehmen im Geiste des verstorbenen Besitzers weiterführen. Oder, noch besser«, erklärte sie, »der Lohn wird um einen Dollar erhöht. Wenn die Eisenbahn fertig ist, werden immer mehr Menschen nach Cheyenne kommen. Zahlungskräftige Gäste von der Ostküste, die den Komfort von Luxushotels gewöhnt sind. Ich möchte, dass sie sich bei uns wohl fühlen, und erwarte von euch, dass ihr ihnen einen angenehmen Aufenthalt bereitet.«

Rose stürzte sich mit Elan in ihre neue Aufgabe. Die Arbeit half ihr, den geliebten Spieler zu vergessen, der irgendwo an den Schienen in einem Saloon saß und seiner Herz-Dame vertraute. Ob er noch an sie dachte? Er liebte sie, da war sie ganz sicher, so wie sie ihn liebte, nur brachte er es nicht fertig, auf sein unstetes Leben zu verzichten. Er gehörte nicht zu den Männern, die eine Hotelbesitzerin heirateten und sich damit abfanden, ihr bei den Geschäften zu helfen. Er war ein freier Mann, der sich vom Wind treiben ließ und immer dort zu finden war, wo das Risiko wartete. Auch in Cheyenne hätte er sich wohl gefühlt, aber weiter westlich, am Ende der Schienen, ging es noch wilder zu, und in den Spielhöllen war noch mehr Geld zu gewinnen. Einen Mann wie Frank Catlow konnte man nicht halten. Er würde selbst wissen, wann ihre Zeit gekommen war, und zurückkehren, wenn eine innere Stimme ihm dazu riet. Und sie würde ihm in die Arme fallen, und sie würden sich bis in den frühen Morgen lieben. So war es vorherbestimmt, und sie würde sich damit abfinden müssen. Es gab schlimmere Schicksale, wenn sie Susan betrachtete, und selbst wenn es zu einer Ehe zwischen Frank und ihr gekommen wäre, hätte sie niemals angedauert. Auch sie brauchte ihre Freiheit, vielleicht noch mehr als er, denn um diese Freiheit zu suchen, hatte sie vor vielen Jahren die Farm ihrer Eltern verlassen.

Susan Amerell wirkte regelrecht erleichtert, nachdem der Kaufvertrag unterschrieben war. Sie war froh, die Verantwor-

tung für das Hotel und den Laden losgeworden zu sein. Es genügte ihr, in ihrer Wohnung bleiben zu können und ein Auskommen für sich und ihren Sohn zu haben. Sie hatten einen fairen Lohn vereinbart, und allein die Summe, die sie für das Hotel und den Laden kassierte, garantierte ihr ein sorgenfreies Leben. »Ich werde dir ewig dankbar sein«, sagte sie zu Rose, »du hast mir sehr geholfen. Jetzt kann ich in Cheyenne bleiben, und Josey kann hier zur Schule gehen. Ob du's glaubst oder nicht, ich liebe diese Stadt! Sie ist viel besser als ihr Ruf!«
Das stimmte tatsächlich. Die Eisenbahn brachte Abenteurer, Revolverhelden und leichte Mädchen, aber auch seriöse Geschäftsleute, die an der Eisenbahn verdienen wollten, und anständige Bürger, die im fernen Westen eine neue Heimat sahen, in die Stadt. Die Entfernung zur zivilisierten Welt schrumpfte auf ein paar Tage zusammen. Weiter östlich waren aus wilden Eisenbahnstädten bereits wichtige Handelsorte geworden, und Cheyenne würde dieselbe Entwicklung nehmen. Die Stadt gehörte nicht zu jenen Siedlungen, die schon nach wenigen Monaten wieder von der Bildfläche verschwanden. Schon jetzt hatte Cheyenne über zehntausend Einwohner, eine stolze Zahl, wenn man Virginia City und andere Orte zum Vergleich heranzog.
Rose arbeitete zwei Wochen lang im Büro. Sie erstellte eine Liste aller Lieferanten und ihrer Preise und verglich sie miteinander, schrieb einige Briefe und gab Bestellungen auf. Die Geschäftsleute, die sich bei ihr meldeten, empfing sie in ihrem Büro. Schon nach wenigen Wochen hatte sie die Ausgaben um ein Viertel reduziert, ohne Abstriche in der Qualität machen zu müssen. Sie bestellte die Handwerker und ließ die Küche und einige Räume renovieren, und das windschiefe Schild

über dem Eingang wurde durch eine neue Tafel ersetzt. Gelbe Bänder neben dem Eingang signalisierten jedem Gast, dass er willkommen war. Die Zimmerpreise wurden leicht erhöht. Jeder Gast, der im Cattleman's Cottage abstieg, wurde am Bahnhof abgeholt, und ein neuer Hoteldiener, der halbwüchsige Sohn des Schmieds, trug ihr Gepäck auf das Zimmer. »Das beste Hotel westlich des Mississippi« ließ Rose auf das Schild schreiben.

Das Cattleman's Cottage wurde zu einer angesehenen Adresse. Wie schon in Virginia City, so war es Rose auch in Cheyenne innerhalb kürzester Zeit gelungen, sich einen angesehenen Platz innerhalb der Bürgerschaft zu erarbeiten. »Ich bin stolz auf dich, Rose«, sagte Susan Amerell nach einem halben Jahr.

29

Im April des Jahres 1869 bekam Rose einen Brief aus Helena. Er enthielt einige handgeschriebene Zeilen und eine Ausgabe der Montana Post, die jetzt in Helena erschien. Wie der Redakteur herausbekommen hatte, dass sie in Cheyenne wohnte, war ihr ein Rätsel. Vielleicht hatte er die Anzeige gesehen, die sie in einigen Zeitungen in Omaha, Nebraska, geschaltet hatte. Dort begann der Schienenstrang der Union Pacific. »Rose O'Malley«, stand in dem Brief, »ich habe gehört, dass Sie ein Hotel in Cheyenne führen. Ich weiß, dass Sie Erfolg haben werden! Ich lebe jetzt in Helena, der zukünftigen Hauptstadt unseres Territoriums. Ich glaube, wir haben Virginia City gerade noch rechtzeitig verlassen. Anbei erhalten Sie eine Ausgabe der Montana Post. Herzliche Grüße aus Helena sendet Thomas Dimsdale.«

Auf der Titelseite berichtete der Chefredakteuer vom Wettrennen zwischen der Union Pacific und der Central Pacific, die beide zuerst am vereinbarten Treffpunkt in Promontory Point in Utah ankommen wollten. Die Union Pacific baute von Osten, die Central Pacific von Westen. Beide Gesellschaften überboten einander in dem Bemühen, möglichst viele Schienen und Schwellen an einem Tag zu verlegen. Die Central Pacific, die wegen der vielen Sprengungen in den Sierras vor allem chinesische Arbeiter beschäftigte, behauptete kühn, zehn Meilen schaffen zu können. Die Union Pacific hielt dagegen, und die Montana Post bot Wetten an, wer zuerst am Promontory Point ankommen würde.

»Jetzt dauert es nicht mehr lange«, sagte Susan, als sie beim Abendessen saßen, »ich habe gehört, dass es in zwei Wochen so weit sein soll. In Utah soll eine große Party gefeiert werden!«

»Das ist eine großartige Idee«, erwiderte Rose. »Wie wär's, wenn wir auch eine Party feiern? Einen Ball, so wie die Leute im Süden?« Sie dachte an den Walzer, den sie mit Frank Catlow in St. Louis getanzt hatte, und spürte, wie ein Prickeln über ihren Rücken lief. »Würdest du die Einladungen verschicken? Alle wichtigen Leute aus Cheyenne und Umgebung und den Kommandanten aus Fort D. A. Russell. Du kennst die Leute besser.«

»Natürlich«, stimmte Susan zu. »Ich schlage den Samstag in zwei Wochen vor, dann sind die beiden Strecken bestimmt fertig! Wir könnten ein Rind schlachten!«

So wurde es beschlossen. Rose setzte einen höflichen Text auf und beauftragte die Druckerei, zweihundert Einladungen anzufertigen. Susan verteilte die Briefe in der ganzen Stadt und bat einige Cowboys, die Ranches zu benachrichtigen. »Ich bin sicher, ich habe jemanden vergessen«, jammerte Susan, als sie zurückkehrte. Die Arbeit machte ihr sichtlich Spaß, und sie freute sich bereits darauf, Emily in der Küche zu helfen. »Zum Nachtisch könnten wir einen riesigen Kuchen backen«, schwärmte sie, »mit einer Lokomotive aus Zuckerguss und bunten Lichtern!«

Rose überließ die Planung der ehemaligen Besitzerin und kümmerte sich um die anstehenden Geschäfte. Sie hatte den

Rest ihres Geldes in Grundstücken abseits der Hauptstraße investiert, weil sie damit rechnete, dass diese abgelegenen Viertel im Wert steigen würden, sobald die transkontinentale Eisenbahn fertig gestellt war. Sie verhandelte bereits mit einigen Baufirmen, die Geschäftshäuser auf diesen Grundstücken errichten sollten. Bevor sie die Aufträge unterschrieb, wollte sie mit den verantwortlichen Herren der Eisenbahn reden, um sicherzugehen. Außerdem hatte sie eine Idee, wie die Auslastung ihres Hotels noch verbessert werden konnte. »Ich reite nach Westen«, sagte sie eines Morgens zu Susan. »Ich habe gehört, dass General Dodge ungefähr zwanzig Meilen westlich kampieren soll.«

Sie mietete einen braunen Wallach, verstaute eine Wasserflasche und Vorräte in den Satteltaschen und ritt davon. Den neugierigen Blick ihrer Freundin beantwortete sie mit einem Lächeln. Susan interessierte sich nicht für die geschäftliche Seite des Unternehmens, und es hätte keinen Sinn gemacht, ihr das Vorhaben zu erklären. Der Umsatz von Hotel und Laden war in den letzten Monaten um dreißig Prozent gestiegen, und es war offensichtlich, dass Rose etwas von Geschäften verstand. Die Witwe des ehemaligen Besitzers vertraute ihr. Sie hatte nicht einmal darüber nachgedacht, mit Josey in eine andere Stadt zu ziehen. Ihr Junge fühlte sich in Cheyenne wohl, und solange Rose nichts dagegen hatte, würde sie in ihrer Wohnung im Erdgeschoss des Hotels bleiben. Woanders wäre sie nur unglücklich geworden. Rose war mehr als eine Freundin. Sie hatte ihr in der Stunde ihrer größten Not geholfen, und sie dankte Gott täglich dafür, dass er die selbstbewusste Frau zu ihr geführt hatte.

Rose folgte dem eisernen Pfad, der sich schnurgerade nach

Westen zog, und den Strahlen der Sonne, die auf ihren Rücken brannten. Ein lauer Wind strich über das junge Büffelgras. Dies waren die ehemaligen Jagdgründe der Indianer, der Sioux und Cheyenne, und es sollte auch jetzt noch Krieger geben, die bis zu den Schienen ritten, um das Feuerross zu bestaunen, aber Zwischenfälle hatte es schon seit vielen Monaten nicht mehr gegeben. Die meisten Indianer fürchteten sich vor der Eisenbahn, jagten weiter nördlich und warteten ab, ob die Weißen ihre Verspechungen hielten.

Wenn Rose die Stadt verließ und über die offene und scheinbar endlose Prärie blickte, dachte sie immer an die tsis-tsis-tas, die von den Weißen nur Cheyenne genannt wurden und einmal ihr Volk gewesen waren. Sie stellte sich vor, wie Wolf-auf-dem-Hügel seinen Schecken auf eine Anhöhe trieb und misstrauisch auf das silberne Band des Schienenstranges herabblickte. Er war ein freiheitsliebender Krieger und würde nicht verstehen, wie man die Jagdgründe seines Volkes mit einem fauchenden Ungetüm verschandeln konnte. Und er würde sehen, dass immer mehr Vehos mit den Wagen nach Westen kamen. Weiße Männer mit Gewehren, die sein Volk bedrohten. Er würde zum alten Berührt-die-Wolken gehen, falls er noch lebte, und ihn um Rat bitten, und der heilige Mann würde bedrückt vor sein Tipi treten und zum Himmel blicken, denn er wusste schon seit langer Zeit, dass die tsis-tsis-tas dem Untergang geweiht waren. Aieeh, es war traurig, aber so hatte der Große Geist sich entschieden.

Einer Eingebung folgend, trieb Rose ihren Wallach auf einen nahen Hügel. Sie hob beide Arme und blickte in die Hitzeschleier, die wie flüssiges Feuer über dem Land lagen. »Wolf-auf-dem-Hügel«, rief sie in der Sprache der tsis-tsis-tas, »meine

Brüder und Schwestern! Ich will nicht, dass euer Volk stirbt, aber es gibt nichts, was dieses Feuerross und den Fortschritt aufhalten kann! Ich denke an euch! Ich spreche zu den Weißen und ermahne sie, die Bewohner dieses Landes fair zu behandeln, und ich weine mit den Männern, Frauen und Kindern, wenn die Vehos unsere Verträge missachten und ihr klebriges Netz ausbreiten. Ich bin Feuerfrau, die heilige Frau der tsis-tsis-tas, und ich will alles tun, um euch eine bessere Zukunft zu ermöglichen!«

Die Lokomotive und der herrschaftliche Pullman-Wagen von General Grenville Dodge standen auf einem Abstellgleis, ungefähr hundert Meter von den Überresten einer verlassenen Schienenstadt entfernt. Zersplitterte Bretter und zerfetzte Zeltplanen lagen über die Prärie verstreut. Vor dem Zug kampierten einige Männer in Zelten. Sie waren mit Gewehren und Revolvern bewaffnet und ließen erstaunt die Waffen sinken, als sie erkannten, dass sich eine Frau näherte. Rose stieg ab und bat einen der Männer, sich um ihr Pferd zu kümmern.

»Ich bin Rose O'Malley aus Cheyenne und möchte den General sprechen«, sagte sie.

General Grenville Dodge war ein imposanter Mann. Er musste sich ducken, als er durch die Tür seines Luxuswagens trat und Rose respektvoll begrüßte. Er trug einen dunklen Umhang über seinem Anzug, als wäre die Hitze gar nicht vorhanden, und hatte eine dicke Zigarre zwischen den Lippen stecken. Seine Haare waren in der Mitte gescheitelt und reichten bis über die Ohren. Er bemühte sich, höflich zu sein. »Aus Cheyenne, sagen Sie? Das ist ein langer Ritt! Haben Sie keine Angst vor den Indianern?«

»Ich habe bei den Cheyenne gelebt«, erwiderte sie offen. »Ich glaube nicht, dass sie mich töten würden.« Sie unterdrückte ein spöttisches Lächeln. »Außerdem habe ich einiges Verständnis dafür, wenn sie auf den Kriegspfad gehen. Wir haben ihnen übel mitgespielt. Die Eisenbahn bedeutet das Ende ihrer Existenz.«

»Sie sprechen ziemlich offen, Mrs. O'Malley.«

»Miss. Ich bin nicht verheiratet.«

»Tatsächlich?« Der General, der schon lange nicht mehr in der Armee diente, grinste verhalten. »Ich beneide den Mann, der das einmal ändern wird. Sie sind eine bemerkenswerte Frau, Miss O'Malley!« Er warf seine Zigarre aus dem offenen Fenster. »Was kann ich für Sie tun, Ma'am? Sie sind doch bestimmt nicht gekommen, um mit mir über die Indianer zu diskutieren.«

»Nein«, antwortete sie ernst, »ich weiß selbst, dass wir den Fortschritt nicht aufhalten können. Ich trage ja auch dazu bei, die Indianer aus ihren Jagdgründen zu vertreiben. Vielleicht ist mein schlechtes Gewissen größer, vielleicht habe ich sogar Mitleid mit ihnen, aber wenn ich ehrlich bin, verhalte ich mich genauso schäbig wie die Verantwortlichen der Eisenbahn und der US-Armee. Was nutzt mein Mitleid, wenn ich nichts unternehme, um die Indianer zu retten? Warum fahre ich nicht nach Washington und spreche mit dem Präsidenten oder dem Innenminister?«

»Weil man Sie gar nicht anhören würde, Miss O'Malley, das wissen Sie doch. Wir können das Vordringen der Zivilisation nicht aufhalten, und wenn wir ehrlich sind, wollen wir das auch nicht. Ich habe nichts gegen die Indianer. Ich verstehe sogar, dass sie auf den Kriegspfad gehen. Wir haben sie schlecht behandelt und werden sie wieder schlecht behandeln. Irgendwann wird eine Eisenbahn in den Norden gebaut, oder es wird Gold in den Black Hills gefunden, und dann werden die Indianer auch dort bekämpft. Das ist der Lauf der Dinge. Ich habe den Auftrag, eine Eisenbahn zu bauen. Wenn ich es nicht tun würde, stände ein anderer Mann bereit, der diese Arbeit übernehmen würde.«

»Ich weiß, General Dodge.«

Der General zündete sich eine neue Zigarre an und merkte erst dann, dass er eine Unhöflichkeit beging. »Sie haben doch nichts dagegen, oder?« Und als sie tapfer den Kopf schüttelte: »Darf ich Ihnen etwas anbieten? Ich habe frischen Kaffee aufgesetzt. Nicht so gut wie der meiner Mutter, Gott habe sie selig, aber wesentlich besser als das Zeug, das bei der Armee angeboten wird.«

»Ein Sherry wäre mir lieber, General!«

General Dodge trat lächelnd an einen Wandschrank und nahm eine Flasche Sherry heraus. Er schenkte ein kleines Glas voll und reichte es ihr. »Sie haben einen guten Geschmack, Ma'am.«

Sie prostete ihm zu und blickte sich in dem Wagen um. Er war luxuriöser eingerichtet als alle anderen Eisenbahnwagen, die sie bisher gesehen hatte, und wirkte eher wie der Salon eines herrschaftlichen Hauses. Die Wände waren mit poliertem Edelholz beschlagen, und vor den Fenstern hingen bestickte Brokatvorhänge. Das geschwungene Sofa, der Ohrensessel und die Stühle waren mit rotem Plüsch bezogen. Die Spiegel hinter der Bar reflektierten das Sonnenlicht, das durch die offenen Fenster hereinfiel, und von der Decke hingen kristallene Kronleuchter.

»So einen Wagen habe ich noch nie gesehen«, bemerkte sie anerkennend, »damit lässt es sich trefflich reisen, nicht wahr?«

»Pullman«, antwortete er, »das neue Modell. In diesem Wagen soll der Präsident auf seine nächste Wahlkampftour gehen.«

»Auch so eine Geschichte. Ich habe mich schon manches Mal gefragt, warum eigentlich den Frauen kein Wahlrecht eingeräumt wird«, erwiderte Rose. Sie trank von dem Sherry und blickte ihn direkt an. »Traut man uns kein faires Urteil zu? Hält man uns für dumm? Ich kenne Männer, die wesentlich dümmer sind!«

»Sie sind eine streitbare Frau, Miss O'Malley.«

»Ich komme aus Irland«, erwiderte sie schmunzelnd, »obwohl ich vor einigen Jahren noch gar nicht wusste, dass das einen Unterschied macht. Und ich bin fest entschlossen, im Westen mein Glück zu machen. Mir gehört das Cattleman's Cottage in Cheyenne – das Hotel, der Drugstore und einige Grundstücke hinter der presbyterianischen Kirche. Wie ich höre, hat die Eisenbahn in Cheyenne kräftig investiert. Die Credit-Mobilier-Treuhand ...«

»... gehört der Union Pacific. Woher wissen Sie das?«

»Ich habe mich umgehört«, verriet sie dem staunenden General, »und ich verstehe es, eine Bilanz zu lesen. Die Grundstückspreise in Cheyenne sind während der letzten Wochen kräftig gestiegen. Ich glaube, die Eisenbahn setzt auf unsere Stadt. Wer so einen großen Bahnhof baut, muss an diese Stadt glauben. Ich denke, dass sich einige Herren der Union Pacific an unserer Stadt bereichern wollen, und ich gedenke, davon zu profitieren.«

»Inwiefern, Ma'am?«

»Ich will keine krummen Geschäfte verabreden, wenn Sie das meinen«, erwiderte sie lächelnd. »Ich möchte nur, dass Sie für mein Hotel werben. Es würde mir sehr helfen, wenn die

Union Pacific ihren Passagieren empfehlen würde, im Cattleman's Cottage abzusteigen. Wir sind das größte Hotel in Cheyenne!«

»Ich weiß, Ma'am, ich weiß. Und warum sollten wir das tun? Wir besitzen keine Anteile am Cattleman's und verdienen keinen einzigen Cent, wenn die Passagiere im Hotel übernachten.«

»Wie wäre es mit einem Package, General?«, schlug sie vor. »Die Passagiere kaufen ein Ticket, das zwei Nächte in einem unserer Zimmer einschließt, und bekommen dafür ein Abendessen umsonst. Das würde den Leuten einen zusätzlichen Anreiz bieten, mit der Union Pacific nach Westen zu fahren. Und es würde unsere Stadt für die Menschen interessant machen. Wenn sie zwei Tage in Cheyenne bleiben, finden sie vielleicht Gefallen an unserer Stadt und bleiben für immer. Und das wiederum würde die Grundstückspreise nach oben treiben! Sie können bei diesem Deal nur gewinnen, General! Wir alle würden gewinnen! Der Fortschritt lässt sich nicht aufhalten, nicht wahr?«

Der General kaute nachdenklich auf seiner Zigarre und begann zu grinsen. »Eigentlich wollten wir das Cattleman's selber kaufen«, räumte er ein, »aber ich sehe, Sie sind uns zuvorgekommen. Sie sind nicht nur eine bemerkenswerte Frau, Miss O'Malley, Sie sind auch clever! Wann könnten wir beginnen?«

»Am 15. Mai«, antwortete sie. »Ich denke doch, bis zu diesem Datum ist die Eisenbahn fertig gestellt, oder?« Und als er nickte: »Wir feiern eine große Party in unserem Hotel, und ich möchte die Neuigkeit gern selbst verkünden.« Sie lächelte hintergründig. »Und ich würde es natürlich auch begrüßen, wenn Sie bei den Gesprächen mit der Presse, die nach der Fertigstellung der transkontinentalen Eisenbahn sicher stattfinden werden, genauso darauf hinweisen würden. Sind wir uns einig, General?«

»Abgemacht, Ma'am! Ich lasse den Vertrag bis Anfang Mai aufsetzen.« Er bemerkte ihr leeres Glas. »Noch einen Sherry?«

Rose lehnte freundlich ab und machte sich auf den Rückweg. Sie war zufrieden. Die Verhandlung mit dem General war besser gelaufen, als sie befürchtet hatte, und der Vertrag versprach ein gutes Geschäft. Ihr Hotel würde das ganze Jahr ausgebucht sein, von den strengen Wintermonaten vielleicht abgesehen. Der Wert ihrer Grundstücke würde steigen, und sie konnte vielleicht ein zweites oder drittes Hotel eröffnen. Irgendwann würde Cheyenne so groß wie St. Louis sein, und warum sollte sie nicht ein herrschaftliches Haus wie das Barnum's führen? Wenn Leute wie John Friedrich Schultz bei ihr abstiegen, hatte sie es wirklich geschafft. Der Gedanke brachte sie zum Schmunzeln.

Es wurde bereits dunkel, als Rose ins Cattleman's Cottage zurückkehrte. Sie hängte ihren Reitmantel an die Garderobe und sah, dass Susan Amerell mit einem Cowboy vor dem Empfangstisch sprach. »Gut, dass du kommst«, meinte ihre Freundin, »das ist Brad Ross, der Vormann der Double Diamond Ranch.«

Der Mann war älter als die meisten Cowboys, die sie bisher gesehen hatte, vielleicht vierzig oder fünfzig, und trug einen hellen Staubmantel, der bis auf seine Sporen reichte. Sein wettergegerbtes Gesicht wurde von einem buschigen Schnauzbart und listigen Augen beherrscht. Er drehte einen zerbeulten Filzhut in den Händen. »Brad Ross, Ma'am, ich komme von der Double Diamond. Jesse Calhoun ist der größte Rancher nördlich von Cheyenne. Wir möchten uns für die Einladung bedanken und würden Ihnen gern einen Stier zum Geschenk machen. Sie brauchen doch sicher noch Fleisch für das Fest. Wenn Sie einverstanden sind, bringe ich es ein paar Tage vor der Party nach Cheyenne. Einverstanden, Ma'am?«

»Natürlich«, meinte Rose erfreut, »das ist sehr freundlich von Ihnen! Grüßen Sie Mister Calhoun herzlich und richten Sie ihm aus, dass wir sein Angebot gern annehmen!« Sie bemerkte das verräterische Glitzern in den Augen ihrer Freundin und fügte hinzu: »Sie bleiben doch zum Abendessen? Sie sind unser Gast!«

Brad Ross nahm die Einladung an und setzte sich mit Rose und Susan an den runden Tisch am Fenster. Sie redeten über die Rinderzucht und die Eisenbahn, und das Kerzenlicht spiegelte sich in ihren Augen. Rose verabschiedete sich noch vor dem Nachtisch. »Tut mir Leid, aber ich muss mich entschuldigen, Brad. Dringende Geschäfte! Susan unterhält sich gern weiter mit Ihnen!«

Sie verließ das Lokal und bemerkte zufrieden, wie Susan dem Vormann in die Augen sah. »Viel Glück, Susan«, flüsterte sie.

30

Am 10. Mai 1869 läuteten in allen Kirchen von Cheyenne die Glocken. Auf der Hauptstraße jubelten die Leute, einige Cowboys ritten am Bahndamm entlang und schossen ihre Revolver leer, und das Pfeifen der schnaubenden Dampflok, die mit einem Bauzug vorbeifuhr, hallte als vielfaches Echo durch die Stadt. Die Eisenbahn hatte es geschafft! Am Promontory Point in Utah waren die Schienen der Union Pacific und der Central Pacific mit einem goldenen Nagel verbunden worden, und der Telegrafist verbreitete den bedeutsamen Funkspruch in der ganzen Stadt: »Heute Mittag haben sie den goldenen Nagel eingeschlagen!« Er hielt den Zettel wie eine Trophäe hoch und blieb mitten auf der Hauptstraße stehen. »Ein Hoch auf die Union Pacific! Ein Hoch auf die Eisenbahn!«

Rose stand unter der Veranda ihres Hotels und lächelte zufrieden. Sie trug ihren Angestellten auf, einige Flaschen ihres besten Champagners zu öffnen und an die jubelnden Menschen auf der Straße zu verteilen. »Heute ist mir nichts zu teuer!«, sagte sie. Ihr Geschenk wurde mit Freudengeschrei und Revolverschüssen quittiert. Sie betrachtete das fröhliche Treiben eine Weile, dann stieß sie mit Susan im leeren Speisesaal an und sagte: »Heute ist ein großer Tag, Susan! Auch für uns! Die Eisenbahn wird unser Geschäft verdoppeln! Wenn du willst, kannst du wieder einsteigen. Ich möchte ein neues Hotel eröffnen, vielleicht auch ein Kaufhaus. Du wirst sehen, hier wird das Geschäft bald boomen, so wie in St. Louis oder San Francisco.«

Susan nippte an dem Champagner und schüttelte den Kopf. »Nein, Rose, mir gefällt das Leben so, wie es ist. Ich bin keine Geschäftsfrau. Ich kümmere mich lieber um meinen Sohn. Hast du gesehen, wie groß er geworden ist? Ich glaube, er kann gut mit Tieren umgehen. Als wir neulich mit Brad ...« Sie wurde rot. »Ich meine, als ich mit ihm auf der Double Diamond war, hat er sich stundenlang mit den Fohlen beschäftigt. Er würde einen guten Wrangler abgeben! Brad hat mir versprochen ...« Sie wurde wieder rot: »Brad Ross, der Vormann der Double Diamond ...«

»Ich weiß, Susan. Du hast ihn gern, nicht wahr?«

»Er ist ein verständnisvoller Mann«, erwiderte sie, »ganz anders als diese wilden Kerle, die jeden Samstag die Stadt unsicher machen!« Sie lächelte schüchtern, war wieder das unschuldige Mädchen, das sie vor ihrer Hochzeit gewesen war. »Er hat uns auf einen Ausritt mitgenommen. Josey durfte auf einem Pony reiten. Ich glaube, die beiden kommen gut miteinander aus.«

»Das freut mich, Susan! Das freut mich wirklich!«

An diesem Abend hatten sie ein volles Haus. Ein Zug mit Angestellten der Eisenbahn war angekommen, und die ersten Geschäftsleute aus dem Osten hatten sich angekündigt. Allein die Nachricht von der »Hochzeit der Schienen« hatte die Grundstückspreise in Cheyenne verdoppelt. Über den Telegrafen kamen die ersten Angebote für die freien Bauplätze der Stadt, und es gab Grundstücksbesitzer, die noch am selben Abend die Verträge unterschrieben, die Bank benachrichtigten und sich nach Kalifornien aufmachten, um dort ein sorgenfreies Leben zu führen.

Rose lachte nur, wenn der Telegrafist ein neues Angebot brachte. Die Summen waren verlockend, und natürlich hätte es ihr in einem der luxuriösen Hotels in San Francisco gefallen. Für eine Woche oder einen Monat! Sie war noch jung und viel zu unternehmungslustig, um sich jetzt schon zurückzuziehen. Sie liebte das Abenteuer, das mit ihren Geschäften verbunden war, die Ungewissheit, die sich einstellte, wenn sie in ein Hotel oder einen Laden investierte, ein Grundstück kaufte oder einen Handel mit der Eisenbahn verabredete. Es war das gleiche Gefühl, das sie auf ihrer Flucht nach St. Louis und auf der Fahrt über den Oregon Trail beseelt hatte. Sie folgte der Sonne nach Westen, und wusste nicht, was sie am fernen Horizont erwartete.

Rose wollte dieses Gefühl so lange genießen, wie sie klar denken konnte. Nichts würde Bestand haben, nicht einmal dann, wenn Frank Catlow zurückkehrte und plötzlich beschloss, sie zu heiraten. Auch als Ehepaar würden sie nicht jeden Weg gemeinsam gehen. Die Sehnsucht nach einem Heim und einem Mann, der ihr Geborgenheit verschaffte, war ihr fremd. Das glaubte sie, zumindest in diesem Augenblick. Wer sie liebte, musste bereit sein, nach dem Ende des Regenbogens zu suchen. Sie war anders als Susan Amerell, die von der Aussicht beglückt war, mit einem Mann wie Brad Ross auf eine Ranch zu gehen und Kinder großzuziehen.

In dieser Nacht schlief Rose unruhig. Auf der Hauptstraße wurde bis in den frühen Morgen gefeiert, und immer wieder hallte der Pfiff einer Lokomotive durch die Stadt. Ein Zug nach dem anderen kam aus dem Osten und brachte Geschäftsleute, Abenteurer und leichte Mädchen nach Cheyenne. Die Stadt wuchs über Nacht. Sie ertappte sich bei dem Gedanken, zum Bahnhof zu gehen und darauf zu warten, dass Frank Catlow aus dem Zug stieg und ihren Namen rief. Oder Betty Gurley, die Oberschwester aus St. Louis und ein reicher Mann, den sie in New Orleans geheiratet hatte. Aber sie wusste, dass beides nicht der Fall sein würde. Frank würde irgendwo in einer Spielhalle sitzen und die Herz-Dame auf den Tisch legen, und Betty Gurley würde immer noch im Mullanphy Hospital arbeiten und nicht einmal daran denken, in einen Zug nach Cheyenne zu steigen.

Die nächsten Tage ließen keine Zeit für solche Überlegungen. Die Vorbereitungen für die festliche Party beanspruchten sie mehr, als sie angenommen hatte, und die Geschäftsleute, die vom Bahnhof kamen, um ihr ein Angebot für die Grundstücke hinter der Kirche zu machen, raubten zusätzliche Zeit. Sie ging zur Bank und bat einen Angestellten, große Schilder mit der Aufschrift »Verkauft!« auf den Bauplätzen aufzustellen, und verabredete ein Gespräch mit der Stadtverwaltung und einer Baufirma, um über den Bau eines weiteren Hotels und eines Kaufhauses zu sprechen. Beide Unternehmen würde sie verpachten, vielleicht sogar an die Eisenbahn, wenn ihr Deal erfolgreich war. Sie hatte die Verträge unterschrieben, und General Dodge hatte sein Wort gehalten und zu den Reportern darüber gesprochen. Etliche Zeitungen hatten über das Angebot ausführlich berichtet.

Die Party begann am späten Nachmittag und dauerte bis weit nach Mitternacht. Der Duft des gegrillten Fleisches zog vom Garten durch das ganze Haus, und das Klirren der Weingläser vermischte sich mit den Klängen des kleinen Orchesters, das

Rose für diesen Abend verpflichtet hatte. Die wichtigsten Leute aus Cheyenne und der Umgebung waren gekommen, der Bürgermeister, der Bankier, der Redakteur der neuen Zeitung, sogar ein Vertreter der Eisenbahn, ihre Nachbarn, einige Geschäftsleute und die Besitzer der Double Diamond und anderer Ranches. Die Männer trugen ihre besten Anzüge, und die Frauen hatten kostbare Abendkleider angelegt. Die Gesellschaft war nicht so prachtvoll wie auf den Bällen in St. Louis, im Westen war man den ausschweifenden Luxus des Südens nicht gewohnt, aber die Leute konnten sich sehen lassen und zuckten mit keiner Miene, als Rose O'Malley zu einer Rede ansetzte. Im Süden wäre es unmöglich für eine Frau gewesen, öffentlich zu sprechen, es sei denn, es ging um Bildung oder einen wohltätigen Zweck.

Nach einer blumenreichen Anrede, die sie auswendig gelernt hatte, und einem Loblied auf die Würdenträger der Stadt sagte sie: »Ich bin stolz, eine Bürgerin dieser Stadt zu sein. Cheyenne liegt an der neuen Lebensader, die den Osten mit dem Westen verbindet, und ist zur Heimat des neuen Geistes geworden, der unsere Nation nach den blutigen Jahren des Krieges beseelt. Darauf können wir alle stolz sein! Cheyenne wird zu einer bedeutenden Großstadt wie St. Louis und San Francisco heranwachsen, und die Eisenbahn wird zahlungskräftige Kunden aus dem Osten bringen, die den Wohlstand fördern. Ein Hoch auf die Union Pacific, ein Hoch auf Cheyenne! Wir wollen auf den neuen Aufschwung trinken, der diese Stadt vorantreibt!«

Sie tranken von dem teuren Champagner, und der Bürgermeister rief: »Ein Hoch auf Rose O'Malley!« Er wusste sehr wohl, dass eine geschäftstüchtige Frau wie sie betuchte Geschäftsleute nach Cheyenne lockte, die auch für seine Wiederwahl entscheidend waren. Das Orchester spielte patriotische Lieder, und vor dem Hotel wurde eine amerikanische Flagge gehisst. Rose war nicht besonders patriotisch eingestellt, aber sie mochte das feierliche Gefühl, das dabei aufkam, und fühlte sich den Würdenträgern verpflichtet, die eine solche Geste erwarteten. Der Bürgermeister legte eine Hand auf sein Herz, als er das Sternenbanner in der untergehenden Sonne flattern sah.

»Das war eine sehr schöne Ansprache«, sagte ein Mann zu ihr, als sie spätabends hinter das Haus floh und sich von dem Trubel erholte. Eine Petroleumlampe schaukelte im lauen Abendwind. »Sie halten große Stücke auf die Eisenbahn, nicht wahr?«

Rose betrachtete den Mann und war angenehm überrascht. Er war älter als sie, ungefähr zehn Jahre, wenn sie richtig schätzte, und wirkte gelassener als die meisten anderen Männer, die sie im Westen getroffen hatte. Er sah wie ein Mann aus, der alles im Leben erreicht hatte, was er sich jemals erhofft hatte, und irgendwie stimmte das auch.

»Ich bin Jesse Calhoun«, stellte er sich vor, »mir gehört die Double Diamond.« Sein Gesicht war von zahlreichen Falten durchfurcht. Er hatte grüne Augen. Sein Haar war grau und nach hinten gekämmt. Der dunkle Anzug passte überhaupt nicht zu ihm. Rose nahm an, dass er ihn nicht einmal am Sonntag trug. »Große Stücke? Das Pfeifen stört mich beim Schlafen, Mister Calhoun.« Sie lächelte. »Aber man kann gute Geschäfte mit der Eisenbahn machen, das stimmt.«

»Ich wusste, dass Sie so etwas sagen würden«, erwiderte er mit rauer Stimme. Seine Augen leuchteten im Schein der

Petroleumlampe. »Sie sind eine geschäftstüchtige Frau, Mrs. O'Malley.«

Sie dachte daran, dass General Dodge dasselbe gesagt hatte, und musste lachen. »Miss«, reagierte sie genauso, »ich bin nicht verheiratet. Aber sagen Sie Rose zu mir, das gefällt mir besser!«

»Jesse«, meinte er knapp. Er lockerte seine breite Krawatte und schmunzelte. »Ich bin diese Dinger nicht gewohnt. Bei der Arbeit trage ich ein offenes Hemd und eine Weste. Mögen Sie Rinder?«

»Auch damit kann man Geschäfte machen, nicht wahr?«

»Ich mag Rinder«, ging er nicht auf ihre spöttische Bemerkung ein, »ich mag sie wirklich! Ich bin mit den Biestern aufgewachsen. Wenn sie nicht mehr da wären, würde mir was fehlen! Können Sie das verstehen?« Er schien keine Antwort zu erwarten und sagte: »Ich würde mich sehr freuen, wenn Sie mich auf meiner Ranch besuchen würden, Rose. Erweisen Sie mir die Ehre? Ich koche das beste Chili diesseits der mexikanischen Grenze!«

»Ich habe noch nie Chili gegessen«, meinte sie lächelnd.

»Dann wird es höchste Zeit. Wie wär's mit morgen Mittag?«

»Gern«, sagte sie zu, obwohl sie bereits einen Termin mit ihrem Bankier vereinbart hatte. Jesse Calhoun gefiel ihr, und sie freute sich darauf, ihn wieder zu sehen. Sie träumte sogar von ihm und tröstete sich damit, dass er zehn Jahre älter war und ihr bestimmt nicht den Hof machen wollte. Sie wusste natürlich, dass seine Frau vor einigen Jahren bei einem Reitunfall ums Leben gekommen war, das wusste jeder in der Stadt, aber es hieß auch, dass Jesse Calhoun noch lange nicht bereit war, sich wieder mit einer Frau einzulassen. Wenn er eine Frau zum Heiraten gesucht hätte, wäre er bestimmt nicht auf sie verfallen. Sie hatte noch nie eine Ranch aus der Nähe gesehen, und das Brüllen der Rinder hatte sie nur aus der Ferne vernommen. Sie war auf einer Farm aufgewachsen und hatte die entscheidenden Jahre ihres jungen Lebens bei den Indianern und in St. Louis und Virginia City zugebracht. Sie war eine Geschäftsfrau und gehörte bestimmt nicht auf die Double Diamond.

Dennoch beunruhigte sie der bevorstehende Besuch. In den grünen Augen des Ranchers war etwas gewesen, das ihre Seele berührt hatte. Nicht so stark wie bei Frank, eher auf eine ausgleichende und freundschaftliche Art und fernab jeder Leidenschaft. Aber sie war nervös, als sie ihr schönstes Reisekleid anzog und zu dem jungen Cowboy, der sie abholte, auf den Wagen stieg. Sie bemerkte, dass einige Angestellte grinsten, und war froh, dass Susan sich eine spöttische Bemerkung verkniff.

Die Fahrt zur Double Diamond dauerte etwas über eine Stunde und führte über hügeliges Weideland. Hier begann die Hochprärie, die einstige Heimat der Cheyenne und Sioux. Ein weites und grenzenloses Land, das sich bis zum fernen Horizont dehnte und ihr schon damals gefallen hatte. Nur abseits der großen Städte spürte man die Freiheit, die den eigentlichen Reiz dieses Landes ausmachte, den weiten Himmel, der größer und mächtiger als östlich des Mississippi erschien, und die Sonne, die wie ein heiliges Feuer am Himmel brannte und mit dem Wind und den Wolken nach Westen wanderte. Die Indianer verehrten diese geheimnisvollen Kräfte und spürten in jeder Berührung des Windes den Großen Geist. In ihrer Sprache gab es nicht einmal ein Wort für Freiheit, so selbstverständlich erschien ihnen die endlose Weite ihrer Jagdgründe. Die Rancher dachten ähnlich, verabscheuten die Farmer, die in der Erde wühlten und Zäune zogen, und blickten genauso misstrauisch auf die Eisenbahn wie die Indianer, weil der schrille Pfiff der Lokomotiven das Ende ihrer Freiheit einläutete und die Zivilisation nach Westen brachte. »Manchmal weiß ich nicht, auf welcher Seite ich stehe«, sagte Rose, als sie beim Mittagessen im Ranchhaus saßen. »Ich liebe dieses Land, so wie es erschaffen wurde, und ich helfe mit, es zu zerstören! Ist das nicht komisch? Eigentlich müssten Sie wütend auf mich sein, so wie ich mich benehme.«

»Sie sind eine Geschäftsfrau«, erwiderte er nüchtern, »ich habe das Land den Indianern weggenommen, und Sie nehmen es mir weg! Das ist der Lauf der Welt! Die Stärkeren gewinnen.«

Sie lächelte. »Wollen Sie sagen, dass ich stärker bin als Sie?«

»Nicht nur Sie«, antwortete er, »die ganze Zivilisation! Die Eisenbahner, die Städtegründer, die Spekulanten! Meine Zeit geht zu Ende, bevor sie richtig begonnen hat. So ist das in Amerika. Jeder will seinen Teil vom großen Kuchen, aber das geht nur auf Kosten anderer. Ich habe gehört, dass Sie bei den Indianern gelebt haben. Ich bewundere die Indianer! Sie sind frei und ungebunden, zumindest im Norden, und führen das Leben, nach dem ich mich immer gesehnt habe. Und dennoch habe ich sie bekämpft. Ich habe mir das Land genommen, das ich brauchte, und ich habe die Freiheit und die Einsamkeit genossen, bevor Cheyenne eine große Stadt wurde und die Eisenbahn nach Westen kam. Aber ich bin nicht böse. Es ist alles vorherbestimmt, hat meine Mutter immer gesagt, und du kannst doch nichts daran ändern.« Er prostete ihr mit dem Wein zu, den er zum Essen geöffnet hatte, und schmunzelte. »Sie ist an einem Shawnee-Pfeil gestorben, damals in Ohio. Gott hab sie selig!«

Das Chili schmeckte herrlich, und Rose sagte es dem Rancher. Sie fühlte sich wohl in seiner Gegenwart und genoss die Ruhe und die Stärke, die von ihm ausging. Diesmal trug er braune Cordhosen, ein gemustertes Hemd und eine braune Weste mit silbernen Conchos, und um seinen Hals war eine rote Bandana gebunden. Sein zerbeulter Hut lag auf der Kommode neben der Tür. Eine Mexikanerin hatte das Essen serviert, aber er hatte mehrmals betont, dass sie das Chili nach seinem Rezept gekocht hatte. »Ich habe im New Mexico Territory gelebt«, sagte er beim Kaffee, »nördlich von Santa Fe. Vor ein paar Jahren wurde es mir zu voll, und ich habe alles verkauft und bin hierher gezogen. Irgendwann gibt es keinen Platz mehr für mich.«

Darüber hatte Rose nie nachgedacht. Als sie über den Oregon Trail nach Westen gezogen war, hatte man noch von der Großen Amerikanischen Wüste gesprochen, wenn man das Land jenseits des Mississippi meinte, und auf der Landkarte gab es noch weiße Flecken, die für geheimnisvolle Paradiese und eine undurchdringliche Wildnis standen. Der Goldrausch in Montana und Colorado und die Eisenbahn hatten alles verändert. Immer mehr Menschen strömten nach Westen und gefährdeten nicht nur die letzten Bastionen der Indianer. Jesse Calhoun hatte Recht. Auch Menschen wie er waren bedroht. Unerschrockene Pioniere, die sich nach der einsamen Weite des Westens gesehnt und jenseits der Besiedlungsgrenze etwas aufgebaut hatten. Die Eisenbahn hatte diese Frontier, wie sie genannt wurde, nach Westen verschoben, und die Zivilisation drang jetzt selbst in entlegene Gebiete vor. Das Land hatte sich verändert.

Sie lebte von dieser Veränderung und akzeptierte sie, fand es sogar aufregend, wenn eine neue Herausforderung auf sie wartete. Nur wenn sie an Wolf-auf-dem-Hügel und die Cheyenne dachte, wurde sie wehmütig. Und wenn sie dem Rancher zuhörte. Der Pfiff der Eisenbahn stand für Fortschritt und Veränderung, das stimmte, aber auch für die Vergänglichkeit des Lebens und das Ende der Freiheit in einem grenzenlosen Land.

31

Der Sommer war heiß und staubig und wurde von dem Aufschwung bestimmt, den die Eisenbahn nach Cheyenne brachte. Überall in der Stadt und in den Außenbezirken wurden neue Häuser gebaut und Geschäfte eröffnet. Rose wurde mit einer Baufirma einig, die ihr zweites Hotel und ein Kaufhaus errichtete, und verpachtete es an die Union Pacific. Sie profitierte von dem Vertrag mit der Eisenbahn, der vor allem Geschäftsleute nach Cheyenne brachte, die ihren Aufenthalt im Cattleman's Cottage nutzten, um ihre Partner und Kunden zu empfangen. Es gab sogar Gäste, die aus reinem Vergnügen nach Cheyenne kamen, um Indianer und Cowboys zu sehen, wie sie sich ausdrückten, und ganz enttäuscht waren, als sie erfuhren, dass es an der Union Pacific keine »wilden« Indianer mehr gab. Auch die Cowboys sahen anders aus als die bunt gekleideten Helden aus den Schundheften, die in St. Louis verkauft wurden. Ein Redakteur, der für eine Zeitung in Philadelphia unterwegs war und über den Wilden Westen berichten wollte, reiste überstürzt ab, als er am Samstagabend einen Saloon besuchte und beinahe von einem Cowboy erschossen wurde.

Cheyenne war immer noch wild und ungezähmt, und der Aufschwung brachte nur eine schrittweise Veränderung. Neben den Geschäftsleuten und Spekulanten, die in ihren feinen

Anzügen über die Hauptstraße stolzierten, gab es raubeinige Cowboys und ungeschliffene Abenteurer, die jeden Samstag die Saloons und Bordelle heimsuchten, mit den leichten Mädchen über die Gehsteige tanzten und die Petroleumlampen vor den Häusern ausschossen. Manchmal gingen auch Fensterscheiben zu Bruch, oder ein betrunkener Cowboy schoss sich in den Fuß, aber das störte niemanden in Cheyenne, daran hatte man sich längst gewöhnt. Rose wachte schon lange nicht mehr auf, wenn vor ihrem Hotel geschossen wurde. Nur als das Gerücht umging, Jonathan Berryman halte sich in der Stadt auf, wurde sie vorsichtig. Der Mann, der George Amerell erschossen hatte, war der gefährlichste Schütze, den sie kannte, obwohl sie ihn nur einen Augenblick lang gesehen hatte. Darüber täuschte auch seine sanfte Stimme nicht hinweg. Als er an einem Samstagabend in seinem Einspänner über die Hauptstraße fuhr, hielten selbst die wilden Cowboys den Atem an. Am nächsten Morgen wurde bekannt, dass er einen ehemaligen Eisenbahndetektiv erschossen hatte. Im fairen Duell, wie behauptet wurde, aber der Marshal hätte sowieso nicht gewagt, Jonathan Berryman festzunehmen. Susan Amerell war mit Brad Ross unterwegs, als es geschah. Sie schloss sich den halben Nachmittag in ihrer Wohnung ein, als sie in der Zeitung darüber las, dann schien sie den Vorfall vergessen zu haben. »Brad Ross und ich werden heiraten«, sagte sie am nächsten Morgen zu Rose. »Nächste Woche!«
Rose war nicht überrascht. Seit dem Tod ihres Mannes waren erst wenige Monate vergangen, und es schickte sich eigentlich nicht einmal, nach so kurzer Zeit mit einem anderen Mann auszugehen, aber in einer wilden Stadt wie Cheyenne kümmerte sich niemand darum, und selbst der Pfarrer verstand,

dass Susan Amerell einen Vater für ihren Sohn brauchte. Sie liebte den Vormann der Double Diamond, das hatte Rose mit eigenen Augen gesehen, als sie bei Jesse Calhoun auf der Ranch gewesen war und Susan und der Cowboy eng umschlungen am Zaun der Pferdekoppel gestanden und dem Sonnenuntergang zugesehen hatten. In diesem Augenblick hatte sie an Frank Catlow gedacht. Würde der Spieler jemals zu ihr zurückkehren?

Jesse Calhoun war zu einem väterlichen Freund geworden. Sie war fast jeden Sonntag auf der Ranch, fuhr nach der Kirche mit ihm nach Hause und genoss die Einsamkeit und die Ruhe auf dem Weideland. Die Ranch lag in einem weiten Tal; sie war von sanften Hügeln umgeben, die rotgolden leuchteten, wenn die Sonne unterging. Das Haupthaus war aus geschälten Baumstämmen gezimmert und lag im Schatten einiger Cottonwoods, die am nahen Flussufer wuchsen. Ungefähr hundert Meter entfernt lagen das Schlafhaus der Cowboys und der Stall, auf der anderen Seite des Flusses hatte man die Koppel für die Pferde errichtet. Rose mochte den Geruch der dunklen Erde, wenn es geregnet hatte, und ging oft am frühen Abend spazieren, wenn der Staub über der Koppel wie flüssiges Gold im Licht der untergehenden Sonne glänzte. »Die Indianer haben Recht«, sagte sie zu dem Rancher, »dieses Land ist heilig. Man kann es nicht verkaufen.«

»Cheyenne wurde auf dieser Erde gebaut«, erwiderte Jesse Calhoun bitter, »irgendwann wird es auch hier eine Stadt geben.«

Tagsüber ritten Rose und Jesse über die Weide. Er hatte ihr einen schwarzen Hengst zum siebenundzwanzigsten Geburtstag geschenkt, der Black Fire gerufen wurde, und sie genoss den frischen Wind, wenn sie im Galopp über die Hügel sprengte. Sie war zu einer noch besseren Reiterin geworden. Es machte ihr Spaß, die ungebrochene Energie des Hengstes zu spüren, und sie fühlte sich an die Pferde der Hundekrieger erinnert, die eine ähnliche Kraft ausgestrahlt hatten. Wolf-auf-dem-Hügel war der beste Reiter gewesen, den sie je kennen gelernt hatte. Auf der Büffeljagd schien er mit seinem Pferd verwachsen zu sein, und wenn er sich, nur an den Zügeln und einem Steigbügel hängend, an einer Seite nach unten rutschen ließ und unter dem Hals des Pferdes hindurch seine Pfeile abschoss, hatten selbst erfahrene Krieger gestaunt. Es gab keinen Cowboy, der so reiten konnte, nicht einmal Brad Ross. Der Vormann hatte das letzte Pferderennen in Cheyenne mit weitem Vorsprung gewonnen.

Susan und Brad heirateten an einem Samstag, und alle Cowboys der Double Diamond bildeten ein Spalier und warfen mit Reis, als die beiden vom Friedensrichter kamen. Auf der Ranch wurde bis in die späte Nacht gefeiert. Alle mochten den ruhigen Vormann und seine Braut, ließen sie hochleben und wünschten ihnen viel Glück in Montana, wo sie eine eigene Ranch bewirtschaften würden. Jesse Calhoun hatte dem Bräutigam hundert Rinder zur Hochzeit geschenkt, und die beiden brachen schon am nächsten Morgen auf, um ihre kleine Ranch in der Nähe von Helena in Besitz zu nehmen. Brad hatte die Ranch heimlich von seinem Ersparten angezahlt und seine Braut damit überrascht.

Alle Hochzeitsgäste standen vor dem Ranchhaus, als sie mit Josey auf einen Wagen stiegen und nach Norden fuhren. »Nehmt euch vor den Indianern in Acht«, riet ein Cowboy seinem ehemaligen Vormann. »Dein Skalp würde sich gut in einem Tipi machen!« Die meisten Männer hielten das für einen guten Witz, aber Rose wurde beinahe übel, als sie darüber nachdachte. Die Zeitungen hatten über neue Indianerunruhen im Montana Territory berichtet. »Wartet!«, rief sie dem Brautpaar nach, und als Susan sich umdrehte: »Sag den Indianern, dass du eine Freundin von Feuerfrau bist!« Sie lächelte ihr aufmunternd zu. »Viel Glück!«

Einige Wochen später bekam Rose einen Brief von Thomas Dimsdale, dem Chefredakteuer der Montana Post. Sie schrieben sich regelmäßig und erfreuten sich am Erfolg des anderen. Die Montana Post war zur wichtigsten Zeitung des Territoriums geworden, und selbst der Redakteuer des eher unbedeutenden Cheyenne Daily Citizen hatte darüber spekuliert, ob sein prominenter Kollege in die Politik gehen und für den Senat kandidieren würde. In seiner Zeitung war er für das Wahlrecht der Frauen eingetreten, und auch in der Indianerfrage zeigte er sich liberal, aber seine kämpferische Einstellung wurde respektiert, und weil er die interessantesten Geschichten abdruckte, wurde seine Zeitung am meisten gelesen. Er hatte als Erster erfahren, dass General Philip Sheridan zum Oberbefehlshaber aller amerikanischen Truppen westlich des Mississippi ernannt worden war.

Rose las beinahe jeden Artikel in der Montana Post, aber auf die kleine Meldung, die sie am meisten betraf, stieß sie erst nach zwei Tagen, als sie die Zeitung noch einmal durchblätterte: »Grausamer Tod am Yellowstone River« hieß die Schlagzeile, und darunter stand: »Vor einigen Tagen wurden die Leichen einer Familie am Ufer des Yellowstone River gefunden. Sie wurden von kriegerischen Indianern mit mehreren Pfeilen getötet, die noch in den Körpern der Opfer steckten. Wahrscheinlich handelte es sich um aufständische Sioux, die sich weigern, mit den anderen Stämmen ins Reservat zu ziehen. Hier sei noch einmal darauf hingewiesen, dass die Lebensbedingungen in den Reservaten dringend verbessert werden müssen, wenn man das Indianerproblem dauerhaft in den Griff bekommen will. Der Tote wurde als Brad Scott identifiziert, ein Cowboy aus Cheyenne, die anderen Toten sind seine Frau Susan und sein Adoptivsohn Josey.«

Die Meldung erschütterte die Bürger von Cheyenne. Die meisten Bewohner hatten den Vormann der Double Diamond und seine Frau gekannt und wollten nicht wahrhaben, dass sie tot waren. Die Indianer hatten die meisten Menschen an der Union Pacific nicht mehr auf der Rechnung. Sie gehörten zu einer Vergangenheit, die mit der Eisenbahn verschwunden war. Aber nördlich von Cheyenne gab es keine Union Pacific, und die Sioux und Cheyenne waren noch lange nicht besiegt. Die Meldung in der Montana Post verhieß nichts Gutes, auch wenn in einer anderen Ausgabe gestanden hatte, dass Red Cloud und einige andere Häuptlinge nach Washington gebracht worden waren, um dort mit dem Präsidenten zu sprechen. Man wollte sie wohl einschüchtern, und Rose konnte sich gut vorstellen, wie das Häusermeer einer großen Stadt wie Washington auf sie wirken musste. Aber Red Cloud sprach nicht für alle Sioux und schon gar nicht für die Cheyenne. Es gab Crazy Horse, den Anführer der »aufständischen Wilden«, wie sie in manchen Zeitungen genannt wurden, und sie wusste, dass jeder Krieger einige Männer um sich scharen und auf den Kriegspfad gehen konnte. Die meisten Weißen verstanden das nicht, glaubten immer, dass es einen Häuptling gab, der für alle Krieger eines Volkes sprach. Das stimmte nicht.

Sie hielten einen Gottesdienst für die Toten ab, und einige Cowboys ritten nach Helena und legten ein Hufeisen auf den Gräbern ab. Rose wollte sie begleiten und wurde von Jesse Calhoun zurückgehalten. »Ich möchte dich nicht verlieren«, sagte er, und sie erkannte zum ersten Mal, dass er sie wirklich liebte. Als er die Worte sprach, lag ein sanfter Glanz in seinen Augen, wie sie ihn selbst bei Frank nur selten gesehen hatte. Seltsam, dass sie den Rancher immer mit dem Spieler verglich. Die beiden waren grundverschieden. Wahrscheinlich war Jesse Calhoun ein besserer Mensch, und es gab viele Frauen in Cheyenne, die gern mit ihr getauscht hätten, aber ihre Gefühle waren anderer Natur, und sie konnte sich nicht vorstellen, mit ihm das Nachtlager zu teilen. Er war ein väterlicher Freund, mit dem sie gern zusammen war, aber sie liebte ihn nicht. Frank begehrte sie mit Haut und Haaren, auch jetzt noch, und sie würde ihn leidenschaftlich küssen und lieben, selbst wenn er erst in einigen Jahren an ihre Tür klopfte. Sie wusste, dass Frank genauso fühlte.

Rose verzichtete auf den langen Ritt, schränkte aber auch ihre Besuche auf der Double Diamond ein und widmete sich einer neuen Aufgabe, zu der Thomas Dimsdale sie angeregt hatte. Der Ausgabe der Montana Post mit dem großen Bericht über eine Ärztin aus Boston, die für das Frauenwahlrecht eintrat, hatte ein Brief mit folgendem Inhalt beigelegen: »Rose, Sie sind eine erfolgreiche und selbstständige Frau.« Sie waren bei der respektvollen Anrede geblieben. »Wollen Sie zulassen, dass Frauen nicht mehr Rechte als Sklaven haben? Wollen Sie auch weiterhin zusehen, wenn ausschließlich Männer über jene Würdenträger entscheiden, die das Schicksal unseres Volkes bestimmen? Soll jeder Satteltramp sein Kreuz machen und über das Schicksal des weiblichen Geschlechts entscheiden dürfen? Wollen Sie zu den Frauen gehören, die willenlos alles hinnehmen, was die Männer entscheiden? Das kann ich mir nicht vorstellen, Rose! Sie sind eine resolute Frau! Sie sind stark genug, um es diesen Bauernsöhnen zu zeigen! Auch ich bin ein Mann, aber ich bin immer für die Rechte der Schwachen und Unterdrückten eingetreten, das wissen Sie, und die Frauen sind schwach, wenn sie nicht wählen dürfen! Kämpfen Sie für das Wahlrecht, Rose!«

Sie dachte lange über diesen Brief nach und hatte ihn schon beinahe vergessen, als eine hoch gewachsene Frau in der Hotellobby erschien und sie zu sprechen wünschte. »Ich bin Abigail Brown«, stellte sie sich vor, »und stehe der ›Liga für die Gleichstellung der Frau‹ aus Julesburg vor. Wir würden gern in Ihrem Hotel für das Wahlrecht der Frauen demonstrieren. Ich habe mir sagen lassen, dass Sie eine erfolgreiche Geschäftsfrau sind, und hoffe, dass Sie unser Anliegen unterstützen. Dürfen wir auf Sie zählen, Miss O'Malley? Wir würden die Versammlung gern am nächsten Samstag abhalten, da haben wir die meisten Zuhörer. Würden Sie uns einen Raum zur Verfügung stellen und vielleicht über ihre Erfahrungen als Geschäftsfrau sprechen? Sie wären uns eine große Hilfe, Miss O'Malley!«

»Rose«, verbesserte sie die etwas spröde Vorsitzende der »Liga für die Gleichstellung der Frau«, »ich heiße Rose und kann Ihnen versprechen, dass Ihre Veranstaltung ein voller Erfolg wird!«

Abigail Brown gehörte nicht zu den Frauen, nach denen sich die Cowboys auf der Straße umdrehten, und auch ihre Mitstreiterinnen ließen die Anmut vermissen, die dem weiblichen

Geschlecht üblicherweise zugeschrieben wurde. Sie waren ungeschminkt und kleideten sich wie die Siedlerfrauen, die über den Oregon Trail gekommen waren. Ihre Haare waren strähnig und zu strengen Knoten gebunden. Keine besonders gute Voraussetzung, wenn man Männer in hohen Stellungen von einer Sache überzeugen wollte. Der Bürgermeister, der Pfarrer und die anderen Würdenträger der Stadt erschienen nur zu der Versammlung, weil Rose sie persönlich eingeladen hatte. Der große Speisesaal des Hotels war bis auf den letzten Platz gefüllt, sogar einige Cowboys waren erschienen. Sie klatschten übertrieben, als Abigail aufstand und mit ihrem Vortrag begann. »... und deshalb habe ich nie wieder geheiratet, meine Damen und Herren, weil die Männer uns schlecht behandeln, jawohl!«
Rose hielt es nicht mehr auf ihrem Stuhl. Sie hatte eines ihrer schönsten Kleider angezogen und einige Wildblumen in ihre kunstvoll frisierten Haare gesteckt. Sie sah hinreißend aus. »Also, ich habe nichts gegen die Männer!«, schnitt sie der Rednerin das Wort ab. »Im Gegenteil, meine Liebe, die meisten Männer haben mich sehr gut behandelt, und ich kann mir nichts Schöneres vorstellen, als in den Armen eines Mannes zu liegen, den man liebt!« Ein Raunen ging durch das Publikum. So mutig hatte sich noch keine Frau öffentlich geäußert. »Aber ich gebe Ihnen Recht, es gibt da eine Sache, die ich den Kerlen nicht durchgehen lassen kann! Ich spreche nicht von den Ranchern und Cowboys, die tragen uns Frauen auf Händen!« Sie entdeckte Jesse Calhoun in der letzten Reihe und spürte, wie sie rot wurde. Sie fing sich schnell. »Ich meine die gestelzten Würdenträger in Washington, die sich anmaßen, über die Hälfte der Bevölkerung zu befinden, ohne dass sie diese

Menschen befragt haben! Ich meine die Kerle, die in der Regierung unseres Territoriums sitzen!«
Tosender Beifall brandete auf. Selbst die Männer waren begeistert, wie respektlos sie über die Regierung sprach. Sie sah, dass Jesse Calhoun schmunzelte. »Ich bin auf einer Farm aufgewachsen. Ich bin meinem Vater weggelaufen, weil er mehr wollte, als ich zu geben bereit war. Ich habe unter den Ärmsten der Armen in St. Louis gelebt und habe auf den Bällen eines reichen Schiffsbauers getanzt. Ich habe über einem Freudenhaus gewohnt und im Planwagen eines Siedlertrecks gelebt, und ich war drei Jahre bei den Indianern, ohne dass mir ein Haar gekrümmt wurde. Ich war mit den rauen Goldsuchern von Virginia City befreundet, und ich schätze einen Mann wie Jesse Calhoun und seine Männer, die sich einer Frau gegenüber wie Gentlemen benehmen. Ich habe nie einen Unterschied zwischen den Menschen gemacht, und ich glaube nicht, dass der liebe Gott wollte, dass wir Frauen weniger Rechte als die Männer haben! Aber ich will nicht gegen die Männer kämpfen!« Sie lächelte verführerisch. »Ich will mit ihnen zusammenarbeiten! Ich möchte, dass sie mit uns dafür kämpfen, dass alle Menschen in diesem Territorium wählen dürfen! Dafür möchten wir ihre Stimme, Gentlemen!«
Der Beifall wollte gar kein Ende nehmen. Abigail Brown setzte sich verwirrt zu ihren Mitstreiterinnen und überließ es Rose, die Veranstaltung zu einem guten Ende zu führen. Überrascht notierte sie, wie alle anwesenden Männer ihre Petition unterschrieben, und der Redakteur des Cheyenne Daily Citizen versprach, einen großen Artikel in ihrem Sinne zu schreiben. Er wollte den Wortlaut auch an die Montana Post in Helena übermitteln. »Ich bin beeindruckt«, sagte Jesse

Calhoun freundlich, als er Rose begegnete. »Darf ich mir erlauben, Sie zum Essen einzuladen?«
Rose verbrachte die nächsten drei Monate damit, für das Wahlrecht der Frauen zu streiten. Sie trug Abigail Brown und den anderen Damen auf, sich zu schminken und vorteilhafter zu kleiden, und ihre Mitstreiterinnen gehorchten, ohne zu zögern. Sie hatten gesehen, welchen Eindruck die hübsche Rose auf die Männer gemacht hatte. Ihre Ausdrucksweise würden sie nie übernehmen, dazu fehlte ihnen der Mut, aber sie wurden lockerer und kamen immer besser bei der Bevölkerung an. Rose steckte eine beträchtliche Summe in die Kampagne und stellte die Transportmittel für die langen Reisen zur Verfügung. Erst im Spätherbst kehrte sie erschöpft nach Hause zurück. Sie ließ sich einen Kaffee von Abigail bringen und sagte: »Wir schaffen es!«
Drei Wochen später kam die Nachricht über den Telegrafen: »Das Territorium von Wyoming führt das Wahlrecht für Frauen ein!« Kurze Zeit darauf folgte Montana. Die Montana Post titelte mit großen Buchstaben, und der Brief des Chefredakteurs war kurz, aber treffend: »Herzlichen Glückwunsch, Rose O'Malley!«

32

Der Winter des Jahres 1873 war besonders streng. Heulende Blizzards fegten über die Hochprärie und überzogen die Hügel mit Eis und Schnee. Die Union Pacific musste schwere Dampflokomotiven mit stählernen Kuhfängern einsetzen, um den Schnee von den Schienen zu schieben, aber es gab Tage, an denen selbst das nicht half. In der Stadt schaufelten die Männer den ganzen Tag. Der Wind pfiff um die Häuser, und die Kälte legte sich wie eine eisige Hand auf das Weideland. Zahlreiche Rinder waren in den Schneestürmen umgekommen, arbeitslose Cowboys zogen von einem Ort zum nächsten und bettelten um Nahrung, und der Besitzer einer kleinen Ranch hatte Bankrott angemeldet. Die Zeiten waren schlecht, auch für die Geschäftsleute in der Stadt, denn bei diesem Wetter gab es keine Besucher, und der Handel stagnierte. Die Sonne war oft tagelang nicht zu sehen, versteckte sich hinter drohenden Wolken, und als sie endlich durchbrach und den Frühling ankündigte, war es für zahlreiche Menschen, Tiere und Pflanzen zu spät.

Über vier Jahre waren vergangen, seit Rose für das Frauenwahlrecht gestritten hatte, und die Einwohnerzahl von Cheyenne hatte sich beinahe verdoppelt. Ihre beiden Hotels, der Laden und das Kaufhaus waren eine Goldgrube, obwohl das Vordringen der Zivilisation ins Stocken geraten war und der große Boom länger auf sich warten ließ, als sie angenommen hatte. Die Zeitungsberichte über vereinzelte Zwischenfälle im Indianerland hatten einige Geschäftsleute erschreckt und davon abgehalten, in Cheyenne zu investieren. Rose war das egal. Sie konnte nur gewinnen, selbst wenn nördlich der Schienen noch gegen die Indianer gekämpft wurde. Die Armee transportierte einen Teil ihres Nachschubs mit der Eisenbahn, und fast alle Offiziere stiegen im Cattleman's Cottage ab, wenn sie nach Cheyenne kamen. Sie mochten die streitbare Frau, die sie ständig daran erinnerte, dass Indianer auch Menschen waren und zumindest ein würdevolles Sterben verdient hatten. Aber Befehl war Befehl, sagten sie immer, und die Zivilisation kann man nicht aufhalten.

Im März brachte die Eisenbahn einen Brief aus St. Louis. Betty Gurley, die immer noch als Oberschwester, aber inzwischen in einem anderen Krankenhaus arbeitete, hatte geschrieben. Über dreizehn Jahre waren vergangen, seit Rose zum letzten Mal von ihrer Freundin gehört hatte.

Sie nahm den Brief, setzte sich neben den bullernden Ofen in ihrem Büro und begann zu lesen: »Meine liebe Rose, endlich habe ich mich aufgerafft und dir einen Brief geschrieben! Ich weiß, ich hätte dir längst antworten sollen, aber ich habe die Kriegsjahre auf den Schlachtfeldern verbracht und war bis 1869 auf einer Farm in Pennsylvania, um mich von den Schrecken des Krieges zu erholen. Es war furchtbar, Rose, und ich werde die Bilder der sterbenden Soldaten niemals vergessen! Sie waren so jung, noch halbe Kinder! Erst vor gut drei Jahren kehrte ich nach St. Louis zurück. Ich glaube, ich kann ohne diese Stadt nicht leben, obwohl sie sich während der letzten Jahre sehr verändert hat. Die Einwohnerzahl hat sich fast verdoppelt, und wir sind jetzt größer als Chicago. Am Stadtrand stehen große Fabriken, in denen Zucker hergestellt wird, und am Fluss türmt sich die Baumwolle in riesigen Lagerhäusern. Baumwolle ist wieder das große Geschäft. Das Mullanphy Hospital gibt es noch immer, und stell dir vor, sie hatten alle deine Briefe aufgehoben. Ich bewundere dich, Rose! Du hast alles geschafft, was du dir vorgenommen hast, und bist jetzt eine erfolgreiche Geschäftsfrau. Ich wünsche dir, dass Frank eines Tages zurückkehrt und dich heiratet. Obwohl ich das, wenn ich ehrlich bin, sehr bezweifle. Du weißt ja, ein Mann wie Frank ist nicht zum Heiraten geboren.

Ich arbeite jetzt im City General Hospital, einem fünfstöckigen Gebäude an der Fifth Street, und bin sehr zufrieden. Den reichen Mann aus New Orleans, den du mir immer gewünscht hast, habe ich nie getroffen, und die Jahre nach dem Krieg haben alle meine Ersparnisse aufgefressen, aber ich will mich nicht beklagen. Ich habe Arbeit und genug zu essen. Und ich habe von meinem Sohn gehört, der in Kalifornien etwas Gold gefunden hat und viele Jahre zur See gefahren ist. Er will nach St. Louis kommen! Er hat es nicht versprochen, aber ich lese es zwischen den Zeilen und bin voller Hoffnung. Werde ich ihn jemals wieder sehen? Wann sehen wir uns wieder? Seit es die Eisenbahn gibt, denke ich oft daran, nach Cheyenne zu fahren, um dich zu überraschen, aber ich bin nicht so unternehmungslustig wie du und habe Angst vor meiner eigenen Courage. Ich vermisse dich, Rose, und ich wünsche dir alles erdenklich Gute! Deine Betty.«

Rose ließ die Hand mit dem Brief sinken und starrte auf das Bild, das an der Wand hing. Das Gemälde eines jungen Künstlers, der in Cheyenne ausgestiegen war, um »echte« Cowboys zu malen, und seine Gemälde in ihrem Laden ausgestellt hatte. Die Geschäfte mit Bildern gingen nicht besonders gut, und sie hatte Mitleid für den jungen Mann empfunden und ihm die beiden schönsten Bilder abgekauft. Das andere Gemälde hing im Speisesaal, ein Dampfzug auf der offenen Prärie. »Es wird höchste Zeit, dass ich nach St. Louis fahre und sie besuche«, sagte sie, obwohl sie genau wusste, dass sie niemals fahren würde.

Sie blickte noch einmal in den Umschlag und fand einen kleinen Zeitungsausschnitt. »Erinnerst du dich an den Burschen?«, hatte Betty daneben geschrieben. Der kurze Artikel berichtete von einem Überfall auf einen Zug der Rock Island Line, der einem gewissen Jesse James, seinem Bruder Frank und ihrer Bande zugeschrieben wurde. »Mit einer Barriere aus Baumstämmen und Eisenstangen brachten sie den Zug zum Entgleisen. Dabei wurden der Lokführer und etliche Passagiere getötet. Jesse James, sein Bruder Frank und die anderen Outlaws entkamen auf ihren Pferden. Es wird vermutet, dass sie nach Missouri zurückgeritten sind und sich auf der heimatlichen Farm versteckt halten.«

Jesse James? Der Junge mit der Schiebermütze, der ihr geholfen hatte, von der Poor Farm zu fliehen? Sie musste grinsen, als sie ein Foto des jungen Verbrechers neben dem Artikel sah. Die Mütze war verschwunden, aber er sah immer noch so frech wie damals aus, und sie konnte sich nicht vorstellen, dass er einen Menschen umgebracht hatte. Zumindest nicht mit Absicht. Sie warf den Zeitungsausschnitt in den Ofen und trat ans Fenster. Auf der Hauptstraße kämpften sich die Fuhrwerke durch den Schnee. Ein Cowboy trug ein leichtes Mädchen über die Straße und verschwand im Double Decker neben der presbyterianischen Kirche. Der Bürgermeister hatte oft versucht, die Besitzer des Saloons zu überreden, in ein anderes Gebäude am Stadtrand zu ziehen, aber sie weigerten sich beharrlich. An der Hauptstraße ließen sich bessere Geschäfte machen, und weil die Besitzer regelmäßig eine stolze Summe spendeten, hatte auch der Pfarrer der benachbarten Kirche nichts einzuwenden.

An einem Sonntag im März nahm Rose eine Einladung auf die Double Diamond an. Die Freundschaft zwischen ihr und dem Rancher hatte sich vertieft, und sie waren jetzt wieder öfter zusammen. Er hatte niemals versucht, ihr nahe zu treten, hatte sie niemals umarmt oder geküsst, und auch sie hatte sich wie eine Lady verhalten, aber der sanfte Glanz in seinen Augen zeigte ihr, dass sich seine Gefühle nicht verändert hatten und er sie immer noch liebte. Sie verehrte und respektierte ihn und konnte sich sogar vorstellen, auf der Ranch zu wohnen. Er hatte sie nie gefragt. Wenn sie zusammen waren, und ihre Blicke sich trafen, wurde aus dem knorrigen Rancher ein schüchterner Junge, der nicht wusste, in welche Worte er seine Zuneigung fassen sollte, der immer Angst hatte, sie zu bedrängen oder in Verlegenheit zu bringen. Er war ein Mann der alten Schule, wie ihre Köchin sich ausdrückte, ein wahrer Gentleman, der hartgesottene Cowboys zur Räson brachte und vor einer schönen Lady in die Knie ging.

Johnny Kemp, der neue Vormann der Ranch, holte sie mit dem Zweispänner ab. Er war ein sehr schweigsamer Mann mit harten Gesichtszügen und einer gebogenen Nase, der bei Gettysburg gekämpft hatte und erst nach dem Bürgerkrieg in den Westen gegangen war. Er hatte auf einer Ranch bei Julesburg gearbeitet, bevor er sich auf der Double Diamond beworben

hatte. Der Krieg hatte ihm stark zugesetzt, und er war Jesse Calhoun sehr dankbar. »Die Pferde sind gesattelt«, sagte er, als er ihr vom Wagen half, »und die Köchin hat kaltes Huhn und Pfirsiche eingepackt.«
Jesse wartete bei den Pferden auf sie; er hatte die Lunchpakete bereits in den Satteltaschen verstaut. »Rose«, begrüßte er sie dankbar, und seine Augen wurden sanft, »ich habe dich lange nicht mehr gesehen!« Er legte eine Hand auf ihre Schulter und zog sie schnell zurück. Auch nach vier Jahren hatte er seine Schüchternheit nicht abgelegt. »Hast du Lust auf einen Ausritt?«
»Das weißt du doch«, antwortete sie erfreut. Sie begrüßte den schnaubenden Black Fire und sprang auf seinen Rücken. Mit ihrem Reitrock ritt sie wie ein Mann, nicht wie diese verwöhnten Ladies, die sie auf der Ausstellung in St. Louis gesehen hatte. »Es wird höchste Zeit, dass ich mir wieder mal den Wind um die Nase wehen lasse! Na, wer ist zuerst bei den beiden Cottonwoods!«
Sie trieb ihren Hengst mit einem Jauchzen an und sprengte aus dem Hof. Black Fire war ein vollblütiger Hengst, der den gestreckten Galopp ebenso genoss wie seine Reiterin und freudig wieherte, als sie am Fluss entlangritten. »Lauf, Black Fire! Lauf!«, feuerte sie den Hengst übermütig an. Jesse war drei oder vier Längen hinter ihr, riskierte nicht mehr so viel wie Rose und erfreute sich an der anmutigen Schönheit von Rose und Black Fire. Die junge Frau, die er begehrte, hatte viel mit dem Hengst gemeinsam. Die Schönheit, den Stolz, die Energie, die Entschlossenheit und das wilde Feuer in ihren Augen, wenn sie herausgefordert wurde. Ein solches Wesen konnte man begehren, aber nicht besitzen. Black Fire würde niemals

einen anderen Reiter dulden als sie, und auch Rose würde sich ihre Unabhängigkeit immer bewahren, selbst wenn sie verheiratet war.

Rose erreichte die Cottonwoods zuerst. Der Schnee spritzte unter den Hufen ihres Pferdes, als sie den Hengst auf der Hinterhand wendete. Ihre Wangen waren gerötet, und sie lachte. »Jesse! Wo bleibst du denn?« Sie schob den breitkrempigen Hut in den Nacken, den sie auf der Ranch trug, und tätschelte den Hals ihres Pferdes. »Das hat dir gefallen, Black Fire, nicht wahr?«

Der Rancher zügelte sein Pferd und stützte sich auf das Sattelhorn. Sein Atem gefror zu einer Nebelwolke, als er sagte: »Ich habe diese Ausritte vermisst, Rose! Du bist lange weg gewesen!«

»Einer muss sich doch um die Politik kümmern«, erwiderte sie scherzhaft, »allein hätte die Liga es nie geschafft.« Sie beruhigte den Hengst. »Du wirst sehen, Jesse, irgendwann bekommen wir eine Präsidentin, und dann wird es nie wieder Krieg geben!«

Jesse schmunzelte. »Ich hätte nichts dagegen, solange du nicht nach Washington gehst! Ich brauche dich, Rose!« Er wurde ernst und blickte lange in das breite Tal hinab, das sich vor ihnen nach Norden ausbreitete. Am Fluss, der mitten durch die Senke floss, weideten einige Rinder. »Da unten ist es passiert!«

Sie wusste sofort, was er meinte. »Deine Frau?«

Er nickte. »Sie war eine gute Reiterin. Das lag wohl daran, dass sie eine indianische Großmutter hatte. Eine Arapaho, glaube ich. Es war im Hochsommer, und wir folgten einigen Rindern, die in die Berge gezogen waren. Als wir zum Fluss galoppierten, trat ihr Pferd in einen Klapperschlangenbau, und sie wurde aus dem Sattel geschleudert. Sie prallte mit dem Kopf gegen einen Stein und brach sich das Genick. Sie war … sie war eine schöne Frau!«

»Du vermisst sie, nicht wahr?«

»Ich weiß, dass sie in guten Händen ist«, antwortete er. »Ich vermisse ihr Lachen und ihre Wärme und konnte jahrelang keiner anderen Frau in die Augen sehen. Dann kamst du, und ich empfinde zum ersten Mal wieder …« Er wusste nicht, wie er sich ausdrücken sollte. »Du bist anders als sie, Rose, ganz anders, aber du weckst dieselben Gefühle in mir. Willst du mich heiraten?«

Der Antrag kam so plötzlich, dass sie lange brauchte, um die Worte zu verarbeiten. Wahrscheinlich hatte er gar nicht vorgehabt, sie auszusprechen, das merkte sie an dem erschrockenen Ausdruck in seinen Augen. Er wagte nicht, sie anzublicken, sah ins Tal zu seinen Rindern hinab.

»Ich weiß nicht, Jesse«, erwiderte sie unsicher, »das kommt ziemlich überraschend. Ich fühle mich natürlich sehr geehrt. Du weißt, dass ich dich mag. Aber du musst mir noch etwas Zeit geben.« Ihre Worte klangen banal, aber ihr fiel keine andere Antwort ein. »Versprichst du mir das?«

»Natürlich, Rose. Alle Zeit, die du brauchst.«

Sie schüttelte die Verlegenheit ab. »Es ist kalt, Jesse! So einen kalten Winter habe ich noch nie erlebt! Lass uns noch ein bisschen reiten. Hinter den Hügeln sind wir noch nie gewesen.« Sie deutete auf die andere Seite des Flusses, wo das Land sanft anstieg und in zahlreiche Hügel zerfiel. Auf den Kuppen glänzten Schneeflecken. Die Sonne stand über den Bäumen und vertrieb die letzten Nebelschwaden. Der kühle Wind hatte nachgelassen.

»Heya«, feuerte sie den Hengst an, so wie es ein Krieger der tsis-tsis-tas tun würde. Sie ritt zum Fluss hinunter und lenkte ihn durch das knietiefe Wasser. Das Pferd schnaubte unwillig, als das kalte Wasser an seinen Flanken hochspritzte. Im gestreckten Galopp erklomm sie den ersten Hügel und griff dem Tier in die Zügel. »Das Land ist wunderschön«, sagte sie, als Jesse nachgekommen war, »so still und friedlich.« Sie blickte über die hügelige Prärie, die im Schatten vereinzelter Bäume immer noch mit Schnee bedeckt war und in der Frühlingssonne leuchtete. »Mond des leichten Schnees« nannten die Cheyenne den März.

»Ich wusste gleich, dass ich meine Weiden hier abstecken würde«, sagte er. »In New Mexico war es mir zu eng geworden. Ich mag das Land dort unten. Die Canyons, die Täler, die rotbraunen Felsen. Santa Fe ist eine wundervolle Stadt, und das Chili schmeckt göttlich!« Er blickte zufrieden über das weite Land. »Aber hier bist du freier! Das Land ist grenzenlos, und es gibt keine Zäune! Noch nicht! Dort unten verbarrikadieren sich selbst die Indianer. Sie leben in festen Häusern aus Lehm. Hier ist noch Platz, hier weht der Wind von einem Horizont zum anderen, und du kannst immer noch tagelang reiten, ohne einen Menschen zu treffen.«

»Du hast gegen die Indianer gekämpft, nicht wahr?«

Er nickte ernst. »Sie mochten mich nicht, obwohl meine Frau eine indianische Großmutter hatte. Aber sie ritt mit den Weißen. Ich dachte, hier wäre genügend Platz für uns alle, aber ich habe mich geirrt. Für die Indianer ist kein Platz mehr in diesem Land.«

»Ich weiß«, stimmte sie ihm zu.

Sie ritten langsam weiter, hingen ihren Gedanken nach, bis sie

zu einer Biegung des Flusses kamen und die Pferde zum Ufer führten. Jesse stieg ab, füllte seine Feldflasche und reichte sie Rose. Während sie trank, blickte er neugierig nach Norden.
»Hinter den Hügeln brennt ein Feuer«, sagte er leise. »Ich schaue besser mal nach, wer sich auf meinem Weideland breit macht.«
»Ich komme mit«, entschied sie.
Er zog seine neue Winchester aus dem Sattelschuh und lud sie durch. Sie folgte ihm in einigem Abstand. Sie ritten durch einen Einschnitt in den Hügeln und trafen auf ein Feuer, um das fünf Indianer saßen. Zerlumpte Gestalten in schmutzigen Decken, die Haare zerzaust und ohne Federschmuck. Nichts erinnerte mehr an die stolzen Krieger, die sie einst gewesen waren.
Jesse ließ erleichtert das Gewehr sinken. »Die tun uns nichts«, sagte er, »die kommen aus dem Reservat.« Er legte die Waffe quer über den Sattel, den Finger immer noch am Abzug. »Bleib dicht hinter mir! Man weiß nie!« Er zügelte sein Pferd und deutete auf das halbe Rind, das über dem Feuer briet. »Gibt es im Reservat nicht genug zu essen? Müsst ihr meine Rinder stehlen?«
»Wir haben nicht gestohlen«, sagte ein verwitterter Greis, der über hundert Jahre alt sein musste und sich auf einen Stock stützte. Seine weißen Haare hingen bis auf die Schultern. Er bewegte sich wie ein Blinder, schien kaum noch sehen zu können und wurde von drei Kriegern begleitet, die ebenfalls viele Winter gesehen hatten. »Wir haben uns nur genommen, was uns zusteht. Die Vehos haben die Büffel getötet, und der Große Geist hat uns die gefleckten Tiere geschickt, damit wir leben können.«

Rose blickte den alten Mann verwundert an und stieg aus dem Sattel. »Bleib sitzen!«, warnte Jesse, aber sie hörte nicht auf ihn. »Berührt-die-Wolken?«, fragte sie in der Sprache der tsis-tsis-tas. »Berührt-die-Wolken? Bist du das?« Sie ging auf den greisen Indianer zu und berührte seine Brust. »Berührt-die-Wolken! Du lebst! Ich bin Feuerfrau, die heilige Frau der Hügelleute! Ich bin gekommen, um euch zu helfen! Lasst uns die Pfeife rauchen!«

Sie klärte den verwunderten Rancher auf und eröffnete ihm, dass sie hundert seiner besten Rinder verschenken würde. »Ich werde diese Rinder bezahlen«, sagte sie. »Diese Indianer gehören zu meinem Volk, und ich möchte nicht, dass sie hungern!«

»Wer ist der alte Mann?«, fragte er beeindruckt.

»Er spricht mit den Geistern«, antwortete sie. »Er ist ein heiliger Mann. Von ihm habe ich die Geheimnisse des Lebens erfahren.«

Sie rauchten die heilige Pfeife, und sie erfuhr, dass Berührt-die-Wolken sein Volk verlassen hatte und mit den südlichen Cheyenne und den Frauen und Kindern ins Reservat gegangen war. Wolf-auf-dem-Hügel war bei Tashunka-witko, dem Lakota, der die Vehos endültig aus dem Land treiben wollte. »Ich weiß, es wird nicht gelingen«, meinte er traurig, »aber sie müssen es versuchen. Sie wollen als stolze Krieger auf die andere Seite gehen.« Berührt-die-Wolken lächelte. »Liebst du diesen Mann?«

»Nein«, erwiderte sie ehrlich, »ich verehre ihn!« Sie zögerte. »Er will mich heiraten, und ich weiß nicht, was ich antworten soll.«

»Bleibe bei ihm«, sagte der Alte, »er ist ein guter Mann!«

Sie rauchten die Pfeife und versprachen, einige Cowboys mit den Rindern zu schicken. »Ha-ho«, sagte Berührt-die-Wolken, als der Mann und die Frau auf die Pferde stiegen. Und Rose sprach das Wort, das höchste Ehrerbietung ausdrückte: »Eni-to-eme!«

33

Der Cheyenne Social Club eröffnete in einem zweistöckigen Gebäude an der Hauptstraße und wurde zum sichtbaren Indiz für den Wandel in der Stadt. Aus der »Hölle auf Rädern« war eine respektable Großstadt geworden, die es mit einigen Großstädten im Osten aufnehmen konnte. In die exklusive Gesellschaft des Clubs wurden nur wohlhabende Rinderbarone und versnobte Adlige aus dem fernen Europa aufgenommen. Jesse Calhoun gehörte zur ersten Gruppe und ließ es sich nicht nehmen, eine Ansprache vor den Gründungsmitgliedern zu halten, obwohl er den Cheyenne Social Club für eine Schnapsidee hielt. Die Räume des Clubs waren mit edlen Möbeln aus England ausgestattet, von den Decken hingen kristallene Kronleuchter, und der Küchenchef kam aus Kanada und sprach mit französischem Akzent. Die strenge Hausordnung besagte, dass niemand fluchen, kämpfen und beim Kartenspielen betrügen durfte, und sonntags waren sogar Glücksspiele verboten.

Rose kannte den Club nur von außen. Selbst angesehenen und erfolgreichen Frauen wie ihr war es verboten, die Männerdomäne zu betreten. Sie machte sich nichts daraus, dachte nicht einmal daran, eine Iniative wie für das Frauenwahlrecht ins Leben zu rufen. Sollten diese Angeber doch unter sich bleiben. Es würde noch hundert Jahre dauern, bis die Frauen dieselben

Rechte wie die Männer genossen, und selbst dann würde es eingebildete Gockel geben, die sich für etwas Besseres hielten. Jesse Calhoun gehörte nicht dazu. Er war dem Club aus politischen Gründen beigetreten, denn dort wurden Entscheidungen getroffen, die auch für ihn wichtig sein konnten. Er besaß eine der größten Ranches des Landes und wollte nicht, dass über neue Gesetze beraten wurde, ohne dass er davon erfuhr. Er teilte sein Wissen mit Rose, die andere Mittel und Wege kannte, um ihren Besitzstand in Cheyenne zu wahren.

Einer dieser Wege führte in die Büros der Union Pacific. Ihre Verträge mit der Eisenbahn waren immer noch gültig, und die verpachteten Unternehmen warfen einen großen Gewinn ab. Rose gehörte zu den besten Kunden der Bank und besaß Aktien zahlreicher Firmen, die fast alle erfolgreich waren. Es gab keine Frau im Territorium, die erfolgreicher war. Rose bildete sich nichts auf ihren Reichtum ein. Das viele Geld beruhigte, aber viel mehr Spaß machte es, dieses Geld zu verdienen. Sie war nicht raffgierig und hatte sich während der letzten Monate mehrmals mit Berührt-die-Wolken getroffen und ihm zahlreiche Geschenke gebracht. »Heute sehen wir uns zum letzten Mal«, sagte er im Mai 1876, wenige Tage nach ihrem vierunddreißigsten Geburtstag.

Sie blickte ihn neugierig an und wartete, bis er fortfuhr: »Wenn der Mond über den fernen Bergen aufgeht, werde ich auf die andere Seite gehen. Wolf-auf-dem-Hügel wird mit Tashunka-witko in eine große Schlacht gegen die Vehos reiten und viele Coups schlagen, aber die Zeit unseres Volkes geht zu Ende, und er wird diese Welt verlassen, bevor der Mond der Pflaumen begonnen hat. So will es der Große Geist, meine Schwester.«

»Wolf-auf-dem-Hügel muss sterben?«, fragte sie entsetzt. »Was hat das zu bedeuten, Onkel? Welche Schlacht meinst du?«

»Du wirst es erfahren, wenn es so weit ist«, erwiderte der greise Medizinmann. Er reichte ihr seine heilige Pfeife. »Nimm diese Pfeife und halte sie in Ehren, so wie wir die heiligen Pfeile in Ehren halten, und vergiss die wahren Menschen nicht! Ha-ho! Ich danke dir für alles, was du für unser Volk getan hast, Feuerfrau!«

Berührt-die-Wolken verschwand aus ihrem Leben, und sie ritt allein über die Prärie, um Abstand von der Wirklichkeit zu gewinnen und mit dem Großen Geist zu sprechen. Sie blieb vier Tage am Ufer eines schmalen Flusses, weit genug von Cheyenne und der Zivilisation entfernt, und dachte über das Schicksal der Indianer nach. Der Medizinmann hatte Recht, es gab nichts mehr, was die Cheyenne retten konnte. Sie waren dem Untergang geweiht, und nicht einmal ein großer Sieg gegen die weißen Soldaten würde daran etwas ändern. Die Zivilisation hatte gesiegt, und ihr schöner Traum war einer anderen Wirklichkeit gewichen.

Sie kehrte in die Stadt zurück und stürzte sich in die Arbeit, so wie sie es immer getan hatte, wenn sie von Kummer geplagt wurde. Einige Angestellte mussten angelernt werden, und ein Vertreter der Eisenbahn hatte sich angemeldet, um über eine Verlängerung der Pachtverträge zu verhandeln. Auf den Veranstaltungen der Academy of Arts, Sciences and Letters war ihre Anwesenheit erwünscht, und sie eröffnete Konzerte und Dichterlesungen. Sie interessierte sich für die schönen Künste, wenn ihr die Abende auch oft zu lang wurden. Am meisten amüsierte sie sich im Theater, das lustige, aber auch melodra-

matische Stücke spielte. Die hübsche Virginia Porter, die den Männern in Virginia City den Kopf verdreht hatte, trat niemals in Cheyenne auf; sie lebte an der Ostküste, in Boston oder Philadelphia, wie Rose von einem jungen Schauspieler erfuhr. Wenn sie an Virginia Porter dachte, wurde sie noch immer von Eifersucht geplagt, auch wenn Frank niemals mit der arroganten Lady ausgegangen war.
Die Abenteurer und leichten Mädchen verschwanden aus der Innenstadt und zogen sich ins Rotlichtviertel zurück. Lediglich der Double Decker blieb eine sündige Oase, nur wenige Meter von der presbyterianischen Kirche entfernt. Revolverschützen wie Jonathan Berryman waren nach Süden weitergezogen, in die Boomtowns nach Kansas, wo die texanischen Rinderherden in die Güterzüge verfrachtet und zu den Schlachthöfen nach Chicago gefahren wurden. Tollkühne Cowboys trieben die Herden über tausend Meilen lange Trails von Texas nach Kansas, trotzten Naturkatastrophen, Banditen und Indianern und ließen in hastig errichteten Rinderstädten wie Abilene und Dodge City ordentlich Dampf ab. Verglichen mit diesen Städten ging es in Cheyenne gesittet zu.
Rose dachte immer noch an Frank Catlow und nahm an, dass sich der Spieler in diesen Rinderstädten herumtrieb. Er war immer dorthin gegangen, wo Abenteuer und Gefahr warteten. In solchen Städten ließ sich am meisten Geld verdienen. Sie hatte oft nach ihm gefragt, aber niemals eine Auskunft bekommen. Aus Virginia City war er spurlos verschwunden. Rose zog sogar in Betracht, dass er von Indianern oder Banditen getötet worden war. Sie sehnte sich nach ihm, obwohl Jesse einen großen Teil ihres Herzens gewonnen hatte, aber ihre Leidenschaft brannte immer noch für den Spieler, und sie

wagte gar nicht daran zu denken, was geschehen würde, wenn er eines Tages in Cheyenne auftauchte. Ihr mühsam errichtetes Haus würde zusammenstürzen, wie in einem Wirbelsturm, der aus dem Nichts kam und mit unvorstellbarer Kraft über das bestellte Land fegte.

Jesse Calhoun schien ihre Gedanken lesen zu können und ging sehr rücksichtsvoll vor. Er bedrängte Rose nicht, hatte nie wieder von einer möglichen Heirat gesprochen und schien zufrieden zu sein, einen großen Teil seiner Zeit mit ihr verbringen zu können. Seine Zuneigung war vollkommen und ließ ihn niemals ungeduldig werden. Seltsamerweise war es Rose, die das stillschweigend vereinbarte Abkommen brach und an einem heißen Junitag des Jahres 1876 von einer Heirat sprach. Sie hielt es für eine Ironie des Schicksals, dass sie am selben Tag vom vernichtenden Sieg der vereinigten Sioux, Cheyenne und Arapaho am Little Bighorn erfuhr. Zwei Weissagungen von Berührt-die-Wolken gingen innerhalb weniger Stunden in Erfüllung.

Sie standen vor dem Ranchhaus und betrachteten den Sonnenuntergang, als Rose sagte: »Ich werde dich heiraten, Jesse!«

»Bist du sicher?«, fragte er verwundert.

»Ich habe jahrelang darüber nachgedacht, ist das nicht genug?« Sie griff lächelnd nach seiner Hand. »Ich möchte mit dir zusammenleben und mein Leben mit dir teilen, Jesse. Ich bin keine gewöhnliche Frau. Ich stehe nicht in der Küche, und ich wasche keine Unterhosen. Ich würde niemals auf meine Geschäfte verzichten. Selbst wenn ich deinen Namen annehme, bleibe ich die Rose O'Malley, die du vor einigen Jahren kennen gelernt hast. Wenn du damit leben kannst, will ich dich heiraten.«

»Aber du liebst mich nicht«, erwiderte er ungläubig.

»Ich mag dich, Jesse! Ich respektiere und verehre dich! Das ist mehr, als die meisten Männer von ihren Ehefrauen sagen können. Freundschaft ist wichtiger als Liebe. Ich weiß nicht, ob ich jemals im selben Zimmer mit dir schlafen kann, aber das bleibt unser Geheimnis, und für Kinder sind wir beide sowieso zu alt.«

»Du willst mich wirklich heiraten, Rose?«

»Ja«, antwortete sie.

Jesse lächelte und umarmte sie zum ersten Mal. Sie spürte seine raue Haut und seine kräftigen Muskeln, und sie fühlte seine spröden Lippen auf ihrer Stirn. Einige Tränen kullerten auf ihre Wangen. Sein heißer Atem berührte ihr Gesicht, und sie hörte, wie er sagte: »Ich werde dich auf Händen tragen, Rose!« Er war ein guter Mann. Er war stark und unbeugsam, wenn es verlangt wurde, und er zeigte eine liebenswerte Schüchternheit, wenn sein Gefühl angesprochen wurde. »Eines Tages wirst du mich lieben«, versprach er. »Wann möchtest du heiraten?«

»Am 4. Juli«, meinte sie entschlossen.

»Am Unabhängigkeitstag?« Er schmunzelte. »Das passt zu dir! Viel Zeit haben wir dann nicht mehr! Am besten fahren wir gleich in die Stadt und sagen dem Friedensrichter Bescheid! Ich muss einen Ring kaufen, und du brauchst ein Kleid, es gibt viel zu tun!«

»Wir schaffen das schon, Jesse!«

Sie verbrachten den ganzen Nachmittag mit ihren Vorbereitungen und aßen spätabends im Hotel. Kurz bevor der Rancher nach Hause fuhr und Rose auf ihr Zimmer ging, kam der Telegrafist aufgeregt ins Hotel gestürmt. »Custer ist tot!«, rief er aufgeregt. »Die Indianer haben seine ganze Einheit massakriert! Vor zwei Tagen am Little Bighorn! Crazy Horse hat ihn umgebracht!«

Crazy Horse war der amerikanische Name von Tashunka-witko, dem Kriegshäuptling der Oglala, der die vereinigten Sioux, Cheyenne und Arapaho in die Schlacht geführt hatte. Der legendäre Sitting Bull hatte in den Bergen gebetet. Die Krieger hatten den bekannten Offizier und über zweihundert Männer seines Regiments aufgerieben, und nicht nur die Montana Post wollte wissen, dass George Armstrong Custer die Alleinschuld an dieser Niederlage zuzuschreiben war. Ruhmsucht und Eitelkeit hatten ihn dazu getrieben, eine Übermacht von mehreren tausend Indianern anzugreifen und seine Soldaten in den Tod zu hetzen.

Andere Namen wurden nicht genannt. Rose las alle Zeitungen, die sie bekommen konnte, und fragte die Offiziere, die in Cheyenne aus dem Zug stiegen, aber niemand wusste, ob Wolf-auf-dem Hügel und seine Hundekrieger an der Schlacht teilgenommen hatten. »Wen interessiert das schon?«, fragte ein Lieutenant. Erst einige Jahre später sollte sie von Thomas Dimsdale erfahren, dass Wolf-auf-dem-Hügel unter den Toten gewesen und abseits des Schlachtfeldes bestattet worden war. Der Redakteur hatte es von einem Indianerscout der Armee erfahren.

Rose stimmte nicht in das allgemeine Wutgeheul ein. Sie lief allein in die Prärie hinaus und sang ein heiliges Lied, das sie bei den tsis-tsis-tas gelernt hatte. Schwarze Gewitterwolken hingen schwer und bedrohlich am Himmel und entluden sich in einem schweren Unwetter, das mit Blitz und Donner und kalten Windböen über den Ebenen tobte. Der Regen fiel sintflutartig vom Himmel, durchweichte ihr Kleid und fegte den Hut von ihrem Kopf. Der Knoten löste sich, und ihre Haare hingen klitschnass am Körper.

Der Große Geist sprach zu ihr und machte deutlich, dass der Sieg am Little Bighorn nur ein letztes Aufbäumen gewesen war. Die Weissagung des greisen Medizinmannes würde in Erfüllung gehen. Das Volk der tsis-tsis-tas war dem Untergang geweiht, und es gab nichts mehr, was die Indianer retten konnte. In den Black Hills, den heiligen Bergen der Lakota, war Gold gefunden worden, und unzählige Goldsucher und Abenteurer strömten in die Gebiete, die den Indianern vertraglich zugesichert waren, »solange Gras wächst und Wasser fließt«. Aber was waren Verträge wert, wenn es um Gold ging?

Der Tag ihrer Hochzeit rückte immer näher, und Rose hatte mit den Vorbereitungen alle Hände voll zu tun. Die Würdenträger der Stadt, sogar der Gouverneur und der Kommandant des nahen Forts wurden auf die Ranch eingeladen. Es war der Sommer der wechselnden Gefühle, und sie ahnte nicht, dass ihr die größte Überraschung noch bevorstand. Es geschah am Vorabend ihrer Hochzeit. Sie war gerade dabei, ihr kostbares Hochzeitskleid anzuprobieren, als die Tür aufging und ein Mann ungefragt ihr Zimmer betrat. »Rose O'Malley«, vernahm sie eine bekannte Stimme. »Und ich dachte immer, du wolltest mich heiraten! Wer ist denn der Glückliche?«

»Frank!« Sie starrte ihn an, als wäre er viele Jahre tot gewesen und an diesem Tage wieder auferstanden. Und irgendwie war es auch so. Er hatte sich kaum verändert, zeigte immer noch dasselbe unverschämte Grinsen wie damals, als sie ihn kennen gelernt hatte, und schien sich nicht im Geringsten daran zu stören, dass sie ein Hochzeitskleid trug und einen anderen

Mann heiraten wollte. »Frank Catlow! Mein Gott, wo kommst du denn her?«
»Texas«, antwortete er. »Hab in El Paso ein Vermögen gewonnen und in San Antonio alles wieder verloren!« Er nahm sie in die Arme. »Sag mir nicht, dass du einen anderen Mann liebst, Rose!«
»Nein, Frank! Das ist es nicht …«
Er verschloss ihren Mund mit einem langen Kuss. Er küsste sie mit einer Leidenschaft, die ihre Sinne vernebelte und ihre Welt auf den Kopf stellte, und ihr Atem wurde immer nervöser und hektischer. Frank war zurückgekehrt! Der Mann, dessen bloße Berührung sie aus der Fassung brachte und in ein Meer der Gefühle stieß, das über ihr zusammenschlug. Sie vergaß, dass sie ein Hochzeitskleid trug und heiraten wollte. Sie verlor den Verstand und versank in einem betäubenden Rausch, der sie aus der Wirklichkeit entführte und in einen bunten Traum entließ.
»Frank! Frank! Du bist wieder da!«
»Ich konnte nicht mehr ohne dich leben!«
Sie rissen einander die Kleider vom Körper, sanken auf das Bett und fielen ungestüm übereinander her. Seine Bewegungen waren fordernd, und seine Küsse taten weh, aber sie hatte bereits die Kontrolle über sich verloren und begegnete ihm mit wilder Entschlossenheit. Aus ihrer Liebe wurde Lust, angestaut in langen Jahren der Einsamkeit, und als sie gemeinsam den Höhepunkt erreichten, kam ein erlösender Schrei über ihre Lippen, und sie sank erschöpft und ausgepumpt auf die Laken. »Frank!«, seufzte sie. »Frank! Ich liebe dich! Ich liebe nur dich!«
Erst nach der dritten Vereinigung, als sie zum Waschtisch ging

und das Hochzeitskleid auf dem Boden liegen sah, wurde ihr klar, was sie getan hatte. Sie setzte sich auf den Bettrand und begann zu weinen. »Ich kann ihn nicht heiraten, Frank! Nicht, solange du hier bist! Ich liebe nur dich! Ich kann ihn nicht heiraten!«

Sie wusch sich den Schweiß vom Körper, zog sich an und dachte verzweifelt darüber nach, was sie tun sollte. Sie konnte nicht in Cheyenne bleiben. Sie brachte es nicht fertig, dem Rancher unter die Augen zu treten und ihm zu sagen, dass sie es sich anders überlegt hatte. »Warum bist du zurückgekommen?«, fragte sie den Spieler vorwurfsvoll. »Verdammt! Warum platzt du hier einfach rein und bringst mein ganzes Leben in Unordnung?«

»Ich musste dich sehen, Rose!«

»Was soll ich jetzt tun?«

Es klopfte an die Zimmertür. »Miss O'Malley«, rief Emily, die Köchin, »sind Sie zu Hause? Der Marshal will Sie sprechen! Ich habe ihn in die Halle gebeten. Kommen Sie runter, Miss O'Malley?«

»Natürlich, Emily. Ich komme gleich.« Sie trat vor den Spiegel und ordnete ihre Haare, drehte sich noch einmal zu dem Spieler um. »Wenn er deinetwegen gekommen ist, bringe ich dich um!«

Sie ging nach unten und trat dem Gesetzesbeamten lächelnd entgegen. »Guten Abend, Marshal! Was kann ich für Sie tun?«

Der Polizist wirkte ungewöhnlich ernst. »Tut mir Leid, dass ich Sie am Abend vor Ihrer Hochzeit stören muss, Miss O'Malley, aber ich habe heute einen neuen Steckbrief bekommen und wollte Sie fragen, ob der Mann vielleicht zufällig bei Ihnen abgestiegen ist. Reine Routine, Miss O'Malley!« Er zog den Steckbrief aus seiner Tasche und strich ihn auf der Kommode glatt. »Kennen Sie diesen Mann? Er soll eine Bank in Texas beraubt haben …«

Sie studierte den Steckbrief und musste sich an der Wand festhalten, damit sie nicht das Gleichgewicht verlor. Die Zeichnung des Verdächtigen war schlecht, aber man konnte erkennen, dass es sich um Frank Catlow handelte. Sein Name stand in großen Lettern darunter. »Gesucht wegen Bankraubes! $ 500 Belohnung!«

»Kennen Sie den Mann, Miss O'Malley?«

»Nein, Marshal! Ich …«

»Ist Ihnen nicht gut? Kann ich Ihnen irgendwie helfen?«

Sie fing sich wieder und zauberte sogar ein Lächeln auf ihr Gesicht. »Nein, Marshal, es ist alles in Ordnung! Ich bin nur ein bisschen nervös. Wegen morgen, Sie verstehen?« Sie reichte ihm den Steckbrief zurück. »Nein, ich habe den Mann nie gesehen!«

»Es hätte ja sein können …«

Der Marshal verabschiedete sich, und Rose stürmte in ihr Zimmer hinauf. Der Spieler lag angezogen auf dem Bett und blickte sie an. »Ärger?«, fragte er mit einem nervösen Lächeln.

»Du musst sofort verschwinden, Frank!«, erwiderte sie.

34

Rose öffnete den Wandschrank und holte ihre lederne Reisetasche heraus. Sie stopfte einige ihrer liebsten Kleider hinein, hielt plötzlich inne und blickte den Spieler nervös an. »Du hast doch niemand umgebracht, Frank? Du bist doch kein Mörder?«

»Nein«, erwiderte er, und in seinen Augen lag schon wieder die Andeutung eines Grinsens. »Ich hab ihn vom Stuhl gestoßen, mehr nicht! Was sollte ich denn machen? Der Kerl wollte mich erschießen. Dabei hatte ich nur eine Herz-Dame aus meinem Ärmel gezogen! Keinen Revolver und kein Messer! Eine harmlose Spielkarte! Ich wollte nicht betrügen, Rose, ich wollte mir die Karte lediglich vorschießen, und wenn dieser gemeine Kerl …«

»Du bist unmöglich!« Rose lächelte kurz, wurde aber gleich wieder ernst. Auf ihrer Stirn erschienen Sorgenfalten. »Sie suchen dich wegen Mordes, Frank! Ich verstehe nicht, wie du so gelassen bleiben kannst! Sie wollen dich vor Gericht stellen und aufhängen lassen! Meinst du, sie kaufen dir diese Lügen ab?«

»Aber ich habe ihn nicht umgebracht, Rose! Wirklich nicht!« Jetzt wurde er doch nervös. »Als ich aus der Stadt floh, war er noch am Leben! Wenn er tot ist, muss ihn ein anderer umgebracht haben!«

»Warum hast du dich nicht gestellt?«
»Weil der Kerl gesehen hatte, wie ich die Karte zog! Er und ein paar andere! Sie wollten mich wegen Falschspiels verhaften, stell dir das vor! Mich! Frank Catlow! Einen der besten Spieler westlich des Mississippi! Als ob ich so etwas nötig hätte! Bis zu diesem Abend hatte ich noch nie betrogen, und wenn ich nicht so viel Pech mit dieser verdammten Herz-Dame gehabt hätte …«
»Wir müssen weg, Frank!«, schnitt sie ihm das Wort ab. »Bevor der Marshal zurückkommt! Wir reiten über die Double Diamond, da sucht er uns bestimmt nicht! Beeil dich! Wir haben keine Zeit!«
Frank stieg vom Bett und griff sie an den Schultern. »Ich reite allein, Rose!«, erwiderte er bestimmt. »Du kannst nicht mitkommen!« Sie wollte sich von ihm lösen und weiterpacken, aber er hielt sie fest umklammert. »Hast du gehört, Rose?« Seine Stimme klang beschwörend. »Du musst hier bleiben! Ich möchte nicht, dass du dein Leben riskierst! Sie verhaften dich, wenn du mitkommst! Du würdest deinen Ruf und dein Geschäft verlieren!«
»Ich pfeife auf das viele Geld!«
»So darfst du nicht reden, Rose!«
»Was soll ich denn hier? Irgendwann würde ja doch herauskommen, dass wir uns kennen, und dann verhaftet mich der Marshal erst recht. Ich kann nicht bleiben, Frank! Ich kann nicht!«
Frank Catlow schob sie zur Seite und hütete sich, ihr in die Augen zu blicken. »Ich gehe allein«, wiederholte er entschlossen, »und es gibt niemanden, der mich daran hindern kann!« Er ging zum Fenster und drehte sich noch einmal um. »Wir sehen

uns wieder, Rose O'Malley«, fügte er mit einem milden Lächeln hinzu.
Sie war zu keiner Bewegung fähig, als er das Fenster nach oben schob und hinauskletterte. Sein Lächeln verschwand in der Dunkelheit. »Frank!«, wollte sie rufen, aber es wurde nur ein leises Schluchzen daraus. Sie lief zum Fenster und griff verzweifelt nach seinem Schatten. Sein dunkles Spiegelbild wurde immer größer, geisterte über die Hauswand und das erleuchtete Vorbaudach und verschwand in der Nacht.
Der märchenhafte Traum, der ihr noch vor wenigen Minuten eine neue Zukunft vorgegaukelt hatte, verschwand mit dem gedämpften Hufschlag in der Nacht. Nur der Duft seines Haarwassers hing noch in der Luft. Sie mochte es nicht besonders, aber jetzt war es das Einzige, was ihr von ihm geblieben war. Sie sank erschöpft auf ihr Bett. Wie oft hatte sie den Spieler schon gehen sehen! Schon nach ihrer ersten Begegnung war ihr klar gewesen, dass er sie immer wieder verlassen würde. Selbst ihre Liebe war nicht stark genug, um sie zu einem dauerhaften Paar zu machen. Er war kein Mann zum Heiraten, das wusste sie selber. Sie waren beide nicht bereit, ihren Lebensstil aufzugeben. Noch konnte sie sich nicht vorstellen, ihr Leben am heimischen Herd zu verbringen und Kinder großzuziehen. Sie waren beide zu egoistisch, um das zu tun, was die Gesellschaft von zwei Liebenden erwartete. Ihre Vereinigung war diesmal so intensiv gewesen, dass sie geglaubt hatte, das Schicksal überlisten zu können.
Sie wischte sich die Tränen vom Gesicht und schenkte sich einen Sherry ein. Der Alkohol löste den Speichel, der sich in ihrem Rachen festgesetzt hatte. Frank wurde wegen Mordes gesucht! Sie glaubte dem Spieler. Er hatte bestimmt keinen

Menschen umgebracht, dazu war er nicht fähig, aber das änderte nichts daran, dass er steckbrieflich gesucht wurde. Wenn das Gesetz ihn erwischte, kam er vor Gericht, und sie hatte in Virginia City erlebt, wie schnell die Menschen mit dem Hängen waren, wenn sie einen Mann für schuldig hielten. In der Goldgräberstadt waren etliche Mörder und Strauchdiebe von der Bürgerwache gehängt worden. Sie hatte niemals zugesehen, wenn ein Urteil vollstreckt wurde, auch wenn eine solche »Hängeparty« von vielen Menschen wie ein Volksfest gefeiert wurde, und sie hatte keine Lust dabei zu sein, wenn Frank an den Galgen gebracht wurde.

Sie war so damit beschäftigt, über Frank nachzudenken, dass sie ihr eigenes Schicksal vergaß. Erst als sie ihr Brautkleid über dem Sessel liegen sah, wurde ihr klar, auf was sie sich eingelassen hatte. Sie hatte den Mann, dem sie die Ehe versprechen wollte, in der Nacht vor der Hochzeit mit einem anderen Mann betrogen. Mit einem Falschspieler, der wegen Mordes gesucht wurde. Selbst wenn ihr frevelhaftes Vergehen nicht herauskam, konnte sie Jesse Calhoun nicht mehr in die Augen sehen. Dazu mochte sie ihn viel zu sehr. Sie liebte ihn nicht, aber sie mochte ihn und wollte ihm nicht wehtun. Ihr blieb nichts anderes übrig, als ebenfalls zu verschwinden, alles im Stich zu lassen, was sie sich mühsam aufgebaut hatte, und irgendwo neu zu beginnen.

Sobald ihr das klar war, verlor sie keine Zeit mehr. Sie wusch ihr Gesicht, band ihre offenen Haare mit einem Band zusammen und packte ihren wichtigsten Besitz in einen Koffer und die Tasche. In ihrem bequemsten Reisekleid ging sie nach unten. Sie fand Emily beim Aufräumen in der Küche und zwang sich zu einem Lächeln, als sie das erschrockene Gesicht ihrer

Köchin sah. »Ich muss dringend verreisen«, sagte sie knapp. »Sorge bitte dafür, dass der Wagen angespannt wird. Mein Koffer und die Taschen stehen oben in meinem Zimmer. Beeil dich bitte, ja?«

Emily hatte ihr ganzes Leben für »reiche Herrschaften« gekocht und war viel zu diskret, um sich ihre Verwunderung anmerken zu lassen. Wenn Rose O'Malley so ernst und einsilbig war, mitten in der Nacht aufbrach und mit dem vielen Gepäck nicht die Eisenbahn nahm, musste sie einen guten Grund dafür haben. »Natürlich«, erwiderte sie schnell, »ich lasse den Wagen hinter dem Haus anspannen und packe Ihnen etwas zu essen ein!«

»Danke, Emily«, meinte Rose, »ich bin gleich wieder da.«

Sie ging in ihr Büro und packte die wenigen persönlichen Dinge, die sich dort befanden, in ihre Reisetasche. Mit einem wehmütigen Blick auf den Kalender der Union Pacific, der einen schnaufenden Zug inmitten einer Büffelherde zeigte, griff sie nach Papier und Federhalter. Sie schrieb einen langen Brief an Jesse Calhoun, zerriss ihn wieder und beließ es bei einer kurzen Vollmacht, die den Rancher ermächtigte, über ihr Vermögen zu verfügen. »Wenn ich ein neues Zuhause gefunden habe, teile ich dir meine Bankverbindung mit«, schrieb sie den letzten Satz. Das klang reichlich unpersönlich, aber ihr fielen keine anderen Worte ein. Sie setzte ihren Namen unter die Zeilen, steckte den Briefbogen in einen Umschlag und schrieb Jesses Namen darauf. Sie strich den Brief mit der Hand glatt, als würde er dadurch persönlicher, und nahm einen Teil des Bargeldes aus dem Safe.

»Auf meinem Schreibtisch liegt ein Brief für Jesse Calhoun«, sagte sie zu Emily, als sie in den Flur zurückkehrte und sich

von ihr verabschiedete. »Lassen Sie den Laden nicht verkommen!« Ihr Lächeln verunglückte, und sie hätte am liebsten laut geweint.
»Ich passe schon auf«, erwiderte die Köchin. Sie spürte, dass ihre Chefin ein Geheimnis bewahrte, und verbarg nur mühsam ihre Neugier. »Ich wünsche Ihnen viel Glück, Miss O'Malley!«, sagte sie leise, als Rose auf den Kutschbock des Wagens kletterte. »Ich hab Ihnen etwas zu trinken und Sandwiches eingepackt!«
Rose nahm den Seiteneingang und stieg auf den Kutschbock. Ihr Gepäck war mit Riemen hinter dem Sitz festgebunden. Sie trieb die Zugpferde mit einem Schnalzen an und verließ die Stadt über Nebenstraßen. Sie wollte nicht, dass der Marshal oder ein anderer Mann sie im Schein der Laternen erkannte. Seltsamerweise fühlte sie sich in diesem Augenblick an die Nacht erinnert, als sie im Schein des Vollmonds von zu Hause weggelaufen war. Jetzt war nur eine dünne Sichel zu sehen. Sie lächelte widerwillig. Damals war sie vor einem Menschen weggelaufen, der ihre Liebe und ihr Vertrauen missbraucht hatte. Diesmal lief sie vor sich selbst davon. Vor sich selbst und einem aufrechten Mann, den sie auf niederträchtige Weise hintergangen hatte. Es blieb ihr gar nichts anderes übrig, als ihn zu verlassen, auch wenn für die Hochzeit schon alles vorbereitet war. Aber sie würde ihn mehr verletzen, wenn sie blieb. Sie musste verschwinden und an einem anderen Ort von vorn beginnen. Wo das sein würde, wusste sie nicht. Irgendwo im Westen. Sie würde der Sonne folgen, so wie sie es immer getan hatte.
Rose wusste ganz genau, dass ihre überstürzte Abreise am nächsten Morgen in aller Munde sein würde, selbst wenn Emily diskret blieb, aber das war ihr egal. Sie brauchte nur ein

paar Minuten, um möglichst ungesehen aus der Stadt zu kommen. Sobald sie in der Dunkelheit untergetaucht war, konnte ihr niemand etwas anhaben. Niemand würde ihr beweisen können, dass sie Frank Catlow zur Flucht verholfen hatte, und selbst wenn der Marshal auf die Idee kam, ihr nachzureiten, hatte er keine Handhabe gegen sie. Sie hatte nichts verbrochen und konnte immer behaupten, dass der Spieler sie nur gezwungen hatte. War die Tatsache, dass sie in eine andere Richtung ritt, nicht der beste Beweis?

Rose lenkte die Zugpferde an den letzten Häusern vorbei, trieb sie in die nahen Hügel hinauf und stieß einige Meilen hinter der Stadt auf die Kutschenstraße. Ihr Gewissen quälte sie. Sie beging zwei Fehler auf einmal: Sie verriet den Mann, dem sie die Ehe versprochen hatte, und ließ den Spieler im Stich, den sie von ganzem Herzen liebte. Außerdem rannte sie vor den Menschen davon, die auf sie angewiesen waren, und das alles nur, um ihre eigene Haut zu retten. Was war plötzlich in sie gefahren? Warum verteidigte sie Frank Catlow nicht gegen das Gesetz, wenn sie von seiner Unschuld überzeugt war? Warum erzählte sie Jesse Calhoun nicht die Wahrheit? Was war aus Feuerfrau geworden?

Sie griff den Pferden so plötzlich in die Zügel, dass eines der Tiere wiehernd auf der Hinterhand hochstieg, und blieb gedankenverloren in der Dunkelheit sitzen. Der Mond verbreitete kaum Licht. Sie atmete die kühle Nachtluft ein und haderte mit dem Schicksal. Eine Indianerin hätte irgendwo in der Einsamkeit gefastet und gebetet, bevor sie eine Entscheidung getroffen hätte. Sie war in Virginia City und Cheyenne wieder zu einer Weißen geworden, die überhastet handelte und die Geister beleidigte. »Was soll ich tun?«, fragte sie ver-

zweifelt. »Soll ich dem Mann unter die Augen treten, den ich verletzt habe? Soll ich einem Falschspieler nachfahren, den ich niemals heiraten werde? Warum hilfst du mir nicht, Maheo?«
Sie bemerkte den einsamen Reiter erst, als er neben ihr auftauchte, und griff nach ihrem Gewehr. »Rose«, meldete sich eine raue Stimme, »ich wollte dich nicht erschrecken.« Sie ließ das Gewehr sinken. »Ich wusste, dass ich dich hier treffen würde.«
»Jesse! Du hast auf mich gewartet?«
»Ich wollte dich unbedingt sehen.«
»Aber …«
»Ich weiß, dass du mich nicht heiraten kannst. Irgendwie habe ich es immer gewusst. Ich hatte gehofft, dass es anders wäre. Aber die Hoffnung, dass aus unserer Freundschaft wahre Liebe werden könnte, existierte nur in meiner Einbildung. Es war ein schöner Traum, der nie in Erfüllung gehen konnte. Ich habe ihn gern geträumt, denn ich liebe dich über alles.« In seinen Augen lag tiefer Schmerz. »Du liebst einen anderen Mann, nicht wahr?«
Sie wusste nicht, was sie antworten sollte.
»Ich weiß, dass es so ist. Dieser Mann hat immer zwischen uns gestanden, das habe ich gespürt. Ihn liebst du wirklich. Mag sein, dass er ein Taugenichts ist, denn sonst hätte er dich längst geheiratet, aber du liebst ihn. Es war nicht recht von mir, auf deinen Antrag einzugehen.« Er hielt sich mit beiden Händen am Sattelhorn fest und blickte über die Hügel, die bereits zu seiner Ranch gehörten. »Ich möchte, dass wir Freunde bleiben, Rose. Ich möchte, dass alles so wird wie früher. Und wegen der Hochzeit tischen wir den Leuten irgendeine Lügengeschichte auf …«

»Ich verlasse die Stadt«, sagte sie traurig. »Ich kann hier nicht wohnen bleiben. Es tut mir Leid, Jesse! Ich habe dich betrogen und schäme mich dafür, dir die Unwahrheit gesagt zu haben, aber auch ich habe gelaubt, dass aus unserer Freundschaft wahre Liebe werden könnte. Das musst du mir glauben! Ich wollte dich nicht verletzen. Wir sind aus demselben Holz geschnitzt. Ich wollte eine gemeinsame Zukunft für uns.« Sie atmete den würzigen Duft des Salbeis ein und wagte ein Lächeln. »Weißt du, was meine Freundin in St. Louis über den Mann gesagt hat, von dem du gesprochen hast? Das ist kein Mann zum Heiraten! Ich werde ihn niemals heiraten, Jesse, aber ich komme nicht von ihm los.«

»Du brauchst nicht davonzulaufen«, versuchte er, sie umzustimmen. »Niemand wird erfahren, worüber wir gesprochen haben. Es wird alles wieder wie früher, Rose. Bleib in Cheyenne!«

»Das geht nicht, Jesse.«

Der Rancher erkannte, dass sie fest entschlossen war, die Stadt zu verlassen, und fügte sich in sein Schicksal. »Wirst du nach Westen gehen, Rose?«, fragte er in die plötzliche Stille.

»Wahrscheinlich.«

»Im Westen liegt die Zukunft, sagen die Leute von der Eisenbahn. Durch den Goldrausch ist San Francisco eine bedeutende Stadt geworden. Da gibt es große Fabriken und Kaufhäuser. Geh nach San Francisco, raten sie mir, da kannst du richtig Geld machen! Das Rindergeschäft wird nicht ewig halten.« Das Mondlicht berührte sein Gesicht und enthüllte ein verlegenes Lächeln.

»Auf meinem Schreibtisch liegt eine Vollmacht für dich, Jesse«, erwiderte sie geduldig. Sie verstand seinen Schmerz. »Ich möchte dich bitten, meine Immobilien zu verkaufen. Ich schreibe dir beizeiten, auf welche Bank du das Geld überweisen kannst.«

»Dann weiß ich wenigstens, wo du wohnst«, unternahm er den zaghaften Versuch, sie weiter an sich zu binden. Sein Lächeln wirkte traurig. »Vielleicht können wir uns mal sehen. Ich meine, in ein paar Jahren. Die Zeit heilt alle Wunden, heißt es.«

»Ich schreibe dir.«

»Bestimmt?«

»In ein paar Jahren.«

Rose war dankbar für die Dunkelheit, die über dem Weideland hing und sie wie schützender Nebel umgab. Sie griff nach den Zügeln und schluckte ihren Schmerz. »Auf Wiedersehen, Jesse. Ich kann nicht erwarten, dass du mir verzeihst, aber ich möchte, dass du glücklich wirst. Versprich mir, dass du mich vergessen wirst.«

»Leb wohl, Rose.«

Sie nahmen beide an, dass es ein Abschied für immer war, und hörten nicht auf die geheimnisvollen Stimmen, die im Rauschen des Windes und im Rascheln des Grases zu hören waren. Der Große Geist sprach noch immer zu der weißen Frau, die bei den tsis-tsis-tas gewesen war, aber Rose achtete nicht darauf und trieb weinend die Zugpferde an. Sie blickte sich nicht mehr um.

35

Während der nächsten beiden Jahre dachte Rose oft an St. Louis zurück. Die geschäftige Stadt am Mississippi war ihre Heimat, obwohl sie nur dafür gearbeitet hatte, möglichst schnell nach Westen zu ziehen. Sie hatte es nicht einfach gehabt, hatte hart gearbeitet und war in die Straßenkämpfe zwischen Amerikanern und Ausländern verwickelt worden, sogar in einem Heim war sie gewesen, und doch hatte sie in St. Louis eine Geborgenheit gekannt, die ihr auf ihrer rastlosen Wanderschaft durch den Westen immer gefehlt hatte. Das Haus des deutschen Schiffsbauers war ihr Zuhause gewesen. John Friedrich Schultz hatte ihr den Vater ersetzt, und mit der Oberschwester hatte sie alle Probleme besprechen können. Sie hatte ein Ziel gehabt, immer gewusst, für was sie arbeitete. Wenn sie jetzt die Augen schloss, hörte sie noch immer das Tuten der Raddampfer.

Wenn sie allein in einem Hotelzimmer oder auf einer Veranda saß, wenn sie an irgendeinem Bahnhof auf einen Zug wartete oder in einer holpernden Kutsche fuhr, dachte sie manchmal daran, nach St. Louis zurückzugehen, um dort das neue Leben zu beginnen, nach dem sie sich sehnte. Aber der Gedanke verflog so schnell, wie er gekommen war. Es brachte nichts, die Zeit zurückzudrehen. St. Louis hatte sich verändert, war zu einer Großstadt wie Boston oder New York geworden, und die große Zeit der Raddampfer war auch vorbei. Darüber hatte sie in der Zeitung gelesen. Das neue St. Louis hatte kaum noch was mit der Stadt zu tun, die sie einmal gekannt hatte. Wahrscheinlich würde sie sich in dem Häusermeer verirren. John Friedrich Schultz war sicher weggezogen, und wer konnte sagen, ob sie sich mit Betty Gurley noch verstand? Zu viele Jahre waren vergangen, zu viel war in letzter Zeit geschehen. Es hatte keinen Sinn, in die Vergangenheit zu fliehen. Sie musste nach vorn blicken, das hatte sie immer getan. Nur wenn sie der Sonne folgte, würde sie das Paradies finden, das sie in ihren Träumen sah.

Rose zog von einer Stadt zur nächsten, blieb nirgendwo lange genug, um Wurzeln zu fassen. Sie war auf der Flucht vor ihrem eigenen Schatten und suchte nach dem Horizont, der hinter den Hitzeschleiern über der Prärie zu ertrinken drohte. Sie schrieb dem Rancher keinen Brief, obwohl sie das Geld dringend brauchte. Sie hätte auch gar nicht gewusst, welche Adresse sie angeben könnte, und lebte nur noch für ihre Geschäfte. Die Arbeit lenkte ab. In Colorado investierte sie ihr letztes Bargeld in eine neue Eisenbahnlinie, die über die Berge im Südwesten gebaut werden sollte, und gewann ein kleines Vermögen, als Gold in den nahen Bergen gefunden wurde und die Aktien der Gesellschaft um ein Vielfaches stiegen. In Texas eröffnete sie einen Drugstore und verkaufte ihn zwei Monate später, weil ihr das aufdringliche Werben eines Saloonbesitzers auf die Nerven ging. Sie schob ihre quälende Unrast auf die Schuldgefühle, die sie seit ihrer Abreise aus Cheyenne quälten. Jesse Calhoun wäre ein guter Ehemann gewesen. Vielleicht hätte sie den Rancher doch heiraten sollen. Sie war wütend auf Frank Catlow, weil er sich in ihr neues Leben gedrängt hatte, und sie verfluchte ihn, obwohl sie sich mit jeder Faser ihres Körpers nach ihm sehnte. Sie bekam nicht heraus, ob man ihn geschnappt hatte.

»Sie sind eine harte Verhandlungspartnerin«, hatte der Abgesandte der Eisenbahnlinie in Colorado gesagt, als sie ihre Anteile abgestoßen hatte, »wo haben Sie das gelernt?« Er hatte keine Antwort erwartet, und sie hätte ihm keine geben können. Ihr Talent war angeboren, so wie die Fähigkeit, mit Zahlen umzugehen, und es bereitete ihr Vergnügen, ein Geschäft aus dem Boden zu stampfen oder eine günstige Gelegenheit zu erkennen und sie zu nutzen. Viel gründete auf Information. Sie las alle Zeitungen, die sie in die Hände bekam, unterhielt sich mit Bankiers und Redakteuren und war besser informiert als die meisten ihrer Geschäftspartner. Der Nervenkitzel, den sie bei einer Investition empfand, war immer noch zu spüren, auch wenn sie mit ihren Gedanken oft woanders war und abgelenkt wurde.

Auch deine Träume sind wahr, hatten die Indianer gesagt, und wenn das stimmte, verwirklichte sie nur einen Teil. Sie blieb nirgendwo lange genug, um Freunde zu finden. Es gab keine vertrauten Gesichter mehr. Sie wohnte in Hotels und Pensionen, blieb in keiner Stadt länger als zwei Wochen und lebte nur noch von der Erinnerung an die Menschen, die sie in St. Louis, in Virginia City, in Cheyenne und bei den Indianern kennen gelernt hatte. Ihre indianischen Freunde waren wahrscheinlich alle tot, und die anderen lebten in der Vergangenheit. Die Menschen, denen sie begegnete, behandelten sie mit Respekt, aber sie sahen in ihr nur die erfolgreiche Geschäftsfrau. »Irgendwann wirst du Präsidentin«, hatte Jesse Calhoun gesagt.

Aber niemand interessierte sich für ihre Gedanken und Probleme. Ihre Unzufriedenheit wurde immer größer, und in ihren Träumen tauchten die bösen Geister auf, die sie bei den Indianern gekannt hatte. Vielleicht fuhr sie deshalb nach Osten. Zum ersten Mal in ihrem Leben zog sie der Sonne entgegen, eine verzweifelte Tat, um ihrem Leben neuen Halt zu geben. Ein Angestellter der Eisenbahn hatte ihr den Tipp gegeben, in Dodge City zu investieren. Die kleine Stadt lag in Kansas, direkt an der Eisenbahn, und war zum Zielpunkt der großen Rinderherden geworden, die von Texas heraufgetrieben wurden. »Eine Goldgrube«, wie er sich ausdrückte, »dort können Sie was bewegen!«

Ihr erster Eindruck von der Stadt war eher enttäuschend. Der Zug hielt mitten auf der Hauptstraße, die hier Front Street genannt wurde und nur einseitig bebaut war, und der Staub hing wie feiner Nebel über den Häusern. Sie wurde an das Cheyenne der ersten Jahre erinnert. Es gab Saloons wie den Long Branch und Beatty & Kelly, und auf der anderen Seite der Schienen breitete sich ein Rotlichtviertel aus, das selbst tagsüber von liebeshungrigen Cowboys und leichten Mädchen bevölkert war. Viele Gebäude machten den Eindruck, als seien sie noch nicht fertig gestellt, auch auf der Front Street und in den Seitenstraßen erkannte sie hastig errichtete Baracken. Das Schnauben der Dampflokomotive und das Quietschen der Räder, als der Zug anfuhr, vermischten sich mit dem Gebrüll vieler tausend Rinder, die in den Corrals hinter dem Bahnhof standen und auf den Transport in die Schlachthöfe im Osten warteten.

»Willkommen in Dodge«, hörte sie die Stimme eines Mannes. »Darf ich Ihnen behilflich sein?« Er nahm den Koffer und die

Tasche und deutete auf ein unscheinbares Hotel am Ende der langen Front Street. »Ich kann Ihnen das Dodge House empfehlen!«

So lernte sie den legendären Wyatt Earp kennen, über den man viele Jahre später sogar ein Buch schreiben würde. Er trug den Stern eines Assistant Marshals und wirkte ungemein selbstsicher, fast schon arrogant. Sein höfliches Lächeln war nur um die Mundwinkel, aber nicht in seinen Augen zu erkennen. In dem Buch würde stehen, dass diese Augen so kalt wie Gletschereis waren. Ein kitschiger Vergleich, der aber zutraf und der Grund dafür zu sein schien, dass er selten einen Revolver benutzte, wenn er einen aufsässigen Cowboy hinter Gitter brachte. Er starrte sie einfach nieder, wie ein Dompteur, der einen Berglöwen fixierte. Rose war von diesen geheimnisvollen Augen fasziniert und sagte sofort zu, als er sie zum Abendessen einlud. Es war immer gut, einflussreiche Leute zu kennen.

Wyatt Earp kleidete sich vornehm. Er trug die weißesten Hemden, die sie je bei einem Mann gesehen hatte, und trimmte seinen buschigen Schnauzbart, als würde er für eine Fotografie posieren. Die Leute begegneten ihm mit Respekt, auch im Dodge House, und der Kellner mit der langen weißen Schürze verbeugte sich höflich, als der Marshal und Rose das Lokal betraten. »Ich kann mich nicht erinnern, jemals eine so schöne Frau in unserer Stadt gesehen zu haben«, sagte der Marshal nach den ersten Bissen. Seine Mundwinkel verzogen sich zu einem angedeuteten Lächeln. »Darf ich fragen, was Sie nach Dodge führt?«

»Geschäfte«, antwortete sie knapp. Sie blickte dem Marshal in die Augen und machte ihn verlegen. Die meisten Menschen wichen seinem Blick aus. »Ich habe mir sagen lassen, dass in dieser Stadt einiges in Bewegung geraten ist. Sogar die Denver Post hat Dodge erwähnt. Stimmt es, dass die Rancher ihre Rinder von Texas herauftreiben, weil es dort keine Eisenbahn gibt?«

»Seit einigen Jahren«, bestätigte Wyatt Earp, »zuerst nach Abilene und jetzt nach Dodge City. Hier bringen die Rinder den fünffachen Preis. Die Schwierigkeit besteht darin, heil hier anzukommen. Unterwegs kann viel passieren. Viehdiebe, Indianer, Gewitter. Diese Cowboys sind harte Burschen.« Er zwirbelte seinen Schnurrbart. »Interessieren Sie sich für das Rindergeschäft?«

»Ich interessiere mich für alle Geschäfte. Bin ich zu spät?«

»Kommt darauf an, was Sie vorhaben.«

Sie lehnte sich zurück und blickte den Marshal lange an. Seine Kleidung war teuer, und sein Duftwasser verriet ihr, dass er großen Wert auf seine Erscheinung legte, nicht nur gegenüber Frauen. »Sie sehen wie ein Mann aus, der eine günstige Gelegenheit beim Schopf packt, Mr. Earp. Das Gehalt eines Marshals ist nicht besonders hoch. Ich nehme an, Sie haben sinnvoll investiert.« Sie blickte nach draußen. »Eine Spielhölle?«

»So was Ähnliches«, räumte er amüsiert ein. »Aber dazu würde ich Ihnen nicht raten. Es gibt hundert andere Möglichkeiten, in Dodge zu Geld zu kommen.« Er wischte sich den Mund mit der Serviette ab. »Es sei denn, Sie treten als stille Teilhaberin auf. Hier eröffnet jeden Tag ein neues Unternehmen.« Diesmal war das Lächeln in seinen Augen zu erkennen. »Oder wollen Sie ins Rindergeschäft einsteigen? Das ist ein harter Männerjob …«

»Vielleicht sollte ich es gerade deshalb versuchen«, meinte sie.

Eine Woche später kaufte Rose sich in den Viehverladebahnhof ein. Sie erwarb die Anteile eines reichen Bankiers aus dem Osten, der nicht mehr an das große Geschäft glaubte und sein Geld anderweitig unterbringen wollte. Sie machte kein Hehl aus der Transaktion, ließ sich sogar vom Redakteur der Dodge City Times interviewen und hatte auch nichts dagegen, fotografiert zu werden. Rose war überrascht, wie gut sie auf dem Bild zur Geltung kam. »Sie sehen hinreißend aus, Ma'am«, sagte Wyatt Earp.

Sie hatte längst herausgefunden, dass er mit einer gewissen Mattie verheiratet war, und wollte ihm vorhalten, wie unpassend sie seine Komplimente fand, aber es kam kein kritisches Wort über ihre Lippen. Stattdessen lächelte sie zufrieden. Mattie war zehn Jahre jünger als sie, eine hübsche, aber eingebildete Frau aus dem Süden, die sich mit ihrer arroganten Art überall unbeliebt machte und es verdient hatte, einen Dämpfer zu bekommen. Rose hatte sich nichts vorzuwerfen. Sie war lediglich mit dem Marshal zum Essen gegangen und hatte mit ihm über das Geschäft gesprochen. Soll sie ruhig denken, dass ich was mit ihm habe, dachte sie schadenfroh, das holt sie wieder auf den Boden zurück. Rose konnte Frauen nicht ausstehen, die von der gesellschaftlichen Stellung ihres Mannes profitierten und nichts Besseres zu tun hatten, als mit ihrer Jugend zu kokettieren.

Ihre Investition machte sich schon nach wenigen Monaten bezahlt. Das Rindergeschäft überstieg alle Erwartungen, und es wurden so viele Herden in Dodge City verladen, dass nicht nur Rose einen großen Gewinn einstreichen konnte. Die ganze Stadt profitierte von dem Boom. Die Hotels waren ausgebucht, in den Läden stapelten sich die Waren, und in den

Saloons und Spielhallen floss der Whiskey in Strömen. Rose lebte auf und fand wieder Gefallen am Leben. Bei Jesse Calhoun hatte sie viel über Rinder gelernt, und es bereitete ihr großes Vergnügen, die Rancher und Cowboys mit ihrem Fachwissen zu überraschen.

Wenn eine Herde kam, stand sie auf der ersten Sprosse des Corralzauns und jauchzte vor Vergnügen, sobald die Rinder in die Umzäunung getrieben wurden. Sie mochte den Geruch der Tiere, selbst wenn manche Leute sagten, dass sie stanken, und schätzte die ungestüme Art der texanischen Cowboys, die gleich nach der Ankunft schießend über die Front Street ritten und sich in den Saloons austobten. Die Stimmung war weniger aggressiv als im Cheyenne der frühen Jahre, als sich Revolvermänner und Abenteurer erbitterte Auseinandersetzungen auf der Hauptstraße geliefert hatten. Wyatt Earp und die anderen Polizisten sorgten dafür, dass die Cowboys nicht über das Ziel hinausschossen.

Rose steckte einen Teil ihres Gewinns in einen Drugstore, den sie an einen jungen Geschäftsmann aus Wichita verpachtete. Sie sammelte Heilkräuter und pries ihre Medizin wie ein Wunderdoktor an, aber die Cowboys waren harte Burschen, die nach dem Treck mit Whiskey und leichten Mädchen zufrieden waren und keine andere Medizin brauchten. »Vielleicht sollte ich doch in einen Saloon investieren«, sagte sie zu Wyatt Earp. »Ich glaube, mit Spielkarten und Whiskey ist in Dodge am meisten Geld zu verdienen.« Sie dachte an den Mann, der immer noch in ihren Träumen auftauchte, und wurde nachdenklich. »Ich kannte auch mal einen Spieler. Er hieß Frank Catlow. Kennen Sie ihn?«

»Frank Catlow?« Er runzelte die Stirn. »Sein Name stand auf

einem Steckbrief. Ich glaube, er hat zwei Jahre wegen Falschspiels bekommen. Oder hatte er was anderes verbrochen? Ich kann mich nicht erinnern. Ich weiß nur noch, dass fünfhundert Dollar gezahlt wurden – tot oder lebendig.« Er blickte sie erstaunt an. »Seit wann haben Sie mit solchen Strauchdieben zu tun?«

»Cheyenne war eine wilde Stadt«, antwortete sie ausweichend, »dort hatten sich die gefährlichsten Burschen des ganzen Westens versammelt. Dagegen ist Dodge City geradezu harmlos!«

Wyatt Earp lächelte. »Wenn Sie das behaupten, müssen Sie einiges gewohnt sein, Miss O'Malley. Oder darf ich Rose sagen?«

»Natürlich.« Sie kannten sich schon fast ein halbes Jahr, und es amüsierte sie, dass sie erst jetzt zu der vertrauten Anrede übergingen. Er war ein vorsichtiger Mann, in jeder Hinsicht, aber jetzt hatte er seine Zurückhaltung aufgegeben, und auch sie war bereit, die Grenze zu überschreiten, die sie selbst gezogen hatte.

»Wollen wir heute Abend zusammen essen, Rose?«

Sie wusste, was er damit meinte, und willigte ein. Zu viel Zeit war vergangen, seit sie mit Frank Catlow und Jesse Calhoun zusammen gewesen war. Die Leidenschaft, die sie mit dem Spieler verband, und die liebevolle Zuneigung, die sie mit dem Rancher teilte, waren zum Teil eines Traums geworden, der auf der anderen Seite des Horizonts verborgen lag. Sie floh vor dem Traum und verfiel einer Verlockung, die nicht zu ihrem Leben gehörte und ihr eine Wirklichkeit vorgaukelte, die es nicht gab.

Sie schlief mit dem Marshal und liebte ihn mit einer ungestümen und beinahe wütenden Leidenschaft, die nicht zu ihr passte und der Begierde einer jungen Frau glich, die monatelang in der Wildnis gelebt hatte und ausgehungert war. Sie genoss die heftigen Bewegungen ihres Liebhabers, hielt sich an seinem muskulösen Körper fest und schämte sich, während sie sich über ihm aufbäumte und erschöpft in die Laken fiel. Tränen rannen über ihre Wangen. »Es tut mir Leid«, sagte sie nach einer Weile, »es tut mir Leid! Geh bitte nach Hause! Geh, Wyatt!«

Der Marshal ließ sie allein und schlich wie ein reuiger Sünder aus ihrem Zimmer. Jetzt störte sie der Duft seines teuren Haarwassers. Kaum war er verschwunden, stieg sie aus ihrem Bett und wusch sich von Kopf bis Fuß. Sie benutzte Scheuerseife, als ließe sich damit die Schuld vertreiben, die sie während der letzten Stunden auf sich geladen hatte. Sie bürstete ihre Haut, bis sie rot anlief, und spritzte sich das kalte Wasser ins Gesicht.

Noch am selben Abend begann sie zu packen. Sie zog ihr Reisekleid an, legte sich angezogen aufs Bett und tat die ganze Nacht kein Auge zu. Sobald es hell geworden war, stand sie auf. Sie frühstückte, kaufte eine Fahrkarte für den Zug nach Westen und nutzte die zwei Stunden bis zur Abfahrt des Zuges, um ihre Geschäfte abzuwickeln. In einer wohlhabenden Stadt wie Dodge City fiel es ihr nicht schwer, ihre Anteile zu verkaufen. »Und Sie wollen uns wirklich verlassen?«, fragte der Bankier erstaunt.

»Ich fahre nach Westen«, antwortete sie, als würde dieser eine Satz alles erklären. Sie verstaute das Bargeld, das sie abgehoben hatte, in ihrer Reisetasche, verabschiedete sich einsilbig und verließ die Bank. Niemand beachtete sie, als sie den Zug nach Westen bestieg, und Wyatt Earp war nirgendwo zu sehen.

36

Rose O'Malley verbrachte einige Monate in Las Vegas, New Mexico, bevor sie nach Tombstone ging. Sie blieb durch Zufall in der kleinen Stadt hängen. Ihre Postkutsche hatte vier Stunden Verspätung und wäre erst nach Mitternacht in Santa Fe angekommen. Rose zog es deshalb vor, die Nacht in einem gemütlichen Hotel zu verbringen. Als sie am nächsten Morgen erwachte, staunte sie über die klare Luft und das gesunde Klima und erfuhr, dass viele Lungenkranke in die kleine Stadt kamen, um sich dort zu erholen. Sie war kerngesund, aber sie hatte genug von dem Staub in Boomtowns wie Cheyenne und Dodge City und beschloss, einige Tage auszuspannen. Aus einigen Tagen wurden Wochen und Monate, bis es ihr zu langweilig wurde und sie die nächste Kutsche nach Süden nahm. Ein Hotelgast hatte von Tombstone erzählt, der neuen Silberstadt im Arizona-Territorium.

Wenn sie später an Las Vegas zurückdachte, kam ihr vor allem jener verregnete Sommertag in den Sinn, als sie unverhofft mit der Vergangenheit konfrontiert wurde und einen Mann kennen lernte, dem sie in Tombstone wieder begegnen würde. Die Vergangenheit beschwor eine Ausgabe der Montana Post herauf, die ein Hotelgast im Restaurant liegen ließ. Rose blätterte in der zerfledderten Zeitung und stellte fest, dass Thomas Dimsdale immer noch Herausgeber war. In seinem Leitartikel prangerte er die Korruption in den Indianerreservaten an. »Rote Wolke, der große Häuptling der Sioux, hat es nicht verdient, wie ein Verbrecher behandelt zu werden!«, hielt er der Regierung vor. Rose lächelte, als sie die Worte las. Die Zeiten hatten sich geändert, und es war sehr mutig, so etwas in einer großen Zeitung zu schreiben. Noch aufmerksamer las sie einen kleinen Artikel auf Seite zwei, der von Jesse James und seiner Bande berichtete. Derselbe Jesse James, der ihr in St. Louis geholfen und einen Apfel für sie gestohlen hatte, wurde immer noch als Bankräuber und Mörder gesucht und trieb sich angeblich unter einem Decknamen in Colorado oder Texas herum. Sie suchte nach einer Meldung über Frank Catlow und war erleichtert, nichts über ihn zu finden.

Der Mann, der am Nachmittag desselben Tages aus der Kutsche stieg und ungerührt durch den Regen lief, war ein gefährlicher Spieler und Revolverschütze, wie wenige Minuten später die ganze Stadt wusste. Rose stand am Fenster und blickte auf die Hauptstraße hinab, als er den Gehsteig betrat. Später sah sie ihn im Speisesaal wieder. Er wurde Doc Holliday genannt und trug einen Revolver an der Hüfte, den er nicht mal zum Essen ablegte. Er war ein rastloser Mann, das erkannte sie an seinen hastigen Bewegungen und der Art, wie sein unsteter Blick durch das Restaurant wanderte. Seine Augen waren kalt und blitzten nur einmal auf, als ihre Blicke einander begegneten. »Ma'am«, sagte er leise, dann griff er nach seinem Umhang und ging auf die Straße hinaus. Sie sah, wie er in einem Saloon verschwand. »Er soll zwanzig Männer umgebracht haben«, flüsterte eine Dame.

In der Kutsche nach Tombstone erinnerte Rose sich an das starke Husten des Mannes. Er litt an der Schwindsucht. Sein

Taschentuch war blutrot gewesen, als er hustend von der Straße hereingekommen war. Sie hatte ihm ihre Hilfe angeboten, aber er hatte nur den Kopf geschüttelt und war auf sein Zimmer gegangen. Warum trieb er sich in verrauchten Saloons und Spielhallen herum, wenn er todkrank war? Der Hoteldiener hatte ihre Frage erraten und geantwortet: »Ich glaube, er legt es darauf an, erschossen zu werden! Aber er ist zu schnell, viel zu schnell!«

Die Fahrt nach Tombstone führte durch trockenes und karges Land. Die Wüste reichte bis zum fernen Horizont, und eine erbarmungslose Hitze flimmerte über den Kakteen. Wie einsame Wächter reckten die meterhohen Saguaros ihre Arme in den verwaschenen Dunst. Sie hatte viel über die Wüste gehört, aber nicht angenommen, dass sie so heiß und menschenfeindlich sein würde. Obwohl es sich nicht schickte, hatte sie den obersten Knopf ihrer Bluse geöffnet, und als ihr ein Handelsreisender seine Wasserflasche anbot, griff sie dankbar danach. Sie trank gierig und kümmerte sich nicht um die verwunderten Blicke des jungen Ehepaares, das die Sitzbank mit ihr teilte. »Ich verstehe nicht, wie jemand in dieser Hitze leben kann!«

»Und das ist nur der Anfang«, seufzte der Handelsreisende. »Warten Sie mal, bis wir Hochsommer haben!« Er wischte sich zum wiederholten Male den Schweiß von der Stirn und hustete, als Staub in seine Lunge kam. »Wenn dieser Schieffelin kein Silber gefunden hätte, gäbe es hier bestimmt keine Stadt. Dann würden wir die Wüste den Apachen überlassen.« Er grinste. »Wenn's nach mir ginge, könnten sie Tombstone immer noch haben.«

Als sie vor dem Stationsgebäude hielten und Rose aus der Kutsche stieg, verstand sie, was der Handelsreisende gemeint hatte. Die Stadt war laut und schmutzig, und die Allen Street erinnerte sie an die Rotlichtviertel von Cheyenne und Dodge City, nur dass sich das Vergnügen in Tombstone mitten in der Stadt abspielte. Zumindest am späten Nachmittag, wenn die Minenarbeiter der Tagschicht von den Bergwerken zurückkehrten und ihrer Enttäuschung über die erfolglose Schufterei freien Lauf ließen. Die Allen Street war die Hauptstraße der Stadt, breit und staubig und von zahlreichen Saloons, Spielhallen und anderen Etablissements gesäumt. Von der Frau des Zeitungsherausgebers erfuhr sie, dass es über hundert Lokale und Läden gab, in denen Alkohol ausgeschenkt wurde. Schwer beladene Fuhrwerke holperten über die Straße, von fluchenden Kutschern angetrieben, erschöpfte Reiter zogen Packpferde hinter sich her, und in den Kneipen grölten betrunkene Männer. Das Klirren von Gläsern und das helle Lachen der Tanzhallenmädchen mischte sich unter den Lärm. Am schlimmsten war der Staub, der in einer dichten Wolke über der Allen Street hing.

»Wollen Sie zum Grand Hotel?«, fragte ein halbwüchsiger Junge. Er deutete auf das Gepäck. »Ein besseres Hotel gibt es nicht in Tombstone. Sie bringen sogar frisches Wasser von den Sycamore Springs auf die Zimmer. Ich hab's selber gesehen.«

Rose schmunzelte. »Bekommst du Prozente?«

»Nein, aber ein Trinkgeld, wenn ich Ihr Gepäck zum Hotel bringe.« Ohne ihre Antwort abzuwarten, griff er nach dem Koffer und der Reisetasche und marschierte los. Ihr blieb nichts anderes übrig, als ihm zu folgen. Er blickte sich mehrmals um und grinste frech. »Das Grand liegt einen Block die Allen runter, Ma'am.«

Rose raffte ihre Röcke, als sie die Fourth Street überquerten,

und kümmerte sich nicht um die Blicke der vielen Männer, die sie neugierig anstarrten. Es kam selten vor, dass eine ehrbare und ledige Frau in Tombstone abstieg, und sie bemerkte amüsiert, wie ein vorbeifahrender Kutscher einen Fluch verschluckte und sich ein Bergarbeiter die Haare glatt strich. Sie wich dem Fuhrwerk aus und stolperte beinahe über zwei Hunde, die bellend über die Straße rannten und sich im Schatten unter dem Gehsteig verkrochen. »Wem gehören denn die Hunde«, fragte sie verwundert. Sogar aus den Saloons drang Hundegebell. »Ich hab noch nie eine Stadt gesehen, in der es so viele Hunde gab!«
»Die gehören den Minenarbeitern«, rief der Junge über die Schultern. »Sollen sie warnen, wenn Apachen kommen. Apachen mögen keine Hunde, wissen Sie?« Sie hatten das Hotel erreicht, und er öffnete die Tür. »Katzen sind seltener, dabei brauchen wir die genauso dringend. Hier treiben sich 'ne Menge Ratten rum!«
Er hatte wohl erwartet, dass sie zusammenzuckte, aber sie tat ihm den Gefallen nicht. Sie gab ihm eine Münze und betrat das Hotel. Das Grand Hotel war tatsächlich die beste Herberge der Stadt, ein zweistöckiges Gebäude aus Holz mit großen Zimmern und Möbeln, die aus St. Louis stammten, wie der Hoteldiener stolz berichtete. Auch die geblümten Tapeten hatte er aus dem Osten mitgebracht. Sie fragte nach dem besten Zimmer, zahlte für eine Woche im Voraus und lächelte dankbar, als der Hoteldiener ihr Gepäck nahm. Der Mann musste über fünfzig sein, wirkte aber genauso verlegen wie die jungen Minenarbeiter auf der Straße und bekam rote Ohren, als sich ihre Blicke trafen.
Er schloss das Zimmer auf, ließ ihr den Vortritt und stellte das

Gepäck auf den Boden. »Unsere Suite«, meinte er, »die bekommen sonst nur Präsidenten und Gouverneure!« Er deutete auf die Zeitung, die auf der Kommode neben dem Fenster lag. »Die erste Ausgabe des Epitaph, er ist letzten Montag zum ersten Mal erschienen. Kann ich sonst noch was für Sie tun, Ma'am?«

Rose sagte ihm, dass sie gern ein Bad nehmen würde, und er versprach, die Wanne mit heißem Wasser zu füllen. Das Badezimmer lag schräg gegenüber. Sie gab ihm ein fürstliches Trinkgeld, und er verbeugte sich mehrmals. Die Tür fiel hinter ihm ins Schloss.

Sie ließ sich erschöpft in einen Sessel fallen und blickte sich um. Die Einrichtung erinnerte sie an das Zimmer, das sie bei John Friedrich Schultz in St. Louis bewohnt hatte. Die Brokatvorhänge hingen schwer neben den Fenstern, und die Sessel waren mit rotem Plüsch bezogen. Auf dem Himmelbett lagen bestickte Kissen. Das Bild, das an der gegenüberliegenden Wand hing, zeigte einen Planwagenzug auf dem Weg nach Westen. In Wirklichkeit war alles viel schmutziger, stellte sie fest. Sie erinnerte sich an die Kinder, die auf dem Oregon Trail gestorben waren, an die viele Arbeit und den Staub und die Krieger der tsis-tsis-tas, die sie in ein anderes Leben entführt hatten.

Mehr aus Langeweile griff sie nach der Zeitung, die auf der Kommode lag. »Tombstone Epitaph« stand in großen Lettern über der Titelseite. John P. Clum, der Herausgeber, begrüßte seine Leser in einem Leitartikel und hob die politische Bedeutung von Tombstone hervor, das in nächster Zukunft zur Hauptstadt des neuen Cochise County ernannt werden würde. So sollte der neue Bezirk heißen, den man vom Pima

County abtrennen wollte. Das bedeutete, so schrieb der Zeitungsmann, dass die Stadt einen eigenen Sheriff bekommen würde. Einen Deputy U.S. Marshal der Bundesregierung und einen Town Marshal gab es bereits, aber erst mit einem Sheriff würde Tombstone zu einer richtigen Stadt. Und dann folgte der Satz: »Ein Mann wie der ehrenwerte Wyatt Earp, der bereits in wilden Rinderstädten wie Wichita und Dodge City tätig war und sich seit einigen Monaten in Tombstone aufhält, erfüllt alle Voraussetzungen, die von einem Mann für dieses schwere Amt erwartet werden.«

Sie ließ die Zeitung sinken und starrte auf die Tür, als erwartete sie jeden Augenblick, dem Marshal gegenüberzustehen. Es klopfte. Sie zuckte zusammen und brauchte einige Zeit, bis sie »Herein!« rief. Der Hoteldiener streckte seinen Kopf ins Zimmer und teilte ihr mit, dass ihr Bad bereit war und er auch Seife und ein frisches Handtuch hingelegt hätte. »Mister«, hielt sie ihn zurück, »ich lese gerade, dass Wyatt Earp sich in der Stadt aufhält.«

»Wyatt Earp, seine Brüder Morgan, Virgil und James, ihre Ehefrauen, eine Tochter, der ganze Clan. Sie haben sich mit den Cowboys angelegt. Ike Clanton und seine Männer. Würde mich nicht wundern, wenn es irgendwann zum großen Krach käme.«

»Cowboys? Was für Cowboys?«

Der Hoteldiener blickte verstohlen in den Flur und senkte seine Stimme zu einem Flüstern. »Sie wohnen auf einer Ranch im San Pedro Valley. Üble Burschen, wenn sie mich fragen. Curly Bill, Tom und Frank McLaury, die ganze Bande. Sie stehlen Vieh und schmuggeln es über die Grenze! Niemand tut etwas dagegen. Letzte Woche hat Curly Bill einen Mann auf offener Straße erschossen, und alle sagen, dass es Notwehr war. Dabei habe ich genau gesehen, dass er zuerst geschossen hat!« Er war wohl der Meinung, schon zu viel gesagt zu haben, und meinte: »Ich muss jetzt gehen, Ma'am!« Sein Kopf verschwand, und die Tür fiel zu.

Rose legte die Zeitung auf den Beistelltisch und trat ans Fenster. Neugierig blickte sie auf die Allen Street hinab. Sie hatte sich niemals in solche Fehden eingemischt, weder in Virginia City noch in Cheyenne oder Dodge City. Sie war immer im respektablen Teil der Stadt geblieben und hatte sich um ihre Geschäfte gekümmert. Die einzige Schießerei, die sie jemals beobachtet hatte, war vor dem Cattleman's Cottage ausgetragen worden. Am Tag ihrer Ankunft in Cheyenne hatte Jonathan Berryman den Hotelbesitzer erschossen. Aber das war eine Einzelaktion gewesen, so wie die meisten Schießereien in den Städten, in denen sie gewesen war. Hier war eine Bande am Werk, und wenn alles stimmte, was der Hoteldiener ihr berichtet hatte, war ein regelrechter Krieg im Gange. Sie dachte kurz daran, die Stadt zu verlassen, verwarf den Gedanken aber wieder.

Auf der Straße waren die ersten Gaslampen angezündet worden. Die Sonne verschwand hinter den Bergen, und rote Glut schwelte am Himmel. Die Sonnenuntergänge in der Wüste waren von einer einzigartigen Schönheit, das hatte sie bereits in Tucson festgestellt. Sie beobachtete, wie einige Hunde um die Reste stritten, die ein junger Mann aus der Hintertür eines Restaurants geworfen hatte, und zwei Männer mit breiten Hüten und roten Schärpen über die Allen Street ritten und lachend in einem Saloon verschwanden. Schon bald erfuhr sie, dass die roten Schärpen ein Erkennungsmerkmal der berüch-

tigten Cowboys waren, als wollten sie sich über ihre Gegner lustig machen.
Rose ging ins Badezimmer und genoss das heiße Bad. Sie war lange unterwegs gewesen und hatte sich diesen Luxus schon ewig nicht mehr geleistet. Der Dampf reinigte ihre Seele und verdrängte die Gedanken, die sie beunruhigt hatten. Wyatt Earp war in Tombstone! Ausgerechnet der Mann, vor dem sie davongelaufen war, hielt sich in der Stadt auf. Sie musste plötzlich darüber lachen. Der Marshal und sie hatten mehr gemeinsam, als sie angenommen hatte. Beide folgten sie der Besiedlungsgrenze nach Westen, und überall, wo sich die Möglichkeit für ein großes Geschäft bot, waren sie zu finden. Sie stieg aus der Wanne und trocknete sich ab. Es roch angenehm nach dem Duftwasser, das der Hoteldiener ins Wasser geschüttet hatte. Er war ein aufmerksamer Mann. Sie beschloss, noch eine Kleinigkeit im Speisesaal zu essen, zog ein Kleid an und kehrte in ihr Zimmer zurück, um sich die Haare hochzustecken. Selbst durch die geschlossenen Fenster drang der Lärm von der Allen Street herauf.
Zwei Schüsse fielen kurz hintereinander. Sie kümmerte sich nicht darum, wahrscheinlich hatte ein Minenarbeiter in die Luft geschossen, und ging nach unten. Die Gäste blickten erstaunt von ihrem Essen auf, als sie allein im Speisesaal erschien. Es schickte sich nicht für eine Lady, allein ein Restaurant zu betreten. Aber ihr blieb nichts anderes übrig, und sie war die erstaunten Blicke gewohnt. Ihr geschmackvolles Kleid und der wenige Puder auf ihren Wangen zeigten den Leuten, dass sie eine anständige Frau war. In manchen Lokalen und beim presbyterianischen Gottesdienst, der bis zur Fertigstellung der Kirche ohnehin in einem Saloon abgehalten wurde, wurden

sogar leichte Mädchen geduldet. Die Stadt lebte von dem Laster, das sich auf der Allen Street breit gemacht hatte, und eine Prostituierte wie Madam Moustache verfügte über mehr Geld als die Frau des Bankdirektors. Der Reichtum kannte keine Grenzen.

Zum Nachtisch gönnte Rose sich ein Stück Apfelkuchen und einen Becher mit Milchkaffee. Durch die offene Tür wehte die kühle Abendluft herein. Sie verschluckte sich beinahe, als Wyatt Earp mit einer jungen Lady hereinkam, die zwanzig Jahre jünger sein musste und viel zu aufdringlich für ein einfaches Lokal gekleidet war. Ihr weinrotes Samtkleid wurde am Kragen von einer funkelnden Goldbrosche zusammengehalten, und auf ihrem riesigen Hut wippte eine türkisfarbene Straußenfeder. Der Marshal trug einen schwarzen Anzug und nahm erstaunt seinen breitkrempigen Hut ab, als er Rose entdeckte. »Hallo, Rose«, sagte er.

»Hallo, Wyatt.« Rose amüsierte sich über den eifersüchtigen Blick der jungen Lady, die der Marshal als Sadie Marcus vorstellte und die zu einer Theatertruppe gehörte, die vor einigen Tagen in der Stadt angekommen war. Sie war mit einem gewissen Johnny Behan befreundet, der einen Mietstall eröffnet hatte und als Sheriff kandidieren wollte, sobald das Cochise County offiziell bestätigt war. Auch Wyatt bewarb sich um dieses Amt. Das waren schon zwei Gründe, warum Johnny Behan etwas gegen den Marshal aus Dodge City hatte. Der dritte Grund war, dass Wyatt Earp ein Republikaner und er ein Demokrat war. Aber das wusste Rose nicht, als sie Wyatt Earp im Speisesaal begegnete.

»Lange nicht gesehen, Wyatt.«

»Über ein Jahr.«

»Ist in Dodge nichts mehr los?«

»Die Rinder werden jetzt in Texas verladen«, antwortete der Marshal, »in Dodge brauchen sie keinen Marshal mehr. Sieht ganz so aus, als wäre Tombstone der neue Mittelpunkt der Welt.« Seine blauen Augen funkelten. »Ich hätte mir denken können, dass ich dich hier finde. Willst du wieder Geschäfte machen?«

»Mal sehen«, wich sie aus. »Und du?«

»Ich arbeite als Frachtbegleiter. Die Cowboys haben es auf die Silbertransporte von Wells Fargo abgesehen. Gut möglich, dass ich bald zum Sheriff ernannt werde.« Er ignorierte den ärgerlichen Blick seiner Freundin. »Schön, dich wieder zu sehen, Rose!«

»Ich weiß nicht, Wyatt.«

Wyatt Earp deutete ein Lachen an und ließ sich von Sadie Marcus an einen Tisch führen. Rose O'Malley verließ das Lokal.

37

Rose O'Malley eröffnete ein Konto bei der Safford Hudson Bank und widerstand dem Drängen des Bankdirektors, der sie überreden wollte, Aktien der Southern Pacific Railroad zu kaufen. Von der Eisenbahn hatte sie genug. Sie wollte etwas anderes versuchen, irgendein Geschäft aufmachen, das eine neue Herausforderung darstellte. Sie hatte immer das Unerwartete getan, einen Drugstore für indianische Medizin eröffnet und sich für das Frauenwahlrecht in Wyoming eingesetzt, und etwas Ähnliches wollte sie auch in Tombstone wagen. Es ging ihr nicht darum, ein Vermögen anzuhäufen. Sie wollte die Bürger von Tombstone und sich selbst überraschen, und der Tag würde kommen, an dem sie ihr Geld sinnvoll investieren würde. Sie dachte daran, an Jesse Calhoun zu schreiben und ihm ihre Kontonummer mitzuteilen. Sie vermisste den Rancher. Nicht so sehr wie Frank Catlow, dessen Berührung sie in ihren Träumen immer noch spürte, so dass sie schweißgebadet aufwachte, eher auf eine freundschaftliche Art. Er war der Mann, an den sie sich lehnen wollte, wenn sie ihr unstetes Leben einmal aufgab. Wenn sie den Pazifik erreicht hatte und alle Wege nur nach Osten führten.

Sie blieb im Grand Hotel wohnen und wies alle Männer ab, die ihr den Hof machten. Eine attraktive Frau, die einigermaßen jung und noch dazu wohlhabend war, galt als Seltenheit in Tombstone und wurde wie eine Königin verehrt. Vom reichen Bankdirektor bis zum mittellosen Minenarbeiter warb jeder um sie. Erst als die Männer merkten, dass sie kein Interesse an einer Ehe hatte, und ein Kellner aus dem Speisesaal von ihrer Begegnung mit Wyatt Earp erzählte, ließen die Männer sie in Ruhe. Sie war eine Einzelgängerin, so erzählte man in der Stadt, und es wäre leichter, einen Apachen zum Lachen zu bringen, als sie auszuführen.

Einige Wochen nach ihrer Ankunft war es wieder der Tombstone Epitaph, der die Geister der Vergangenheit beschwor. Rose ließ beinahe die Zeitung fallen, als sie auf einen kurzen Artikel stieß, der von Jesse James und seiner Bande erzählte. »Nach dem letzten Überfall ist der Outlaw spurlos verschwunden«, las sie. »Eingeweihte Kreise behaupten, er halte sich mit seiner Bande immer noch in Colorado oder Texas versteckt. Ein Farmer will ihn im südlichen Missouri gesehen haben. Beim Überfall auf eine Bank in Kansas soll auch ein gewisser Frank Catlow dabei gewesen sein. Er saß zwei Jahre wegen Falschspiels im Gefängnis. Der Mord an einem anderen Spieler konnte ihm nie nachgewiesen werden. Catlow wurde von einer jungen Dame erkannt, die sich zur Zeit des Überfalls in der Bank aufhielt und unter Eid aussagte, Catlow habe sie in der Nacht vor dem Bankraub unsittlich bedrängt.

Rose zerknüllte die Zeitung und warf sie in die Ecke. »Du Mistkerl!«, schimpfte sie auf den Mann, den sie schon seit einigen Jahren nicht mehr gesehen hatte. »Kaum lässt man dich aus den Augen, vergnügst du dich mit einem jungen Mädchen!« Sie heulte vor Wut, schenkte sich einen Sherry ein und lachte lauthals, als sie die beruhigende Wirkung des Alkohols spürte.

Warum hatte sie bloß einen solchen Narren an diesem Frank Catlow gefressen? Sie griff nach ihrem Hut und der Handtasche und verließ das Hotel. Brennende Hitze schlug ihr entgegen. Im Hochsommer war Tombstone ein einziger Glutofen. Sie kümmerte sich nicht darum, hatte nicht einmal einen Sonnenschirm mitgenommen und ging die Fourth zur Fremont Street hinunter.

Der Tombstone Epitaph hatte sein Büro in einem schmucklosen Holzhaus. Zwei Angestellte standen vor den Setzkästen und stellten einen Artikel zusammen, den ein freier Mitarbeiter geschrieben hatte. Sie begrüßte die beiden Männer, fragte nach dem Verleger und wurde in das Büro von John P. Clum geführt. Der Zeitungsmann stand auf und schüttelte ihr die Hand. »Endlich lerne ich Sie kennen, Mrs. O'Malley«, meinte er fröhlich.

»Woher kennen Sie meinen Namen?«, fragte sie erstaunt.

»Sie sind eine bekannte Frau«, antwortete der Verleger. Er war ein kleiner Mann mit einer beinahe vollständigen Glatze, die über sein eigentliches Alter hinwegtäuschte. Er war einunddreißig. Sein Schnurrbart hing über die Mundwinkel nach unten und gab ihm ein trauriges Aussehen, das im Widerspruch zu seinen fröhlichen Augen stand. »Als guter Zeitungsmann weiß ich natürlich, dass Sie in Virginia City und Cheyenne erfolgreiche Geschäfte getätigt haben. Aus Cheyenne sind Sie Hals über Kopf geflohen. Angeblich aus persönlichen Gründen, die mir keiner so richtig erklären konnte. Es war von einer Heirat die Rede …«

»Darüber möchte ich nicht sprechen«, erwiderte sie kühl. Es ärgerte sie, dass der Zeitungsmann so viel über sie herausbekommen hatte. »Ich könnte es Ihnen selbst nicht erklären.« Sie griff nach der neuen Ausgabe des Epitaph, die auf dem Schreibtisch lag, und fragte: »Mit wem haben Sie in Cheyenne gesprochen?«

»Ich war nicht in Cheyenne«, gab er zu, »ich habe telegrafiert. Ein Segen, dass wir diese Errungenschaft der Technik auch in unserer Stadt haben. Ich habe einen Briefwechsel mit der Zeitung geführt, und der Chefredakteur hat mich an Thomas Dimsdale in Helena verwiesen, den Herausgeber der Montana Post.«

»Und der hatte nichts Besseres zu tun …«, begann sie wütend.

»Verstehen Sie mich nicht falsch«, beschwichtigte John P. Clum seine Besucherin, »ich wollte Ihnen nicht nachspionieren. Ich würde niemals über Sie schreiben, ohne Sie vorher zu fragen.« Er lächelte. »Und Dimsdale hat mir lediglich verraten, dass Sie eine erfolgreiche Geschäftsfrau sind. Alles andere müssen Sie die Dame selbst fragen, hat er geschrieben. ›Seien Sie freundlich zu ihr‹, stand in dem Telegramm, ›denn Sie ist eine ganz besondere Lady!‹ Ich wollte Sie auf keinen Fall beleidigen, Mrs. O'Malley.«

»Schon gut«, winkte sie ab. Ihre Laune hatte sich schlagartig gebessert, und sie lächelte sogar. »Hat Thomas Dimsdale das wirklich geschrieben? Dass ich eine ganz besondere Lady bin?«

»So wahr ich hier sitze, Mrs. O'Malley«, bestätigte Clum, »und ich bin geneigt, ihm zuzustimmen. Wie kann ich Ihnen helfen?«

»Es geht um diesen Artikel«, sagte sie und zeigte ihm die Stelle in der Zeitung. »Ich kannte mal einen Frank Catlow und würde gern wissen, ob er wirklich gemeinsame Sache mit der

James-Bande macht. Woher haben Sie Ihre Informationen? Ich kann mir nicht vorstellen, dass Frank ... Frank Catlow an einem Banküberfall beteiligt war. Er ist nicht der Typ dafür. Mag sein, dass er falsch spielt, aber ein Banküberfall mit Jesse James? Niemals!«

»Sie kennen Frank Catlow gut, nicht wahr?« Er wollte sie nicht wieder verärgern und verheimlichte ihr, dass in Cheyenne gemunkelt wurde, sie habe ihm zur Flucht verholfen. Sie wurde nicht vom Gesetz gesucht, und Vermutungen waren in seinem Geschäft gefährlich. »Ich weiß nicht, ob er bei Jesse James ist«, sagte er stattdessen, »ich weiß es wirklich nicht. Über diesen Outlaw gibt es so viele Legenden, dass nicht einmal der Marshal weiß, wer zu seiner Bande gehört und was sie verbrochen hat.«

»Und wer ist Ihr Informant?«

»Die Meldung kam über den Telegrafen«, antwortete er. »Ich gebe Ihnen gern Bescheid, wenn ich etwas Neues über Frank Catlow erfahre.« Er schenkte ihr ein Glas Wasser ein. »In welches Unternehmen wollen Sie hier investieren, Mrs. O'Malley?«

»Keine Ahnung, Mister Clum. Ich lasse mich gern von meinem Gefühl leiten. Oder möchten Sie mir einen Vorschlag machen?«

»Nein, nein, ich bin kein Geschäftsmann.« Er blickte auf eine Fotografie an der Wand, die ihn mit einigen Indianern zeigte. »Wenn ich Geld verdienen wollte, würde ich in den Bergen nach Silber suchen oder in den Eisenbahnbau investieren. Auf keinen Fall würde ich eine Zeitung führen. Oder meinen Sie vielleicht, ein erfolgreicher Geschäftsmann würde bei den Apachen arbeiten? Als Indianeragent habe ich dreizehnhundert Dollar verdient. In einem Jahr! Mehr als ein Bergarbeiter und mehr als jeder Weidereiter, aber nicht genug für ein Vermögen. Nein, Mrs. O'Malley, ich möchte etwas anderes in Tombstone erreichen. Ich möchte diese Boomtown zu einer anständigen Stadt machen. Sobald wir ein eigenes County haben und einen Sheriff stellen dürfen, werde ich das auch erreichen. Ich werde mich dafür einsetzen, dass Wyatt Earp zum Sheriff gewählt wird. Ich werde als Bürgermeister kandidieren. Zusammen werden wir den Cowboys das Handwerk legen, darauf können Sie sich verlassen!«

»Ich bin einigen dieser Cowboys begegnet«, sagte sie. »Warum sind sie so gewalttätig? Und warum unternimmt der Sheriff nichts gegen sie? Oder der U.S. Marshal? Sie machen doch kein Hehl daraus, dass sie hinter den meisten Verbrechen in dieser Gegend stecken. Sie tragen sogar rote Schärpen, als wollten sie das Gesetz verspotten! Wenn ich ein Mann wäre, würde ich ...« Die Willkür der Cowboys regte sie mehr auf, als sie gedacht hatte, aber sie wusste auch nicht, wie man den Outlaws beikam.

»Sie stecken mit einigen Politikern unter einer Decke«, erklärte Clum. »Was meinen Sie, was hinter unserem Rücken alles passiert? Auf San Carlos war das nicht anders! Warum, meinen Sie, habe ich das Reservat verlassen?« Er blickte wieder auf die Fotografie mit den Indianern. »Ich wollte etwas bewegen, Mrs. O'Malley! Meine Kirche, die Dutch Reformed Church, hatte mich nach San Carlos geschickt, um dort bessere Lebensbedingungen für die Apachen zu schaffen, und ich gab mir alle Mühe, ihrem Wunsch gerecht zu werden. Ich sorgte dafür, dass sie eine Selbstverwaltung bekamen, schuf eine Indianerpolizei und ein Indianergericht und sorgte dafür, dass die Apachen sinnvoll beschäftigt wurden. Sogar Geronimo machte mit! Und was meinen Sie, was geschah? Die Armee hatte nichts Besseres zu tun, als mir Knüppel zwischen die Beine zu werfen! Sie sahen ihre Felle davonschwimmen und trieben mich so lange in die Enge, bis ich mein Amt niederlegte. Das Ergebnis kennen Sie. Geronimo ist wieder auf dem Kriegspfad, und nicht mal hier ist man sicher!«

»Den Indianern kann niemand mehr helfen«, sagte sie. Ihre Gedanken wanderten zu Berührt-die-Wolken und Wolf-auf-dem-Hügel zurück. »Ich habe es auch mal versucht und längst aufgegeben. Ich habe einige Jahre bei den Cheyenne gelebt. Ich habe mehr von diesen Indianern gelernt als von jedem Weißen.«

Das hatte John P. Clum nicht gewusst. »Mein Kollege in Helena hat Recht«, meinte er respektvoll, »Sie sind eine bemerkenswerte Frau! Wenn Sie erlauben, würde ich gern einen Bericht über Sie schreiben. Sie haben unseren Lesern sicher viel zu erzählen.«

Rose dachte an Thomas Dimsdale, der ebenfalls einen Bericht über sie geschrieben hatte, und musste lächeln. Anscheinend kam sie gut bei den Zeitungsleuten an. Seltsamerweise war auch John P. Clum für die Indianer eingenommen. »Und ich würde gern mehr über Ihre Zeit bei den Apachen erfahren, Mister Clum. Was ist dieser Geronimo für ein Mensch? Die Leute sagen, dass er ein gnadenloser Teufel ist. Aber das haben sie über Rote Wolke und Crazy Horse auch gesagt. Und über Wolf-auf-dem-Hügel. Warum kommen wir mit den Indianern nicht klar?«

»Warum bringen die Cowboys unschuldige Farmer um? Warum gibt es so viel Gewalt an der Grenze? Ich weiß es nicht,

Mrs. O'Malley. Dies ist ein wildes und unzivilisiertes Land, und die Einsätze sind hoch. Es geht um viel Macht und viel Geld, da wird mit harten Bandagen gekämpft. Diese Stadt ist der beste Beweis dafür. Wenn wir nicht aufpassen, kommt es zum Krieg.«

Vor dem Gebäude erklang Hufschlag. Sie blickten aus dem Fenster und sahen, wie einige Reiter mit roten Schärpen über die Fremont Street ritten. Einige Schüsse fielen. Staub wallte auf und verdunkelte die Fenster. Sie hörten einen Mann schreien, und Clum stürzte zur Tür, dann verklang der Hufschlag, und der Staub legte sich wie ein Schleier über die aufgewühlte Straße.

Sie rannte nach draußen und sah, wie sich der Zeitungsmann über einen jungen Mann beugte. Er blutete aus einer Wunde am Arm und stöhnte leise. »Ich kümmere mich um ihn«, drängte Rose, »ich war mal Krankenschwester.« Sie untersuchte die Wunde, stellte erleichtert fest, dass die Kugel den Arm nur gestreift hatte, und sagte: »Helfen Sie mir, ihn ins Haus zu bringen, dort kann ich ihn besser verbinden. Sie haben doch Verbandszeug, oder?«

Sie trugen den Verletzten in die Redaktion, und Rose säuberte die Wunde und legte einen festen Verband an. Sie ignorierte die erstaunten Blicke des Zeitungsmannes. Der junge Mann war wieder zu sich gekommen und trank dankbar aus der Whiskeyflasche, die einer der Angestellten ihm reichte. Der Schock war verflogen, aber es dauerte eine Weile, bis er wieder klar denken konnte.

»Sie haben auf mich geschossen«, sagte der junge Mann benommen. Er war zweiundzwanzig, wie er dem Verleger später erzählte, und hatte eine auffallend blasse Haut und dunkle Augen, die tief in den Höhlen lagen. »Einfach so, aus Spaß! Die Männer mit den roten Schärpen! Sie kamen die Fremont Street runtergeritten und schossen mich über den Haufen! Wie einen Apachen!« Er berührte den Verband und verzog das Gesicht. »Sie haben dabei gelacht, die Mistkerle!«

»Wer sind Sie?«, fragte Clum. Er hatte einen Notizblock vor sich liegen und schrieb eifrig mit. »Sie sind neu in Tombstone ...«

»David Blake.« Er nahm einen tiefen Schluck aus der Whiskeyflasche. »Ich bin mit der Kutsche aus Benson gekommen. Meine Familie lebt in Tucson. Mein Vater besitzt dort mehrere Firmen.«

»Die Blake Machine Company?«

»Das ist eine davon.«

»Haben Sie sich mit den Cowboys angelegt?«, fragte Clum. »So werden die Männer mit den roten Schärpen genannt. Haben Sie irgendetwas gemacht, das ihren Zorn geweckt hat? Was haben Sie getan, seit Sie in Tombstone angekommen sind, David?«

Der junge Mann hielt die Whiskeyflasche wie einen Rettungsanker fest. Seine Augen drückten immer noch ungläubiges Staunen aus. »Ich war im Hotel«, sagte er, »und dann habe ich den Bankdirektor getroffen, wegen eines Projektes, das ich in die Wege leiten will. Diesen Cowboys bin ich gar nicht begegnet!«

»Das war keine persönliche Sache«, erkannte der Herausgeber. »Diese Männer haben Spaß an der Gewalt, und wenn jemand dabei zu Schaden kommt, stört es sie wenig.« Er räusperte sich. »Darf ich fragen, was für ein Projekt Sie im Auge haben?«

»Eine Wasserleitung«, antwortete David Blake. Seine Augen blitzten unternehmungslustig. »Ich habe viel über Tombstone gelesen und glaube, dass die Stadt unter Wassermangel leidet.«

»Das stimmt«, erwiderte Clum. Er wechselte einen Blick mit Rose, die interessiert zuhörte. »Sie bringen das Wasser in Fässern aus den Bergen. Die Gesellschaft verlangt zwei Dollar pro Fass! Eine Wasserleitung würde diesem Wucher endlich ein Ende bereiten, aber bisher hat sich niemand an ein solches Projekt gewagt. Wie sind Sie auf die Idee gekommen? Sie sind doch erst einen Tag hier. Will Ihr Vater in Tombstone investieren?«

»Mein Vater hat nichts mit der Sache zu tun!«, erwiderte der junge Mann so laut, dass die Angestellten im Nebenraum zusammenzuckten. Er erschrak selber. Im normalen Tonfall fuhr er fort: »Ich stehe auf eigenen Füßen, Mister Clum. Seit drei Monaten schon. Mein Vater weiß gar nicht, dass ich hier bin. Er ist in San Francisco und kauft eine neue Fabrik. Ich bin Rechtsanwalt. Bis die ersten Klienten kommen, möchte ich meine Ersparnisse in ein vernünftiges Projekt investieren, und als ich im Daily Citizen über den Wassermangel in Tombstone las, kam mir die Idee mit der Wasserleitung.« Er seufzte. »Leider reichen meine Ersparnisse nicht aus, und der Bankdirektor will mir keinen Kredit einräumen.«

»Kennen Sie sich mit Wasserleitungen aus?«, fragte Rose. »Wer soll die Leitung bauen? Haben Sie eine Firma an der Hand?«

David Blake nickte eifrig. »Vor zwei Jahren hat mein Vater eine Wasserleitung bei Prescott gebaut, und ich war während der gesamten Bauzeit dabei. Ich hab sogar einige Berechnungen durchgeführt, obwohl mein Vater das niemals zugeben würde. Und eine kompetente Firma kenne ich auch.« Er lächelte selbstbewusst. »Meine eigene! Ich kenne mich in der Materie aus, und Arbeitskräfte gibt es in Tombstone genug. Wir würden eine Gewinnbeteiligung zahlen. Das Unternehmen verspricht riesige Gewinne! Ich verstehe gar nicht, warum die Bank nicht einsteigen will …«

»Wegen der Apachen«, überlegte der Zeitungsmann laut, »oder wegen der Cowboys. Wer weiß. Tombstone ist eine wilde Stadt, und es gibt kaum ein Geschäft, das auf festen Beinen steht. Außer den Saloons und Spielhallen natürlich. Wenn Sie wüssten, welche politischen Kreise hier hinter den Kulissen streiten, David …«

»Das neue County, nicht wahr?«

»Auch …«

»Aber mein Projekt ist eine sichere Sache! Ich verstehe gar nicht, dass sich noch kein anderer an die Sache gewagt hat. Wasser braucht jeder, und eine Leitung ist schnell gebaut. Ich habe bereits einer Fabrik in Pittsburgh telegrafiert, die Sieben-Zoll-Eisenrohre herstellt. Sie könnten in wenigen Tagen liefern.«

Rose beugte sich nach vorn, und jetzt war auch in ihren Augen das vertraute Funkeln. Der junge Mann gefiel ihr. Er war selbstbewusst, und er hatte Mumm bewiesen, als er sein Elternhaus verlassen hatte. Es sprach für ihn, dass er das Projekt allein durchziehen wollte und nicht bei seinem reichen Vater zu Kreuze kroch. Er hatte eine Vision. »Wie viel Geld brauchen Sie, David?«

David Blake nannte eine Summe, und Rose kramte in ihrer Handtasche. »Ich glaube, Sie haben einen Geldgeber gefunden«, sagte John P. Clum mit einem fröhlichen Lächeln. »Sie haben doch nichts dagegen, dass ich einen Fotografen hole? Rose O'Malley und David Blake bauen eine Wasserleitung! Das ist eine tolle Geschichte! Das Foto kommt auf die nächste Titelseite!«

38

Der Artikel über Rose O'Malley, David Blake und ihr gemeinsames Projekt war bereits erschienen, als die ersten Eisenrohre aus Pittsburgh eintrafen. Sie wurden mit einem Güterzug der Southern Pacific nach Benson transportiert und mit Frachtwagen in die Dragoon Mountains gebracht. Dort lagen die Sycamore Springs. Rose hatte die Besitzrechte an der Quelle auf den Namen der Firma eintragen lassen, die David Blake gegründet hatte. Die meisten Geschäftsleute der Stadt nahmen den jungen Himmelsstürmer, wie sie ihn nannten, nicht ernst, und sogar Rose musste sich spöttische Bemerkungen gefallen lassen. »Das Wasser holen sich die Apachen, darauf könnt ihr wetten«, wurde ein Ladenbesitzer im Nugget zitiert, und selbst der Bankdirektor redete ihr ins Gewissen: »Ich würde meine Anteile so schnell wie möglich rausziehen, die Sache ist viel zu riskant!« Sie besaß vierzig Prozent der Sycamore Springs Water Company.

Aber mit jedem Tag, der einen sichtbaren Fortschritt der Bauarbeiten brachte, wurden die Stimmen leiser. Rose und ihr junger Partner zahlten mehr als die meisten Silberbergwerke und hatten ausdauernde Arbeiter gefunden, die ehrliche Arbeit ablieferten und Freude daran hatten, der Natur ihre Schätze abzuringen. Wasser konnte in dieser trockenen Gegend genauso wertvoll wie Gold und Silber sein. Die Wasserleitung wuchs, wand sich durch Schluchten und Gräben und kletterte über Gerüste und Brücken. Die Rohre aus Pittsburgh waren stabil genug, um auch einen Steinschlag abzuwehren, und falls es einen Verrückten geben sollte, der die Bauarbeiten mit einer Axt sabotieren wollte, würde er sich die Zähne an dem Eisen ausbeißen.

David Blake hatte einen Ingenieur engagiert, der vor einigen Jahren für seinen Vater gearbeitet hatte und sich mit dem Bau von Wasserleitungen auskannte. Selbst während der starken Regenfälle im Frühjahr wurde Tag und Nacht gearbeitet. Rose mietete alle paar Tage ein Pferd und ritt in die Berge hinaus, obwohl der Mietstallbesitzer sie eindringlich warnte. »Irgendwann schnappen Sie die Apachen!«, sagte er. Rose hatte keine Angst vor Indianern, obwohl sich die Apachen grundlegend von den Cheyenne unterschieden und nicht einmal deren Sprache verstanden. »Geronimo ist ein Teufel«, hörte man an der Grenze, »der bringt alles um, was ihm in die Quere kommt! Der kennt keine Gnade! Apachen töten sogar Frauen und Kinder! Gegen eine Stadt wie Tombstone können sie nichts ausrichten, aber die Wasserleitung lassen sie bestimmt nicht stehen, jede Wette!«

Rose O'Malley gewann die Wette. Warum die Apachen sie nicht umbrachten, vermochte sie nicht zu sagen, vielleicht lag es an ihrem furchtlosen Verhalten. Die Wasserleitung war bereits zwei Meilen vor der Stadt, als sie ihnen begegnete. Sie ritten aus den Hitzeschleiern, die über dem Dornengestrüpp und dem Mesquite flimmerten, und versperrten ihr den Weg. Eine andere Frau wäre hysterisch geworden und von den Apachen erschossen worden, aber Rose reagierte kaltblütig und hob eine Hand zum Zeichen des Friedens. »Ich bin Feuerfrau, die

Medizinfrau der tsis-tsis-tas«, sagte sie in der Sprache der Cheyenne. Auf Englisch fügte sie hinzu: »Ich bin Rose O'Malley. Ich habe bei euren Brüdern im Norden gelebt und freue mich, euch zu sehen.«

»Rose O'Malley«, wiederholte einer der Apachen respektvoll. Er war ein untersetzter Bursche mit einer platten Nase und weißer Farbe im Gesicht. Sein schwarzes Haar wurde von einem roten Stirnband zusammengehalten. Er sprach Englisch mit spanischem Akzent. »Ich habe von dir gehört, Rose O'Malley. Welche Sprache sprichst du? Welche Brüder im Norden meinst du?«

»Die Vehos, die Weißen nennen uns Cheyenne, aber wir sind tsis-tsis-tas, Leute wie ihr. Bevor die Weißen kamen, haben wir den Büffel gejagt. Meine Brüder sind alle tot. Meine Schwestern sind tot oder leben im Reservat. Ich weiß, wie ihr euch fühlt, und ich will nicht, dass euer Volk stirbt. Ich baue eine Wasserleitung. Ein Rohr, durch das Wasser nach Tombstone fließt. Ich nehme euch nichts weg, denn es gibt genug Wasser in dieser Erde. Die Apachen wissen, wo dieses Wasser versteckt ist.«

»Das stimmt«, sagte der Apache. Einige Tage später, als sie die Indianer einigen Soldaten beschrieb, sagte man ihr, dass sie mit Geronimo gesprochen hatte. Ihre Beschreibung passte auf den gefürchteten Apachenführer. »Wir sind Dene, das Volk.«

»Dene«, wiederholte sie ehrerbietig.

»Bei unserem Volk ist es üblich, ein Geschenk zu bringen, wenn man seine Jagdgründe betritt«, meinte er mit einem Grinsen. »Hast du ein Geschenk dabei, Rose O'Malley?« Er machte eine spöttische Bemerkung, und die Krieger lachten grimmig.

»Nein«, antwortete sie, »ich wusste nicht, dass ich euch heute treffen würde. Aber ich werde euch Rinder bringen. Morgen Mittag, wenn die Sonne am höchsten steht, werde ich zurück sein.«

»Du bist eine Cheyenne«, sagte der Anführer, »du wirst dein Wort halten.« Er gab einen Befehl, und die Apachen ritten davon.

Rose kaufte eine kleine Herde und ließ sie von einigen Männern zu dem verabredeten Treffpunkt treiben. Die Apachen erwähnte sie nicht. Sie schickte die Männer nach Hause und wartete bei den Rindern, bis die Indianer kamen. »Du bist tapferer als die meisten Männer«, sagte der Anführer, als er die Rinder wegtrieb. »Wir werden dich und deine Männer in Ruhe lassen.«

Der Apache hielt sein Wort, und der Bau der Wasserleitung schritt zügig voran. Rose erzählte niemandem von ihrer Abmachung mit den Apachen, auch nicht dem Herausgeber des Tombstone Epitaph, weil ihr sowieso niemand geglaubt hätte und sie nicht als Aufschneiderin gelten wollte. Ihre Firma verschwand aus den Schlagzeilen. Die Regierung hatte entschieden, das neue Cochise County einzurichten, und die Stadt hatte andere Sorgen. Für den neuen Bezirk wurde ein Sheriff gesucht, und es blieb dem Gouverneur des Territoriums überlassen, den Mann für diesen Posten zu bestimmen. Erst nach einem Jahr durfte gewählt werden. Johnny Behan, der Besitzer des Mietstalls, und Wyatt Earp bewarben sich um den Posten. Beide Männer hatten schon in anderen Städten als Gesetzesbeamte gearbeitet, und Behan hatte sich sogar in der Politik versucht. Beide Männer waren sich spinnefeind, schon wegen Sadie Marcus, die Behan weggelaufen war und jetzt mit Wyatt

Earp ausging, obwohl der ehemalige Marshal immer noch mit Mattie verheiratet war. Aber das kümmerte niemand in Tombstone. »Der Gouverneur ist Republikaner«, meinte John P. Clum, »wie ich ihn kenne, macht er Wyatt Earp zum Sheriff.« Und im Epitaph schrieb er: »Earp ist der einzige Mann, der die Cowboys besiegen kann.«

Wyatt Earp verlor, und die Gesetzlosigkeit in der Stadt nahm zu. Es war kein Geheimnis, dass Johnny Behan gemeinsame Sache mit den Cowboys machte, zumindest mit ihnen sympathisierte. Curly Bill, einer der Anführer der Banditen, wurde sogar in seinem Büro gesehen. Einen Lichtblick für die Gegenpartei gab es erst, als John P. Clum zum Bürgermeister gewählt wurde und Virgil Earp als City Marshal eingesetzt wurde. Jetzt standen sich die Earp-Partei und die Cowboys offen gegenüber. Es war nur noch eine Frage der Zeit, bis es zum offenen Kampf kam, und jeder Bürger, der an seinem Leben hing, schlug einen großen Bogen um die Earps, ihre Freunde und die Cowboys. Curly Bill war ein launischer Alkoholiker, der jederzeit explodieren konnte.

Rose hielt die Earps für fähige Gesetzesbeamte, besonders Wyatt und Virgil, und traute ihnen zu, mit den Cowboys fertig zu werden. Solange die Männer mit den roten Schärpen tun und lassen konnten, was sie wollten, und ungestraft Vieh über die mexikanische Grenze schmuggeln konnten, würde aus Tombstone nie eine respektable Stadt werden. Auch in Virginia City und Cheyenne war mit eisernem Besen gekehrt worden, bevor die Zivilisation eingezogen war. In Tombstone würde es ähnlich sein. Die Ernennung von John P. Clum zum Bürgermeister war ein erster Schritt, und Rose gehörte zu den Bürgern, die dafür waren, die Earps in die Polizeitruppe aufzu-

nehmen. Das sagte sie auch Wyatt, der sie eines Abends ins Theater einlud. In Ritchie's Hall an der Fifth Street wurde ein Melodram gespielt.
»Und was sagt deine Frau dazu? Und deine hübsche Freundin?«, fragte Rose, als Wyatt Earp sie im Hotel abholte und ihr seinen Arm bot. »Sind die beiden nicht eifersüchtig auf mich?«
Wyatt war nicht verlegen. »Meine Frau schluckt mehr Laudanum, als sie vertragen kann, und Sadie macht sich nichts aus Theater. Warum gehst du mit einem verheirateten Mann aus?«
»Alle guten Männer sind verheiratet«, erwiderte sie lächelnd.
Im Theater erregten sie kaum Aufsehen. Lediglich Johnny Behan, der die Vorstellung mit einigen Freunden besuchte, beobachtete sie zufrieden. Er würde nichts Besseres zu tun haben, als Sadie Marcus davon zu erzählen. »Sie würde nicht mal zu ihm zurückkehren, wenn er Gouverneur wäre«, hörte sie jemanden sagen.
Rose empfand Sympathie für Wyatt Earp. Er war ein stattlicher Mann, immer freundlich und zuvorkommend und von einer ausgesuchten Höflichkeit, die besonders in einer wilden Stadt wie Tombstone bei den Frauen ankam, aber sie liebte ihn nicht. Sie würde niemals einen anderen Mann als Frank Catlow lieben, das hatte sie in ihren Träumen erfahren. Auch wenn sie ihn niemals wieder sehen würde. Während der Pause ertappte sie sich sogar dabei, wie sie ins Parkett hinabblickte und nach dem Spieler suchte. »Endlich habe ich dich gefunden, Rose O'Malley«, würde er sagen, und sein unverschämtes Lächeln würde sie wie damals verzaubern, als sie ihn kennen gelernt hatte.
Auf dem Rückweg begegneten sie Curly Bill und einigen Cowboys. Die Männer mit den roten Schärpen standen vor

dem Oriental Saloon und rauchten. »Wyatt Earp«, meinte der Anführer der Cowboys mit einem gefährlichen Unterton, »versteckst du dich schon hinter einem Weiberrock? Und ich dachte, das hat der berühmte Marshal aus Dodge City nicht nötig! Hast du Angst vor uns?« Er lachte schallend, zog seinen Revolver und ließ ihn um den Finger wirbeln. Dann steckte er ihn hinter den Gürtel zurück.

Es war klar, dass Curly Bill eine Schießerei provozieren wollte, aber Wyatt Earp war unbewaffnet und dachte gar nicht daran, sich in Gegenwart einer Lady mit dem Cowboy anzulegen. »Sag Ike Clanton und deinen anderen Kumpanen, dass ich bereit bin, wenn ihr unbedingt eine Schießerei wollt! Wenn ihr noch länger wartet, werfe ich euch aus der Stadt! Einen nach dem anderen!«

Curly Bill straffte sich, war aber klug genug, seinen Revolver stecken zu lassen. Vor so vielen Zeugen hätte auch er keinen Mord begehen dürfen. Das Gericht hätte ihn zum Tode verurteilt. Rose spürte, wie ein kalter Schauer über ihren Rücken lief, und wäre am liebsten davongerannt, blieb aber neben Wyatt und ging weiter, ohne sich umzudrehen. Sie war froh, als sie vor dem Hotel ankamen und Wyatt sich von ihr verabschiedete. »Pass auf dich auf, Wyatt!«, sagte sie. »Curly Bill ist ein gefährlicher Mann!«

Eine andere Begegnung, auf die sie gern verzichtet hätte, hatte Rose im Frühling, kurz bevor die Wasserleitung fertig gestellt war. Sie stand am Fenster ihres Hotelzimmers und blickte auf die Allen Street hinab. Es war früher Abend, und die Gaslaternen verbreiteten einen trüben Schein. Sie beobachtete, wie ein Einspänner vor dem Oriental Saloon hielt und ein vornehm gekleideter Mann vom Kutschbock stieg. Er war nach der neuesten Mode gekleidet, das erkannte sie sogar im Halbdunkel, und trug einen schwarzen Zylinder. Als er im Schein der beiden Lampen stehen blieb, die neben dem Eingang leuchteten, erkannte sie die vertrauten Gesichtszüge und das unverschämte Grinsen aus ihren Träumen. »Frank!«, flüsterte sie. »Du bist zurückgekommen!«

Mit klopfendem Herzen verließ sie das Zimmer und rannte die Treppe hinab. Sie merkte nicht, dass ihre offenen Haare wie lodernde Flammen im Gaslicht leuchteten. Sogar der Lärm auf der Straße verebbte, als sie über den Gehsteig rannte, die Schwingtüren des Oriental nach innen drückte und aufgeregt neben dem Tresen verharrte. Der Mann mit dem Zylinder saß an einem der Spieltische. Bis auf das Walzenklavier, das ungerührt eine fröhliche Melodie aus der Goldgräberzeit weiterspielte, verstummten alle Geräusche in dem Saloon. Es kam selten vor, dass eine angesehene Dame mit offenen Haaren in einem solchen Etablissement auftauchte. »Frank! Frank Catlow!«, rief sie.

Sie rannte zu dem Spieltisch und prallte enttäuscht zurück, als sie bemerkte, dass sie sich geirrt hatte. Der Mann war nicht Frank Catlow. Er war viel älter. »Entschuldigung!«, stammelte sie. »Ich dachte, Sie wären ein Bekannter ... Tut mir furchtbar Leid, Mister!«

Der Spieler nahm den Zylinder ab und verbeugte sich. »Tut mir Leid, dass ich nicht der Gesuchte bin, Ma'am! Die Leute nennen mich Napa Nick, und das sind Doc Holliday und Frank McLaury.«

Rose grüßte die Männer mit einem gequälten Lächeln. »Doc! Mister McLaury!« Der Zahnarzt blickte kaum von seinen Karten auf und trank hustend von seinem Whiskey. Er sah noch blasser als in Las Vegas aus. Frank McLaury grinste sie frech an. »Sind Sie nicht mit diesem Wyatt Earp zusammen?«, fragte er provozierend. »Ich hätte Ihnen einen besseren Geschmack zugetraut!«

Doc Holliday zog seinen Revolver und drückte die Mündung gegen das Kinn des jungen Ranchers. Die Bewegung war so schnell, dass sie kaum zu sehen war. »Noch ein Wort, McLaury, und du kannst dein Blatt abgeben!« Er steckte seine Waffe weg und schenkte sich Whiskey nach. Sein Blick war so kalt und gefährlich, dass Rose schleunigst den Saloon verließ und zum Hotel zurückrannte. Der schräge Klang des Walzenklaviers verfolgte sie. Sie schloss sich in ihrem Zimmer ein und weinte laut.

Ein paar Tage später war der Vorfall vergessen. Die Postkutsche war beraubt worden, und man versuchte, Doc Holliday den Überfall in die Schuhe zu schieben. Tagelang lieferten sich der Nugget und der Epitaph einen erbitterten Kleinkrieg. Der Nugget stand auf der Seite von Johnny Behan, der den Zahnarzt unbedingt einsperren wollte, und der Epitaph plädierte für Freispruch. Nach einer Gerichtsversammlung wurde Doc Holliday gegen Kaution freigelassen. Johnny Behan schnaubte vor Wut, und Curly Bill wurde im Alhambra Saloon gesehen, wo er seine schlechte Laune wieder einmal im Whiskey ertränkte und lauthals schwor, endlich mit den Earps und Doc Holliday aufzuräumen.

Rose kehrte in ihr normales Leben zurück und hielt sich von den zerstrittenen Parteien fern. Sie kümmerte sich um ihre Wasserleitung, brachte Proviant zu den Arbeitern hinaus und versprach einen Extralohn, falls sie den Termin unterboten. David Blake war etwas schmaler geworden während der letz-

ten Wochen, aber er machte einen glücklichen Eindruck und sagte: »Tombstone wird Augen machen, wenn das erste Wasser fließt!«
Die Arbeiter verdienten sich ihren Bonus. Auf dem Empire Hill wurde ein großer Tank errichtet, und als die letzten Meter der Pipeline verlegt wurden, versammelte sich die ganze Stadt auf dem Hügel, und die Tombstone City Band spielte die Nationalhymne und einige Polkas. Rose hatte Freibier bei der Golden Brewery bestellt, und das Cancan-Restaurant veranstaltete ein kostenloses Barbecue. Vor dem Alhambra wurde zur Feier des Tages ein Hahnenkampf ausgetragen. Die Leute tanzten ausgelassen auf der Straße, und irgendjemand rief: »Seid froh, dass der Gouverneur nicht hier ist, der würde vor Schreck aus den Schuhen kippen!« Der Gouverneur war als konservativ bekannt.
David Blake wurde wie ein Heilsbringer gefeiert. Sogar der Bankdirektor gratulierte ihm und gab zu, den Unternehmergeist des jungen Mannes unterschätzt zu haben. Bürgermeister John P. Clum hielt eine begeisterte Rede und vergaß nicht zu erwähnen, dass die Idee in seinem Büro geboren wurde. Ein lauter Tusch erklang, als die Pipeline geöffnet wurde und das erste Wasser aus dem Tank floss. David Blake überreichte dem Bürgermeister den ersten Becher und musste die Luft anhalten, als C. S. Fly den denkwürdigen Augenblick auf einem Foto festhielt.
Rose O'Malley hielt sich im Hintergrund. Sie freute sich für ihren jungen Partner, der es seinem Vater gezeigt hatte und ein großes Geschäft machen würde, und tauchte in der Menge unter, die ausgelassen zur Musik der Tombstone City Band tanzte.

Sie würde die Stadt verlassen und weiter nach Westen ziehen. Das wusste sie schon, bevor der Telegrafist ins Grand Hotel kam und ihr eine Depesche überreichte. »KOMM NACH SAN FRANCISCO – O'MALLEY'S DEPARTMENT STORE – HABE DEIN GELD GUT ANGELEGT – JESSE CALHOUN«, stand in dem Telegramm. Sie packte noch am selben Nachmittag ihre Sachen.

39

Der 26. Oktober 1881 war ein regnerischer Tag. Schmutzige Wolken verdunkelten den Himmel, und ein kühler Wind fegte Unkraut und Gestrüpp durch die Straßen. Die Rancher und Farmer der Umgebung freuten sich auf den bevorstehenden Regen, denn der lange Sommer war heiß und trocken gewesen, und das Land brauchte die Feuchtigkeit, aber in der Stadt kochte es noch immer, und auf den Gehsteigen waren kaum Menschen zu sehen. Seit Ike Clanton und Tom McLaury am späten Morgen in die Stadt gekommen waren, um Vorräte zu kaufen, wusste jeder, dass der entscheidende Kampf zwischen den Cowboys und den Earps bevorstand. Über den Dragoon Mountains waren Blitze zu sehen, und rollender Donner kündigte eine Explosion an, von der man sich viele Jahre nicht erholen würde.

Auch Rose spürte die Spannung, die in der Luft lag, und war froh, ein Ticket für die Nachmittagskutsche nach Benson zu besitzen. Sie wollte nicht dabei sein, wenn es zum Krieg zwischen den beiden Parteien kam, denn eine Schießerei würde die Auseinandersetzung noch lange nicht beenden. In Tombstone ging es nicht nur um eine Fehde zwischen Gesetzeshütern und Viehdieben. Macht und Geld standen auf dem Spiel, und der korrupte Filz bei den Hintermännern in der Politik würde an die Öffentlichkeit gezerrt werden. Im neuen

Cochise County war viel Geld zu verdienen. Allein die Steuern, die auch vom Sheriff eingetrieben wurden, brachten viel Geld ein, und jede Partei wollte den Löwenanteil dieses Reichtums für sich haben. Selbst die Zeitungen standen auf unterschiedlichen Seiten. Der Nugget sympathisierte mit Johnny Behan und den Cowboys, und der Tombstone Epitaph stand auf der Seite der Earps. Rose O'Malley hielt Wyatt Earp für einen aufrechten Gesetzesbeamten, der vor allem das Wohl der Allgemeinheit im Sinn hatte. Zwar war er geldgierig, wie die meisten anderen Männer in der Boomtown, und sehr von sich eingenommen, aber er stand auf der Seite des Gesetzes, und allein das zählte. Seitdem sie in St. Louis zwischen die Mühlsteine der Politik geraten war, wusste sie, dass nur das Gesetz die Ordnung an der Besiedlungsgrenze herstellen konnte.

Ihr Gepäck stand bereits in der Hotelhalle. Die Kutsche verließ die Stadt um fünfzehn Uhr von der Poststation gegenüber, und sie hatte bereits ein Ticket nach Benson gelöst. Von dort würde sie mit einem Zug der Southern Pacific nach Westen fahren. Um kurz vor zwölf saß sie im Speiseraum und aß ein Sandwich, und die Spannung, die sich mit dem Gewitter in der Stadt aufgebaut hatte, hinderte sie sogar daran, über das Telegramm und ihren Entschluss nachzudenken, die Stadt an diesem Tag zu verlassen. Der Donner, der über den fernen Bergen grollte, und selbst die unschuldigen Schritte eines Mannes, der aus dem Friseurladen schräg gegenüber trat, rührten an den Nerv der Stadt. Inzwischen waren auch Billy Clanton, Billy Clayborne und Frank McLaury in der Stadt gesehen worden, und Curly Bill war im Alhambra Saloon und prahlte damit, dass man die Earps endgültig zum Teufel jagen würde.

Wyatt Earp war mit Frank McLaury zusammengeprallt, und es wäre schon am frühen Morgen beinahe zu einer Schießerei gekommen, und Doc Holliday wollte sich mit Ike Clanton duellieren, aber der Rancher war unbewaffnet. Die Earps und Doc Holliday waren in Hafford's Saloon und warteten darauf, dass irgendetwas geschah. Virgil Earp, der Town Marshal, hatte seine Brüder und Doc Holliday zu Deputies ernannt.

Rose hätte sich gern von Wyatt Earp verabschiedet, wollte den Kriegsrat der Männer aber nicht stören. Sie würde einen kurzen Brief an der Rezeption für ihn hinterlassen. Während sie schrieb, fegte der Wind loses Gestrüpp gegen die Fenster, und sie blickte auf und sah, wie sich ein Hund jaulend unter den Gehsteig zurückzog. Sie steckte das Schreiben in einen Umschlag und reichte ihn dem Hoteldiener. »Würden Sie diesen Brief bitte Mister Wyatt Earp aushändigen, wenn ich gefahren bin?«, fragte sie und sah am ungläubigen Gesicht des Mannes, dass er am liebsten geantwortet hätte: Wenn er dann noch lebt. Sie bat ihn, auf ihr Gepäck aufzupassen, und verließ das Hotel, um sich von John P. Clum zu verabschieden. Er war ein echter Freund geworden.

Rose überquerte die Allen Street und ging die Fourth Street hinunter. Selten hatte sie die beiden Straßen so still und leer gesehen. Außer einem kleinen Jungen, der von seiner Mutter gerufen wurde, war niemand zu sehen. Der kühle Wind zerrte an ihrem Reisekleid und dem Umhang, den sie über ihre Schultern geworfen hatte. Ihr Hut war festgesteckt. Sie glaubte zwei Männer zu sehen, die zwischen den Häusern zu einem Abstellplatz rannten, und erreichte die Fremont Street. Auch hier war kein Mensch zu sehen. Der bevorstehende Regen und die Spannung, die sich in der Stadt breit gemacht hatte,

hielten die Menschen in den Häusern. Sie eilte über die Straße und öffnete die Tür zum Epitaph.
John P. Clum stand neben seiner Druckmaschine und trank Kaffee aus einem Becher. »Rose!«, rief er erfreut. »Was tun Sie bei diesem Wetter auf der Straße? Es wird Regen geben! Kaffee?«
»Nein, danke«, erwiderte sie ernst. Sie merkte, dass seine Fröhlichkeit nur aufgesetzt war und er wie alle anderen Bewohner von Tombstone darauf wartete, dass etwas geschah. »Ich bin gekommen, um mich zu verabschieden. Ich nehme die Nachmittagskutsche nach Benson und fahre mit dem Zug nach Westen.«
»Nach Westen? Zur Küste?«
»San Francisco.«
Er blickte sie ungläubig an. »Das kommt sehr plötzlich, Rose! Gefällt es Ihnen nicht mehr in Tombstone?« Ein schwaches Lächeln huschte über sein Gesicht. »Ich könnte es Ihnen nicht verdenken! Was ist passiert? Dringende Geschäfte? Ein Mann?«
Sie waren sehr vertraut miteinander, und er durfte so etwas sagen. »Beides«, antwortete sie offen. »Ich glaube, es wird Zeit, dass ich mich in eine zivilisierte Stadt zurückziehe. Ich wollte mich herzlich für alles bedanken, Sie haben mir sehr geholfen, John.«
»Sie sind eine bemerkenswerte Frau!«
Dieses Kompliment hatte Rose schon öfter gehört, und sie freute sich auch diesmal darüber. Sie schüttelte dem Zeitungsmann die Hand. »Ich wünsche Ihnen alles Gute, John! Wenn einer aus Tombstone eine anständige Stadt macht, dann sind Sie das!«

»Ich bin mir nicht sicher. Aber – sind das nicht die Earps?«
Sie folgte seinem Blick und trat aufgeregt ans Fenster. Vier Männer gingen die Fremont Street hinunter. Virgil Earp, einen Spazierstock in der linken Hand, trug einen Revolver hinter seinem Gürtel. Auch Wyatt und Morgan waren mit Colts bewaffnet. Doc Holliday trug eine Schrotflinte unter seinem grauen Rock. Ihre Gesichter waren ernst, und die Abzeichen an ihren Rockaufschlägen schimmerten matt im bleifarbenen Licht. Johnny Behan kam aus einer Seitengasse gerannt und sagte etwas zu ihnen, aber die Männer ließen sich nicht aufhalten. Vor dem Hintereingang des O.K. Corral, einem Abstellplatz für Frachtwagen, waren Ike Clanton, Billy Clanton, Billy Clayborne und die McLaurys zu sehen. Auch sie waren bewaffnet. Virgil Earp rief »Hände hoch!«, dann ging alles so schnell, dass sie es kaum mitbekam.
Die Schießerei dauerte keine dreißig Sekunden. Die Schüsse fielen dicht hintereinander, und der Pulverrauch wurde zu einem geheimnisvollem Nebel, der sich mit dem Staub vermischte und die Männer in schemenhafte Schatten verwandelte. Als sich der Nebel verzog, lagen Billy Clanton und die McLaurys auf dem Boden, und Virgil Earp blutete aus einer Wunde. Wyatt Earp und Doc Holliday grinsten, das erkannte Rose selbst aus der Entfernung, obwohl der Zahnarzt einen Streifschuss abbekommen hatte. »Ich muss gehen, John!«, sagte sie zu dem Zeitungsmann.
Sie verließ den Raum und rannte über die Fremont Street davon. Überall waren jetzt Menschen zu sehen. Sie drangen neugierig aus ihren Häusern und näherten sich dem Schauplatz des blutigen Geschehens. »Wyatt Earp, seine Brüder und Doc Holliday haben den verbrecherischen Cowboys eine bittere

Lektion erteilt und dem Gesetz zu einem großen Sieg verholfen«, las Rose O'Malley einige Tage später in den Los Angeles Times. Sie hatte in der kleinen Stadt übernachtet und die Zeitung im Hotel gekauft. Der blutige Straßenkampf von Tombstone, wie er von manchen Journalisten genannt wurde, war in aller Munde und wurde selbst in den Städten an der Westküste diskutiert. Aber die Menschen in Tombstone wussten, dass der Krieg noch lange nicht zu Ende war. Die Earps würden erst aufgeben, wenn Curly Bill und die Cowboys endgültig die Waffen gestreckt hatten.

Rose hatte nichts mit diesem Krieg zu tun. Mit Tombstone ließ sie auch die Probleme dieser Stadt hinter sich. Ihr Geld hatte sie auf eine Bank in San Francisco überwiesen, und ihre Gedanken waren bereits in der großen Stadt am Meer. Ein zufriedenes Lächeln lag in ihren Augen, als sie aus dem Zugfenster blickte und den Pazifischen Ozean vorbeifliegen sah. Weiter ging es nicht. Sie hatte das Ziel ihrer langen Reise erreicht. Sie wusste nicht, wie Jesse Calhoun herausbekommen hatte, wo sie wohnte, es war auch gleichgültig. Entscheidend war, dass sie sich gefreut und sofort gepackt hatte. Wie immer während der vergangenen Jahre hatte sie aus dem Bauch heraus entschieden. Sie würde zu dem Rancher zurückkehren. Er war der feste Anker, nach dem sie unbewusst gesucht hatte. Nicht in Virginia City und auch nicht in Cheyenne, aber in Tombstone. Sie war genug herumgezogen, und es wurde langsam Zeit, dass sie einen neuen Platz im Leben fand. Sie war der Sonne nach Westen gefolgt, und jetzt galt es, das Ende des Regenbogens in San Francisco auszumachen.

Rose liebte den Rancher noch immer nicht, aber sie sehnte sich nach ihm. Sie wollte bei ihm sein und seine Stimme hören. Es machte keinen Sinn, einem Traum hinterherzujagen, der niemals in Erfüllung gehen würde. Frank Catlow ritt mit den James-Brüdern über die Prärie, oder er saß irgendwo im Gefängnis. Er war ein Schatten, der ihr immer wieder entwischen würde. Wie hatte ihre Freundin gesagt? Er war kein Mann zum Heiraten. »Nein, ganz gewiss nicht«, sagte sie so laut, dass sich die anderen Passagiere nach ihr umdrehten. Sie kümmerte sich nicht darum. Es tat gut, an den Spieler zu denken, ohne dass ihr Herz schmerzte, und es erfüllte sie mit unbändiger Freude, ein festes Ziel zu haben. Das Telegramm hatte ihr Leben verändert.

Der Zug fuhr an den ersten Häusern von San Francisco vorbei. Über dreißigtausend Menschen wohnten in der Stadt, und sie dachte in diesem Augenblick seltsamerweise daran, was wohl Wolf-auf-dem-Hügel beim Anblick dieses Häusermeeres gesagt hätte. Die Straßen zogen sich über steile Hügel und bildeten ein verwirrendes Netz, das vor ihren Augen verschwamm. Wenn sie aus dem Fenster auf der anderen Seite blickte, sah sie einige Segelschiffe in der weiten Bucht, mächtige Windjammer mit geblähten Segeln.

Der Bahnhof lag mitten in der Stadt. Auf dem Bahnsteig wimmelte es von Menschen, und sie war froh, einen Dienstmann zu finden, der sich um ihr Gepäck kümmerte und es auf eine Droschke vor dem Bahnhof lud. Sie gab dem Mann ein Trinkgeld und stieg in den Zweispänner. Sie ließ sich zum besten Hotel der Stadt bringen, erschrak über die Preise, die in San Francisco verlangt wurden, und nahm ein ausgiebiges Bad, bevor sie wieder nach unten ging. Sie hatte sich sorgfältig geschminkt und frisiert und eines ihrer vornehmsten Kleider angezogen. Ihren Hut zierte eine bunte Feder. Sie hatte alles in

Tombstone gekauft und sich sagen lassen, dass es vor wenigen Monaten aus Paris gekommen war. Die neidvollen Blicke einiger Damen sagten ihr, dass sie richtig gewählt hatte. »Kennen Sie O'Malley's Department Store?«, fragte sie einen der Hoteldiener. Mehr hatte auf dem Telegramm nicht gestanden.
»O'Malley's Department Store?«, wiederholte der Hoteldiener erstaunt. »Das ist das große Kaufhaus in der Van Ness Street!«
Sie rief eine Droschke herbei und ließ sich hinbringen. Auf den Straßen wimmelte es von Fuhrwerken und Menschen, so etwas hatte sie nicht einmal in Tombstone gesehen. Unterwegs begegneten sie sogar einer Bahn, die von einem Kabel über Schienen gezogen wurde. »Ein Cable Car«, erklärte der Kutscher, als er ihren verwunderten Blick sah. »Den gibt es erst seit ein paar Jahren.« Rose blickte der Bahn nach, bis sie hinter einem Hügel verschwunden war. Sie kam sich wie ein Indianer vor, der zum ersten Mal eine Stadt sah. So also sah die Zukunft aus. Beim Anblick der hohen Häuser und der vielen Menschen konnte sie sich nicht vorstellen, jemals in einer Stadt wie Virginia City gewohnt zu haben. Nicht mal St. Louis war so groß gewesen. Sie hatte die Vergangenheit verlassen und eine neue Zeit betreten, und sie wusste nicht, ob sie diese Zeit wirklich mochte.
Der Anblick von O'Malley's Department Store raubte ihr fast den Atem. Ein braunes Backsteingebäude, fünf Stockwerke hoch und mit erlesenen Waren in den Schaufenstern. Ein Warenhaus, wie sie es noch nie gesehen hatte, und es trug ihren Namen. Sie blieb lange vor dem riesigen Gebäude stehen und starrte ihren Namen an, der in großen Buchstaben über dem Eingang hing. Zögernd betrat sie das Kaufhaus, als hätte sie Angst, einen Traum zu zerstören. Benommen stieg sie die

Treppe bis in den fünften Stock hinauf, vorbei an überfüllten Ständen mit kostbaren Waren, dann sah sie eine Tür mit der Aufschrift »Büro«, klopfte an und ging mutig hinein. Eine strenge Dame saß an einem Tisch und meinte: »Kann ich Ihnen helfen, Ma'am?«
»Ist Jesse Calhoun hier?«, fragte sie.
»Mister Calhoun ist in einer Sitzung und möchte nicht gestört werden«, antwortete sie kühl, »würden Sie bitte später wieder …«
»Nichts für ungut«, meinte Rose und ging lächelnd an der verdutzten Vorzimmerdame vorbei. Sie öffnete die Tür des Besprechungszimmers und sah den Rancher am Kopfende eines langen Tisches sitzen. Bei ihm waren sechs Herren in teuren Anzügen, die erstaunt die Köpfe wandten, als sie den Raum betrat.
»Tut mir Leid, Mister Calhoun, aber die Dame ließ sich …«, war die verzweifelte Vorzimmerdame zu hören. Jesse Calhoun brachte sie mit einer Handbewegung zum Schweigen. »Schon gut, Mrs. Foster, das geht schon in Ordnung. Das ist Rose O'Malley, die Besitzerin dieses Kaufhauses. Ihr gehört der Laden!«
Jesse Calhoun stand auf, und Rose fiel ihm lächelnd in die Arme. Der Rancher hatte sich kaum verändert. Seine Haare waren grau geworden, aber seine Augen leuchteten immer noch, und sein Gesicht war genauso zerfurcht wie damals in Cheyenne, als sie ihn kennen gelernt hatte. »Rose O'Malley!«, sagte er. »Ich wusste, dass du kommen würdest!« Er drückte sie fest und blickte ihr ins Gesicht. »Du hast dich nicht verändert!«
»Ich bin ruhiger geworden«, meinte sie, ohne auf die erstaunten Herren am Verhandlungstisch zu achten, »und ich bin

gekommen, um bei dir zu bleiben.« Sie deutete zur Tür. »Gehört das wirklich mir? Was, zum Teufel, hat dich geritten, in ein solches Kaufhaus zu investieren? So viel Geld hatte ich doch gar nicht!«

»Ich habe die Anteile an der Eisenbahn rechtzeitig verkauft«, erklärte er, »und weil das Geld auf der Bank nur versauert wäre und ich nicht wusste, wo du wohnst, habe ich O'Malley's Department Store eröffnet. Der Laden ist eine wahre Goldgrube, Rose.«

»Was ist mit der Double Diamond?«

Er winkte ab. »Habe ich verkauft, mit dem Rindergeschäft war sowieso nicht mehr viel los. Ich habe in einige Firmen investiert, treibe Handel mit den Sägewerken in Nordkalifornien. Das macht genauso viel Spaß! Und dann habe ich dein Bild in der Zeitung gesehen! Irgendwo bekam ich den Tombstone Epitaph in die Hand. Eine Wasserleitung in der Wüste, eine großartige Idee!« Er furchte die Stirn. »Hast du den Rummel um diesen Wyatt Earp mitbekommen? Es soll eine Schießerei in Tombstone gegeben haben! Sogar im Examiner steht was darüber …«

»Ich war dabei.«

»Bei der Schießerei? Mein Gott …«

»Und dann bin ich gleich zu dir gekommen«, fuhr sie mit einem fröhlichen Lächeln fort. »Hast du noch lange zu tun? Ich habe große Lust, in dem Park spazieren zu gehen, den ich unten am Meer gesehen habe. Wir haben uns eine Menge zu erzählen …«

Jesse Calhoun ließ seinen Zweispänner vorfahren und erfüllte ihr den Wunsch. Im Golden Gate Park stiegen sie aus. Es war kalt und regnerisch, und der Nebel hing dicht über der Stadt, aber sie ließen sich nicht entmutigen. Sie waren die einzigen Menschen auf dem Spazierweg. Die Luft war frisch, und es roch nach feuchter Erde. Jesse erzählte vom Rindergeschäft, das immer mehr von ausländischen Konzernen kontrolliert wurde und keinen Spaß mehr machte. »Die Zeit der freien Weide ist vorbei!« Und Rose berichtete von Dodge City und Tombstone und dem Augenblick, als das erste Wasser aus dem Tank gekommen war. »Ich wollte der Sonne nach Westen folgen, und das habe ich getan«, sagte sie. »Ich habe getan, was ich mir vorgenommen hatte, und das ist mehr, als die meisten Menschen von sich sagen können.« Sie blieb stehen und blickte ihn ernst an. »Ich möchte dich heiraten, Jesse! Diesmal meine ich es ernst!«

Er lächelte sanft und nahm sie in die Arme. »Davon habe ich mein Leben lang geträumt. Darf ich dich küssen, Rose?«

»Und ob«, antwortete sie. Nachdem er ihre Lippen berührt hatte und auch spürte, dass ihr dieser Kuss willkommen war, fügte sie hinzu: »Und jetzt habe ich Hunger! Gibt's in dieser Stadt nichts zu essen?«

Epilog

Am 18. April 1906 um fünf Uhr dreizehn tat sich in San Francisco die Erde auf. Eine gewaltige Druckwelle raste die Washington Street herauf, als hätte sich der aufgewühlte Pazifik unter der Stadt ausgebreitet, und brachte die Häuser zum Taumeln. Mit einem unheimlichen Dröhnen griff das Beben um sich. Abgrundtiefe Gräben wurden aufgerissen, die Straßen brachen auseinander, und überall in der schwankenden Stadt war das Krachen, Splittern und Klirren von Mauerwerk, Holz und Glas zu hören. Das Redaktionsgebäude des Examiner führte einen makabren Tanz auf, bis die Wände barsten und mit einem ohrenbetäubenden Gepolter zusammenbrachen. Ein Krankenhaus stürzte ein und riss alle Patienten, Ärzte und Schwestern in einen grausamen Tod.

O'Malley's Department Store versank unter einer gewaltigen Staubwolke. Im Kirchturm von Old St. Mary's läuteten die Glocken. Die Schienen der Cable Cars verbogen sich unter der ungeheuren Wucht des Bebens, und die Telegrafendrähte rissen mit einem metallischen Knall. Südlich der Market Street brachen die ersten Feuer aus und griffen mit rasender Geschwindigkeit auf die anderen Stadtteile über. Innerhalb weniger Minuten stand San Francisco in Flammen, und die Feuerwehr musste tatenlos zusehen, weil die Wasserversorgung der Stadt zusammengebrochen war.

Rose O'Malley wurde in ihrem Haus auf dem Russian Hill von dem Beben geweckt. Sie war dreiundsechzig Jahre alt und lebte allein, seit Jesse Calhoun vor zwei Jahren bei einem Verkehrsunfall ums Leben gekommen war. Er war von einem Automobil überfahren worden, als er versucht hatte, auf seinem Lieblingspferd durch die Stadt zu reiten. Sogar der Bürgermeister war zu seiner Beerdigung gekommen.
Rose hatte den größten Teil seiner Aktien verkauft, saß aber immer noch im Aufsichtsrat des O'Malley Department Store, der inzwischen auch in Los Angeles und Sacramento eröffnet hatte, sehr zum Leidwesen des jungen David Blake, der ihr von Tombstone gefolgt war und in das Geschäft eingestiegen war. »Wenn ich nicht mehr arbeite, kann ich mich gleich zu meinem Mann auf den Friedhof legen«, sagte sie.
Zuerst wurde ihr gar nicht bewusst, welche Katastrophe über San Francisco hereingebrochen war. Sie glaubte an einen Kreislaufkollaps und rief nach dem Hausmädchen, aber die Chinesin kauerte ängstlich in ihrem Zimmer und weinte leise. Obwohl Rose in letzter Zeit etwas kürzer treten musste und nicht mehr jeden Tag im Büro erschien, war sie gesundheitlich voll auf der Höhe. Sie merkte schnell, dass der Kreislaufkollaps nur eine Einbildung war und etwas anderes geschehen sein musste. »Ein Erdbeben«, flüsterte sie entsetzt, als die Wände ihres Zimmers zu schwanken begannen und die Fenster zersplitterten. Der Boden brach auf, und ihr Himmelbett begann zu tanzen.
Im Nachthemd floh Rose aus ihrem Zimmer. Mit beiden Händen am Geländer schleppte sie sich die gewundene Treppe hinunter und stolperte aus dem Haus. Sie lief ein paar Schritte, fiel hin, atmete erleichtert auf, als die Erdstöße auf-

hörten, und kam mühsam wieder auf die Beine. Was sie sah, raubte ihr den Atem. Die Stadt hatte sich in ein brennendes Inferno verwandelt. Gasleitungen explodierten, und der Geruch des ausströmenden Gases zog den Hügel hinauf. Auf dem Russian Hill war sie sicher, so weit würde das Feuer niemals kommen, und so dachten auch andere Bürger, die weinend und schreiend aus der Stadt flohen.

Unter ihnen war ein Mann, der Rose seltsam bekannt vorkam. In den flimmernden Hitzeschleiern war er minutenlang nur als zitternder Schatten zu erkennen, aber dann kam er näher, ein schlanker Mann mit weißen Haaren, der modische Anzug zerschlissen und das Gesicht rußbefleckt. Seine Augen waren hellblau, und sein unverschämtes Grinsen wirkte irgendwie fehl am Platze, als er keuchend vor ihr stehen blieb und sagte: »Rose O'Malley! Und ich dachte, ich würde dich niemals finden!«